FEDERHERZ
VERLAG

ANNY THORN

bad LOVERS

DEIN GRÖSSTER FEIND

Bad Lovers
Dein größter Feind

Band 1 von 2 einer Reihe

Bildmaterial: Shutterstock, Freepik
Korrektor: Johannes Eickhorst

Bestellung und Vertrieb: Nova MD GmbH, Vachendorf

ISBN: 978-3-96966-518-3

WIRmachenDRUCK GmbH
Mühlbachstr. 7
71522 Backnang
Deutschland

Federherz Verlag
Süntelstraße 70
31848 Bad Münder
www.federherzverlag.de
Instagram: @federherz.verlag

Für dich, denn du bist wundervoll.
Nie zu viel, nie zu wenig, du bist genug.
Und das ist perfekt.

PLAYLIST

Imagine Dragons – Next To Me
Selena Gomez feat. Phoebe Bridgers – The Night We Met
Coldplay – Yellow
Taylor Swift – Lover
Tate McRae – you broke me first
Sia – Helium
Two Feet – Go Fuck Yourself
Amber Run – I Found
WAR*HALL – King of the World
The Score – Born For This

VORWORT

Hallo!

Schön, dass du zu uns gefunden hast. Nein, hier spricht nicht der Badboy. Hier spricht jemand viel Gefährlicheres. Jemand, der dir das Blut in den Adern gefrieren lässt. Jemand, den du nicht zum Feind haben möchtest.

Ich weiß, meine Moralvorstellung unterscheidet sich von deiner. Und ich liebe meine Art und Weise, zu leben.

Du willst mich kennenlernen? Möchtest erfahren, wer hinter diesen Zeilen steckt? Dann lies weiter, tauche ein in meine Welt, in der ich den bösen Männern den Kopf verdrehe. Nicht andersherum.

Solltest du aber ein Problem mit Waffen, Gewalt, Blut und Sex haben, dann leg das Buch lieber weg. Es wird eine derbe Wortwahl geben und niemand nimmt ein Blatt vor den Mund. Hier erwartet dich keine rosarote Liebesgeschichte. Hier erwarten dich Bonnie und Clyde.

Bist du bereit?

PROLOG

Irgendwann vor vielen Jahren …

»Du kriegst mich nie!« Lachend rannte das Mädchen vor ihm weg. Ihr dunkelbrauner Pferdeschwanz wippte auf und ab, während sie zwischen den vielen blütenbehangenen Hortensienbüschen des Landhausgartens hindurchrannte.

»Das wollen wir ja mal sehen!«, schrie er zurück und lief augenblicklich los. Er wusste, dass er sie schnell einholen konnte. Schließlich war er eineinhalb Jahre älter als sie. Der Gedanke, sie jeden Moment mit seinen Armen zu umschließen, ließ seine Magengrube kribbeln. Als hätte er eben zu viel Brausepulver gegessen.

Da war seine Chance! Sie bog rechts ab, er sprintete nach links, rannte durch die Allee der Bäume hindurch und schnitt ihr den Weg ab. Es war so weit. Seine Arme schlossen sich um sie, sein Körper traf auf ihren. Ohne darüber nachzudenken, zog er sie mit sich, bis sie hinab ins weiche Gras fielen. Beinahe stießen ihre Nasenspitzen aneinander. Wenn er doch nur etwas mutiger wäre.

Laut lachte sie auf, durchwuschelte seine Haare. »Geh runter von mir! Du wiegst mindestens drei Tonnen!«

Hitze brannte in seinen Wangen. Augenblicklich rollte er sich von ihr herunter, kam neben ihr zum Liegen. Ganz nah und doch nicht nah genug lagen sie nebeneinander unter irgendeinem hohen Baum, beobachteten die gebrochene Sonne zwischen den vielen kleinen Blättern.

Verträumt schaute er zu ihr herüber. Gleich würde sein Herz aussetzen. Musste es einfach! So wie sie dalag. Ihr Lächeln war so bezaubernd. Die Sonne tanzte über ihr Gesicht. Vögel zwitscherten über ihren Köpfen.

Ein klackendes Geräusch zerstörte die Ruhe und erregte die Neugier der beiden. Sofort richteten sie sich auf und reckten die Köpfe nach oben. Die gläserne Terrassentür mit dunklem Mahagoniholzrahmen öffnete sich und ihr Vater trat gemeinsam mit einem fremden Mann hinaus auf die mit Steinen umrandete Terrasse. In der Hand jeweils ein Glas mit einer hellbraunen Flüssigkeit.

Doch das war ihm egal. Es schrie förmlich nach Langeweile! »Wollen wir nicht lieber wieder …«

Sie presste ihm die Hand auf den Mund. »Sch! Sei leise, sonst hören sie uns noch.«

Auch das war ihm egal. Aber er konnte es sich einfach nicht verkneifen und schaute nun ebenfalls zur Terrasse.

Ihr Vater trug wie immer einen schwarzen Anzug, der ganz schön teuer aussah. Die rote Krawatte hob sich von seinem weißen Hemd ab. Er lachte, als hätte der fremde Mann gerade einen guten Witz erzählt.

Der Fremde sah komisch aus. Die schwarze Lederjacke spannte an seinen Schultern, die Jeans war an den Knien zerrissen. Er war das absolute Gegenteil zu ihrem Vater.

Genervt atmete er aus. »Ist doch total egal, über was sich die Alten da drüben unterhalten.«

Aber sie zeigte keine Regung. Ihr Blick war starr auf die beiden Männer gerichtet. Diese ließen die Gläser aneinanderstoßen und lachten schon wieder. Warum mussten sie sich das anschauen?

Dann endlich schaute sie zu ihm. Ihre grünen Augen strahlten in der Sonne. Doch da war noch mehr, da war dieser Funke in ihrem Blick, der anderen Angst einjagte und ihm so sehr gefiel. »Irgendwann regle ich hier mal die Geschäfte.«

Ihr Ehrgeiz überstrahlte alles. Brummend ließ er sich wieder fallen, lehnte sich mit dem Rücken gegen den Stamm des Baumes. Es langweilte ihn von Minute zu Minute mehr. Viel lieber würde er ihre Aufmerksamkeit haben. Nicht diese alten Leute da vorn. »Wir können auch runter an den See gehen? Oder zu den Ponys? Wir sind ewig nicht mehr geritten.«

Sie ließ sich neben ihn fallen, kurz berührte ihr Knie seines. Ihr Mund öffnete sich, würde jeden Moment nur ihm Aufmerksamkeit schenken. Ihre Worte, für ihn allein.

Doch sie schwieg. Stattdessen blinzelte sie. Viel zu viele Male!

Er folgte ihrem Blick. Was war denn diesmal spannender als er? Ein Junge kam auf die Terrasse. Er war vermutlich ein paar Jahre älter als er selbst und trug genau wie der fremde Mann eine schwarze Lederjacke.

Sie legte ihren Kopf schräg. »Weißt du, wer das ist?«

Er schnaubte. Ihm war egal, wer das war. »Wahrscheinlich der Sohn von dem anderen, die Klamotten scheinen sie sich ja schon mal zu teilen.« Das Brausepulver in seinem Bauch verwandelte sich langsam zu heißer Lava.

Jetzt legte sie den Kopf auf die andere Seite. »Er ist niedlich, findest du nicht?«

Ruckartig starrte er sie an. »Wie eklig! Du bist erst 12! Der Typ da ist sicher schon auf der Highschool.«

Ihre smaragdgrünen Augen fixierten ihn, widerwillig schnalzte sie mit der Zunge. »Na und? Die anderen in meiner Klasse reden auch schon über Jungs von der Highschool.« Sie verschränkte die Arme vor der Brust. »Du bist gemein!«

»Du bist aber nicht wie die anderen.« Wenn sie das doch nur verstehen könnte. Zaghaft begann er ein paar Kleeblüten zu pflücken. Mit dem charmantesten Lächeln, das ihm möglich war, hielt er ihr den kleinen Strauß hin. »Du kannst ja mich niedlich finden. In ein paar Monaten gehe ich auch schon auf die Highschool.« Seine Stimme klang kratzig und seine Wangen färbten sich rosa. Ach, wenn er doch nur selbstbewusster wäre.

Sie rümpfte die Nase und verzog das Gesicht. »Dich! Du bist für mich wie ein Bruder!«

Mit schmerzender Brust ließ er die Blüten fallen. Mit jedem Wort riss sein Herz weiter ein. »Aber ... ich bin ja nicht wirklich dein Bruder.«

Sie ignorierte ihn, schaute einfach wieder nach vorn zu diesem Jungen. Zu diesem absolut doofen Jungen! »Seine Augen sind so unheimlich blau.«

Jeden Moment würde ein Vulkan in ihm ausbrechen. Warum sah sie ihn nicht? Seine Augen waren doch auch schön!

»Oh nein!«, quiekte sie neben ihm auf, schnappte nach seiner Hand. »Papa hat mich gesehen!«

Prompt ertönte seine laute Stimme durch den Garten. »Schatz! Komm her, ich möchte dir jemanden vorstellen!«

Immer fester umschloss sie seine Hand. Ein feiner Schweißfilm bildete sich zwischen ihrer und seiner Haut. Seine Brust schwoll an, mit dem Daumen zog er kleine Kreise auf ihren Handrücken. »Ich glaube, dein Vater hat nach dir gerufen.«

Ihre Zähne gruben sich in ihre Unterlippe.

Langsam stand er auf und zog sie mit sich. »Komm, ich bin doch bei dir. Du musst nicht schüchtern sein.« Ob mutig oder nicht. Ob selbstbewusst oder nicht. Jetzt war seine Zeit gekommen. Jetzt war er ganz allein für sie da, befreite sie von all ihren Ängsten.

In kleinen Schritten gingen sie Hand in Hand zur Terrasse herüber.

»Hallo Papa. Wir haben im Garten gespielt«, murmelte sie leise und löste sich von ihm, um ihren Vater zu umarmen.

Er vermisste ihre schwitzige Hand bereits jetzt.

Warm lächelte ihr Vater den beiden entgegen. »Ich möchte euch einen alten Freund und seinen Sohn vorstellen. Wir waren auf der gleichen Schule und hatten danach leider keinen Kontakt mehr. Zum Glück haben uns die Geschäfte wieder zusammengebracht.«

Der fremde Mann lächelte jetzt auch. »Du hast uns wirklich sehr geholfen. Ich bin froh, dass wir uns wiedergetroffen haben. Auch wenn der Grund dafür nicht erfreulich war.« Sein Blick glitt zu seinem Sohn, welcher die Hände tief in den Hosentaschen vergrub.

Sollte er sich gleich auch darin vergraben gehen! Die ganze Situation legte sich um ihn, schnürte ihm die Luft ab. Zu gern würde er wieder ihre Hand halten, sie weg von all dem ziehen, bis sie wieder allein unter diesem Baum liegen würden.

Doch als er sah, wie sie diesen Highschool-Typen anlächelte, und wie dieser ihren Blick sogar erwiderte, verblasste alles Schöne in ihm immer mehr.

EINS

Später

»Bist du endlich soweit?« Mia riss meine Badezimmertür auf und starrte mich an.

»Kennst du das Prinzip von Anklopfen?« Hatte man nicht mal in seiner eigenen Wohnung ein bisschen Privatsphäre?

Doch Mia bewegte sich keinen Zentimeter, stattdessen formte ihr Mund ein stummes ›Wow‹.

Amüsiert zuckte ich mit den Mundwinkeln. »Dachtest du, dass ich einfach mein Bürooutfit anziehe und mitkomme? Vergessen, dass ich die berüchtigte Partyqueen Linda Miller bin?«

Abwehrend hob sie ihre Hände vor die Brust. »Doch, doch. Aber wir arbeiten jetzt schon – puh, wie lange? Drei Jahre? Na ja, so lange schon zusammen und so, so … aufgedonnert …«, sie trat einen Schritt zurück und ließ ihren Blick von oben nach unten und wieder an mir rauf wandern, »… habe ich dich noch nie gesehen! Wir waren nicht einmal zusammen unterwegs.«

Nickend schwang ich den Puderpinsel über das Gesicht. Das Partyleben lag weit hinter mir und das hatte seine Gründe. Mia war damals kein Teil meines Lebens, was wahrscheinlich auch besser so war. Es reichte, wenn ich mich selbst in den Abgrund zog.

Sie lehnte sich mit der Schulter gegen den Türrahmen. »Nachdem ich dich förmlich anflehen musste mitzukommen, hätte ich nicht erwartet, dass du am Ende so aussehen wirst. So verdammt heiß!«

Und wie sie sich vor ein paar Tagen ins Zeug legte. Doch tausend Versprechen, dass dieser Typ der *eine* war, und ein langer Beautytag im Lakeview Hotel später musste ich einfach nachgeben. Was tat man nicht alles für seine beste Freundin?

Mia zwirbelte ihre blonden Locken zwischen den Fingern. »Ich bin so aufgeregt. Endlich lernst du meinen Jackson kennen.«

Ich konnte es nicht verhindern, meine Augen rollten quasi von allein. Vielleicht lag es daran, dass ich diese Art von Liebe noch nie gespürt hatte, aber diese ganze Nummer mit dem Traummann lag mir einfach nicht. Männer konnte man auch so haben, ohne den Beziehungsstress drum herum.

Nervös fummelte sie an ihrer Armbanduhr herum. »Wir sollten echt langsam los.«

Ein letztes Mal fuhr ich mit dem roten Lippenstift über die Lippen, rieb sie aneinander und formte einen Kussmund. Perfekt. Und damit meinte ich nicht nur den Mund. Meine braunen Haare trug ich offen. Sie schmiegten sich in weichen Wellen an die Schultern, nur die Spitzen berührten den Stoff des Kleides an meinem Rücken. Das kurze Schwarze, ein Klassiker, und doch wurde es nie langweilig. Der tiefe V-Ausschnitt betonte mein Dekolleté und brachte die Kette mit den goldenen Initialen perfekt zur Geltung. Ich hatte sie vor ein paar Jahren zum 25. Geburtstag bekommen. Fehlten nur noch die Schuhe. Und was passte da besser als meine liebsten

High Heels. Mattschwarz, silberner Absatz. Ich war viel zu lange nicht mehr ausgegangen. Das letzte Mal trug ich sie, als …

Meine Brust füllte sich mit einer bleiernen Schwere, raubte mir die Luft. Es kam mir wie eine Ewigkeit vor und doch schmerzte die Erinnerung an diesen letzten Abend noch immer so sehr, als wäre es gestern gewesen.

Mias Handy brummte und riss mich aus den Gedanken. Kichernd tippte sie auf dem Bildschirm herum. Heute war kein Platz für Trauer. Schultern straffen und los geht's. Die Vergangenheit konnte jetzt einfach nur Vergangenheit bleiben.

Ich schnappte Mias Hand und zog sie aus dem Badezimmer heraus durch den schmalen Flur, direkt Richtung Fahrstuhl. Mit einem breiten Lächeln zwinkerte ich ihr zu. »Es kann losgehen, stell mir deinen Jackson vor.« Nicht, dass ich es mir doch nochmal überlegen würde.

Nervös trat sie von einem Fuß auf den anderen. »Da ist noch etwas, Linda …«

So wie sie aussah, konnte *das* nichts Gutes sein. »Raus mit der Sprache.«

Erneut wickelten ihre Finger eine Locke nach der anderen auf und ließen sie wieder zurück an Ort und Stelle springen. »Also, Jackson meinte, dass es für dich ja voll doof wäre, so allein mit uns beiden. Und deshalb …«, ihr Blick glitt an die Decke, »und deshalb bringt er auch einen Freund mit.«

Die Worte schossen so schnell aus ihr heraus, dass ich einen Moment brauchte, um sie zu verstehen. Erklärte sie mir gerade, dass wir gleich ein Doppeldate hatten? »Das ist nicht dein Ernst. Mia, du weißt, dass ich keine Lust auf so was habe.« Ich fuhr durch meine Haare, legte sie hinter die Schultern. Mir fehlten weder Blind Dates noch irgendwelche Verkupplungsversuche. Männer suchte ich mir selber aus.

Mia erkannte meine Stimmung sofort und hob beschwichtigend ihre Hände vor die Brust. »Ich weiß, ich weiß. Aber vielleicht ist das eine tolle Chance, jemanden kennenzulernen. Jemand, der mehr als nur eine Nacht bleibt«, schief lächelte sie mich an, »versuch es doch mal.«

Warum musste jede Frau einen Mann suchen, der länger bleibt? Kann es nicht auch mal gut sein, wenn man nicht das Verlangen nach dem Prinzen auf dem weißen Pferd hat? Einfach nur das unkomplizierte Leben genießen!

Ich drehte mich von ihr weg. Mein Blick fiel direkt in einen der runden Spiegel über der Kommode im Eingangsbereich. Tief schaute ich mir selbst in die Augen, versuchte die Lösung in mir zu finden. Ich könnte alles absagen, mich auf die Couch legen, einen Film anschauen. Aber Mia freute sich seit Tagen auf diesen Abend. Und um mein Styling wäre es irgendwie auch schade.

Das Signal des Fahrstuhls ertönte. Zeit, eine Entscheidung zu treffen.

Für Mia. »Gut«, ich wandte mich ihr zu. »Lass uns gehen. Aber keine peinlichen Verkupplungsversuche!«

Lachend hüpfte sie auf und ab. Sie war immer etwas zu aufgedreht. Genau aus diesem Grund mochte ich sie so sehr. Ganz egal, wo sie auftauchte, es herrschte gute Laune. Vielleicht lag es auch daran, dass sie nichts von der kriminellen Unterwelt Fremonts wusste.

Unser Chauffeur James fuhr zielsicher durch den abendlichen Verkehr von Fremont. Die hellen Laternen zogen an uns vorbei und erhellten immer wieder den dunklen Innenraum des Autos. So langsam kamen wir der belebten Innenstadt näher.

Ich schaute zu Mia, sie strahlte über das ganze Gesicht. »Das wird ein ganz toller Abend.«

Ihr Wort in Gottes Ohren. »Sicher.«

Sie grinste noch breiter. Ehrlicherweise überraschte es mich, dass das überhaupt ging.

Mit einem leisen Surren fuhr die dunkle Trennscheibe im Auto herunter. »Wir sind mitten in der Innenstadt, Ladys. Wo genau soll ich euch rauslassen?«

»Halten Sie einfach hier«, ergriff Mia das Wort. »Den Rest vom Weg laufen wir!«

Wie bitte? Die Innenstadt war riesig.

James nickte zufrieden und parkte das Auto am Straßenrand.

Keine Sekunde später sprang Mia heraus und riss suchend ihren Kopf hin und her.

»Soll ich warten oder rufen Sie mich an?«

Zu gern wollte ich sagen, dass er warten sollte. Doch dieser Abend würde nicht annähernd so schnell enden, wie ich es erhoffte.

»Fahren Sie nach Hause, James, wir rufen an.«

Er nickte erneut und die dunkle Scheibe fuhr wieder herauf.

Ich schnappte mir die silberne Clutch und stieg ebenfalls aus. Sofort griff Mia meine Hand und zog mich hinter sich die Straße hinauf.

Eine Bar nach der anderen zog mit grell leuchtender Reklame an uns vorbei. Doch an keiner hielten wir an. »Wo treffen wir deinen Mister One denn?«.

Mia blieb so abrupt vor mir stehen, dass ich sie beinahe umgerannt hätte. »Halt dich fest: im Rogue. Ich meine, im ROGUE! Er hat es mir vor zwei Tagen erzählt. Wie bitte hat Jackson dort noch einen freien Tisch bekommen?«.

Das war eine sehr gute und vor allem berechtigte Frage. Mein Nacken begann zu kribbeln, für einen Moment packte mich die Nervosität. Ich war schon unzählige Male im Rogue, aber wie der Name sagt, trafen sich da eben am liebsten Schurken. Egal wie gesetzeswidrig dein Vorhaben auch sein mochte, die Geschäfte dafür wurden im Rogue geschlossen. Zwischen feiernden Unwissenden, nichtsahnenden Betrunkenen – und skrupellosen Killern.

Trotzdem schmeckte das Essen dort fabelhaft und machte das Restaurant zu einem Schmuckstück der Stadt. Vor allem zu einem ausgebuchten Schmuckstück. Es war schier unmöglich, kurzfristig einen Platz zu bekommen. Außer man hieß Miller.

Wer war also dieser Jackson, dass er dort einen freien Tisch ergattern konnte? Er musste ein großes Tier in der Unterwelt sein und das bedeutete, dass meine beste Freundin mit einem verdammten Kriminellen ausging. Allein der Gedanke kitzelte meinen Würgereiz.

»Das Rogue, toll«, presste ich hervor.

»Mein Jackson wollte eben nur das Beste.«

Scheint so. Trotzdem ließ mich die innere Unruhe einfach nicht mehr los, selbst meine Fingerspitzen begannen zu prickeln. Seit geraumer Zeit bekam die Company immer wieder Drohbriefe. Was, wenn Jackson über Mia an mich herankommen wollte? Die Unterwelt von Fremont war kein beständiger Ort. Und seitdem der Mafiaclan und der Vikings Motorradclub ihren Streit wieder aufgenommen hatten, wurde es nicht leichter. Was, wenn …?

Okay. Stopp. *Das ist paranoid!*

Tief atmete ich ein und aus. Ruhe bewahren, rational denken. *Dennoch: Vorsicht ist besser als Nachsicht.* »Mia, können wir kurz sprechen?«

Noch immer strahlte sie von einem Ohr zum anderen und suchte die Gegend nach ihrem Herzblatt ab.

»Was hast du denn Jackson alles über mich erzählt?«

Grinsend blickte sie zu mir. »Natürlich nur die guten Storys!«

Ich rang mir ein Lächeln ab. »Und was genau? Also hast du ihm meinen Namen gesagt? Du weißt ja, dass der immer für etwas Aufsehen sorgt.«

Mia senkte den Blick. »Na ja, jetzt, wo du es erwähnst ...« Ihre Finger knackten, so sehr knetete sie sie durch. »Sei mir nicht böse, okay? Ich habe ihm noch nicht deinen Namen gesagt. Ich meine, er weiß, wo ich arbeite und irgendwie ...«, ihr Blick glitt gen Himmel und wieder zu mir zurück. »Ich wollte nicht, dass er mich für einen totalen Workaholic hält. Meine beste Freundin ist meine Chefin. Das klingt total nach Workaholic! Es tut mir so leid!« Sie hob die Schultern. »Und er hätte dich sicher im Internet gesucht und ... na ja ... ich wollte dich heute richtig vorstellen!«

Erleichtert atmete ich auf. Auch wenn sie sich dafür schämte, war das ein perfektes Schlupfloch für mich. »Oh nein, Mia, alles gut. Ehrlich gesagt, ist es mir sogar ganz recht, wenn er nicht weiß, wer ich bin. Vielleicht können wir es erstmal dabei belassen? Du hast schon recht, über mich steht nicht nur Gutes in den Zeitungen.« Geschweige denn im Internet. Ich strich ihren Arm auf und ab. »Heute kann ich ja ... Jenny sein.«

Mia runzelte die Stirn und kam ein paar Schritte näher. »Jackson liest nicht unbedingt Klatschzeitungen. Und selbst wenn, seit Jahren bist du raus aus diesem Mist. Ich meine es ernst mit ihm. Er soll *dich* kennenlernen und nicht Jenny.« Mit jedem Wort zogen sich ihre Augenbrauen weiter und weiter zusammen.

Trotzdem wollte ich kein Risiko eingehen, konnte es einfach nicht. »Bitte! Du hattest deine Gründe und ich habe eben meine. Wenn ich ihn besser kenne, dann können wir alles aufklären.«

Ihre Lippen waren ein schmaler Strich, der rosa Lippenstift war kaum noch zu sehen. »Wie du willst.«

Ich griff nach ihrem Handgelenk, um sie an mich zu ziehen. Wir sollten jetzt nicht streiten. »Mia, ich …« Das Vibrieren meines Handys unterbrach uns.

Freudlos schnaubte sie auf. »Bitte sag nicht, dass es die Kanzlei ist.«

Ich zog es aus meiner Clutch und schüttelte augenblicklich den Kopf. »Tim«, antwortete ich knapp.

Ich hoffe, alles ist gut. Habe James frei gegeben, hole euch dann später ab. xxx

Lächelnd starrte ich auf den Bildschirm. Ja, Tim war mir sogar lieber als James. Er war genau der richtige, um diesen Doppeldate-Abend mit einem guten Glas Wein zu verarbeiten. Oder gleich ganz zu vergessen. Vielleicht wurden meine Gebete erhört und dieses Date endete schneller als gedacht. Dann könnten wir den Spätburgu…

»JACKSON!«

Völlig erschrocken zuckte ich zusammen, drückte mir eine Hand gegen die Brust. Mein Puls schoss sicher gerade weit über einen gesunden Bereich hinaus.

»Oh, hallo, Liebling! Ich habe dich so vermisst!«

Mia packte seine Oberarme und drückte sich an ihn. Sie hatte nicht gelogen, er sah gut aus in dem schwarzen Hemd und der lässigen Jeans. Seine langen braunen Haare waren zu einem kleinen Dutt im Nacken zusammengebunden. Der dunkle Vollbart bildete einen Kontrast zu Mias blonden Locken.

Doch meine Neugier galt eher dem Mann neben ihm, *meinem Blind Date*. Dem anfänglichen Protest zum Trotz musste ich zugeben, dass dieser hier nicht schlecht aussah. Vielleicht sogar mehr als nicht schlecht. Unsere

Blicke kreuzten sich, für einen Moment hielt ich inne. Noch nie hatte ich solche blauen Augen gesehen.

»Darf ich vorstellen, das sind Jackson und Parker.« Mit einer ausschweifenden Armbewegung deutete Mia auf die beiden Männer. »Und das ist ... Jenny, meine beste Freundin.«

Ich lächelte und gab jedem einzeln die Hand.

»Es freut mich, dich kennenzulernen, Jenny.« Jacksons Hand war ein bisschen schwitzig. Den hat es scheinbar ganz schön erwischt mit seiner Mia. Kaum hatte er mich losgelassen, griff er bereits wieder nach Mias Fingern. »Komm, ich hab einen wundervollen Tisch für uns reserviert.« Und schon gingen sie ins Rogue hinein.

Parker und ich blieben wie angewurzelt voreinander stehen, schauten noch immer einander an. Da war etwas in seinem Blick. Kannten wir uns? Irgendwo hatte ich ihn schon mal gesehen, oder? Doch bevor ich in den tiefsten Erinnerungen graben konnte, fuhr er sich durch seinen Dreitagebart, drehte sich um und drängelte sich ebenfalls ins Rogue hinein.

Das Lokal war wie immer sehr gut besucht. Glücklicherweise tätigte ich nur selten persönliche Termine, sodass mich hier kaum jemand erkennen sollte. Und mein letzter Besuch war so lange her, es durfte mich einfach niemand erkennen!

Die Musik im Club hüllte uns ein, die Bässe vibrierten in meinem ganzen Körper. Das Rogue teilte sich in zwei Bereiche. Um in das Restaurant zu kommen, musste man durch den Club.

Ich war seit Ewigkeiten nicht mehr hier gewesen. An der Decke hingen noch immer unzählige Neonröhren, welche den ganzen Raum in ein mystisches violettes

Licht tauchten. Eine Menge Leute drängten sich um die schwarz schimmernde Bar, hinter der sich eine Säule mit tausenden Mosaiksteinen befand, die das farbige Licht brachen. Ein Kellner mixte kunstvoll Cocktails, warf den silbernen Shaker nach oben, fing ihn wieder auf, nur um dann eine klare Flüssigkeit in ein langstieliges Glas zu schütten. Eine Kellnerin drückte sich an mir vorbei und blieb erst vor den halbrunden weißen Ledersofas stehen. Auf der Schulter balancierte sie ein Tablett mit einem Champagnerkübel, den sie gekonnt auf einen der säulenartigen Tische stellte. Auch dieser war über und über mit den kleinen Steinchen versehen. Die Leute jubelten, als der Barkeeper den Drink am Ende flambierte. Ich konnte mich kaum entscheiden, wo ich zuerst hinschauen sollte.

Eine Gruppe junger Frauen kippte sich einen Shot nach dem anderen runter. Während ein Mann weiter hinten seinen Kopf in den Nacken legte und sich den grünlichen Schnaps direkt in den Rachen goss.

Die Musik wurde lauter, die Masse an Menschen kam in Bewegung. Das Lachen, das Tanzen, alles hier steckte mich mit dieser Partylaune an, die ich schon lange nicht mehr fühlen konnte.

Es war nicht alles schlecht damals, es gab auch tolle Partys. Wahnsinnige Nächte. Ohne Drogen.

»Das erste Mal hier?« Parkers warmer Atem tanzte auf meinem Nacken, schickte eine Gänsehaut über mich.

Moment mal. *Ich bin stehengeblieben.* Inmitten der Massen starrte ich idiotisch lächelnd vor mich hin, beobachtete die Leute. Überhaupt nicht komisch. »Nein. Ich war nur länger nicht mehr hier.« Wo ist Mia hin? Mit den Augen suchte ich den Club ab und entdeckte sie mitten in einer Menschentraube. Jackson führte sie immer tiefer ins Rogue hinein. Ich riss mich von all den Eindrücken los, ließ Parker stehen und drängelte mich vorbei an stilvoll gekleideten Menschen und solchen, die weniger Wert auf ordentliche Kleidung legten.

Gerade erreichten Jackson und Mia die Verbindungstür zum Restaurant, als ich endlich hinter ihnen zum Stehen kam. Er stemmte sich dagegen und öffnete die gläserne Tür. Lange schwarze Vorhänge, mit goldenen Ornamenten bestickt, legten sich mit der Tür zur Seite und gaben den Weg frei. Wir gingen in das Restaurant hinein und nach Parker fiel die Tür mit einem dumpfen Geräusch zu. Schlagartig wurde die Musik leiser. *Alles genauso wie früher.*

Die dunklen Holzdielen auf dem Boden, die samtig roten Wände, die schlichten Holztische mit den schwarzüberzogenen Lederstühlen. Die Gedanken daran, welche Geschäfte mein Vater hier getätigt hatte, ließen meine Mundwinkel zucken. Nichts hatte sich verändert. Und doch war alles anders.

Jackson deutete auf einen der Tische. »Ladys und Parker«, grinsend nickte er ihm zu, »hier ist unser heutiger Platz.«

Begeistert klatschte Mia in ihre Hände. »Oh, wir haben sogar einen am Fenster!«

Mein Blick glitt zu ihr. Ob ihre Mundwinkel langsam weh taten? Sie tänzelte an mir vorbei und rutschte auf einen der Stühle direkt an der schmalen Glasfront.

Jackson nahm ihr gegenüber Platz, sodass ich mich neben meine Freundin setzen konnte.

»Ich bin so froh, dass wir hier sind. Jackson, ich wollte schon immer mal ins Rogue! Und dann auch noch einen Fensterplatz. Es ist der Wahnsinn!« Verträumt blinzelte sie ihn an und verflocht ihre Finger mit seinen.

Oh Gott. Beinahe gleichzeitig atmeten Parker und ich schwerfällig aus. Dieser Abend würde lang werden.

Keine Sekunde später kam eine Bedienung und legte beiläufig die schlichten Speisekarten auf unseren Tisch.

Gerade als sie gehen wollte, schaute sie auf und stockte in ihrer Bewegung. Sie blickte mir direkt in die Augen. »Oh, wir hatten Sie nicht erwartet. Soll ich dem Chef Bescheid sagen, dass Sie da sind?«

Auch das noch, jetzt hat sie mich erkannt. Obwohl ich wusste, dass es längst zu spät war, legte ich eine Hand so an die Stirn, dass die Bedienung mein Gesicht nicht mehr sehen konnte. Was jetzt?

Einerseits würde ich Pietro sehr gerne wiedersehen, andererseits würde er meinen Namen quer durch das Lokal brüllen und uns eine Überraschung nach der anderen auftischen.

Als Kind war ich zu gerne mit meinem Vater bei Pietro im Diner essen. Es lag genau gegenüber dem Gebäude der Miller Company. Allerdings waren wir dort wohl die einzigen Gäste und so schloss er es und eröffnete später das Rogue. Wesentlich erfolgreicher.

Leicht hob ich den Blick, ohne den Schutz durch meine Hand aufzugeben. Sie stand noch immer neben mir und würde nicht gehen, ehe ich antwortete. Na gut. Tief holte ich Luft und wollte gerade etwas sagen, als Parker das Wort ergriff. »Nein, aber richten sie Pietro Grüße aus.«

Schnell nickte die junge Frau und schaute dann wieder zu mir.

Warum gab sie sich denn nicht mit der Antwort zufrieden? Und warum wollte der Typ Pietro grüßen? Ich wagte es nicht, sie direkt anzuschauen. Aus dem Augenwinkel bemerkte ich, wie Parker die Stirn runzelte und zwischen mir und der Bedienung hin und her blickte.

Ohne ein Wort zu sagen, nickte ich und schnappte mir eine der Speisekarten. Die Frau ging, Gott sei Dank! Fast musste ich aufseufzen, aber das hätte die ganze Situation noch absurder gemacht. Außerdem geisterte ein Gedanke durch meinen Kopf: Woher kannte er Pietro? Es wurde immer kurioser. Erst der spontane Tisch im Rogue, dann Grüße an den Chef. Die Bedienung hatte nicht nur mich erkannt. Wer die beiden auch waren, sie hatten ganz sicher Dreck am Stecken. Und wer sich mit Mia anlegte, hatte mich automatisch zum Feind. Das wollte niemand in Fremont.

Mein Blick glitt zu ihr und Jackson. Noch immer spielten sie mit ihren Händen und hatten nur Augen füreinander. Scheinbar waren sie in eine andere Welt getaucht. Eine rosarote. Ich vergrub mich hinter der Karte, studierte förmlich die einzelnen Gerichte vor mir. Wir würden essen, zahlen und dann einfach wieder verschwinden. Morgen würde ich die beiden durchsuchen, kein Geheimnis blieb vor mir sicher. Und wenn ich ...

Ich zuckte zusammen, mein Herz setzte einmal aus. Wie aus dem Nichts drückte eine Hand meine Speisekarte nach unten. Seit wann war ich so schreckhaft? Und was bildete sich dieser Kerl eigentlich ein? Mit schmalen Lippen schaute ich auf, direkt in das Gesicht meines unfreiwilligen Blind Dates.

Parker fixierte mich, als würde er durch mich hindurchsehen können. Seine Augenbrauen zuckten, doch er wandte den Blick nicht ab.

Ich schluckte. Seine Augen hatten eine so tiefblaue Farbe, dass man sich darin verlieren konnte. Aber dafür war ich die falsche Frau. Es war etwas Anderes, etwas, was sich in meinen Kopf drehte und wendete, doch ich konnte es einfach nicht greifen.

Nach ein paar Sekunden reichte es mir. »Ich weiß, dass ich gut aussehe, aber das ist doch etwas aufdringlich. Lass mich wenigstens erst mal was zu essen bestellen. Danach kannst du gerne weiter gaffen.« Mit Schwung entriss ich ihm meine Speisekarte.

Seine Mundwinkel zuckten. »Mir kommt es so vor, als

würden wir uns kennen.« Erneut drückte er die Karte nach unten, um mich besser sehen zu können.

Mit schmalen Augen hob ich den Blick und schaute ihn an. Auch ich hatte die Vermutung, dass wir uns schon mal begegnet waren. Doch selbst an einen One-Night-Stand mit diesen Augen hätte ich mich erinnern können. Ich wandte mich ab. »Wir kennen uns nicht«, entgegnete ich kurz und lehnte mich in meinen Stuhl zurück.

»Aber du kennst Pietro. Was bedeutet, dass du im Rogue bekannt bist. Und was das bedeutet, brauche ich sicher nicht näher zu erklären?« Immer noch fixierte er mich mit seinem durchdringenden Blick. »Und so oft, wie ich im Rogue bin, kenne ich die Leute hier.« Er lehnte seinen Oberkörper nach vorn, seine Hände wanderten auf meine Tischhälfte.

Doch es beeindruckte mich nicht mal annähernd so sehr, wie er es sich erhoffte. Diesmal zuckten meine Mundwinkel. Er war also öfter hier, gut zu wissen. Und doch kannte er nicht alle, sonst wüsste er ja, wer ich bin. Die CEO der Anwaltskanzlei Miller Company und damit Nachfolgerin meines Vaters Rasmus Miller. Wir vertraten hauptsächlich die kriminelle Unterwelt und leisteten das volle Programm, um wirklich jeden vor einer Strafe zu bewahren. Nach und nach baute mein Vater die Company zu einer riesigen Kanzlei auf und nach etwas mehr Zeit und vor allem Geld waren auch legale Anwälte wie Mia dazugekommen. Durch sie schützten wir unser öffentliches Ansehen. Tief im Inneren war es allerdings dunkel und schmutzig.

Doch das alles ging diesen Parker vor mir nichts an. Er selbst musste kriminell sein und so langsam nervten mich seine Fragen gewaltig. Mit dem falschesten Lächeln, das ich zaubern konnte, grinste ich ihn an. »Ich war früher oft auf Partys unterwegs. Junge hübsche Frauen kommen hier ganz gut rein. Pietro kenne ich ni…«

Noch bevor ich das letzte Wort ausgesprochen hatte, wurde auf einmal ein riesiger, rosaroter Erdbeermilkshake vor mir abgestellt.

Zwinkernd schaute mich die Bedienung an. »Liebe Grüße von Pietro.«

Laut lachte Parker auf und strich mit einem Finger durch die Sahnehaube des Shakes. Ohne die Augen von mir abzuwenden, leckte er genüsslich über seine Fingerkuppe.

Die Hitze schoss in meine Wangen. Unfähig, den Blick loszureißen, hielten mich seine Augen gefangen. Hielt er mich gefangen.

»Li... Jenny! Du hast mir nicht gesagt, dass du auf der Speisekarte Milkshakes gefunden hast. Du weißt, wie sehr ich sie liebe.« Mias schrille Stimme rüttelte mich förmlich wach.

Was war das denn bitte? Ein paar Mal musste ich blinzeln, um wieder im Hier und Jetzt anzukommen. »Du kannst ihn gerne haben, es ist sicher eine Verwechslung. Die Bedienung hat ihn mir einfach hingestellt.«

Mia packte das hohe Glas und zog gierig die süße, rosa Flüssigkeit durch den Strohhalm in ihren Mund. »Möchtest du auch mal kosten?«, fragte sie Jackson und er grinste ihr verführerisch entgegen.

»Ich möchte alles an dir kosten, Baby«, flüsterte er leider viel zu laut und Mia kicherte nervös los.

Und Schwupps waren sie zurück in ihrer rosaroten Blase. Unheimlich.

»Es gibt hier keine Milkshakes.« Parkers Stimme war leise und doch überlaut in meinem Kopf.

Noch einmal würde ich mich nicht so gehen lassen. »Scheinbar schon.« Ohne ihn weiter zu beachten, vertiefte ich mich wieder in die Speisekarte.

ZWEI

»Das Essen war so lecker, danke mein Schatz.« Mia grinste über beide Ohren hinweg ihren Jackson an.

So langsam war mein Level an Kitsch mehr als erreicht. Genervt wandte ich den Blick ab und verdrehte die Augen.

»Für dich nur das Beste, mein Liebling.«

Angespannt atmete Parker aus, rieb sich über die Stirn.

So ging das schon die ganze Zeit beim Essen. Wie zwei verliebte Teenager turtelten sie wild herum. Selbst wenn Jackson mit Parker redete, hingen seine Augen an Mia. Wenigstens ließ der mich während des Essens in Ruhe. Diese kitschigen Frischverliebten neben mir und ein nervtötendes Blind Date vor mir hätte ich zusammen nicht überlebt.

Jackson räusperte sich und schaute zu Parker. »Wir sind gleich wieder da. Mia will sich mal mein Bike ansehen.« In Windeseile schnappte er ihre Hand und verschwand mit ihr durch die Verbindungstür zum Club. Nur die wackelnden Vorhänge bezeugten, dass sie eben noch da waren.

Mit offenem Mund starrte ich ihnen hinterher. Ließ Mia mich jetzt einfach hier mit diesem Typen sitzen?

»Bike ansehen. Klar«, murmelte Parker und bestellte sich per Handzeichen ein weiteres Bier. Auch er wirkte sichtlich genervt von der Situation und ich konnte ihn total verstehen.

Er nahm sein Bier entgegen und nickte der Bedienung zu, die bereits zum nächsten Tisch ging.

»Möchtest du noch was trinken?«

»Wodka.« Da musste ich nicht zweimal überlegen.

Er hob das Glas an den Mund und stockte. Mit großen Augen schaute er über den Rand zu mir.

Als hätte ich ihm gerade erzählt, dass ich ein Ufo gesehen habe. Sein Gesichtsausdruck war zu komisch und brachte mich tatsächlich zum Schmunzeln.

»Soll das ein Scherz sein?«

Sah ich so aus, als würde ich scherzen? »Nein, anders halte ich diesen Abend nicht mehr aus.« Ich winkte die Bedienung an unseren Tisch.

Ohne den Blick von mir abzuwenden, ergriff Parker das Wort. »Zwei Wodka.«

»Belvedere«, fügte ich grinsend hinzu.

Parker lachte laut auf, schüttelte immer wieder den Kopf.

Mir war klar, dass ich mich verraten hatte. Belvedere Wodka war selten in den Bars zu finden. Eine Flasche kostete über 100 Dollar, aber es war nun mal der Beste.

»Also gut, wer bist du? Ein verwöhntes Partygirl? Ich könnte schwören, ich kenne dich«, sein Finger deutete direkt auf mich, »und rede dich nicht raus, du warst bereits mehr als einmal hier. Belvedere Wodka so selbstverständlich zu bestellen? Und die Sache mit Pietro? Oder arbeitest du hier?« Die Fragen sprudelten aus ihm heraus.

Ich grinste. »Weder das eine, noch das andere.« Kurz bedankte ich mich bei der Bedienung für die zwei Wodka.

Obwohl, verwöhntes Partygirl hätte vor ein paar Jahren definitiv gepasst. Bevor … na ja, bevor dieser eine Tag kam, war ich jeden Abend in einem anderen Club und das Rogue gehörte dazu.

Parker nahm sein Glas und hob es an. Ich tat es ihm gleich, klirrend stießen unsere Gläser aneinander. »Auf das Unbekannte«, sagte er leise und trank den Shot in einem Zug aus.

»LM«, sagte Parker nach einer Weile und durchbrach die Stille zwischen uns.

Wie bitte? Woher will er denn plötzlich meine Initialen wissen?

Er lehnte sich nach vorn, lächelte mir siegessicher entgegen. »Deine Kette. LM. Jenny ist dann wohl nicht dein richtiger Name.«

Meine Fingerspitzen wanderten am Dekolleté entlang, erfühlten die feinen goldenen Buchstaben. Ohne eine Regung zu zeigen, erwiderte ich seinen Blick. So lange ich nicht wusste, wer er war, blieb mein Name ebenfalls unter Verschluss. Dafür war die Lage viel zu unsicher. »Oder es sind die Initialen meines Freundes?«

Er schnaubte. »Toller Freund, der dich gemeinsam mit deiner besten Freundin auf ein Doppeldate lässt.«

Erzwungenes Blind Date trifft es wohl eher. »Ehrlich gesagt war das sehr spontan.«

Seine Augen verengten sich. Wieder lehnte er sich nach vorn zu mir, seine Finger berührten beinahe meine. »Spontan hin oder her. Ich hätte dich über die Schulter geschmissen und eigenhändig hier rausgetragen.«

Meine Mundwinkel zuckten. »Vielleicht kennt er mich einfach zu gut und traut sich nicht.« Nun lehnte auch ich mich nach vorn, darauf bedacht, ihn nicht zu berühren.

Und doch strömte die Hitze seiner Haut bis an meine Fingerspitzen. »Du würdest es bereuen.«

Schief grinste er mich an. »Manchmal muss man Risiken eingehen.« Seine Zunge fuhr über die Lippen. »Ich bin mir sicher, dass ich keine Sekunde bereuen würde.« Stechend blaue Augen fixierten mich.

»Du würdest dich wundern.« Meine Kehle trocknete aus, ich brauchte dringend mehr Wodka.

Parker unterbrach den Blickkontakt und stand auf. Schwallartig entwich mein Atem. Hatte ich die Luft angehalten? Mit großen Schritten ging er zur Theke, lehnte sich locker dagegen. Eine Bedienung sprach ihn an, er antwortete etwas, augenblicklich wurde sie rot.

Ob er sie fragte, wer ich bin? Sie hatte mich ganz sicher erkannt. Wenn ich jetzt ruhig aufstehen und Richtung Toiletten gehen würde, könnte ich durch die Küche verschwinden.

Gerade als mein Plan im Kopf Form annahm, drehte sich Parker um und kam mit einer Flasche Belvedere Wodka an den Tisch zurück. Er füllte unsere Gläser erneut und grinste mich an. Sein Lächeln war ... einfach wunderschön.

Was? Der Wodka stieg mir schneller in den Kopf, als ich dachte.

»Auf Jenny.« Er hob sein Glas und wir stießen an.

Ungläubig schüttelte ich den Kopf. Was hatte er vor? Mich betrunken zu machen und dann rauszufinden, wer ich bin? Da hätte er auch die Bedienung fragen können.

»Wollte sie dir meinen Namen nicht verraten?« Mein Kinn nickte in die Richtung der jungen Frau hinter der Theke.

»Ich habe sie nicht gefragt«, wieder füllte er unsere Gläser auf und schob mir meins entgegen, »Wo bleibt denn da die Spannung?«

Heiß lief der Wodka in meinen Magen hinab. »Gar nicht neugierig?« Ich war es.

»Ehrlich gesagt ist es mir egal. Du weißt ja auch nicht, wer ich bin.« Trotzdem spannte sich sein Kiefer an. Es schien doch an seinem Ego zu kratzen.

»Und das stört dich ganz sicher nicht?«

Seine linke Schulter zuckte. »Ist das nicht so bei Blind Dates?«

»Vielleicht.« Aber nicht so. Nicht mit diesem Hintergedanken, wer von uns beiden gefährlicher war. Wer von uns beiden eher den Untergrund fürchtete.

Wieder hob er sein Glas nach oben. »Wir sind zwei Unbekannte und trinken zusammen.«

»Einmal hatte Pietro eine Schaumparty im Rogue organisiert. Es war die Hölle! Er beschwerte sich wochenlang über den Schaum und wie lange er alles trockenwischen musste.« Lachend hielt ich mir den Bauch, als ich Parker von dem Abend berichtete. »Das größere Problem war aber, dass eine Gruppe Frauen Konfettikanonen mithatte. Man konnte noch ewig die Papierschnipsel in den Ecken finden.«

Auch Parker stimmte ein. »An so was kann ich mich nicht erinnern.«

Mittlerweile saßen wir nebeneinander, mein Rücken dem Fenster zugewandt. Immer wieder stießen unsere Knie aneinander und jedes Mal fühlte es sich ein Stück besser an.

Ich lehnte mich zu ihm und berührte seinen Oberarm. »Vielleicht standest du ja nicht auf der Gästeliste.«

Dramatisch drückte Parker seine Hände gegen den Brustkorb. »Autsch, das tat weh.«

Ich lachte auf, fiel mit meiner Stirn an seine Schulter.

»Ich bin mir sicher, mit deinem netten Lächeln hätte dich der Türsteher vorbeigelassen.«

Er riss die Augen auf. »Nettes Lächeln? Ist das alles?«

»Oh, braucht da jemand Bestätigung?« Ich schaute zu ihm auf. Wann waren wir uns so nah gekommen?

Sein Atem streifte meinen Hals. »Die bekomme ich für gewöhnlich ins Ohr gestöhnt.«

Das war zu viel! Ich presste die Lippen zusammen, doch konnte nicht an mich halten. Laut prustete ich auf, lehnte mich wieder in meinem Stuhl zurück. »Zieht das bei Frauen sonst?«

Er legte den Kopf schief. »Gelegentlich.«

»Ich fass es nicht.« Erneut füllte ich unsere Gläser. »Na dann, auf Schaum, Konfetti und schlechte Flirtversuche.« Wir stießen zu derb an und der Wodka kippte rechts und links über.

»Schlechte Flirtversuche? Das überhöre ich jetzt mal.« Parker zwinkerte mir zu und brachte mich nur erneut zum Lachen. Doch sein Blick schweifte durch das Restaurant, es war noch immer sehr gut besucht, obwohl es bereits sehr spät sein musste. »Ich glaube übrigens, dass unsere Freunde uns hier sitzen gelassen haben.«

Ich schob die zwei leeren Wodkaflaschen zur Seite und öffnete die dritte. »Aber Mia schaut sich doch nur mal Jacksons Bike an«, erwiderte ich ironisch.

Parker schnaubte auf. »Jaja! Wohl eher seinen Auspuff.«

Mein Bauch schmerzte vom Lachen. Obwohl es wohl eher dem Alkohol geschuldet war, wurde Parker mir immer sympathischer. Aus irgendeinem Grund fühlte es sich gut an, hier mit ihm zu sitzen und zu trinken. Ungezwungen, unkompliziert. Anscheinend mussten Dates nicht immer so anstrengend sein.

Die Verbindungstür zwischen Club und Restaurant wurde geöffnet und die Musik strömte für eine kurze Zeit laut in das Lokal hinein. »Komm!« Ohne weiter darüber nachzudenken, packte ich entschlossen Parkers Hand, drückte mich an ihm vorbei und zog ihn hinter mir her.

Wir drängelten uns zwischen den tanzenden und schwitzenden Menschen hindurch. Erst mitten auf der Tanzfläche blieb ich stehen und fing an mich im Takt der Musik zu bewegen, Parkers Blick fest auf mir. Instinktiv bewegten sich meine Hüften und ich schloss die Augen. Ich schwang die Arme nach oben und begann mit der Musik zu verschmelzen. Die Bässe begleiteten jeden einzelnen meiner Muskeln und ich wog förmlich mit den Melodien hin und her. Tanzen war schon immer mein Element. Ich genoss die Blicke, genoss selbst den feinen Schweißfilm auf meiner Stirn. Es war ein Stück Freiheit inmitten all der Zwänge und Regeln des Lebens.

Fingerspitzen streiften meine Taille. Ich öffnete die Augen, sah direkt in seine, ließ mich von dem blauen Strudel gefangen nehmen. Federleicht begannen sich seine Hände an mir zu bewegen.

Ich schloss den Abstand zwischen uns, umfasste seinen Nacken. Die schweißnassen Härchen störten mich nicht. Nichts störte mich an diesem Mann. Sein Gesicht senkte sich, alkoholgeschwängerter Atem stieß gegen meine Wange. Doch kurz, bevor er mich küssen konnte, drehte ich den Kopf zur Seite. So einfach würde ich es ihm nicht machen. Meine Hände fuhren in seine Haare und ich stellte mich auf die Zehenspitzen, um flüchtig seinen Hals zu küssen. »Wir sollten die Flasche Belvedere mitnehmen.«

Die kühle Abendluft schlug uns entgegen, als wir das Rogue verließen. In der einen Hand hielt Parker die Flasche Belvedere, in der anderen meine. Und wenn ich ehrlich bin, hätte ich ihm am liebsten hinter der nächsten Ecke die Kleider vom Leib gerissen.

Er zog mich an sich. »Ich nehme an, du zeigst mir nicht deine Wohnung.«

Lachend schüttelte ich den Kopf. »Weder zu dir, noch zu mir. Wie war das nochmal? Zwei Unbekannte.« Ich genoss die Wärme, die sein Körper ausstrahlte. Mein Kleid war für diese nächtlichen Temperaturen eindeutig zu kurz.

»Beenden möchte ich diesen Abend aber noch nicht.« Sanft hauchte er einen Kuss in meinen Nacken.

Ich hob den Blick und schaute in seine Augen. »Der Abend ist erst beendet, wenn wir beide schwitzend und nackt nebeneinanderliegen.«

Parker grinste schief. »Da sind wir ja einer Meinung.«

Kurz überlegte ich. Im Lakeview Hotel hatte meine Familie dauerhaft eine Suite reserviert. Allerdings erreichten wir die kaum zu Fuß und wir waren beide zu betrunken, um zu fahren. »Im Lakeview Hotel habe ich eine Suite«, sagte ich und seine Augen weiteten sich.

»So langsam werde ich doch neugierig, wer du bist«, entgegnete er und löste sich von mir. Taumelnd kam er am Bordstein zum Stehen, streckte seinen Arm aus und winkte ein Taxi heran.

Ich weiß gar nicht, wann ich das letzte Mal in einem Taxi gesessen und nicht James angerufen hatte.

Nur kurze Zeit später standen wir gemeinsam in der totenstillen Hotellobby des Lakeview Hotels. Scheinbar checkten nicht viele Leute mitten in der Nacht in das Vier-Sterne-Hotel ein.

»Warte am Aufzug, ich regle das.« Kichernd schob ich Parker in Richtung der Fahrstühle. Er umfasste meine Taille und zog mich zu sich, doch ich befreite mich und ging eilig zum Empfang. Noch immer kichernd. Wie eine verdammte Sechzehnjährige!

»Miss Miller, wir wünschen Ihnen einen guten Abend. Möchten Sie einchecken?«, fragte mich der ältere Mann hinter dem Tresen und ich nickte.

»Nur eine Nacht?«

Wieder nickte ich.

Er tippte etwas in seinen Computer und schob dann die Schlüsselkarte über den Tresen. »Wir wünschen einen schönen Aufenthalt.«

»Den werde ich haben.« Schnell schnappte ich mir die Karte und eilte zu den Aufzügen.

»Kurz habe ich überlegt zu lauschen«, flüsterte Parker und schob mich in den Aufzug hinein. »Welche Etage?«

Entschlossen drückte ich auf die 30 und der Fahrstuhl setzte sich in Bewegung.

»Komm her.« Gierig zog er mich an sich. Mein Rücken wurde gegen die kühle Wand des Fahrstuhls gepresst. Seine Hände umschlossen mein Gesicht. »Ich warte keine 30 Stockwerke ab.«

Unsere Lippen knallten aufeinander. All das Kribbeln und knistern zwischen uns entlud sich mit diesem einen Kuss. Sein Mund war weich und schmiegte sich zart an meinen. Nur der Bart kratzte an meiner Oberlippe. Es dauerte nicht lange, bis wir verlangend aneinanderhingen. Seine Hände wanderten meinen Körper herab und schoben das kurze Kleid nach oben. Ruckartig nahm er mich hoch und ich schlang die Beine um seine Hüfte. Bereits jetzt konnte ich seine Erektion an mir spüren. Von mir aus konnten wir es gleich hier in diesem Fahrstuhl tun.

Er tastete an meinem Rücken entlang, suchte nach dem Reißverschluss des Kleides. Ich griff nach dem Kragen seines Hemds, begann einen Knopf zu öffnen, doch scheiterte maßlos. Meine Finger zitterten wie verrückt. Gerade, als er den Verschluss zwischen meinen Schultern fand, ruckelte der Fahrstuhl.

Ping.

Ein einziger Ton. Leise und unüberhörbar. Und doch brachte er uns beide direkt wieder ins Hier und Jetzt.

30. Etage.

Ich löste meine Lippen von seinen. Unsere Atmung ging so abgehackt, als wären wir die 30 Stockwerke hochgerannt. In High Heels.

»Wir sind da«, hauchte ich und er setzte mich ab. Schnell zupfte ich am Saum des Kleids und deutete auf die Tür des Fahrstuhls. Er führte direkt in die Suite herein.

Parkers Blick zuckte zwischen mir und dem leeren Foyer hin und her. »Na wenn das so ist.« Er drehte sich wieder zu mir herum und schmiss mich über seine Schulter. »Ich hab gesagt, dass ich es nicht bereuen werde.«

Vor Schreck kreischte ich auf. »Parker!« Doch der ließ sich nicht beirren und trug mich mitten in die Suite hinein. Der Wodka stieg in mein Hirn und ich kicherte wie ein pubertierendes Mädchen.

Bereits im Eingangsbereich war der Boden mit hellen Marmor ausgelegt. Die hohen weißen Wände waren mit verschiedenen Gemälden verziert. Nachdem wir an den hellen Kommoden vorbeigelaufen waren, standen wir mitten im Wohnzimmer. Der gesamte Raum wurde durch eine riesige Fensterfront eingerahmt. Der Stonelake lag schwarz unter uns, in einzelnen Hochhäusern rund um den Park brannte noch Licht. Die Stadt lag zu unseren Füßen.

»Das Schlafzimmer …«, begann ich, doch ich kam nicht weit, da Parker mich bereits auf das anthrazitfarbene Sofa warf. Einzelne weiße und schwarze Kissen fielen herab, verkeilten sich zwischen der Couch und den Sesseln daneben.

»Ich brauche kein Schlafzimmer«, flüsterte er und legte sich auf mich.

Ohne Zeit zu verschwenden, küsste er mich. Seine Zunge streifte meine Lippen und ich öffnete bereitwillig den Mund. Unwillkürlich stöhnte ich auf, als seine Hände an meinen Seiten entlang strichen.

Er schob den Saum des Kleides nach oben, fuhr mit seinen Fingern über die nackten Oberschenkel. Nur wenige Zentimeter weiter, nur noch ein Stückchen, dann würde er endlich meine Mitte erreichen. Doch seine Berührung brach ab.

Sein Mund wanderte an meinem Kiefer entlang, über den Hals. Seine weichen Lippen berührten mein Schlüsselbein, das Dekolleté. Jeder einzelne Kuss fühlte sich wie tausend kleine Stromschläge auf der Haut an. Ich wand mich unter seinem Gewicht. Es machte mich wahnsinnig, ihm so nahe zu sein.

»Zieh dein Kleid aus.« Mit halbgeschlossenen Augen schaute er in meine und gab mich frei. Die Beine leicht auseinander stand er vor mir, schaute auf mich herab.

Ich setzte mich auf. »Hilfst du mir?«

Seine Augenbrauen zuckten in die Höhe. Ein Knie zwischen meinen Beinen abgestützt, beugte er sich an mir vorbei.

Ich rutschte an ihn heran, spürte seine Jeans an meiner Körpermitte. Nur mit allergrößter Kraft hielt ich die Hüfte still, widerstand der Versuchung, mich an ihm zu reiben.

Seine Finger tasteten nach dem Reißverschluss. Warmer Atem strich über meinen Hals. In Zeitlupe öffnete er das Kleid, schob die Träger von den Schultern und entblößte meinen Oberkörper. »Du bist wunderschön.«

Eine Gänsehaut wanderte meinen Nacken entlang, breitete sich auf den Rücken aus. Meine Atmung zitterte. Ich stand auf, ließ das Kleid endgültig an mir herabgleiten. Die schwarze Spitzenunterwäsche zeichnete sich von meiner hellen Haut ab.

Parker ließ sich auf die Couch fallen und betrachtete mich. Seine Augen wanderten über mein Dekolleté, über meinen Bauch, bis zwischen meine Beine. Meine Brustwarzen versteiften sich von ganz allein.

Ich befeuchtete meine Lippen. Sonst gefielen mir solche Musterungen nicht besonders. Der Alkohol ließ mich wohl so manche Dinge lockerer sehen.

Mit einem lasziven Hüftschwung ging ich auf ihn zu und setze mich rittlings auf ihn. Meine Augen hingen verlangend an seinen Lippen. Voll und so fantastisch geschwungen, umrahmt von den kleinen, dunkleren Härchen. Ich konnte es kaum abwarten, sie auf der Haut zu spüren.

Meine Hände wanderten seinen Oberkörper hinab, bis zu seiner Hose. Ich öffnete den Knopf seiner Jeans, zog den Reißverschluss langsam nach unten.

»Du quälst mich«, hauchte er.

Meine Mundwinkel zuckten. »Na dann will ich dich von deinen Qualen erlösen.« Ich schob die Hand in seine Hose, griff nach seiner Erektion.

Stöhnend legte er seinen Kopf in den Nacken, schloss seine Augen.

Ich fuhr über seinen Schaft, streichelte die Eichel. Er fühlte sich wundervoll an. Prall und fest. Ich umfasste ihn, fuhr immer wieder an seiner Härte auf und ab. Ein einzelner heißer Tropfen benetzte meine Finger, doch ich machte unbeirrt weiter. Zu sehen, wie er auf mich reagierte, zu spüren, welche Macht ich gerade über ihn hatte, es berauschte mich. Selbst wenn ich nicht wusste, wer er wirklich war. Ich zog meine Hand zurück und ließ sie wieder nach oben zu seiner Brust wandern.

Ein enttäuschtes Seufzen verließ seine Lippen und er öffnete wieder seine Augen.

»Eins nach dem anderen«, hauchte ich in sein Ohr und begann das Hemd aufzuknöpfen. Zaghaft öffnete ich die beiden oberen Knöpfe und legte eine Seite des Kragens über seine Schulter. Mit jedem Zentimeter Haut offenbarten sich immer mehr seiner Tattoos. Ich wollte alle entdecken, selbst die kleinsten Linien. Wollte sie mit meiner Zunge erkunden, an ihnen entlangfahren, ihren Ursprung finden. Und wenn es die ganze Nacht dauern würde.

Meine Lippen senkten sich auf seine Schulter, neckten sein Schlüsselbein, während seine Hände in meinen Haaren verschwanden.

Ohne die Berührungen zu unterbrechen, öffnete ich die restlichen Knöpfe. Mein Mund fuhr über seinen muskulösen Oberkörper. Begierig schaute ich empor in Parkers Augen.

Gott, ich will diesen Mann so sehr.

Ich wanderte weiter hinab, fuhr mit der Zunge das große Tattoo inmitten seines Brustkorbs nach. Stöhnend legte er seinen Kopf in den Nacken, biss sich auf die Unterlippe.

Dieses Tattoo war wirklich groß und ... es kam mir bekannt vor. Ich löste mich ein wenig von ihm, versuchte zu verstehen, was ich da sah. Das konnte nicht sein.

Ein Wappen mit einem großen keltischen V darin. Links und rechts waren Flügel zu sehen. Und darunter stand O'Neil.

Moment.

Parker.

O'Neil.

»Parker O'Neil.« Meine Stimme war nicht mehr als ein Flüstern. Im selben Moment begann sein Körper leicht zu vibrieren. Ich schaute auf seine Brust, dann in sein Gesicht. Er lachte. Kaum merklich, nur ganz leise, aber er lachte.

»Du musst das nicht so ehrfürchtig flüstern, Baby.«

Wie vom Blitz getroffen, richtete ich mich auf und starrte ihn an. Saß ich gerade halbnackt auf dem King der Vikings? Nein. Es gab sicher noch mehr Parker O'Neils. Aber wahrscheinlich keinen weiteren mit diesem Tattoo.

Fuck.

Meine Gedanken drehten sich. Die Erregung, der Alkohol. Ich versuchte, klar zu denken. Jackson. Dann ist er auch ein Viking. Mia! Verdammt.

Parker bemerkte mein Zögern und richtete sich auf. Seine Augen fuhren an mir auf und ab. »Scheinbar weißt du jetzt, wer ich bin.« Er atmete immer noch schwer, als wäre er eben einen Marathon gerannt.

Ich erhob mich. *Konzentrier dich, Miller!*

Anziehen. Erstmal anziehen. Mein Blick suchte den Boden ab. Wo war mein Kleid? Da. Ich griff danach, versuchte, oben von unten zu unterscheiden. Hundertmal drehte und wendete ich den Stoff in der Hand, bis ich es endlich über den Kopf zog und es wieder meine Haut bedeckte. Das alles konnte nicht wahr sein. Ein schlechter Witz!

»Mach meinen Reißverschluss zu.« Kühl durchschnitt meine Stimme die hitzige Situation.

»Sonst habe ich eher eine andere Wirkung auf Frauen.« Ohne zu zögern, stand er auf und schloss den Verschluss des Kleids. Seine Fingerspitzen strichen zaghaft über meine Hüfte, doch ich sprang förmlich nach vorn.

»Kein Fan von uns?«, versuchte Parker zu scherzen und ließ sich wieder auf die Couch fallen.

Ich drehte mich um. Mein Blick wurde von dem Tattoo auf seiner Brust angezogen. »Ist Jackson auch ein Viking?« Sicher war er einer. Hatte er nicht Mia sein Bike zeigen wollen? Gott, wie blind war ich?

Meine Knie wurden weich und ich setzte mich auf den kleinen Couchtisch ihm gegenüber. Ich würde lieber stehen, aber der Alkohol wirkte noch immer. Oder diese verdammte Erkenntnis.

»Ja«, antwortete Parker knapp und schaute mich fragend an. »Hast du Angst vor mir?«

Freudlos lachte ich auf und hob eine Augenbraue.

»Scheinbar nicht«, stellte er fest und knöpfte das Hemd wieder zu. »Gut. Nachdem du weißt, wer ich bin, wer bist du?« Mit gerunzelter Stirn schaute er sich in der Suite um.

Auch mein Blick glitt durch den Raum. Wir hatten nicht mal das Licht angemacht. Der Mond schien fahl durch die große Fensterfront und erhellte das Zimmer.

Beinahe gleichzeitig sahen wir mein Familienfoto. Seit wann steht das denn bitte da? Papa musste es dort beim letzten Mal hingestellt haben. Toll.

Parkers Augen weiteten sich. »Du bist Rasmus' Tochter«, stellte er trocken fest.

DREI

Der Viking Motorradclub war eine große Verbrecherbande. Sie hatten das gesamte Drogengeschäft von Fremont fest in ihrer Hand. Nicht ein weiterer Dealer konnte jemals Fuß fassen, entweder wurde er vertrieben oder beseitigt. Ich hatte schon ein paar Vikings vor dem Gefängnis bewahrt, aber nie hatte ich mit Parker O'Neil persönlich zu tun, ihrem Anführer.

Zum Glück hatte ich das Tattoo so schnell entdeckt. Es wäre mehr als nur unprofessionell, mit dem King der Vikings zu schlafen. Ich führte eine riesige Anwaltskanzlei. Am Ende würde jemand an meinem Urteilsvermögen zweifeln.

Und trotzdem saßen wir uns noch immer gegenüber und schauten uns an. Keine Ahnung, warum ich ihn nicht einfach rausgeworfen hatte. Und noch viel weniger verstand ich, warum er nicht bereits gegangen war.

Parker ergriff als erster das Wort, durchbrach die Stille. »Ich wusste, ich kenne dich, *Linda Miller*.«

Die Art und Weise, wie er meinen Namen sagte, löste einen wohligen Schauer in mir aus. »Ich hatte auch so etwas im Gefühl, *Parker O'Neil.*«, entgegnete ich und wandte den Blick ab. *Ich muss ihn rauswerfen.*

»Wo ist eigentlich die Flasche Wodka?« Er grinste. Der Themenwechsel kam überraschend.

Ich schaute mich kurz um, zuckte mit den Schultern und verfiel in ein unfreiwilliges Lachen. »Keine Ahnung. Wahrscheinlich im Taxi.«

Seine Mundwinkel verzogen sich zu einem schiefen Grinsen. »Ich brauche nämlich gerade dringend was Starkes.«

Oh ja, das war eine gute Idee. »Ich auch.« Mit dem Kinn nickte ich in Richtung der Bar hinter dem Sofa. »Bedien dich.«

Parker nickte und ging um die Couch herum. Lässig schnappte er sich ein Glas, schenkte sich einen Bourbon ein und kippte ihn runter.

Dann noch einen.

Und noch einen.

Sein Blick fixierte mich. Warum musste er nur so unheimlich schöne Augen haben? Ich schluckte. Die Begierde schlich wie eine Raubkatze durch meinen Körper, verscheuchte fast alle Zweifel, jagte nur einem Ziel hinterher. Er zwischen meinen Beinen. Unwillkürlich presste ich die Oberschenkel zusammen. Ich musste ihn *jetzt* rausschmeißen, sonst würde das kein gutes Ende nehmen.

»Gut«, begann er und stellte das Glas vor sich ab. »Du ziehst jetzt das Kleid wieder aus und legst dich genau wie eben auf die Couch.«

Perplex blinzelte ich einige Male. »Drehst du völlig durch?«, entgegnete ich barsch und stand ebenfalls auf. Was sollte das? War es ihm total egal, was das für Konsequenzen hätte?

»Zwei Unbekannte. Für diese eine Nacht.« Mit großen Schritten ging er auf mich zu, kam nur knapp vor mir zum Stehen. Fest packte er meine Handgelenke und zog mich an sich heran. Meine Fingerspitzen berührten den dünnen Stoff seines Hemdes, ertasteten sein heftig pochendes Herz darunter.

Parker neigte den Kopf, fuhr mit seiner Nase durch meine Haare. »Ich weiß nicht wieso, aber ich muss dich einfach berühren.«

Sein Atem, seine Worte. Sie schmiegten sich um mich, jagten einen Schauer über meine Haut. Doch in mir schrie alles, zu verschwinden. Wirklich alles? Meine Beine schienen zu streiken, bewegten sich nicht einen Zentimeter.

Wortlos ging er um mich herum. Seine Hände glitten an meinem Rücken empor, legten meine Haare nach vorn über die Schultern. Den Reißverschluss hatte er doch gerade erst geschlossen. »Ich bin mir sicher, dir geht's genauso.«

So gern ich ihm widersprechen würde, mein Körper erzählte etwas ganz Anderes. Der Stoff des BHs scheuerte an meinen steifen Brustwarzen, allein die hauchzarte Berührung meiner Haare vibrierte durch mich hindurch.

Er ließ einen Finger an meinem nackten Rücken entlangfahren, spaltete das Kleid weiter auf.

Ich stöhnte, gab mich seinen Lippen im Nacken hin. So federleicht. Wie ein einziger Schmetterling.

Die Träger rutschten von den Schultern, offenbarten erneut meinen Oberkörper. Parker strich das Kleid weiter an mir herab, bis es fast lautlos zu Boden fiel. Der schwarze Stoffhaufen umrandete meine Knöchel.

Ich schluckte.

Gab es überhaupt noch ein Zurück?

Wie ein scheues Reh stieg ich aus dem Kleid heraus und schaute über meine Schulter direkt in Parkers blauen Augen.

In seinem Blick lagen nicht nur Alkohol und Erregung. Ich sah mehr. Viel mehr. Begierde, Sehnsucht, Anziehung.

Keine Ahnung, was mir mehr Angst machte. Das oder die Tatsache, dass er der verdammte King der Vikings war.

Seine Hände legten sich um meine Hüfte. Er trat an mich heran, schmiegte sich perfekt an meinen Rücken. Seine Erregung drückte gegen meinen Po.

Mein Puls hämmerte in den Ohren, jeder Muskel spannte sich unter seinen Berührungen an.

Fingernägel kratzten über meine nackte Haut, den Bauch, empor zu den Brüsten. Ich keuchte auf, ließ mich gegen seinen Oberkörper fallen.

Er schob die Körbchen des BHs herunter, entblößte meinen Busen. Meine harten Spitzen reckten sich ihm entgegen. Zwischen Daumen und Zeigefinger packte er sie, begann sie langsam zu drehen. Alle Sinne spielten verrückt, tanzten kreuz und quer in meinem Kopf. Die Grenze zwischen falsch und richtig verschwamm. Ohne Vorwarnung drückten seine Finger zu, kniffen die Knospen so fest er konnte.

Ich schrie auf, griff haltsuchend um mich, bis ich mich an die Gürtelschlaufen seiner Jeans krallte. All meine Nervenenden fingen Feuer.

Gott, ich will ihn. So sehr.

Ruckartig drehte ich mich herum und schlang meine Arme um seinen Nacken. Unsere Lippen knallten aufeinander. Es war anders als im Fahrstuhl. Fordernder. Intensiver. Seine Zunge schob sich grob hervor, eroberte meinen Mund.

Seine Hände waren überall, schickten eine Gänsehaut nach der anderen über mich. Alles in mir schrie nach ihm. Da war nur noch er.

Er griff an meinen Rücken, öffnete den BH, schleuderte ihn davon. Etwas fiel scheppernd zu Boden, doch wir ignorierten es. Es war uns egal. Da war nur noch sein Körper an meinem.

Seine Zähne gruben sich in den Ansatz meiner Brüste, neckten jeden Millimeter der Haut, bis er endlich sein Ziel erreichte. Er saugte, leckte und biss in die Brustwarzen.

Mein Kopf fiel zurück in den Nacken. Seine Zunge auf mir zu spüren, ließ alles in mir erbeben. Es machte mich völlig wahnsinnig. Ich packte seine Haare, drängte ihn näher an mich.

Doch er löste sich von mir. Seine Gürtelschnalle klapperte, den Blick noch immer starr auf mich gerichtet.

Wie ein Magnet zog er mich an sich. Nicht einen Moment wollte ich ohne Körperkontakt bleiben. »Lass mich dir helfen.«

Ich konnte einfach nicht widerstehen. Meine Fingerspitzen wanderten unter den Bund seiner Hose, ertasteten seine Lust. Die Vorfreude, ihn endlich kosten zu können, wuchs ins Unermessliche. Nur noch im Slip ließ ich mich kniend vor ihm nieder, packte seine Jeans und zog sie herunter.

Meine Augen wanderten an ihm entlang. Die dunkelblonden Haare, der gestutzte Bart. Das Hemd, halb geschlossen, offenbarte einzelne Linien auf seiner Haut.

Und direkt vor mir glänzte es. Sein Glied streckte sich mir entgegen. Hauchzart hinterließ ich einen Kuss auf seiner Eichel. Meine Zunge umspielte die zarte Spitze, probierte den ersten Tropfen. Hatte ein Mann jemals so gut geschmeckt?

Parker stöhnte auf, seine Augen fielen zu, während er immer wieder über meinen Kopf strich. Nicht drängend. Nicht fordernd. Diese Zärtlichkeit hatte ich nicht erwartet. Nicht von ihm.

Ich öffnete den Mund und nahm ihn tief in mir auf. Trotz seiner Größe passte er so gut zwischen meine Lippen. Sein herber Geruch stieg mir in die Nase, raubte mir den Verstand. Mein Unterleib bebte. Alles in mir bebte. Immer wieder umschloss ich seine Härte, saugte an ihm, ließ meine Zunge um ihn herumwandern.

Ich schaute auf. Anders als erwartet, blickte Parker direkt zu mir, wandte die stechend blauen Augen nicht eine Sekunde lang ab. So wie er mich ansah, es machte mich verrückt. Auf eine Art und Weise, die viel zu intensiv war.

Gerade, als er erwartungsvoll in meinem Mund zu zucken begann, umgriff er meine Schultern und zog mich herauf. Ich krallte mich in sein Hemd. Ich wollte ihn fühlen. An mir, auf mir, in mir.

Ich stieß gegen seinen Brustkorb und drückte ihn zurück, bis er rückwärts auf die Couch fiel. Halbnackt und schwer atmend schaute Parker zu mir auf.

Der Abbruch unsere Berührungen übergoss sich wie ein Eimer kaltes Wasser über mich, verschaffte mir einen Moment Klarheit. Nun zögerte ich doch und versuchte trotz der bittersüßen Erregung, einen klaren Gedanken zu fassen.

Was tue ich hier? Vor mir liegt Parker O'Neil. Der King der Vikings. Nackt. Hart. Und ich hatte ihm gerade einen geblasen. Das alles war falsch. Und doch fühlte es sich in jedem einzelnen Augenblick so richtig an.

Unsere Blicke verfingen sich, schienen stumm miteinander zu sprechen. Auch in ihm tobte ein Konflikt. Ein Kampf um Begierde und Vernunft. Warum hoffte ich so sehr, dass seine Erregung gewinnen würde? Und wie würde ich mich entscheiden? Oder hatte ich das längst?

Parkers Augenbrauen zogen sich zusammen. Er richtete sich auf, griff meine Hand und zog mich rittlings auf seinen Schoß. Scheinbar hatte er eine Entscheidung getroffen.

»Denk nicht so viel nach«, hauchte er an meine

Lippen und küsste mich erneut mit einer solchen Zärtlichkeit, die ich keinem Viking der Welt zugetraut hätte.

Meine Gefühle fuhren Achterbahn. Das unsagbare Verlangen nach ihm, der Alkohol, die Tatsache, dass er ein O'Neil war.

Seine Zähne an meinem Hals ließen mich sofort alle Zweifel vergessen. »Ich will dich, Linda.«

Und ich ihn, auch wenn allein der Gedanke absolut falsch war. Ich suchte seinen Blick. Ruhig fuhren meine Fingerspitzen über sein Gesicht, strichen durch seinen Bart, zeichneten die Konturen seiner Lippen nach.

Er schloss die Augen, schien jede Berührung zu genießen.

»Was machen wir hier, Parker?«, flüsterte ich und zog ihn wieder zu mir heran. Keinen Moment länger wollte ich ohne seine Lippen sein. Es war eine Sucht. Und ich würde mich ihr hingeben, für diese eine Nacht.

Ich packte sein Hemd, knöpfte es so schnell auf, dass ich befürchtete, es zu zerreißen, und streifte es von seinen Schultern. Für nicht mal eine Sekunde ließ er von mir ab und schmiss es rückwärts von der Couch. Das große Vikings-Tattoo strahlte mir entgegen.

Schrie mich an, zeigte mir all die Konsequenzen.

Doch ich wollte sie nicht hören. Es war mir egal.

Parker griff um mich und wirbelte uns herum. Er war nun über mir, nackt. Schutzlos.

Seine Hand zog eine brennende Spur auf meinen Bauch hinab, schlich sich unter die Spitze meines Höschens.

Ich wölbte mich ihm entgegen, wollte seine Finger spüren, ihn spüren.

Laut stöhnte ich auf. Endlich. Seine Fingerspitze umkreiste meinen Kitzler, ließ alles in mir erzittern. Mein ganzer Unterleib schien sich elektrisch aufzuladen. Ich wand mich unter seinen Berührungen, krallte mich an seine nackte Schulter.

Bis seine Hand verschwand. Etwas ratschte.

Ich öffnete die Augen und folgte dem Geräusch. Das war nicht sein Ernst! »Parker!«

Zwischen Daumen und Zeigefinger hielt er das schwarze Stückchen Stoff empor. »Brauchst du heute eh nicht mehr.«

»Du bist …« Parker erstickte meine Worte in einem Kuss, ließ seine Finger wieder in mich wandern. Die Wut verflog genauso schnell, wie sie kam, räumte ihren Platz für die Hitze in mir. Seine Zunge streifte meine Lippen. Ich öffnete sie, empfing ihn. Er schmeckte nach Bourbon. Viel zu teurem Bourbon.

»Du schmeckst gut.« Ich lächelte.

Parker löste die Hand von meiner Mitte, führte seinen Finger an die Lippen. »Du auch.«

Das war zu viel. Seine Worte stiegen mir zu Kopf. Ich stieß ihn zurück, setzte mich rittlings auf ihn.

Parkers Augen weiteten sich, wanderten über meinen nackten Körper. Allein sein Blick reichte, um mich aufstöhnen zu lassen.

Dieser Mann bedeutete meinen Untergang.

Und es war mir egal.

»Warte.« Parker suchte mit seiner Hand den Rand der Couch ab.

Was war bitte jetzt noch so wichtig? Ich griff in meine Haare, begann meine Mitte auf ihm zu kreisen. »Worauf?«

Etwas fiel zu Boden, doch er tastete immer weiter. »Da.« Ein Kondom.

Wenigstens hatte einer von uns noch nicht zu viel Wodka im Hirn. Ich hob die Hüfte an, spürte, wie er das Gummi überzog. Seine Finger streiften meine Scham, ließen mich aufseufzen.

Unser Blick kreuzte sich. Länger, als er sollte. Länger,

als er es bei anderen Männern tat. Er war eben nicht wie die anderen. Kein dahergelaufener Typ.

Weniger nachdenken.

Quälend langsam ließ ich mich auf ihm nieder. Spürte seine Härte in mich gleiten.

Scharf sog er die Luft ein, krallte sich an meinen Oberschenkeln fest.

Gott, er fühlte sich so gut an. *Er* war so unfassbar gut. Seine halbgeschlossenen Augen, seine muskulöse Brust, dieses Sixpack.

Mein Becken begann zu kreisen, nahm ihn vollends in sich auf. Immer wieder hob ich die Hüfte an, nur um mich umso schneller auf ihn herabzulassen.

Ich schloss die Augen, mein Puls tanzte im Takt meiner Begierde. Das hier sollte nie wieder aufhören.

Parkers Griff wurde fester, seine Hände wanderten zu meinem Po. Fingernägel gruben sich in die nackte Haut.

»Fuck, Linda.« Mein Name ging in einem Stöhnen unter. Ich spürte seine Lust tief in mir pochen.

Doch ich behielt die Geschwindigkeit bei, wollte jeden Moment auskosten. Wollte immer wieder spüren, wie er mich dehnte, wie er gegen mich stieß.

Bis ich fiel. Ein Kribbeln kämpfte sich an meinen Zehenspitzen bis zum Bauch herauf. Umschloss die Brüste, wanderte über das Schlüsselbein, berührte meinen Nacken, tanzte auf der Kopfhaut. Immer wieder stöhnte ich seinen Namen, stützte mich rückwärts auf seinen Beinen ab.

Meine Muskeln spannten sich enger um ihn, verlangten auch nach seinem Höhepunkt. Und wurden nicht enttäuscht. Ein Zucken durchfuhr seinen Körper, seine Lider flatterten, schlossen sich ganz sanft. Lange dunkle Wimpern ruhten auf seiner Wange.

Stille hüllte uns ein. Nur die unregelmäßigen Atemzüge erfüllten den Raum. Hallten von den Wänden wieder. Überlaut.

Ich konnte den Blick nicht losreißen. Seine tätowierte Brust, dieses starke muskulöse V, welches direkt auf sein Glied deutete. Selbst nach dem Orgasmus trieb sein Anblick meinen Puls in die Höhe.

Parker verschränkte die Hände hinter dem Kopf. Seine Zunge fuhr über die Lippen. Zu gern hätte ich über seinen Mund geleckt. »Gefällt dir, was du siehst?«

Und wie. Seine Worte holten mich aus der Starre. Ich stieg von ihm herab und legte mich auf die Couch. Er entfernte das Kondom, knotete es zu und warf es neben das Sofa. Das klatschende Geräusch ließ mich fast kichern. Der Alkohol war noch immer allgegenwärtig.

Ich rutschte an ihn heran, meine Hand ruhte auf seinem Bauch. Noch immer atmeten wir beide wie zwei Marathonsieger. »Ist ganz in Ordnung.«

Sein Brustkorb vibrierte unter mir. »Das kann ich so nicht zurückgeben. Du bist viel mehr als nur ganz in Ordnung.«

Warum ließen mich seine Worte grinsen? Sicher der Wodka.

VIER

Langsam kämpfte sich die Sonne über den Horizont und tauchte Fremont in ein warmes, goldenes Licht. Die Nacht war vorbei, geschlafen hatten wir kaum.

Noch immer lag ich auf Parkers Brust und schaute durch die Fensterfront auf die erwachenden Fassaden der Stadt. Keiner von uns beiden sagte auch nur ein Wort. Wir lagen einfach nur eng umschlungen unter einer großen Decke, um uns herum unzählige weiche Kissen.

Obwohl ich Parker noch keine 24 Stunden kannte, fühlte ich mich unglaublich wohl bei ihm. Auf dieser Couch waren wir nur zwei Unbekannte. Ich wollte am liebsten nie wieder aufstehen und diesen Moment so lange wie möglich genießen. Seine zärtlichen Berührungen, sein unwiderstehlicher Geruch. Ich wünschte, wir könnten ewig hier liegen bleiben. Weit weg von all den Konsequenzen und ganz nah bei uns.

Seine Hand strich zaghaft über meinen Arm.

Bewusst atmete ich tief ein, als könnte ich die Erinnerung in mich aufsaugen. »Wunderschön«, meine Stimme war nur ein Hauchen, als die Sonne immer höher stieg und nun nach und nach unsere Couch erhellte.

»Das stimmt. Du bist wunderschön«, flüsterte Parker und küsste meinen Scheitel.

Genau das – es sollte nicht aufhören – sollte erst gar nicht zu einer Erinnerung werden. Und doch war es genau dazu verurteilt. Ich drehte mich auf den Bauch und blickte in seine blauen Augen. Ein Lächeln umspielte seine Mundwinkel. Sein Anblick, die Sonne im Gesicht, es raubte mir tatsächlich ein bisschen den Atem.

Wäre da nicht das große *aber*.

Mein Blick wanderte gedankenverloren über Parkers Brust. Nur mit den Fingerspitzen zog ich das Tattoo der Vikings nach. Das Wappen. Das V mit den vielen kleinen keltischen Verzierungen und Schnörkeln. Die Flügel mit den Bannern. *Since 1951 – until forever.* Für immer.

Parker betrachtete jede meiner Berührungen, beobachtete meinen Finger ganz genau. Als ich über seinen Namen strich, nahm er meine Hand und küsste sie. »Denk nicht so viel nach.« Fest zog er mich wieder an sich.

Ich schloss die Augen und lauschte seiner ruhigen Atmung. Wie konnte sich ein so großer Fehler nur so gut anfühlen?

»Ein bisschen bin ich aber schon verletzt. Wie konntest du den einmaligen Parker O'Neil nicht erkennen?« Ich hörte das schelmische Grinsen in seinen Worten.

»Dann sind wir wohl quitt. Immerhin hast du mich auch nicht erkannt. Linda Miller – CEO der Miller Company.« Ich schaute auf und biss auf meine Zunge. Trotzdem konnte ich mir das Lachen jedoch nicht verkneifen.

»Naja, man sieht dich nicht sehr oft. Ich bin dauernd im Rogue, habe dich aber noch nie dort gesehen. Pietro anscheinend schon.« Seine Hände strichen durch meine Haare, schoben sie hin und her.

Ich legte den Kopf wieder auf seine Brust. »Ich war

schon lange nicht mehr dort. Sicher um die sechs Jahre nicht.«

Es waren ziemlich genau sechs Jahre, die ich nicht mehr im Rogue war. Seit dem 14.10.2014 nicht. Ein Tag, der alles veränderte.

Schnell wandte ich mich wieder Parker zu. Ich wollte jetzt keine zentnerschweren Steine auf mir spüren. »Und davor war ich etwas zu jung, um dir aufzufallen. Wenn ich mich nicht täusche, müsstest du bereits über 30 sein.«

Seine Augen verengten sich, verbargen beinahe komplett das tiefe Blau. »Wie bitte?«

»Keine Sorge, hat man gestern Nacht nicht bemerkt.« Ich zwinkerte ihm zu und wollte gerade etwas Sicherheitsabstand zwischen uns bringen, als er um mich griff und uns gemeinsam zur Seite rollte. Meine Handgelenke fixierte er über meinen Kopf, drückte mich mit seinem gesamten Gewicht in die weiche Couch hinein. Seine nackte Haut presste sich gegen meine.

Ich quiekte auf und lachte. »Hey!«

»Pass besser auf, was du sagst, sonst zeig ich dir mal, was ich alles draufhabe«, drohte er lachend, »Du dürftest nicht mehr weit weg sein von der 30.«

Empört öffnete ich den Mund und zog hörbar die Luft ein. »Man fragt eine Frau nicht nach ihrem Alter!«

Unsere Nasenspitzen stießen aneinander. »Niemand hat behauptet, ich wäre ein Gentleman.«

Ich küsste seinen Mundwinkel. »Schon okay, ich bin auch keine Lady.«

»Gott sei Dank.« Er schloss den letzten minimalen Abstand zwischen uns. Sanft, leidenschaftlich. Wieder zerfloss ich förmlich unter seinen Lippen.

Und bemerkte, dass wir noch immer nackt waren. Ich spreizte die Beine, umschloss mit ihnen seine Hüfte. Meine Finger in seinen Haaren, drängte ich ihn an mich.

Bis mein Handy lautklingelnd die Stille um uns

herum durchbrach. Wer auch immer das war, ich würde ihn umbringen.

Parkers Blick folgte dem Geräusch bis zu meiner Handtasche. »Die Sache mit deinem Freund«, seine Stirn legte sich in Falten, als er wieder zu mir sah, »war das auch gelogen?«

Die dunkelblonden Strähnen glitten durch meine Finger. Eine einzelne fiel nach vorn und kitzelte fast meine Nase. »Ja.« Meine Stimme kratzte durch den Hals.

»Gut. Sonst hätte ich mich darum kümmern müssen.«

Ich schnaubte. »Ach, so ist das.«

»Nicht falsch verstehen«, er zwinkerte und fuhr mit seiner Nase an meiner entlang. »Ich hätte ihm nur Bescheid gegeben, mit wem seine Freundin so im Bett rumliegt.«

»Na, Gott sei Dank ist das hier eine Couch und er erfährt nichts von dir.«

Er zog den Kopf zurück, schaute mit großen Augen zu mir herunter. Gerade, als er den Mund öffnete, um etwas zu erwidern, klingelte erneut das Handy. Ungläubig schüttelte er den Kopf, küsste flüchtig meine Stirn und rollte von mir herunter.

Die Wärme um mich herum verschwand. Kälte eroberte meinen Körper. Scheinbar war die Nacht nun endgültig vorbei. Er würde aufstehen, sich anziehen und dann ... grinste er mich an und machte es sich erneut neben mir bequem.

Ich lächelte. Es ging gar nicht anders, meine Mundwinkel verselbständigten sich von ganz allein. Die Arme locker hinter dem Kopf verschränkt, schloss er erneut die Augen. Warum genau wollte ich nochmal die Couch verlassen?

Das laute Handy hämmerte sich zurück in mein Bewusstsein. Es war Sonntag, also konnte es nicht das Büro sein. Immerhin. Ich wühlte in der Handtasche und holte es heraus. Zwei neue Nachrichten.

Wo bist du? Sollte ich dich nicht gestern abholen?

Linda???

Tim. Verdammt. Gott, was würde er nur sagen, wenn er wüsste, mit wem ich hier nackt auf der Couch lag? So schön, wie es sich anfühlte, so falsch war es auch. Die kalte Realität prasselte auf mich wie dicke Hagelkörner hinab.

Vor meinem inneren Auge sah ich bereits die Schlagzeile.

Linda Miller: Lässt sie sich jetzt mit einem Viking ein?

Die seriösen und legalen Klienten werden das überhaupt nicht gutheißen. Es ist allgemein bekannt, dass die Vikings nicht unbedingt mit legalen Dingen ihr Geld verdienten. Aber die schlimmere Reaktion wird die der Unterwelt sein. Sie werden mich für unglaubwürdig halten. Für befangen. Und dann ist alles, was mein Vater und meine Mutter aufgebaut haben, zerstört. Das Erbe meiner Eltern, mit Füßen getreten.

Meine Mutter. Fette Schlingen legten sich um mein Herz, zogen sich immer fester zusammen. Was würde sie nur von mir denken? Ich war es gar nicht wert, ihre Firma fortzuführen.

»Das war ein riesiger Fehler«, flüsterte ich. Wie paralysiert starrte ich auf das Handy.

Parker setzte sich auf und suchte meinen Blick. Seine Nasenlöcher blähten sich auf, zwischen seinen Augen bildete sich eine tiefe Falte.

Bis eben war alles so schön. So unheimlich schön. Doch jetzt schlug die Stimmung um und die Leichtigkeit zwischen uns verflog. Vielleicht war das auch besser so.

»Es war riesig, aber sicher kein Fehler. Es war nur Sex. Mehr nicht. Ich denke nicht, dass – keine Ahnung«, er warf die Hände in die Luft, gestikulierte wild herum, »Steven Brown jemanden fragt, mit wem er vögeln darf.«

Ich musste schlucken. Nur Sex. Warum liefen die Worte wie Säure meinen Magen hinab? Aus dem liebevollen Parker wurde der eiskalte Viking, den ich die ganze Zeit erwartet hatte. Ungläubig schüttelte ich den Kopf. Und der Vergleich mit Steven Brown war der totale Blödsinn. »Ich hätte mich genauso wenig auf Steven eingelassen« Ich stand nun endgültig von der Couch auf, verließ unser Nest. Ein stechender Schmerz durchfuhr meine Brust, doch ich ignorierte ihn. Mein schlechtes Gewissen wog viel schwerer auf mir.

Parkers Augenbrauen schossen in die Höhe. »Genauso wenig? Ich denke, du hast dich ziemlich intensiv auf mich eingelassen.« Eilig begann er, seine Sachen zu suchen.

Gut, beenden wir diese Nacht eben im Streit. Auch wenn er es falsch verstanden hatte, ist es so, wie ich es gesagt habe. Steven Brown war ein bekannter Auftragsmörder. Wahrscheinlich sogar der Beste. In der Unterwelt war er genauso bekannt wie Parker und somit sicherlich auch kein guter Bettgefährte.

Ich packte den Saum meines Kleides und zog es über mich. Mit großen Schritten kam Parker auf mich zu, packte den Reißverschluss und zog ihn kräftig nach oben. Der Stoff knirschte und ich befürchtete, er würde mir den Verschluss rausreißen.

Für einen Moment blieb er hinter mir stehen, warmer Atem schlug gegen meinen Nacken. Sein ganzer Körper strahlte eine unheimliche Hitze aus.

Ich drehte mich um. Er war so nah. Zu nah. Was passierte hier gerade?

Seine blauen Augen fixierten mich. »Pass auf, Linda. Wir hatten Sex. Ende der Geschichte.« Seine Stimme klang bedrohlich leise. »Ich verstehe, dass du dir Sorgen um deinen Ruf machst, aber stell dir vor: Ich bin in unserer Branche relativ gut anerkannt.« Er wandte sich ab, sein Blick huschte über den Boden. »Wo ist mein verdammtes Hemd?«

Wie bitte? Dachte er ernsthaft, es ginge mir um *meinen* Ruf? Es ging hier um meine Familie, das müsste gerade er verstehen. Die Vikings waren doch auch ein Familienunternehmen!

Ich ging zur Couch und durchwühlte die Kissen. Eins nach dem anderen hob ich hoch und warf es im hohen Bogen davon. Da war sein bescheuertes Hemd. Ich packte es und drückte den dunklen Stoff gegen seine nackte Brust. »Es geht nicht um meinen Ruf. Mir ist egal, was die Leute über *mich* denken. Aber es ist mir nicht egal, wie sie über die *Miller Company* denken.«

Parker entriss mir das Hemd und zog es an. Stumm nickte er, als er einen Knopf nach dem anderen schloss. »Ich nehme mir ein Taxi. Weißt du, wie du nach Hause kommst?« Er würdigte mich keines Blickes.

»Ja.«

»Gut.« Mit großen Schritten ging er Richtung Aufzug.

Tief atmete ich durch. Es tat mir aus einem unerfindlichen Grund weh, dass er so von mir dachte. Mein Ruf war mir egal. Es ging mir einzig und allein um die Company, um den Ruf meiner Familie. Und über sie hatte ich schon genug Schande gebracht.

Aber ihn jetzt so aufgebracht zu sehen. Gott, wieso interessierte es mich überhaupt? Weil die letzte Nacht nicht nur ein riesiger Fehler war, sondern auch eine der schönsten, die ich seit langem hatte. Parker war ganz anders als erwartet. Zärtlich, liebevoll, leidenschaftlich. Allein bei den Erinnerungen an seine Berührungen bekam ich wieder weiche Knie.

Der Klang des Aufzugs riss mich aus den Gedanken. »Parker!«

Ohne zu zögern, stieg er in den Aufzug ein, drehte sich zu mir herum, lehnte mit dem Rücken gegen die verspiegelte Innenwand. Als wäre alles absolut normal. Als würden wir uns nicht gerade streiten. Als wäre es ihm völlig egal. Und doch zuckte sein Blick für den Bruchteil einer Sekunde über mich.

Ich zog die Schultern nach oben. »Letzte Nacht war wunderschön. Im Rogue, in der Suite, heute Morgen auf der Couch. Ich …«,

Parker hob die Hand und unterbrach mich. »Mach's gut, Linda. Ich ruf an, wenn ich mal wieder einen Anwalt brauche.«

Seine Worte fegten jeden Gedanken in mir zur Seite. Alle Worte blieben in meiner Kehle stecken. Warum hatte ich überhaupt versucht, die Wogen zu glätten? Es war, als hätte er eine Mauer um sich herumgezogen und mich ausgesperrt.

Die Türen schlossen sich.

Er war weg.

Ein für alle Mal.

Was ist los mit mir? Ich kannte diesen Mann nicht mal 24 Stunden. Wahrscheinlich war es das Beste, dass er gegangen ist. Sonst frühstückte ich doch auch nicht mit meinen One-Night-Stands. Der Alkohol! Er musste noch immer meine Sinne benebeln.

Egal. Diese ganze Nacht, ich sollte sie in eine Kiste packen und tief in meinen Erinnerungen verstauen und vor allem verstauben lassen. Zügig ging ich in das Wohnzimmer zurück und suchte mein Handy.

Hol mich bitte im Lakeview Hotel ab. Danke. ASAP!

Jetzt hieß es nur noch, auf Tim zu warten und diese Nacht einfach zu vergessen. Vor allem Parker.

Immer wieder suchte ich mit meinen Augen die Straße vor dem Lakeview Hotel nach Tims schwarzem SUV ab. Ich stand bereits seit zehn Minuten hier unten und er war weit und breit nicht zu sehen. Wo blieb er denn? Tief atmete ich durch und nahm das Handy aus meiner Clutch. Ich scrollte die Kontakte durch, als ein Auto direkt vor mir zum Halten kam.

Die Fensterscheibe des Beifahrers wurde heruntergelassen. Tims breites Grinsen kam zum Vorschein. »Mitfahrgelegenheit gesucht?«

Oh ja. Ich griff nach der Türklinke und sprang förmlich in das Auto hinein. Völlig erschöpft lehnte ich mich gegen das kühle Leder der Sitze.

»Hast du im Lakeview Hotel übernachtet? Warum hast du nicht Bescheid gegeben?«, fragte er ohne Umschweife und fuhr los. Sein Blick wechselte zwischen der Straße und mir hin und her.

Dass ich das letzte Mal vor sechs Jahren im Rogue war, war keine Lüge. Genauso wenig war ich in den letzten sechs Jahren irgendwo über Nacht gewesen und habe niemandem Bescheid gegeben. Trotzdem konnte ich ihm schlecht von letzter Nacht erzählen. Am Ende wusste ich selbst noch nicht mal, was da bitte passiert war.

Mein Kopf dröhnte. Der Alkohol, der Sex, die Müdigkeit, der Streit, die Konsequenzen, falls es jemals jemand erfahren sollte. Und zu guter Letzt dieses komische, warme Gefühl, wenn ich an Parker dachte. In mir überschlug sich einfach alles.

Der Wagen blieb an einer roten Ampel stehen. Tim fixierte mich mit seinem Blick. »Alles okay?« Er legte seine

Hand auf meinen Oberschenkel, halb auf meine nackte Haut, halb auf den schwarzen Stoff.

Ich hatte noch immer das kurze Kleid an. Das Kleid, welches Parker mir auszogen hatte. Sein Atem in meinem Nacken, seine Fingerspitzen auf meiner Haut. Ein Schauer überflog meinen Körper.

Wollte ich das nicht alles vergessen? »Ja, ich hab im Lakeview Hotel übernachtet.« *Und mit Parker O'Neil geschlafen.* »Mehr möchte ich nicht sagen. Aber es ist alles gut.«

Noch immer waren Tims Augenbrauen zusammengekniffen.

Scheinbar hatte ich ihn nicht überzeugt. »Wirklich«, schob ich hinterher und umgriff seine Hand.

Die Ampel schaltete auf Grün und sein Blick glitt wieder auf die Straße.

Den Rest der Fahrt schwiegen wir. Ehrlich gesagt war ich auch zu müde, um irgendeinen Satz herauszubekommen. Meine Glieder fühlten sich schwer und schwach an.

Gemeinsam mit Tim schleppte ich mich zum Fahrstuhl in der Tiefgarage. Gott sei Dank fuhr er direkt bis in mein Penthouse. Am liebsten hätte ich die ganze Fahrt hinauf meine Stirn gegen den kalten Spiegel gepresst. Allerdings würde das Tims Sorge nur noch mehr beflügeln.

Endlich waren wir oben. Ein leises Geräusch verkündete, dass wir im Penthouse waren. Die Türen glitten auf und gaben den Flur meiner Wohnung frei. War der Marmorboden immer so grell glänzend?

»Ich geh schlafen«, murmelte ich.

Tim nickte. »Gut.« Sein Blick brannte sich in meinen Rücken und verfolgte mich durch die Wohnung. Im Gegensatz zu Mia kannte er mein Partyimage. Die Alkoholexzesse. Die Drogeneskapaden.

Drogen.

Vikings.

Parker.

Oh Mann, das muss aufhören.

Das Bett in meinem Schlafzimmer schrie nach mir. Doch erstmal musste ich raus aus diesem Kleid. »Tim?«, rief ich und hörte sofort die vertrauten Schritte auf dem Marmorboden. »Der Reißverschluss.« Ich wandte ihm den Rücken zu.

Ganz vorsichtig zog er den Verschluss herunter. »Linda, du …«

Ich drehte mich wieder herum, doch er schaute zu Boden. Die Wangen feuerrot ging er einige Schritte rückwärts, bis er gegen eine weiße Kommode stieß.

Oh, stimmt. Keine Unterwäsche. »Als hättest du mich noch nie nackt gesehen. Mein Nachthemd liegt direkt neben dir.«

Tim starrte weiterhin hinab, als würde er irgendwelche Fusseln auf dem Boden suchen.

»Puh, Tim. Ich wusste nicht, dass es so ein Problem für dich ist.« Mit wenigen Schritten stand ich neben ihm und griff nach dem schwarzen Satinkleid auf der Kommode.

Er schaute auf. Sein Blick zuckte zwischen den Augen und den Rest meines Körpers hin und her. Bis er meine Brüste sah, er fixierte sie. Ich zog mir das Kleid über, der Saum umspielte die Oberschenkel und Tim wandte sich endlich ab. Seine Zunge befeuchtete die Lippen.

Okay, er brauchte dringend mal wieder eine Frau im Bett. Solche Musterungen wollte ich nicht nochmal mitmachen. Nicht bei ihm.

Parkers Blicke hätte ich ewig ertragen können. *Was? Gott, ist das mein Ernst?*

Wortlos ging ich ins Bett. Die weiche Matratze gab nach und hüllte mich ein. Tim kam zu mir, legte eine Decke über mich. Er wusste einfach immer, was mir fehlte und was ich brauchte. Die komischen Blicke waren bereits wieder vergessen.

Meine Lider schlossen sich, sperrten das viel zu helle Tageslicht aus, als ich Schritte im Flur hörte. Federleicht, fast hopsend. Oh nein, bitte nicht. Nur wenige Sekunden später wurde die andere Seite der Matratze belastet. Auf ein Kreuzverhör hatte ich wirklich keine Lust. Außerdem wüsste ich zur Zeit nicht mal annähernd, was ich sagen sollte. »Ich bin müde, lasst mich in Ruhe.« Qualvoll öffnete ich ein Auge.

Blonde Locken strahlten mir entgegen, dazwischen irgendwo ein breites Grinsen. »Das glaube ich! Wo warst du? Oder eher: Wo wart ihr?« Sie zwinkerte, ließ ihre Augenbrauen wippen.

Oh Gott. *Findet dieser Morgen gar kein Ende mehr?* »Was machst du hier?«, fragte ich sie und konnte nur knapp ein Gähnen unterdrücken.

»Tim hat mir geschrieben. Er dachte, du wärst noch bei mir. Aber scheinbar warst du eher bei wem anders.«, plapperte sie viel zu schnell. Und viel zu laut.

Wie kann man nur immer so gute Laune haben? Ach ja, deshalb mag ich sie ja so sehr. Glaub ich.

Ich richtete mich auf. Sogar Tim stand noch im Schlafzimmer. Locker lehnte er an der Wand gegenüber von meinem Bett und schaute mich mit einer Mischung aus Skepsis und Verwunderung an.

Gut, die beiden ließen heute wohl nicht mehr locker. Doch wo sollte ich anfangen? Ich wusste ja selbst nicht, wo es angefangen hatte. Geschweige denn, wie es endete.

Was? Klar! Es war zu Ende.

Warum schlichen sich immer wieder solche albernen Gedanken in meinen Kopf?

Es war nur Sex, hallte Parkers Stimme in mir wider. Genau. Nur Sex. Ende.

Die beiden fixierten mich, blinzelten nicht einmal. Gut, eigentlich hatte ich nur einen One-Night-Stand gehabt, wie wahrscheinlich auch tausend andere Frauen. Ich musste nur aufpassen, dass weder Mia noch mir Parkers Name rausrutschte. Tim würde sofort eins und eins zusammenzählen. Im Gegensatz zu mir hätte er vermutlich bereits bei dem Vornamen Parker das Weite gesucht. Also los. »Kurz und knapp gesagt: Ich habe mich mit meinem Blind Date sehr gut verstanden. Wir hatten eine schöne Nacht. Ende«, erzählte ich und legte mich wieder hin.

Tims Augen weiteten sich schlagartig. »Wie bitte?« Seine Stimme war viel zu hoch. »*Du* hattest ein Date? Und es war *schön*?«

Ja, ich würde es mir nicht mal selbst glauben, wenn ich nicht dabei gewesen wäre. Tim kannte mich einfach viel zu gut. Gemeinsam sind wir im großen Landhaus aufgewachsen. Weit weg von hier. Er war der Sohn eines unserer Dienstmädchen und als wir nach Fremont zogen, kam er einfach mit. Nichts und niemand konnte uns trennen. Wir waren mehr als beste Freunde, wir waren irgendwie sowas wie Geschwister. Meine Familie kümmerte sich immer um ihn. Besorgte ihm Jobs, eine Wohnung hier in der Stadt. Er war auch einer meiner wenigen Freunde, der über die Miller Company und meine Familie genauestens Bescheid wusste. Und jemand, der wusste, wie sehr ich Dates hasste.

»Oh, das freut mich so!« Mias Augen leuchteten mir entgegen. »Kurz hatten Jackson und ich ein schlechtes Gewissen, euch da einfach sitzen gelassen zu haben. Aber ich war mir sicher, dass du dich mit Pa…«

Stürmisch umarmte ich sie. Nicht diesen Namen erwähnen! Als würde ich sie erwürgen wollen, drückte ich sie noch enger an mich. »Ja, du hattest recht.«

Einen kurzen Moment zögerte sie. Scheinbar war die überschwängliche Freude etwas zu viel für meine Verhältnisse. Doch nach ein paar Augenblicken drückte auch sie mich an sich. Einzelne blinde Strähnen klebten an meinem Mund. »Toll, dann können wir das ja mal wiederholen.«

Ja.

Was? Nein! Auf gar keinen Fall.

Ich brauchte dringend Schlaf. »Jetzt raus hier, ich will endlich pennen.« Mit den Händen scheuchte ich sie heraus. »Morgen muss ich wieder ins Büro, also brauche ich viel Schlaf.«

Noch schaute Tim mich mit seinen übergroßen Augen an, bewegte sich keinen Zentimeter. Eine tiefe Sorgenfalte zierte seine Stirn. Manchmal war es, als könnte er meine Gedanken lesen. Als würde er sehen, dass da mehr war. Dass da Parker war.

»Alles ist gut.« Ich rang mir ein Lächeln ab, es musste ihn jetzt einfach überzeugen. Mehr Fragen hielt ich nicht aus.

Er atmete tief durch. Sein Mund öffnete sich, doch genauso schnell schloss er sich wieder. Wortlos stieß er sich von der Wand ab und verließ das Schlafzimmer.

Total erschöpft ließ ich mich in die weichen Kissen fallen. »Und jetzt du auch, komm schon.«

Mia lehnte sich über mich und hielt mir einen kleinen Zettel direkt vors Gesicht. »Hier.«

Meine Augen wanderten zwischen ihr und dem Stück Papier hin und her.

»Parkers Handynummer. Jackson hat sie mir gegeben. Er meinte, dass Parker heute Morgen total verkatert und wütend zur Tür hereinkam«, sie legte ihren Kopf neben meinen und ihre Locken kitzelten meine Nase, »und da wir uns dachten, dass ihr euch nicht die ganze Nacht gestritten haben könnt, war vorher sicher so einiges Schönes los. Und sag jetzt nichts! Ich weiß, dass du manchmal ein echter Dickkopf sein kannst.« Sie schürzte die Lippen. »Hmm, vielleicht habt ihr euch ja doch die ganze Nacht gestritten?«

Ich lächelte Mia an, es ging gar nicht anders. »Es ist ... keine Ahnung.«

»Wenn du reden willst, ich bin immer für dich da. Auf jeden Fall ... ihr hattet sicher keine Zeit, eure Nummern auszutauschen«, ihre Augen verengten sich, »Oder zu viel Stolz.«

Oder zu viele Gegensätze. Zu viele Konsequenzen. Zu viel irgendwas. Dennoch spürte ich das warme Gefühl tief in meinem Bauch schlummern, als ich den Zettel in die Hand nahm. »Danke.«

Mia stand auf. »Schlaf gut, Süße.«

Und dann war das Zimmer endlich leer. Eine wohltuende Stille empfing mich.

Meine Fingerspitzen kribbelten, als ich zaghaft das Papier öffnete.

Parker 713-173-53973

Eine Weile schaute ich auf die Buchstaben und Zahlen. Aus irgendeinem Grund freute es mich, Kontakt zu ihm aufbauen zu können. Nicht, dass ich mir die Nummer nicht auch anderweitig hätte besorgen können. Aber sie hier in meinen Händen zu halten, so greifbar, so nah. Als wäre es nicht nur eine schöne Erinnerung, sondern ein Anfang.

Was? Hatte ich mir heute nicht bereits hundert Mal gesagt, dass ich ihn und alles drum herum vergessen wollte? Der Belvedere musste mich immer noch benebeln, dazu der Schlafmangel.

Ich schmiegte mich an den Satinbezug des Kissens. Es dauerte nicht lange, dann schlief ich ein – den Zettel fest in der Hand.

FÜNF

Was war das? Ein schrilles Klingeln hallte durch die ganze Wohnung. Ich rollte mich von links nach rechts, doch es wollte nicht aufhören. Irgendwie wurde es nur noch lauter. Mein Kopf brummte, als ich langsam die Augen öffnete. Wie spät war es? 12.48 Uhr. Die großen weißen Zahlen des Weckers leuchteten mir ins Gesicht. Ich setzte mich auf, schob ein Bein nach dem anderen unter der Decke hervor und kroch aus dem Bett. Kaum hatten die Füße den Boden berührt, klingelte es schon wieder. Blinzelnd blickte ich mich um, umkreiste meine hämmernden Schläfen. Was zur Hölle war das? Ach, die Türklingel. Es war doch immer noch Sonntag. Oder?

Ich kämpfte mich auf, schlurfte den Flur entlang und schaute auf den Überwachungsbildschirm. Mein Papa. Er stand direkt vor der Tür und grinste in die Kamera.

Gott sei Dank konnte er mein Aufstöhnen gerade nicht hören. Ich drückte den Summer und schon setzte sich der Fahrstuhl in Bewegung. Mit der Schulter gegen die Wand gelehnt, beobachtete ich, wie sich die silbernen Türen öffneten. »Papa, ich habe dich nicht erwartet.«

Mein Vater betrat das Penthouse und umarmte mich,

seine glattrasierte Wange drückte gegen meine. Er trug eine dunkle Jeans und ein weißes T-Shirt. Kein Businessanzug wie sonst. Selbst seine graumelierten Haare waren heute wesentlich unordentlicher als sonst.

»Na ja, ich hatte auch eigentlich nicht vor herzukommen.« Er löste sich von mir und ging in das Wohnzimmer. »Lagst du noch im Bett?« Rückwärts ließ er sich in einen der Sessel fallen.

Ich folgte ihm, streckte meine Arme empor und ließ den Rücken knacken. Die Müdigkeit war ein verdammt treuer Begleiter und mein Sofa ein gern gesehener Freund. »Schön, dass du da bist.« Seine Frage ignorierte ich, es war offensichtlich. Um die ganze Sache noch zu unterstreichen, konnte ich mir ein lautes Gähnen nicht verkneifen. Sofort zuckte ich zusammen. Wo kamen diese unsagbaren Kopfschmerzen her? Am liebsten würde ich gerade in dieser Couch versinken.

»Du siehst müde aus. Und verkatert.« Er legte den Kopf schräg.

Ich brummte zustimmend und schloss wieder die Augen. »Alles gut. Es waren keine Drogen im Spiel. Nur Wodka.« Und ein O'Neil.

Der Sessel quietschte über den Marmorboden, als mein Vater näher rückte. Zaghaft streichelte er meine Füße. »Linda, wenn …«

»Wirklich, keine Drogen.« Ich wollte nicht, dass er dachte, ich würde wieder in das Partyleben abrutschen. Also, Bauch rein, Brust raus. Ich setzte mich auf. So gut es ging, versuchte ich, ihn lebhaft anzulächeln. »Warum bist du gekommen, Papa? Ist was mit der Company?«

Er lachte kurz auf. Scheinbar hatte ich ihn fürs Erste überzeugt. »Dass du immer an die Arbeit denkst. Wie deine Mutter.« Für den Bruchteil einer Sekunde huschte ein Ausdruck der Trauer über sein Gesicht. Er blinzelte und schon lächelte er mir wieder entgegen. »Nein, es hat nichts mit der Kanzlei zu tun. Pietro hatte mich heute Morgen zum Frühstücken eingeladen.«

Wie bitte? Das war nicht sein Ernst. Ich wandte den Blick ab, damit er nicht den Schock darin erkennen konnte. Was dachte ich eigentlich? Das Pietro nicht mit meinem Vater sprechen würde?

Ich fixierte die Decke, als würde ich das Marmormuster studieren. »Und, war es lecker?«

Er begann zu lachen, faltete seine Hände auf dem Schoß zusammen.

Ehrlich gesagt lachte ich innerlich selbst über mich. War das mein schamhafter Versuch, das Thema zu wechseln?

»Es war sogar sehr lecker. Und interessant. Um gleich auf den Punkt zu kommen: Ich war neugierig, ob Parker auch hier wäre.« Er lehnte sich nach vorne und blickte mir direkt in die Augen. Obwohl, er sah wohl eher direkt in mich hinein.

Ich knetete die Hände, einzelne Finger knackten. »Nein, ich bin allein.« Was dachte mein Vater gerade über mich? Und wie sollte ich ihm die Sache mit Parker erklären?

Seit meine Mutter gestorben war, gab es zwischen uns nie Geheimnisse. Wir waren die letzten Millers. Und nichts stellte sich jemals zwischen uns. Mein Gewissen drängte mich, ihm die Wahrheit zu sagen. So verrückt sie auch klingen würde. »Papa, das ist alles nicht so, wie es aussah«, begann ich. »Ob du es mir glaubst oder nicht, ich wusste im Rogue nicht mal, dass er Parker O'Neil ist. Wir hatten zu viel getrunken …«

»… und es euch danach im Lakeview Hotel gut gehen lassen.«

Woher wusste er das jetzt schon wieder?

»Die Zimmerreinigung wurde heute Morgen direkt von der Kreditkarte abgebucht.«

Oh Gott. Beschämt vergrub ich mein Gesicht in den Händen. »Bist du jetzt hier, um mir zu erklären, wie dumm und verantwortungslos ich bin?« Er musste unheimlich enttäuscht von mir sein. Erstens, dass ich Parker O'Neil nicht mal erkannt hatte, und zweitens, dass ich mich auch noch auf ihn eingelassen hatte. Ohne Rücksicht auf die Company! Zaghaft spreizte ich meine Finger und schielte durch sie hindurch.

Doch er lächelte. Er lächelte! »Linda, ich würde nie sagen, dass du dumm bist. Ehrlich gesagt bin ich froh, dass du scheinbar einen schönen Abend hattest.« Er stand auf und setzte sich neben mich, sein Arm umfasste meine Schultern.

Ich ließ mich an ihn sinken. Selbst als erwachsene Frau genoss ich noch immer die Nähe meines Vaters. Irgendwie fühlte ich mich dadurch auch meiner Mutter ganz nah.

»Du bist seit sechs Jahren nicht mehr ausgegangen. Mir ist egal, mit wem du Spaß hattest. Hauptsache du hattest ihn.« Er zog mich fester an sich und küsste meine Stirn.

Er hatte recht. Gestern war wirklich ein schöner Abend. Sicher, mein Vater wusste, dass ich genug Männer im Leben hatte. Doch niemanden, mit dem ich trinken, geschweige denn tanzen gehen würde.

»Außerdem ist Parkers Vater einer meiner engsten Freunde. Lucia und Derek haben ihn zu einem guten Mann erzogen.« Seine Schultern zuckten. »Es gibt schlimmere Partien für meine kleine Prinzessin.«

Was hat er da gerade gesagt? Versucht er, mir zu erklären, dass Parker eigentlich ein guter Fang wäre? Oh bitte nicht! »Papa, dir ist klar, was passiert, wenn das rauskäme? Unsere seriösen Klienten würden durchdrehen. Die CEO mit einem Verbrecher an der Seite? Und die anderen? Sie würden denken, dass ich befangen sei.«

Er legte den Kopf auf meinen. »Du bist wie deine Mutter. Ganz oben steht immer die Company. Vergiss nicht, dass *dein Glück* an erster Stelle stehen sollte.«

Ungläubig schüttelte ich den Kopf und löste mich von ihm. Die Company war aber mein ganzer Stolz und erfüllte mich mit unendlichem Glück. Dafür brauchte ich keinen Mann. Geschweige denn Parker. »Es war eine Nacht. Ich kenne ihn nicht mal richtig. Aber er ist sicher nicht meine Definition von Glück.«

Wieder lächelte mein Vater mir sanftmütig entgegen. »Ich möchte nur, dass du weißt, dass dein Glück mir mehr bedeutet als irgendwelche Klienten. Und wenn ich mich recht entsinne, hast du blaue Augen schon immer toll gefunden.«. Neckend stieß er mich in die Seite und zwinkerte mir zu.

Wie meinte er das? Ich konnte mich nicht erinnern, jemals mit meinem Vater über mein Beuteschema gesprochen zu haben. Und blaue Augen waren auch nie ... Moment.

»Vielleicht lag es auch an seinem verwegenen Lächeln?«

Wie aus dem Nichts tauchten die Erinnerungen in mir auf. Blasse Bilder, die immer mehr an Farbe gewannen. Kleine Puzzleteile, die nach und nach ein großes Ganzes ergaben und Hitze in meine Wangen schossen. Stechend blaue Augen, ein atemberaubendes Lächeln. Der Junge von damals. Natürlich! Sein Vater trug eine Lederjacke, wie alle Vikings. Ich wusste, dass Parker mir bekannt vorkam.

Wie konnte ich das denn bitte vergessen? Wie konnte ich ihn vergessen? *Und wie kann ich ihn wieder vergessen?*

Mein Vater streckte den Arm aus und schaute auf seine Armbanduhr. »Leider muss ich los. Mein Flugzeug geht in ein paar Stunden in die Luft.«

Wollte er verreisen? »Hmm?«

»Ich werde in die Hamptons fliegen und ein Weilchen in unserem Strandhaus bleiben. Die Lage in der Unterwelt ist zur Zeit sehr angespannt.« Sein Blick verschwamm, als würde er durch mich hindurchsehen. »Die Castellos planen irgendetwas. Ich denke, dass die Drohungen von ihnen kamen. Deshalb werde ich mich eine Weile zurückziehen. Du kommst ja gut allein zurecht.« Schelmisch grinsend ging er Richtung Aufzug und ich folgte ihm. »Wenn nicht, kannst du ja Parker fragen.« Lachend zwinkerte er mir zu.

»Gott, Papa!« Genervt verdrehte ich die Augen. Er würde ewig auf diesem Thema herumreiten. »Können wir das nicht einfach vergessen?«

Sein Blick verfinsterte sich, das Lachen verschwand. Die Lippen festaufeinander gepresst, schaute er zu mir. »Weißt du, keiner weiß, was Glück wirklich bedeutet, bis es vor einem steht. Manchmal überrollt dich die Liebe, Linda.« Er kam zu mir, zog mich in eine feste Umarmung. Tief atmete ich sein Aftershave ein, diesen so wunderbar vertrauten Geruch meines Vaters. »Vergiss nie, dass ich dich mehr als alles andere liebe, meine kleine Prinzessin«

»Ich dich auch, Papa.«

Als würde er mich wie ein altes Pflaster von sich reißen, löste er sich von mir und stieg in den Aufzug. Seine grünen Augen blickten in meine. Glasig. Und irgendwie tief traurig.

SECHS

Beinahe automatisch band ich die Haare zu einem tiefen Dutt im Nacken zusammen. Ich machte es so oft, meine Hände taten es von ganz allein. Und sie taten es gut. Ich zog mit dem Lippenstift die Konturen meiner Lippen nach, als mir der köstliche Kaffeegeruch in die Nase stieg. Barfuß ging ich in die Küche und goss mir die heiße Flüssigkeit in den roségoldenen Thermobecher. Mein Blick glitt auf die Armbanduhr. Noch zwei Minuten, bis James mich abholte. Pünktlichkeit war mein oberstes Gebot.

Im Gehen schnappte ich meine Handtasche, schlüpfte in meine High Heels und schon stand ich im Aufzug. Die Türen schlossen sich und gaben mein Spiegelbild wieder. Der schwarze Jumpsuit, der Businessblazer, die Heels. Alles saß genau dort, wo es hingehörte. Die goldenen Initialen der Kette funkelten im Licht, die Reflexion ließ mich blinzeln. Mit den Fingerspitzen fuhr ich über die feinen Buchstaben. LM.

Parker hatte sie damals sofort erkannt. Er war aufmerksamer, als ich dachte. Er war so einiges mehr, als ich dachte.

Unser Streit im Lakeview Hotel war zwei Wochen her. Seitdem gab es keinen Kontakt mehr. Und das war gut so.

Obwohl, das war nur die halbe Wahrheit. Ich hatte seine Telefonnummer in meinem Handy gespeichert und war schon oft kurz davor gewesen, ihm zu schreiben. Mich irgendwie unter irgendeinem Vorwand zu melden.

Ich spülte den Gedanken mit einem Schluck Kaffee weg. Das alles war albern. Das Signal des Fahrstuhls erklang und das Spiegelbild verschwand. Kaum stieg ich aus, fuhr James bereits mit der schwarzen Limousine vor. Ein neuer Arbeitstag in der Miller Company begann.

»Miss Miller!« Miss Thompson eilte hektisch auf mich zu. Ihr kurzer grauer Bob wippte bei jedem Schritt.

»Guten Morgen, Miss Thompson.« Mein Weg vom Lift zum Büro führte unwillkürlich an ihrem Schreibtisch vorbei. Warum also rannte sie förmlich auf mich zu? Sie war schon etwas älter, aber die beste Sekretärin, die man sich wünschen konnte. Sie arbeitete ausschließlich für meine Familie und wusste selbstverständlich die Wahrheit über mich und die Kanzlei.

»Miss Miller, ich bin so froh, dass sie endlich da sind.« Sie rang nach Atem. »In ihrem Büro wartet …«

Endlich? Ich bin pünktlich wie immer. Just in den Moment öffnete sich meine Bürotür und ein Mann trat heraus. Sein dunkelblauer Nadelstreifenanzug saß perfekt, natürlich eine Maßanfertigung. Die schwarzen Lederschuhe klackten bei jedem Schritt auf dem hellen Parkett. Ich hätte ihn selbst aus einigen Kilometern Entfernung erkannt.

Robert Castello. Der Mafiaboss höchstpersönlich.

Ich musste ein paar Mal blinzeln. Die Worte meines Vaters schossen durch meinen Kopf. Er hatte sich heute noch nicht gemeldet, allerdings war es auch noch früh am Morgen. Ich unterdrückte ein tiefes Durchatmen. Bloß keine Nervosität zeigen.

Ich straffte mich und ging mit festen Schritten auf ihn zu. »Mister Castello, guten Morgen. Ich hatte Sie nicht erwartet«, begrüßte ich ihn und begleitete ihn zurück in mein Büro. Kurz wandte ich mich noch einmal meiner Sekretärin zu. »Miss Thompson? Sagen Sie doch bitte meinem Vater Bescheid, dass unser Termin zum Lunch leider ausfällt.«

Kurz zögerte sie, nickte dann jedoch und griff augenblicklich zum Hörer.

Mein Vater war nach wie vor auf den Hamptons. Den »Lunch absagen« war unser Codewort und ich war mir sicher, dass er sofort ins nächste Flugzeug stieg, wenn er hörte, wer ohne Termin hier vor mir saß.

Ich folgte Castello in mein Büro. Er schlenderte wie selbstverständlich zwischen den zwei weißen Sesseln hindurch, ließ sich dann jedoch auf das helle Sofa mit den silbernen Füßen fallen. Seine Füße stießen gegen den halbhohen Glastisch und brachten die Vase mit frischen Blumen darauf zum Wackeln. »Miss Miller, ich freue mich, dass Sie sich die Zeit nehmen.« Breitbeinig saß er direkt unter dem Gemälde unseres Landhauses, als würde dieses Büro ihm gehören.

Robert Castello war zwar der Mafiaboss, aber nicht wirklich mein Boss, auch wenn ich zum kriminellen Untergrund gehörte. Der Clan verlor vor Jahren seinen Einfluss in Fremont. Als der Vikings Motorradclub 1951 gegründet wurde, verdrängten sie die Mafia nach und nach aus dem Drogengeschäft. Dies führte zu einer ewigen Fehde. Heute regelten die Castellos hauptsächlich Waffenlieferungen und Erpressungsgelder.

Die Miller Company stand beiden immer unvoreingenommen gegenüber. Wir vertraten jeden von ihnen erfolgreich vor Gericht.

Aber nie kam Robert Castello persönlich und ohne Termin in mein Büro. Und genau das machte mich nervös. Steckte da doch ein geheimer Plan der Mafia dahinter?

»Sie haben Glück, das nächste Mal sollten Sie vorher anrufen und einen Termin vereinbaren.« Ohne sein schmieriges Grinsen zu beachten, ging ich an ihm vorbei zu meinem hellen Schreibtisch mit dem schwarzen, lederbezogenen Chefsessel. So wie es sich für eine CEO gehörte. Hinter mir erstreckte sich eine lange Fensterfront. Wir waren in einem der höchsten Gebäude der Innenstadt, so gut wie alles lag mir hier zu Füßen. Die Aussicht war nicht so atemberaubend wie aus dem Lakeview Hotel, aber auf ihre Art und Weise wundervoll. Ich stellte meinen Kaffeebecher ab und wandte mich wieder Castello zu, doch dieser ließ mich nicht zu Wort kommen.

»Wie geht es Rasmus?«, fragte er wie aus dem Nichts.

Ich wüsste nicht, seit wann wir private Dinge besprachen. »Meinem Vater geht es sehr gut.« Ich setzte mich auf einen der Sessel neben ihn und schlug die Beine übereinander. »Darf ich fragen, was Sie zu mir führt?«

»Das freut mich zu hören. Nach dem Tod Ihrer Mutter ging es ihm lange schlecht. Ihnen sicher auch.«

Ich schluckte. Der Tod meiner Mutter war bereits viel zu viele Jahre her und dennoch schmerzte es, als wäre es gestern gewesen. Aus vielen Gründen. Die Frage brachte mich aus dem Konzept. Wieso hatte ich das Gefühl, dass er genau das wollte?

»Wissen Sie, ich bin neugierig. War der Tod ihrer Mutter der Grund, dass Sie ihr Partyleben an den Nagel gehangen haben? Sie waren immer ein gern gesehener Gast im Castello«, fuhr er weiter fort.

Er spielte mit mir. Sein Besuch hatte nichts mit einem rechtlichen Rat zu tun. Ich antwortete nicht. Auch wenn er der Mafiaboss war, gehörte dieses Haus mir. Hier war ich der Boss.

»Mister Castello, wie kann ich Ihnen als *Anwältin* helfen?«, versuchte ich es erneut.

Er erhob sich, spazierte an die Fensterfront am Ende des Raums und verschränkte seine Arme. »Ist ihr Vater noch als Anwalt tätig?«

Lange würde ich sein Spiel nicht mitmachen. »Nein«, antwortete ich knapp und folgte ihm.

»Mir ist zu Ohren gekommen, dass er eine enge, private Verbindung mit Derek O'Neil pflegt. Wie stehen Sie eigentlich zu den O'Neils?« Schlagartig wandte er seinen Blick ab und fixierte mich. Seine dunklen Augen schienen mich förmlich zu durchbohren. Als würde er direkt in mich hineinsehen können. Sein Blick wich keinen Millimeter von mir.

Meine Fingerspitzen begannen zu kribbeln. Er konnte es nicht wissen. Pietro würde niemals mit Robert Castello über mich reden. Aber was ist mit den Kellnern? Pietro würde sie auf der Stelle feuern. Die Angestellten im Rogue wurden sehr gut bezahlt, um nicht in Versuchung zu kommen, Geheimnisse auszuplaudern. Außerdem war dies ein ungeschriebenes Gesetz und führte sofort zur Entlassung. Oder eher zum frühzeitigen Ableben.

Ich musste das Thema vorsichtig angehen. »Mein Vater und Derek O'Neil gingen auf die gleiche Schule. Jedoch hat diese Tatsache noch nie in unserer beruflichen Sphäre Auswirkungen gehabt. In rechtlichen Angelegenheiten stehen wir Ihnen natürlich unvoreingenommen zur …«

Scharf schnitt Castello mir das Wort ab. »Unvoreingenommen?« Seine Augen verengten sich. Voller Verachtung warf er einen Umschlag auf meinen Schreibtisch. Sein Blick brannte auf mir.

Was sollte das hier alles? Ich griff nach dem Brief und

öffnete ihn. Das Papier raschelte, als ich den Inhalt entnahm. Es waren Bilder. Fotografien. Aus dem Rogue. Parker und ich sitzen lachend am Tisch, auf der Nächsten stehen wir eng aneinander auf der Tanzfläche.

Verdammt. Er weiß es also doch. Aber wer hatte diese Bilder gemacht?

Meine Wangen wurden heiß, als ich das letzte Bild in der Hand hielt. Parker und ich vor dem Rogue, unsere Finger ineinander verschränkt, lächle ich ihn verträumt an. Wir wirken unheimlich glücklich. Ich musste mir auf die Zunge beißen, um nicht über die Flasche Wodka in seiner Hand zu schmunzeln.

»Wissen Sie, Miss Miller, ich habe das Gefühl, dass Ihre Familie einen engen Kontakt mit den O'Neils pflegt. Sehr eng.« Castellos Stimme triefte vor Abscheu, mit jedem Wort wurde er immer lauter. »Ich habe interne Infos bekommen. Über ihren *tollen* Plan«, sein Finger zeigte direkt auf mich, während er mir näherkam, »die O'Neils regeln die Drogen und die Millers die Waffengeschäfte. Ich weiß alles.« Feine Tröpfchen seines Speichels flogen in mein Gesicht.

Ich stockte. Wie kam er bitte auf so was? Interne Infos? Ich verstand nicht ein Wort von dem, was er da sagte. Abgesehen davon, dass ich sehr gerne Anwältin war, würde ich niemals Waffengeschäfte tätigen. Nicht, weil es mir zu illegal wäre, nein, der Aufwand wäre viel zu groß.

Und überhaupt! Was sollte das? Ein Feuer entzündete sich in meiner Magengrube, züngelnde Flammen krochen in mir empor. Was bildete der sich ein, mir vorzuschreiben, wen ich treffen dürfte und wen nicht? Sicher, ich hielt die Sache mit Parker selbst für einen Fehler. Für einen großen Fehler. Aber nichts davon gab diesem Möchtegern-Mafiosi das Recht, hier in meinem Büro aufzutauchen, mit solchen Bildern und wüsten Anschuldigungen!

Ich hielt dem Blick von Castello stand. »Das war ein

privates Treffen zwischen Parker O'Neil und mir. Ich wusste nicht, dass ich Sie um Erlaubnis dafür bitten müsste.«. Auch wenn er sich da irgendeine komische Geschichte zusammenreimte, ging es ihn absolut nichts an, mit wem ich meine Nächte verbrachte. »Danke für die Fotos. Allerdings bin ich nicht an Ihren Waffengeschäften interessiert. Genauso wenig wie mein Vater. Die …«, ich malte Gänsefüßchen in die Luft, »*internen* Infos sind falsch. Ich bin Anwältin und sollten Sie keine rechtliche Frage haben, bitte ich Sie, nun zu gehen. Danke.« Mit meiner Hand deutete ich auf die Tür.

Robert Castellos Blick verfinsterte sich, ich konnte die Pulsader an seinem Hals pochen sehen. Doch mehr als ein wütendes Schnaufen brachte er nicht heraus. Wortlos drehte er sich um und ging zur Tür. Seine Hand umfasste die Türklinke, drückte sie einen winzigen Millimeter nach unten, bis er stockte. Er zog den Atem ein, öffnete seinen Mund.

Komm, sag noch ein Wort. Nur ein einziges. Gib mir einen Grund, einen Krieg anzuzetteln. Einen Grund, dich fertig zu machen, dich und deinen Clan in den Boden zu stampfen. Obwohl, diese haltlosen Vorwürfe reichten mir auch schon.

Doch seine Lippen legten sich wieder aufeinander, die Klinke gab nach und er verschwand.

Schwallartig entwich mein Atem. Ich hatte gar nicht bemerkt, dass ich die Luft angehalten hatte. So hatte ich mir den Start in den Tag nicht vorgestellt. Ich eilte an den Schreibtisch und kramte mein Handy aus der Handtasche. Auch wenn Castello es nicht ausgesprochen hatte, war er hier, um mich zu warnen. Oder um den Millers zu drohen? Ich musste dringend mit Parker sprechen.

Keine Stunde später öffnete sich die Tür meines Büros und Miss Thompson kam in Begleitung von zwei Männern herein.

»Miss Miller, Mister O'Neil ist da«, verkündete sie und führte die Männer in das Büro.

Meine Magengrube kitzelte, als ich ihn sah. Ich sollte dringend etwas essen. »Danke, ich möchte nicht gestört werden«, wandte ich mich an Miss Thompson und stand auf.

Sie ging Richtung Tür, drehte sich jedoch nochmal um. »Eins noch, Miss Miller, die Angelegenheit Carlos García wurde geklärt. Er hat gestern seine Sachen abgeholt.« Tief atmete sie durch. »Er wird keine Probleme mehr bereiten.« Dann verschwand sie durch die Tür nach draußen.

Parker fixierte mich. »Carlos García?«

Dir auch einen schönen guten Morgen. »Nicht dein Problem«, entgegnete ich. Auch keins, über das ich jetzt reden wollte. Oder später.

Er zog die Augenbrauen hoch. »Wie auch immer. Ein paar Tage ohne mich und schon rufst du an. Ich nehme an, dass Mia dir meine Nummer gegeben hat.« Seine Mundwinkel zuckten, lässig setzte er sich in einen der Sessel.

Zu meinem Bedauern musste ich tief in mir feststellen, dass ich ihn irgendwie vermisst hatte. Auch wenn der Grund kein guter war, erfüllte mich gerade dennoch dieses wohlig warme Gefühl. »Ja, Mia hat sie mir gegeben. Ich wollte deine Nummer eigentlich gerade löschen, aber mir kam da leider was dazwischen.« Auch ich setzte mich auf einen der Sessel.

»Oh, na da bin ich ja gespannt. Passte mir aber eh ganz gut. Phil hat da nämlich ein kleines rechtliches Problem.« Parker deutete auf seinen Begleiter.

Mein Blick wanderte zu ihm. Er lehnte an der Wand

gegenüber der Sitzgruppe und schaute nervös zwischen Parker und mir hin und her.

»Kannst du auch selbst sprechen?« Meine rechte Augenbraue schoss in die Höhe.

Parker lachte leise auf. »Ich glaub, du schüchterst ihn ein.«

Endlich gab Phil einen Laut von sich. Wenn auch einen sehr merkwürdigen. Er räusperte sich. »Es ist eher ... also, man hört viel von Linda Miller, jedenfalls in letzter Zeit und ...«

»Er wurde geblitzt und verliert jetzt seinen Führerschein«, unterbrach Parker ihn. Sein Blick würde Phil vermutlich gleich tot umfallen lassen.

Doch dieser schluckte nur sichtbar. »Kann man da nicht was machen?«

»Man hört also viel von mir, soso.« Zu gern würde ich Phil mehr ausquetschen. Ich wette, er würde wie ein Vögelchen zwitschern. Allerdings war die Sache mit Castello wichtiger. »Ich gebe dir nachher die Nummer von einem meiner Anwälte. Da kannst du dich melden.«

Parker stand auf. »Dann hätten wir das ja geklärt.« Nickend gab er Phil zu verstehen, dass das Treffen beendet war.

»Setz dich.« Mein Ton ließ keinen Platz für Widerworte. Erneut zuckten seine Mundwinkel. Schön, dass ihn das alles amüsierte.

Ohne die Augen von mir abzuwenden, fiel er wieder zurück in den Sessel.

Wieder stieß Phil dieses komische Geräusch aus, doch Parker wandte den Blick nicht einen Moment von mir ab.

»Robert Castello war heute Morgen bei mir. Vielleicht sollten wir unter vier Augen darüber sprechen?«

Seine Miene versteinerte sich. Ohne auch nur zu blinzeln, starrte er in meine Augen. »Phil, du kannst fahren. Den Rest regle ich alleine.«

»Warte!« Ich sprang auf, ging an den Schreibtisch und schnappte mir einen Zettel. »Das ist die Zimmernummer von Stuart Winston. Er bearbeitet solche Fälle wie deinen und kann dir sicher helfen. Miss Thompson wird dir den Weg erklären.« Ich drückte ihm das Stück Papier in die Hand.

»Danke.« Phil grinste und ging Richtung Tür. Gerade als er verschwunden war, steckte er seinen Kopf noch einmal herein. »Nehmen Sie meinen Boss nicht zu hart ran. Er ist …«

»Raus jetzt!«, brüllte Parker ihm entgegen und augenblicklich wurde die Tür zugeschlagen.

Obwohl ich mir auf die Zunge biss, um nicht aufzulachen, konnte ich einfach nicht anders. Ich setzte mich wieder ihm gegenüber. »Sympathisch, dieser Phil.«

»Hmm, ich hätte ein anderes Wort für ihn gewählt.« Unsere Blicke kreuzten sich. Er lächelte, schief und irgendwie heiß. Für einen kurzen Moment konnte ich ihn wiedersehen. Den Parker, der mich so unendlich zärtlich berührt hatte, dessen blaue Augen mich gefangen hielten. Seine Augen zuckten zu meinen Lippen. Zu gern würde ich meine Zunge über sie wandern lassen. Wann war es in dem Büro so warm geworden?

Er wandte den Blick ab und schaute auf die Fotografie des Landhauses. »Also, was wollte Castello von dir?«

Tief atmete ich durch, steckte die Erinnerungen an unsere erste und letzte Nacht in eine Kiste und vergrub sie. Unter Beton.

»Er gab mir die hier.« Ich schob den Umschlag über den Glastisch zu ihm.

In seinen Händen wirkte der Brief viel kleiner. Als würde er sich Urlaubsfotos anschauen, blätterte er durch die Bilder.

»Ich habe ihm gesagt, dass wir uns privat getroffen hatten und ich ihm keine Rechenschaft abliefern muss.«

Parker schaute auf, legte den Kopf schräg. »Mutig.« Wieder hob sich sein rechter Mundwinkel.

»Um mir Angst zu machen, muss mehr kommen als ein Robert Castello.« Ich lehnte mich zurück. »Das Problem ist eher, dass er die ganze Situation falsch verstanden hat. Er denkt, dass mein Vater mit dir Pläne schmiedet und dass wir uns gemeinsam gegen ihn verbünden«, meine Schultern sanken herab, jedes Wort ließ die Anspannung aus meinen Muskeln weichen. »Er denkt, dass meine Familie das Waffengeschäft übernehmen will.«

Ungläubig blickte Parker mir entgegen. Sorgenfalten bildeten sich auf seiner Stirn. »Er war schon immer paranoid, aber das …« Er stockte, als er das letzte Bild in der Hand hielt. Wir beide vor dem Rogue. Es dauerte eine Weile, bis er seinen Blick hob. »Linda, ich …«, doch weiter kam er nicht.

Die Tür meines Büros wurde aufgerissen. Mit einem lauten Knall schlug sie gegen die dahinterliegende Wand.

Parker sprang auf und griff nach seiner Pistole im hinteren Hosenbund. Mit seinem freien Arm schob er mich hinter sich. Sein Lauf zielte direkt auf die Tür.

SIEBEN

»Parker, nicht!« Fassungslos sah ich, wie Tim ebenfalls seine Pistole zog. Scheinbar war ich die Einzige, die ihre Waffe nicht griffbereit bei sich trug.

Mit weit aufgerissenen Augen starrte Tim auf Parker. »Linda, komm zu mir«, presste er zwischen zusammengebissenen Zähnen hervor.

Männer. »Parker, nimm deine Waffe runter. Tim, du auch.« Doch keiner der beiden reagierte. Ich drückte mich an Parker vorbei, umfasste seine Hand mit der geladenen Pistole darin und drückte sie leicht nach unten. Aber er bewegte sich nicht einen Millimeter. Bittend blickte ich in seine Augen.

»Wer ist das? War die Sache mit dem Freund doch keine Lüge?« Ich hörte den Spott in seiner Stimme nur allzu deutlich.

Ist er etwa eifersüchtig? Zu gern hätte ich ihn weiter provoziert, allerdings zielte er mit seiner Glock direkt auf Tim. Das würde kein gutes Ende nehmen. »Nein!«, mit zwei Fingern umgriff ich sein Kinn und zwang ihn, mich anzusehen »Tim ist wie ein Bruder. Also nimm jetzt deine verdammte Waffe runter.« Sein Bart stach gegen meine

Fingerspitzen, kaum spürbar zeichnete mein Daumen seinen Kiefer nach. »Bitte.«

Endlich gab er nach und senkte die Pistole. Gott sei Dank. Die Anspannung fiel von meinen Schultern und ich atmete hörbar aus.

Parkers Blick ruhte auf mir, doch ich konnte den Ausdruck darin nicht deuten. Unsere Hände lagen noch immer aneinander, sein Finger strich über meinen Handrücken, ließ die Haut darunter kribbeln, zwischen uns seine Glock. Eine angenehme Wärme breitete sich in meiner Magengrube aus, während seine Augen meine gefangen hielten.

Als hätte seine Hand Feuer gefangen, riss ich mich los. Was war das?

Tim schaute ungläubig zwischen mir und Parker hin und her, dann nahm auch er seine Pistole nach unten. »Was macht Parker O'Neil in deinem Büro?« Er betrat nun vollends den Raum und trat die Tür mit seiner Ferse hinter sich zu.

»Oh, er hat mich erkannt. Und das, obwohl ich mein Shirt noch anhabe«, scherzte Parker und ich verdrehte die Augen.

Das wird er mir ewig vorhalten. Doch viel wichtiger war, warum Tim wie von einer Tarantel gestochen in mein Büro raste. Ohne anzurufen, geschweige denn anzuklopfen. Wo ist eigentlich Miss Thompson? »Was machst du hier?« Ich drängte mich an Parker vorbei und ging ein paar Schritte auf Tim zu.

Tief atmete er ein und aus, immer wieder zog er die Unterlippe ein und kaute darauf herum. »Linda«, seine Stimme stockte, gedämpft fuhr er fort: »Du solltest dich hinsetzen.«

»Wann?« Meine Stimme war nicht mehr als ein Flüstern. Die Gedanken in mir überschlugen sich.

Eine Explosion im Strandhaus auf den Hamptons.

Mein Vater war nicht erreichbar.

Niemand wusste, was dort passiert war.

Immer wieder hallten Tims Worte in mir wider. Wie Pfeile stießen sie gegen meinen Kopf, durchbohrten das Fleisch.

»Vor einer halben Stunde.« Tim kam zu mir und legte einen Arm um mich. »Linda ...«, begann er, doch ich unterbrach ihn. Für Mitleid blieb mir keine Zeit. Ich musste handeln! Irgendetwas tun!

Ich sprang von der Couch auf, marschierte geradewegs zu meinem Schreibtisch und griff nach dem Telefon. Kurzwahl, rote Taste. »Miss Thompson? Evakuieren Sie das Gebäude ... ja, diskret ... eine defekte Gasleitung ... haben Sie meinen Vater ... nein ... ok ... ja.« Ich legte den Hörer wieder auf und zog die oberste Schublade heraus. Anträge, Papiere, Notizen, alles schob ich zur Seite und gab den kleinen grünen Knopf frei. Ohne Widerstand gab er nach.

Das Bild des Landhauses über dem Sofa sprang wie eine Tür auf und gab einen geheimen Safe frei.

»Linda, lass uns kurz reden.«

Ich ignorierte Tim. Mit zitternden Fingern tippte ich die Zahlenkombination auf dem Tresor ein. Zischend öffnete sich die Stahltür und offenbarte einen kleinen beleuchteten Waffenschrank.

Parker pfiff anerkennend durch seine Zähne. »Nett, deine Verstecke.«

»Was will er eigentlich noch hier?« Tim schnaubte und trat zu mir. »Linda, du musst dich beruhigen.«

Wenn er noch einmal meinen Namen sagte, würde ich ausflippen! Ich schüttelte den Kopf und wich seiner Umarmung aus. Verstand er die Lage gerade nicht? »Beruhigen? Ist das dein Ernst? Mein Vater ist im Strandhaus, Tim! Mein Papa!«, schrie ich und bemühte mich, nicht in Tränen auszubrechen.

»Unsere besten Männer sind auf dem Weg in die Hamptons. Sie melden sich, sobald die Lage sicher ist.« Tims ruhige Stimme tobte wie ein Hurrikan durch meine Brust.

Wieder versuchte er, seine Arme um mich zu legen, doch ich blockte ab.

Es gab eine einfache Vorkehrung, sollte so etwas passieren. *Ein Angriff auf unsere Familie.* Die Lage wird gesichert und erst dann darf ich meinen aktuellen Standort verlassen.

Wer hatte sich das ausgedacht? Ich wusste, dass es nur meiner Sicherheit diente. Aber ich konnte nicht hier sitzen und darauf warten, dass irgendetwas passierte. All meine Gedanken galten meinem Vater. Mein Papa. Was, wenn er bereits tot war? Ich konnte ihn nicht verlieren. Nicht auch noch ihn. Ein dicker Kloß bildete sich in meinem Hals, drückte gegen die Kehle, die Luft wurde immer dünner.

Nein! Ich würde kämpfen. *Koste es, was es wolle.* Entschlossen schnappte ich mir meine Tasche und leerte den Safe. Zwei Pistolen, beide Glock 17, jeweils 17 Schuss, das müsste reichen. Sicherheitshalber griff ich noch zu der Handgranate.

Der schwarze Samt des leeren Waffentresors schimmerte im weichen Licht der kleinen LEDs. Wer auch immer das Strandhaus angegriffen hatte, bekam es mit mir zu tun. »Ich muss dahin.«

»Nein.« Parkers Stimme durchschnitt die aufgeladene Situation.

Fassungslos schnappte Tim nach Luft, murmelte irgendetwas vor sich hin.

Doch meine Augen hingen an Parker. Breitbeinig und

lässig nach hinten gelehnt saß er in einen der Sessel und beobachtete mich, eine Hand umfasste sein Kinn und fuhr durch seinen dunkelblonden Bart.

Hitze kochte tief in mir, sammelte sich wie heiße Lava, kroch an mir empor. Niemand konnte mir verbieten, meine Familie zu verteidigen. Erst recht kein O´Neil. »Oh, ich habe nicht um Erlaubnis gebeten.« Ohne ihn eines weiteren Blickes zu würdigen, ging ich zurück an den Schreibtisch. Die letzte Schublade hatte einen doppelten Boden. Ich hob ihn an und holte drei Jagdmesser heraus, alle mit mattschwarzer Klinge. Die sahen einfach immer gut aus. Ob mit oder ohne Blut.

Parker stand auf und kam auf mich zu. Vor dem Schreibtisch blieb er stehen. Seine blauen Augen fixierten mich. »Du wirst nicht in die Hamptons fliegen.« Er lehnte sich nach vorn und stemmte seine Fäuste auf die Tischplatte.

Erst eifersüchtig und jetzt besorgt? Schnell wandte ich den Blick ab und packte weiter meine Tasche. Für so etwas hatte ich keine Zeit.

»So ungern ich es zugebe, aber dieser O'Neil hat recht. Du musst hierbleiben, bis wir wissen, was da los ist.« Tim baute sich ebenfalls vor meinem Schreibtisch auf. »Dein Vater würde das nicht wollen.« Er kam zu mir und versuchte schon wieder, seine Hände auf meine Schultern zu legen.

Ich wollte das nicht! Er sollte aufhören! Ich drückte ihn von mir, hektisch wehrte ich ihn mit meinen Fäusten ab, trommelte gegen seine Brust. »Lass mich in Ruhe! Alle beide! Lasst mich einfach in Ruhe!« Doch Tim packte meine Handgelenke und zog mich fest an sich.

Mein Kopf schlug gegen seine Brust, sein Herz hämmerte gegen meine Wange. Die Emotionen überrollten mich. Die Angst um meinen Vater, die Machtlosigkeit.

Was, wenn ich ihn nie wiedersehen würde? Das war alles so unwirklich.

Ich stieß Tim von mir, zwängte mich an den beiden vorbei. In mir tobte ein Chaos, Fragen und Sorgen wirbelten durcheinander. Ich ließ mich auf das Sofa zwischen den Sesseln fallen, mein Gesicht vergrub ich tief in den Händen. Das durfte alles nicht wahr sein. Wer würde so etwas tun? Wir hatten mit niemandem Streit. Außer ... natürlich! »Das war Robert Castello.«

Parker kam zu mir. »Das glaube ich auch.« Er setzte sich neben mich auf die Couch, unsere Oberschenkel drückten aneinander. »Linda, deinem Vater geht es sicher gut«, flüsterte er und strich meinen Rücken auf und ab.

Ohne darüber nachzudenken, lehnte ich mich kraftlos an seine Schulter, suchte nun doch nach etwas Halt. Ich hoffte so sehr, dass er recht hatte.

Aus dem Augenwinkel bemerkte ich, dass Tim uns argwöhnisch beobachtete. Seine Augenbrauen konnten sich nicht fester zusammenziehen.

Wer weiß, was er dachte. Er hatte mich mit Parker in meinem Büro überrascht. Und so wie ich hier neben ihm saß, flogen sicher hunderte von Fragen durch seinen Kopf. Doch für dieses Gespräch hatte ich gerade keine Nerven. Und auch keine Zeit.

Tief atmete ich ein und aus. Ruhe bewahren. *Alles wird gut. Hoffentlich.*

Miss Thompson riss meine Bürotür auf und stürmte herein. In der Hand hielt sie einen kleinen Karton. »Miss Miller, das wurde gerade unten abgegeben. Der Mann war maskiert und drohte dem Securitypersonal.« Sie schnappte nach Luft und ich eilte zu ihr. »Es wurde niemand verletzt. Aber langsam können wir den Angriff nicht mehr diskret halten.« Mit zitternden Händen reichte sie mir das Päckchen. Ihre Augen waren gerötet.

Parker schnappte sich das Paket und ging zu meinem Schreibtisch.

Doch meine Augen blieben an Miss Thompson hängen. Sie kannte mich bereits eine halbe Ewigkeit und arbeitete schon für meinen Vater als Sekretärin. Sie litt genauso wie ich unter dieser Situation.

»Ach, komm schon her.« Miss Thompson umgriff meine Oberarme und drückte mich an sich. »Das wird wieder. Rasmus ist ein harter Brocken.« Sie löste sich von mir, strich über meine Wange. »Er hat schon viel Schlimmeres überstanden.«

Schlimmer als eine Explosion? Daran konnte ich mich nicht erinnern. Doch allein ihre Worte, ihre tiefen dunklen Augen, sie spendeten mir Trost.

»Da steht Miller drauf«, fauchte Tim und riss mich aus den Gedanken. Miss Thompson löste sich von mir und verließ das Büro.

»Ja, und es ist eventuell eine weitere Bombe.« Parker ließ sich nicht beirren. Behutsam stellte er das Päckchen ab, fast so, als wäre es aus feinem Porzellan.

Unsere Blicke kreuzten sich. Seine Augenbraue zuckte, sein Kiefer mahlte. Er öffnete den Mund, um etwas zu sagen.

Oh nein, das konnte er vergessen! »Ich bleibe hier.«

Er zuckte lediglich mit den Schultern. »Dann öffnen wir es woanders.«

»Entweder du machst es jetzt sofort auf oder ich tue es selbst!« Meine Atmung beschleunigte sich, passte sich meinem rasenden Puls an.

Hilfesuchend blickte Parker zu Tim. Doch dieser winkte ab. »Dann fliegen wir eben alle gemeinsam in die Luft.«

Das konnte doch nicht ihr Ernst sein! Männer!

Ich schüttelte den Kopf, ging zu meinem Schreibtisch und drückte Parker den roségoldenen Brieföffner in die

Hand. »Jetzt mach es endlich ...« Unsere Fingerspitzen streiften sich und ich hielt inne. »... auf, O'Neil.« Ganz langsam, Stück für Stück, schoben sich unsere Finger ineinander, bis wir auf das glänzende Metall zwischen uns stießen. »Es wird schon keine Bombe sein.«

Parker schluckte und sein Blick senkte sich auf unsere Hände. »Du ...« Doch dann zuckten seine Mundwinkel. »Was ist das eigentlich für ein hässlicher Brieföffner?«

»Wirklich?« War das seine Art? Zu scherzen, wenn wir eventuell jeden Moment in die Luft fliegen würden?

»Ja. Morgen gehen wir los und kaufen dir einen neuen. In Schwarz.«

Lächelnd nickte ich. »Einverstanden.«

»Wenn es ein Morgen gibt.« Tims Hände klatschten auf die Tischplatte meines Schreibtisches. »Wir sollten wieder zum Wesentlichen kommen.« Mit zusammengepressten Lippen starrte er ihn an.

Ich hatte gar nicht bemerkt, dass er sich zu uns gestellt hatte. Ein letztes Mal strich ich über Parkers Hand und löste mich von ihm.

Doch dieser schaute noch immer auf den schweren Brieföffner in seiner Hand. Auch wenn er nichts sagte, konnte ich den Kampf in seinem Inneren toben sehen. »Na dann, los geht's.« Erneut atmete er tief durch, dann schnitt er vorsichtig die Pappe auseinander. Eine Seite nach der anderen klappte weg, offenbarte den Inhalt. »Es ist eine CD. Und ein weiteres Paket.«

Ich schnappte mir die CD und legte sie in meinen Laptop ein. Keine Ahnung, wann ich sowas das letzte Mal benutzt hatte.

Parker öffnete das andere kleine Päckchen und schloss es augenblicklich wieder.

»Was ist da drin?«, fragte Tim neugierig, doch Parker ignorierte ihn und behielt den kleinen Karton fest in seiner Hand.

Ich schaute auf, nickte ihm auffordernd entgegen.

»Nichts.« Seine Stimme, so samtweich, dass es mir augenblicklich klar wurde.

Das durfte alles nicht wahr sein. Ich presste mir die Faust gegen den Mund, um nicht zu schreien. »Was ist es? Ein Finger? Das Ohr? Ein Zahn?« Mit zitternden Händen fuhr ich durch meine Haare.

»Ein Finger.«

Eine eiskalte Gänsehaut überfiel mich, zwängte mich ein und ließ mich kaum atmen. Ein Finger. Sowas machte nur die Mafia. Dieser verdammte Castello! »Wenigstens wissen wir jetzt, dass die Bombe deinen Vater nicht in tausend Stücke gerissen hat.« Tim legte den Kopf schief.

Wow, wie aufbauend. Doch da war noch immer die CD. Ich klickte sie auf dem Bildschirm an und öffnete die Datei. Die CD drehte sich hörbar im Laufwerk des Laptops. Ein Video. Zaghaft klickte ich darauf und öffnete es. Erschrocken kniff ich meine Augen fest zusammen. Bereits das Standbild reichte mir, um zu wissen, dass etwas Schreckliches im Gange war.

Parker beugte sich über meine Schulter, um alles sehen zu können. Seine Oberarme berührten meine. »Was zur Hölle.«

Hölle traf es ganz gut. Mein Vater, seine Lippe war aufgeplatzt, die Haare klebten nass an den Schläfen. »Oh Gott, Papa«, flüsterte ich und Tim trat ebenfalls hinter mich.

Seine Finger bohrten sich in die Lehne meines Bürostuhls.

Mit aller Kraft überwand ich mich und drückte auf Play. Mein Vater schaute in die Kamera, er versuchte zu lächeln.

Es gab mir den Rest. Alles kochte über, sprudelte einfach aus mir heraus. Heiße Tränen rollten über mein Gesicht, brannten tiefe Narben in die Wangen.

Parkers Arme umschlossen mich enger und ich spürte seine Lippen auf meinem Kopf.

»Hallo Linda, mein Schatz. Wenn du das siehst, hoffe ich, dass du nicht allein bist. Ich möchte dir noch so viel sagen, ich ...«, ein Schlag in sein Gesicht unterbrach ihn.

Ich zuckte zusammen.

Kraftlos sank sein Kopf nach unten, Blut tropfte aus seiner Nase. »Wie du siehst, sollte ich mich eher an meinen Text halten.« Freudlos lachte er auf. »Weißt du noch, vor ein paar Wochen? Wir haben über die O'Neils gesprochen. Über dich und Parker.« Er lächelte. »Robert Castello hat mich in seiner Gewalt. Er denkt, dass die Millers sich mit den O'Neils verbündet haben und gegen ihn kämpfen wollen. Ich weiß nicht, warum er ...«, wieder ein Schlag.

Laut schluchzte ich auf und drückte die Hand auf meinen Mund.

»Okay, weiter im Text. Er fordert, dass du als letztes Familienmitglied der Millers die Stadt verlässt und nie wiederkommst. Du hast 24 Stunden Zeit, deine Sachen zu packen. Ansonsten würde er jeden O'Neil einzeln umbringen. Derek, bring Jasper weg ...«, wieder ein Schlag.

Parkers Muskeln verkrampften sich. Seine Hände ballten sich zu Fäusten. Sanft umschloss ich sie.

»Gut, also so lautet die Anweisung.« Mein Vater spuckte ein Gemisch aus Blut und Speichel auf den Boden. Mit glasigen Augen schaute er wieder in die Kamera. »Und da du ja gehört hast, dass du das letzte Familienmitglied bist, kannst du dir sicher denken, was nun passiert.« Tränen liefen über sein Gesicht.

Nein, ich musste mich verhört haben. Das konnte nicht stimmen! In meinem Magen bildete sich ein fester Knoten.

»Ich darf mich immerhin noch verabschieden. Tim, es tut mir alles so leid. Derek, du warst immer ein guter

Freund. Pass auf meine kleine Prinzessin auf.« Die Stimme meines Vaters begann zu zittern. »Linda, ich liebe dich so sehr. Du warst immer mein ganzer Stolz.« Plötzlich weiteten sich seine Augen. »Geh zu Parker, kämpf, Kleines, scheiß auf die Caste…«

Dann knallte ein Schuss. Der Kopf meines Vaters schleuderte zurück, wankte einmal und fiel leblos nach vorn. Tiefrotes Blut floss dick aus der Wunde zwischen seinen Augen. Hautfetzen umrandeten das Einschussloch, hingen an seiner Stirn herab.

Stille. Um uns herum. In mir drin. Nur das dumpfe Geräusch von tropfendem Blut auf den Oberschenkel meines Vaters. Dann wurde das Bild schwarz.

Das kann nicht echt sein. Mein Herz zog sich zusammen, krümmte sich innerlich, bis es einfach zu Staub zerfiel. »Nein«, flüsterte ich. »Nein, nein, nein.«

Mir wurde schlecht. Ruckartig stand ich auf, knallte mit dem Stuhl gegen Parker und rannte zum nächsten Mülleimer. Mein Magen rebellierte. Heftige Bauchkrämpfe schüttelten meinen Körper, beförderten den gesamten Mageninhalt nach oben. Die bittere Galle auf der Zunge ließ mich immer wieder würgen.

Mein Vater.

Er war tot.

Ich war allein. Innerlich leer. Da war nichts, bis auf diese tiefe Schwärze, die mich immer weiter und weiter mit sich hinab zog.

Eine warme Hand legte sich auf meinen Rücken. Ich fiel auf den Po zurück und blickte direkt in Tims Augen. So wie er mich ansah, als hätte er gerade ein verletztes Rehkitz gefunden. Hilflos. Machtlos. Wehrlos.

Nein! So wollte ich nicht angesehen werden. So war ich nicht. Ich wischte mit dem Handrücken über meinen Mund. »Ich werde Robert Castello umbringen.«

ACHT

Parker klappte den Laptop zu und entnahm die CD. Zusammen mit dem Finger meines Vaters tat er alles wieder in das größere Päckchen.

Ich saß auf dem Boden. Die Spur meiner Tränen brannte auf den Wangen. Sobald ich auch nur blinzeln musste, sah ich die Bilder vor mir tanzen. Wie der Kopf meines Vaters nach vorne fiel. Leblos. So viel Blut.

Tim strich über meinen Arm, doch ich fühlte mich taub vor Schmerz.

Ich musste mein Hirn wieder einschalten, musste endlich wieder Herr der Lage werden. So hätte das mein Vater gewollt! »Jasper.« Ich schaute zu Parker. »Wer ist das?«

»Mein Bruder.«

»Du musst ihn warnen.«

Er nickte und tippte eine Nachricht in sein Handy.

Tim legte einen Arm um mich. »Alles wird wieder gut, Linda.« Seine Stimme kratzte.

Wie sollte alles gut werden? Ein Scheiß war es. Mein Vater war ... tot. Wieder musste ich laut aufschluchzen. Aber die Tränen mussten aufhören. Ich biss mir auf die Unterlippe, unterdrückte das Brennen in meinen Augen.

Parker stellte sich vor mich und reichte mir seine Hand. »Komm.«

Ich griff danach und ließ mich nach oben ziehen.

Seine Finger strichen durch mein Haar, schoben eine lose Strähne hinter mein Ohr. »Pack ein paar Sachen, du kommst mit zu mir.«

Ruckartig stand Tim auf und funkelte Parker an, erwiderte jedoch nichts weiter, als er mich nicken sah.

Ich wischte mir die letzten Tränen aus dem Gesicht. »Wenn die Castellos denken, dass wir uns verbündet haben, dann sollten wir ihnen auch den Gefallen tun.«

»Nichts lieber als das.« Parker packte meine Schultern und zog mich fest an sich. »Es tut mir alles so leid«, flüsterte er in meine Haare. »Er hat auch meine Familie bedroht, dafür wird er büßen.«

Diese plötzliche Nähe zu ihm überraschte mich. Und doch empfing sie mich wie eine heiße Dusche. Ich legte meine Arme um ihn, krallte die Finger in den Stoff seines T-Shirts, erlaubte mir, diesen Augenblick zu genießen. Sein Geruch von Leder und Benzin stieg mir in die Nase und befeuerte meine innere Wärme nur noch mehr.

Tim räusperte sich. »Linda, ich denke, es wäre besser, wenn wir das tun, was Castello sagt. Lass uns gemeinsam die Stadt verlassen, irgendwo neu anfangen.«

Ich löste mich von Parker. Was redete er da?

Er kam zu mir und nahm meine Hände in seine.

Schnell schüttelte ich sie ab. »Ich werde auf keinen Fall diesen Forderungen nachgeben! Tim, hast du gehört, was mein Vater gesagt hat? Ich werde kämpfen.« Ich konnte nicht einfach mit ansehen, wie jemand meinen Vater ermordete und dann auch noch auf seine Bedingungen eingehen. Nein, soweit würde es niemals kommen. Ich schnappte mir die Tasche voller Waffen.

»Und was, wenn er zuerst dich erwischt? Deinen Vater

hat er bereits auf dem Gewissen!«, entgegnete Tim und nahm erneut meine Hand.

Ich entriss sie ihm.

Aber er kam immer näher. »Ich mache mir nur Sorgen um dich.«

Taumelnd ging ich einen Schritt zurück. Sollte ich einfach die letzte Stunde vergessen?

»Wenn er Linda etwas antun will, muss er erst an den Vikings vorbei«, mischte sich Parker ein und griff nach meiner Hand. Augenblicklich verflochten sich unsere Finger ineinander.

Starr blickte Tim auf unsere Hände. »Welche Rolle du hier spielst, habe ich noch immer nicht kapiert!« Auf seinen Wangen bildeten sich rote Flecken. »Was willst du von ihr?«

»Wäre die Situation nicht eh schon scheiße genug, würde ich dir nur zu gern zeigen, was ich von *dir* will.«

Ich drückte Parkers Hand fester. Was sollte das? Wir waren alle durcheinander. »Tim.« Langsam ging ich einen Schritt auf ihn zu. »Du bist mein engster Freund. Lass uns nicht streiten. Nicht, nachdem …«

Weiter kam ich nicht, denn da zog er mich fest an sich, entriss mich Parkers Berührung.

Doch es machte mir nichts aus. Er war der Letzte, der mir noch blieb. Mit ihm zu streiten, kurz nachdem wir beide dieses Video sehen mussten. Nein. Tief atmete ich seinen vertrauten Geruch nach Pfefferminze ein. Sicher hatte er wie immer ein paar Bonbons in seiner Hosentasche.

Parkers Handy klingelte und ich drehte mich zu ihm. »Ja? Gut. Ja, ich bringe Linda mit. Nein, sie bleibt bei mir. Den Rest regeln wir dann. Und wir bringen noch Tim mit. Er ist ihr … Freund, kein Plan. Ok, bis gleich.« Wieder nahm er meine Hand, die andere vergrub er tief in seiner

Hosentasche. »Ich dachte mir, dass du sie sicher nicht allein zu den Vikings gehen lässt.«

Wieder starrte Tim auf unsere Hände. »Ich rede vorher mit Miss Thompson und regle alles mit der Company. Wir treffen uns bei Linda im Penthouse.«

Im Auto meines Vaters fuhr ich Richtung Innenstadt. Er parkte dieses kleine dunkelblaue Auto immer in der Company-Garage für Notfälle. Und das war definitiv einer. Immer wieder bildete ich mir ein, seinen Geruch wahrzunehmen. Mit jedem Atemzug zog sich das Band um meine Brust enger zusammen, schnürte mir die Luft ab. Er fehlte mir, nach nur wenigen Minuten fehlte er mir bereits so sehr.

Im Rückspiegel sah ich Parker auf seinem Motorrad. Er trug seine Lederjacke mit dem großen Vikingssymbol darauf. Noch vor ein paar Tagen hätte ich niemals zugestimmt, freiwillig zu dem Motorradclub zu fahren. Doch jetzt erschienen sie mir als meine einzige Chance. Und zugegebenermaßen war es nicht die schlechteste. Aus irgendeinem Grund wusste ich, dass Parker für mich da sein würde. Wenn ich da mal nicht zu hoch pokerte. Ich blinkte und bog in die große Tiefgarage meines Penthouse ab. Direkt neben der Einfahrt suchte ich mir einen Parkplatz und stieg aus.

Parker kam mir entgegen, sein Helm schwang in der Hand bei jedem Schritt hin und her. »Dann nimmst du mich ja doch noch mit zu dir.«

»Sieht so aus.« Ich nickte Richtung Aufzug. »Da entlang.«

Unsere Schritte hallten durch die totenstille Garage. Nur wenige Minuten später standen Parker und ich schweigend im Fahrstuhl. Meine Gedanken wanderten zu unserem letzten Aufenthalt in einem Aufzug. Ich schielte zu ihm herüber, schaute in seine tiefblauen Augen. Ohne zu zögern, hatte er mir seine Hilfe angeboten. Eine Obhut bei den Vikings. Vielleicht war er ja doch kein so übler Kerl. Nein, das war er nicht. Und das wusste ich nicht erst seit heute. Aber es änderte auch überhaupt nichts. Oder?

Ping. Der Aufzug kam zum Stehen. Wir waren da. »Willkommen in meiner Wohnung«, sagte ich und zeigte ausschweifend in den offenen Wohnraum des Penthouse. »Ich gehe kurz ein paar Sachen packen.«

Parker nickte und ich verschwand in meinem Schlafzimmer. Hinter mir drückte ich die Tür ins Schloss, vergewisserte mich, dass sie wirklich geschlossen war, und setzte mich auf das Bett. Ich musste kurz durchatmen. Musste kurz all meine Gedanken sammeln. Doch stattdessen flogen sie einfach weiterhin kreuz und quer. Was war das für ein Tag? Warum passierte das alles gerade?

Das Familienfoto auf dem Nachtschrank, meine Augen blieben daran hängen. Mein Vater, meine Mutter und ich. Lachend. Glücklich. Lebendig.

Lebendig!

Laut schluchzte ich auf, presste meine Hand gegen den Mund. Tränen flossen mein Gesicht herab. Ich war allein, es war mir egal. Sollte doch ein ganzer Monsun mein Gesicht bedecken. Meine Eltern waren beide tot! Warum wurden sie mir genommen? Das war nicht fair. *Das Leben ist nicht fair,* hallten Papas Worte in mir.

Könnte ich ihn doch noch einmal umarmen, ihm sagen, wie sehr ich ihn liebte. Wieder entrann meiner Kehle ein tiefer Schluchzer und ich rollte mich auf das Bett. Die grausigen Gedanken zogen durch meinen ganzen Körper, wie Säure flossen sie durch mich hindurch, schmerzten selbst in der letzten Zelle.

Mein Papa war tot.

Meine Mama war tot.

Ich bin das letzte Familienmitglied der Millers.

Unkontrolliert begann ich zu zittern. Tiefe Schluchzer schüttelten meinen Körper. Es tat so unfassbar weh. So, so weh.

Die Matratze hinter mit gab nach. Zwei starke Arme umgriffen mich, drückten mich an sich.

Ich drehte mich um und vergrub das Gesicht an Parkers Brust. Eine Träne nach der anderen bahnte sich ihren Weg, durchnässte sein T-Shirt.

Sanft strich er durch meine Haare. »Alles wird wieder gut.«

Wie soll das alles gut werden? Nichts konnte meinen Vater wieder lebendig machen. Nichts konnte meine Mutter retten.

»Schau mich an.«

Entschlossen schüttelte ich den Kopf. Meine Augen waren sicher rot und geschwollen, das Make-up über das ganze Gesicht verteilt. So musste ich mich niemandem zeigen. Es reichte ja schon, dass ich heulend an ihm hing.

Doch seine Finger umgriffen mein Kinn und drückten mein Gesicht nach oben. Traurig schaute Parker mir entgegen. »Er wird dafür bezahlen.« Seine Fingerspitzen fingen meine Tränen auf, wischten sie beiseite. »Für alles.«

Die Nähe, die Wärme, seine Worte, all das beruhigte mich, stoppte den salzigen Wasserfall. Und doch, ich wollte keine Schwäche zeigen. Nicht vor ihm oder irgendwem.

Ich löste mich aus seiner Umarmung und stand auf. Ohne mich noch einmal umzudrehen, ging ich zum Kleiderschrank. »Entschuldige«, murmelte ich und kramte ein paar Sachen zusammen.

Die Decke auf meinem Bett raschelte. »Es muss dir nichts leidtun.«

Ich öffnete die nächste Schranktür und blickte direkt in einen Spiegel. Oh mein Gott. »Ich sehe furchtbar aus.

Aber zum Duschen haben wir sicher keine Zeit, oder?« Freudlos lachte ich auf und fuhr mit den Händen durch die Haare. Zwecklos. Sie waren wild durcheinander, meine Mascara klebte um meine Augen herum, als wäre ich ein verdammter Panda.

»Du kannst gar nicht furchtbar aussehen.« Parkers Worte legten sich um mich, wieder empfing ich die angenehme Wärme in mir.

Ich schaute über die Schulter zu ihm. Seine Arme waren hinter dem Kopf verschränkt, die Beine lagen locker übereinander. Als würde er ständig auf meinem Bett sitzen.

Schief grinsend zwinkerte er mir zu. »Und duschen kannst du dann bei mir.«

»Wie gastfreundlich von dir.« Ich schlug die Schranktür zu und öffnete eine Schublade. Socken, Unterwäsche.

Er legte den Kopf schief. »Vielleicht auch nicht ganz uneigennützig.«

Hatte er es gerade tatsächlich geschafft, mich zum Lächeln zu bringen? Ich stieß das Fach wieder zu und ging nebenan in das kleine Bad, die Türen ließ ich angelehnt. Immer mehr Zeug stopfte ich in die Tasche. Eine Zahnbürste, ein bisschen Make-up. Wer wusste, wann ich das nächste Mal in mein Penthouse konnte? Sobald die 24 Stunden von Castello rum waren, würde er mich jagen. Und ich ihn.

Das vertraute Geräusch des Fahrstuhls drang an meine Ohren. Das musste Tim sein, er kannte die Zahlenkombination des Penthouse.

Ich verließ das Badezimmer und stellte meine Tasche neben der Tür ab. Jetzt, wo er hier war, konnten wir gemeinsam zu den Vikings gehen. Dann würde erstmal etwas Ruhe einkehren. »Tim, endlich. Wir ... verdammt!«

Ich warf mich auf den Boden und rollte hinter die nächste Kommode.

Das laute Rattern von Maschinengewehren ertönte. Patronenhülsen flogen gegen die Wände, rollten über den Marmorboden.

Mein Puls beschleunigte sich. Das war nicht Tim. Statt meines besten Freundes standen zwei maskierte Männer mit automatischen Waffen mitten im Eingangsbereich. Das waren kurze 24 Stunden.

Die Schlafzimmertür öffnete sich. Parker streckte seine Pistole nach draußen und begann zu feuern. Die Männer schienen Deckung zu suchen und stellten ihre Schüsse ein.

Das war meine Chance. Ich duckte mich, schnappte mir im Rennen die Tasche neben dem Badezimmer und hetzte durch den Flur. Parker packte meinen Unterarm, zog mich in das Schlafzimmer herein. Lautstark schlug er die Tür hinter uns zu. Die Männer drückten erneut ab.

Ich presste mich gegen die Wand neben der Tür, schaffte es nicht einmal, einen gleichmäßigen Atemzug zu nehmen. Immer wieder knackte das Holz. Gott sei Dank hatte Papa auf die festeren Türen bestanden. Aber eben doch nicht auf die kugelsicheren. Ein Loch nach dem anderen schossen sie sich den Weg zu uns frei. »Das ist nicht Tim. Castellos Männer sind hier.«

Parkers rechte Augenbraue sprang in die Höhe. »Danke für den Hinweis.«

Ich schmiss meine Tasche auf das Bett und griff nach den zwei Pistolen, die ich eingepackt hatte. Doch selbst mit beiden Neunmilimetern konnten wir uns schlecht zu zweit den Weg freischießen. Sicher warteten unten noch mehr von Castellos Männern. Wir mussten uns etwas einfallen lassen.

Meine Gedanken drehten sich. Das laute Rattern der Maschinengewehre, der tiefe Schmerz in meiner Brust.

Am liebsten würde ich da rausgehen und sie alle in die Luft jagen.

Moment. Das ist es! Die Handgranate.

Ich riss die Tasche noch weiter auf, kramte in den Sachen hin und her. Da war sie.

Parker riss die Augen auf. »Verrätst du mir, was du vorhast?«

Stille. Sie mussten nachladen. Jetzt oder nie. Ich öffnete die Schlafzimmertür nur einen kleinen Spaltbreit, zog den silbernen Splint aus der Granate. Der Bügel drückte gegen meine Handinnenfläche. Und dann warf ich sie. Mitten in den Flur.

Parker knallte die Tür zu, packte mich und warf uns gemeinsam zu Boden.

Ein Knall. Ein verdammt lauter Knall!

Im gleichen Moment flog die durchlöcherte Tür quer durch den Raum. Dicker Qualm breitete sich aus und ließ mich husten. Meine Ohren klingelten.

»Bist du völlig verrückt?« Parker lag neben mir und wedelte mit den Händen den Rauch hin und her. »Du hättest uns beide umbringen können!«

»Entweder ich oder die da draußen!«

Kopfschüttelnd stand er auf und reichte mir seine Hand. »Du bist …«

»… eine Miller.« Ich klopfte den Staub von den Sachen.

»Das wollte ich nicht sagen.« Seine Augen waren noch immer weit aufgerissen. Er wandte den Blick ab, griff nach seiner Waffe am Boden und schielte aus dem Schlafzimmer heraus. »Komm.« Ohne sich umzudrehen, streckte er mir seine Hand entgegen. Ich ergriff sie und gemeinsam betraten wir den Flur. Unsere Füße stießen gegen unzählige goldene Patronenhülsen. Die Wände waren übersät mit den Splittern der Handgranate.

»Sie sehen tot aus.« Mit den Fuß stieß Parker gegen

einen der Männer »Trotzdem. Manche Fehler macht man nie zweimal.« Er hob seine Pistole an und schoss beiden direkt in den Kopf. Blut tropfte aus ihren Schläfen, breitete sich auf den hellen Boden aus. Es hatte beinahe etwas Künstlerisches, wie sich das tiefrote Blut durch die goldenen Patronen schlängelte, die Granatsplitter umspülte.

Ich löste mich von Parkers Hand und ging zu dem Überwachungsbildschirm. »Unten warten noch mehr.«

Er kam zu mir. »Wir können uns da unmöglich zu zweit durchkämpfen. Wo ist Tim?«

Ich hatte keine Ahnung, wo er blieb. Die Company war evakuiert und das Gespräch mit Miss Thompson konnte ebenfalls nicht so lange dauern. Was, wenn sie ihn erwischt hatten? Ich holte mein Handy raus und wählte seine Nummer. Mailbox. »Tim? Komm nicht zum Penthouse! Castello ist hier. Wir treffen uns bei den Vikings.« Ich legte auf. Meine Kopfhaut kribbelte. Wenn ich heute auch noch Tim verlieren würde. Das ... nein, daran durfte ich nicht mal denken.

»Dad?« Erst jetzt bemerkte ich, dass auch Parker telefonierte. »Wir sind unter Beschuss. Ja, in ihrer Wohnung. Ok. Bis nachher.« Er legte auf. »Meine Männer sind auf den Weg. Aber ehe sie aus dem Quartier hier sind, sind die«, Parker deutete auf den Bildschirm, »hier oben.« Sein Blick zuckte durch meine Wohnung. Oder das, was davon übriggeblieben war. »Wir nehmen die Feuertreppe.«

Ich folgte seinem Blick zu einem der Fenster in der Küche. »Mit ihr kommt man auch in die Tiefgarage.«

Er nickte. »Wir werden den Fahrstuhl nach unten schicken, in der Hoffnung, sie konzentrieren sich darauf.«

»Und dann flüchten wir«, vervollständigte ich unseren Plan. Unten kam Bewegung in die Männer. Castellos Leute formierten sich und es war nur eine Frage von Sekunden, bis ihr Angriff startete. Unsere Strategie war mehr als vage, doch auch unsere einzige Chance.

Meine Augen glitten zu Parker. Ich packte den Kragen seines T-Shirts und ich zog ihn an mich. Sofort fanden unsere Lippen zueinander.

Mit großen Augen blickte er in meine, erwiderte den Kuss jedoch sofort. Die Pistole fiel polternd zu Boden und er umfasste mein Gesicht. Sein Körper dirigierte uns durch den schmalen Flur, presste mich gegen die kühle Wand. Die Hülsen klapperten um unsere Füße, das Blut zeichnete unsere Spur.

Ich vergrub die Finger in seinen Haaren, biss in seine Unterlippe. »Falls wir nicht überleben«, hauchte ich an seinen so weichen Mund und stieß ihn von mir. Mit großen Schritten ging ich in die Küche und öffnete das Fenster.

»Wie optimistisch von dir«, scherzte Parker, hob seine Waffe auf und wartete, bis ich auf der Feuertreppe stand.

»Lass das Spiel beginnen, O'Neil.« Ich leckte über meine Lippen.

Seine Mundwinkel zuckten. »Renn, Miller.« Der Knopf des Fahrstuhls leuchtete grün auf, als er seinen Finger darauf legte. Er hetzte zu mir, setzte sich auf das Fensterbrett und schwang seine Beine raus.

Dann rannten wir los. Wir mussten vor dem Fahrstuhl unten sein, sonst würden sie es bemerken. Eine Stufe nach der anderen rasten wir herunter. Das Metall schepperte unter unseren Füßen. Meine Lunge brannte. Schwallartig entwich mir der Atem, als wir endlich die letzten Stufen erreichten. Parker stemmte sich gegen die Tür der Tiefgarage und wir schlüpften hindurch. Es war knapp, verdammt knapp, aber wir hatten es geschafft. Gerade kam der Aufzug an.

Die silbernen Türen glitten auseinander und Castellos Männer begannen augenblicklich zu feuern. Parker packte meine Hand und zog mich hinter ein paar parkenden Autos.

»Feuer einstellen! Der Aufzug ist leer!«

Ich kroch an Parker vorbei, schielte zum Fahrstuhl.

»Sucht sie! Es muss noch einen anderen Weg geben!« Die Köpfe der Männer zuckten wild hin und her, dann schwärmten sie aus.

Parker packte meine Unterarme und zog mich zurück. »Wir nehmen mein Motorrad«, flüsterte er und deutete auf das schwarze Bike.

»Nein.« *Das kommt gar nicht in Frage.* Es musste noch eine andere Möglichkeit geben. Ich biss mir auf die Unterlippe und schaute mich um. Wo hatte ich das Auto geparkt? Und warum hatten wir oben die Flucht nicht genauer besprochen?

Er umfasste meine Schulter und zwang mich, ihn anzusehen. »Wie, nein? Es ist unsere einzige Option.«

Ich schüttelte den Kopf. Das kann nicht die einzige sein.

»Oh Gott, du hast Angst.« Er stöhnte auf. »Linda, ich fahre, seit ich denken kann, dieses Bike. Dir wird nichts passieren.«

Ich weiß, es ist beinahe schon amüsant, dass ich vor Motorrädern Angst habe. Ich bin noch nicht oft auf einem mitgefahren, aber die paar Mal haben mir gereicht. Daran änderte auch die Tatsache nichts, dass Parker schon ewig Motorrad fuhr. Oder er der King des Motorradclubs war. Als ob das eine Art Schutzengel wäre!

»Willst du lieber erschossen werden, als mit *mir* auf *meinem* Motorrad zu fahren?« Er linste hinter unserem Versteck hervor.

Natürlich nicht. Aber irgendwie änderte die Situation auch nichts an der Angst.

»Jetzt«, flüsterte er, packte meine Hand und zog mich hinter sich her. Ich hatte keine weitere Zeit nachzudenken.

Wir rannten zu seinem Bike. Er umfasste den Lenker,

schwang das Bein darüber und setzte sich darauf. Sein Blick wanderte zu mir.

Starr vor Angst stand ich vor seiner Maschine. Das schwarze Leder der Sitzfläche, der schwarz glänzende Tank mit dem Vikingsschriftzug.

»Linda.« Parker streckte die Hand nach mir aus. Auf seiner Stirn bildete sich eine tiefe Falte.

Ich hatte die Handgranate überlebt, ich würde auch diese Fahrt überleben. Tief atmete ich durch und griff nach seiner Hand. Ich schwang mein Bein ebenfalls über das Motorrad und krallte die Finger sofort in Parkers Oberkörper. Sein Brustkorb bebte.

»Schön, dass du Spaß hast«, fauchte ich ihn an.

»Mit dir immer.« Parker betätigte die Zündung und das Motorrad erwachte zum Leben.

»Da sind sie!« Hinter uns begann ein Mann aufgeregt zu schreien.

Ich drehte mich zu ihm. Er war allein. Und meine Waffe in der Tasche. Fuck. Er hob seine Pistole an, zielte direkt auf uns.

Ich griff um Parker, schnappte mir die Glock aus seinem Gürtel, wirbelte herum und drückte ab. Blut und Gewebe spritzten an eine der Säulen des Parkhauses. Die Kugel durchbohrte seinen Schädel, riss eine klaffende Wunde in seine Stirn. Leblos sank er zusammen, fiel in seine eigene Blutlache herein.

»Guter Schuss.« Parker schaute über seine Schulter zu mir.

In seinen Augen sah ich tatsächlich Anerkennung. »Hast du etwas Anderes erwartet?«

Er zuckte mit den Schultern. »Nach dem ganzen roségoldenen Zeug.«

Tja, als korrupte Anwältin vertrat man nicht nur die kriminelle Unterwelt, man lebte auch in ihr. Mein Vater sorgte dafür, dass ich schon früh auf Schießplätzen stand und lernte, mich zu verteidigen. Dieser Typ war nicht mein erster Mord und sicher auch nicht mein letzter. Ab und an machte ich mir auch ganz gern selbst die Hände schmutzig.

Ich bohrte meine Finger diesmal noch tiefer in seine Brust und war mir sicher, dass er dieses Mal eher Schmerzen als Belustigung empfand. »Jetzt fahr endlich los, ehe ich es mir anders überlege.«

Er richtete seinen Blick nach vorn und gab Gas. Mit quietschenden Reifen verließen wir die Garage. So schnell wie möglich fuhren wir durch die Innenstadt in Richtung des Quartiers der Vikings.

Ich konnte meine Muskeln nicht einen Moment entspannen, traute mich nicht einmal, die Augen zu öffnen. »Verfolgen sie uns?«, rief ich ihm zu.

»Nein.«

Gott sei Dank. Eine Verfolgungsjagd auf dem Ding würde ich definitiv nicht überleben. Mein Kopf sank tiefer auf seinen Rücken. Wir fuhren um eine Kurve und dann hörte ich sie bereits. Wie das laute Summen eines riesigen Bienenstocks kamen sie auf uns zu. Unzählige Motorräder zischten an uns vorbei.

Parker hob seine Hand und grüßte sie. »Sie kümmern sich darum.«

NEUN

Endlich erreichten wir das Quartier der Vikings. Jeder einzelne Muskel meines Körpers tat weh, die ganze Fahrt über hatte ich mich nicht eine Sekunde entspannt. Noch während ich von seinem Motorrad stieg, schrie ich ihn an. »Nie wieder!«, mein Zeigefinger bohrte sich in seine Brust. »Wir hätten einen Autoschlüssel mit runternehmen können. Oder hätten irgendein Auto kurzgeschlossen!«

Parker lachte. Ich fasste es nicht! Er lachte! Herzlich, kräftig, laut.

Eisig starrte ich ihn an.

»Du wirst dich dran gewöhnen müssen.« Zwinkernd gab er mir einen Kuss auf die Wange und ging an mir vorbei.

War *das* sein Ernst? Ich drehte mich um. »Ich *muss* absolut gar nichts! Was bildest du dir ...« Erst jetzt bemerkte ich, dass wir nicht allein waren, ein Mann stand neben Parker.

Derek. Die Augen, die vollen Lippen, die schwarze Lederjacke mit dem Logo der Vikings. Er hatte sie immer getragen, wenn er uns im Landhaus besuchte. Seine grauen Haare waren kürzer als in meiner Erinnerung und doch erkannte ich ihn sofort. Parker sah seinem Vater so ähnlich.

Die Bilder in meinem Gedächtnis raubten mir die Worte. Mein Vater lachend mit Derek auf der Terrasse. Lebendig. Nicht tot. Mein Hals glich einer Wüste, es kam nicht ein Wort heraus.

Mit großen Schritten kam Derek auf mich zu. »Hallo, Linda«, seine Lippen formten sich zu einem warmen Lächeln. »Wie ich sehe, hast du das Temperament deiner Mutter.«

Der Knoten in meiner Brust wurde immer größer und ich spürte bereits wieder die Tränen in den Augen brennen. Ich nickte.

»Es tut mir so leid, die Sache mit deinem Vater. Er war ein enger Freund. Und ...« Dereks Stimme brach.

Etwas in mir brach. Alles um mich herum brach. »Ja«, mehr kam einfach nicht über meine Zunge.

Parker legte eine Hand auf die Schulter seines Vaters. »Lass uns reingehen.«

Das Quartier der Vikings war ein sehr weites Gelände mit verschiedenen Gebäuden. Als wir ankamen, fuhren wir direkt in das Erste herein. Es standen nur wenige Motorräder darin, aber es war klar zu erkennen, dass es sich um die Garage handeln musste. An den Wänden befanden sich hohe Regale mit den verschiedensten Werkzeugen.

Als wir die Hintertür der Garage nutzten, betraten wir den Innenhof des Geländes. Der Boden bestand größtenteils aus Kies und war teilweise mit schmalen Grünflächen versehen.

Links war ein relativ großes Haus, es ähnelte eher einem Industriegebäude. Die Wände waren grau, mit hohen langen Fenstern. Das Dach war flach und mit einer kleinen Mauer herum versehen. Es könnte eine Dachterrasse sein.

Mir gegenüber stand ein weiteres Haus. Es war wesentlich höher, ansonsten sah es genauso aus wie das andere. Nur das es auf der rechten Seite eine Terrasse mit angrenzendem Rasen hatte. Ich neigte den Kopf. Hölzerne Gartenmöbel standen inmitten unzähliger bunter Blumen.

Parker als Gärtner? Der Gedanke ließ mich beinahe schmunzeln.

In der linken Ecke zwischen den beiden Häusern befand sich ein weiteres Gebäude. Die Fenster waren mit Metallplatten vernagelt, als wollte man den Inhalt verstecken. Wahrscheinlich war es das Lager für die Drogen.

Mein Blick glitt weiter über das Grundstück. Eine hohe Mauer mit Stacheldraht schützte die Vikings vor ungebetenen Gästen. Der einzige Weg hinein führte also durch die Garage.

Wo Parker wohl wohnte?

Er bemerkte meine Blicke und begann das Gelände genauer zu beschreiben. »Dort wohne ich«, er zeigte auf das industrielle Gebäude links von uns. »Da hinten …«, er deutete auf das fensterlose Haus. »… ist unser Lager. Mehr solltest du als Anwältin nicht wissen.« Verschwörerisch zwinkerte er mir zu.

Also das Drogenlager.

Sein Finger zeigte auf das hohe Gebäude vor uns. »Das ist das Memberhouse. Dort wohnen die Mitglieder der Vikings, die in Fremont bleiben wollen.«

»Wie viele Mitglieder gibt es?«

»162.«

Wie bitte? Das Haus ist zwar groß, aber so groß?

Parker lachte, als er zu mir sah. »Es wohnen nicht alle hier. Der Großteil wohnt nicht mal in Fremont. Zur großen Zusammenkunft am ersten Augustwochenende kommen alle nach Hause. Aber sonst darf jeder leben, wo und wie er will.«

Ich hätte nicht gedacht, dass es so locker bei den Vikings zugeht. Sicher, ich hatte schon einige getroffen, um rechtliche Fragen zu klären. Allerdings habe ich mich da nie mit dem Motorradclub an sich beschäftigt.

»Wo darf ich denn wohnen?«, fragte ich und konnte noch immer nicht fassen, wie groß das Quartier war. Jeder wusste, wo es lag, doch kaum jemand war wirklich mal hier gewesen.

Parker blieb stehen und drehte sich zu mir. »Wo möchtest du denn wohnen?« Er strich zaghaft eine Haarsträhne aus meinem Gesicht. »Ich habe ein großes ...«

»PARKER!« Eine schrille Frauenstimme schallte über den Hof.

»Das ist jetzt aber nicht das, was ich denke?« Er hatte mich nach meinem Beziehungsstatus gefragt, ich hingegen habe die Frage einfach ausgelassen. Sie war ja auch gar nicht wichtig. Also eigentlich.

»Eifersüchtig?« Seine Stirn sank auf meine hinab und er schloss für einen Moment die Augen. »Bring Leslie nicht um, okay?«

Ich lachte auf. »Was?«

»Wirst du noch sehen.« Er löste sich von mir und wandte sich der Frau zu. Sie rannte über den Hof und fiel stürmisch in seine Arme. Die Ähnlichkeit der beiden war unübersehbar, von der Haarfarbe bis zur Nasenspitze. Sie musste seine Schwester sein. Warum fühlte sich das so erleichternd an?

»Ich dachte echt, dass sie dich diesmal erwischt haben. Wieso musst du immer da sein, wo geschossen wird?« Fest drückte sie ihn an sich.

»Schlechte Angewohnheit.« Er zuckte mit den Schultern und ging einen Schritt zurück. »Leslie, das ist ...«

Sie hakte sich bei ihm ein und zog ihn mit sich. »Kann

ich mir denken und ist mir egal. Komm, Dad ist schon drin.«

Was für eine freundliche Person, so langsam verstand ich seine Worte. Allerdings war meine Energie für diesen Tag aufgebraucht. Restlos. Also schaute ich den beiden einfach hinterher und folgte ihnen dann.

Im Inneren des Memberhouses befand sich ein großer Besprechungsraum. Mehrere Vikings standen um den alten ovalen Holztisch in der Mitte, manche saßen bereits auf den mit lederüberzogenen Stühlen. An den Wänden hingen die verschiedensten Bilder. Werbung für Motorräder, Gruppenbilder von Ausflügen, Parker und sein Vater.

Als wir den Raum betraten, richteten sich alle Blicke auf uns. Besonders auf mich. Derek stand gemeinsam mit seiner Frau Lucia am Ende des Tisches. Auch sie erkannte ich von früher. Leslie zog Parker zu ihren Eltern. Er umarmte seine Mutter und küsste ihre Stirn.

Ach, Mama. Ein stechender Schmerz durchfuhr meine Brust. Ich wandte den Blick ab und sah mich nach einer Sitzmöglichkeit um. Meine Beine fühlten sich schwer und müde an. Am Rand des Raumes stand eine dunkelbraune Couch. Meine Rettung. Rückwärts ließ ich mich darauf fallen und streckte die Beine aus.

Erst jetzt bemerkte ich, wie fertig und kraftlos ich tatsächlich war. Das Adrenalin in mir ließ nach und die Müdigkeit überkam mich. Meine Lider fühlten sich bleischwer an und ich gab der Versuchung, sie für einen kurzen Moment zu schließen, nach. Der ganze beschissene Tag lief wie ein Film vor meinem inneren Auge ab. Eindeutig ein Horrorstreifen. Robert Castello, mein Vater, der Angriff in meiner Wohnung, die Motorradfahrt.

Die Tür des Besprechungsraums ging auf und ich öffnete wieder meine Augen. Jackson trat herein. Mia! Oh Gott, sie war ebenfalls im Gebäude der Company! Wie sollte ich ihr das alles erklären? »Linda! Ich bin so froh, dass es dir gut geht.« Jackson ließ sich neben mich auf die Couch fallen.

»Ist mit Mia alles ok?« Meine Stimme überschlug sich.

»Ja, als ich gehört hatte, dass etwas in der Company nicht stimmt, bin ich sofort los und habe sie abgeholt. Ein bisschen was musste ich ihr erklären. Aber sie ist jetzt für ein paar Tagen bei ihren Eltern. Also absolut außer Gefahr.« Er strahlte und verschränkte die Arme hinter dem Kopf. »Auch, wenn ich sie echt vermissen werde. Vor allem ihre Schenkel.«

»Jackson?« Parkers Timing war perfekt.

Er klatschte sich auf die Oberschenkel, stand auf und ging zu ihm herüber. »Am Eingang wartet ein *Tim.* Er sagt, er wäre ein Freund von Linda«.

Tim! Mein Adrenalin schoss erneut in die Höhe und ich sprang auf.

Parker nickte und Jackson eilte davon.

Tim war hier. Er lebte. Nur wenige Sekunden später betrat er den Raum.

Ich breitete die Arme aus und fiel ihm um den Hals. »Ich bin so froh, dass sie dich nicht erwischt haben.« Immer wieder strich ich über sein Gesicht, noch einen Verlust hätte ich heute nicht überstanden.

»Alles gut, jetzt bin ich ja da.« Er drückte mich von sich. Seine Augen wanderten an mir auf und ab. »Bist du verletzt?«

»Nein. Parker und ich konnten uns retten. Ich bin einfach so froh, dich zu sehen.« Ich schnappte seine Hand und zog ihn mit mir auf die Couch.

Tim war am Leben.

Wir waren bei den Vikings.

Vielleicht wand sich das Blatt heute doch noch.

Parker nickte und Jackson schloss die Tür. Mittlerweile saßen acht Vikings um den Tisch herum. Scheinbar waren das alle, die Parker dabeihaben wollte. Tim und ich blieben auf der Couch, unsere Hände fest ineinander verschlungen.

Doch mein Blick glitt immer wieder zu Parker. Er saß an der Spitze des Tisches, ganz der King. Allein seine Erscheinung strahlte irgendwie etwas Respekteinflößendes aus.

Derek ergriff als Erstes das Wort. »Ich habe Ross angerufen. Er wird die CD und das Video genauer untersuchen. Linda, Parker erzählte, dass Robert Castello heute Morgen bei dir war. Was hat er gewollt?«

Alle Augen richteten sich auf mich. Es kam mir wie eine Ewigkeit vor, dass Robert Castello bei mir im Büro stand. Ich atmete tief durch und versuchte, mich an alles Wichtige zu erinnern. »Er fragte nach meinem Vater, ob er noch in der Company arbeitet. Er erwähnte meine Mutter. Danach habe ich ihn gedrängt, mir zu sagen, was er will. Dann wollte er wissen, in welcher Beziehung ich zu Parker stehe. Als ich ihm auswich, übergab er mir die Bilder.« Verdammt, die Bilder! Ich hatte sie in der Eile in meinem Büro liegen gelassen.

»Die Fotos, hast du die bei dir?«, fragte Derek.

Noch bevor ich antworten konnte, schob Parker ihm den Umschlag zu.

Wieder kam er mir zu Hilfe. Ohne ihn wäre dieser Tag noch schlimmer gewesen, als er eh schon war.

Derek öffnete den Umschlag und betrachtete die Bilder. »War das euer erstes Date?«

Innerlich zuckte ich zusammen. Date? Es war eher ein durch Freunde erzwungenes Treffen, welches sich als schön entpuppte. Sehr schön sogar. Ok, vielleicht war es am Ende tatsächlich ein Date. Also vielleicht.

Leslie prustete los und entriss ihrem Vater die Bilder.

»Ja«, antwortete Parker knapp. »Und mehr ist nicht relevant.« Seine Stimme vibrierte förmlich durch den Raum. Er würde nicht eine weitere Frage dulden.

Derek nickte und kratzte sich am Kinn. »Aber aus den Bildern schlussfolgert man doch nicht, dass die Millers das Waffengeschäft übernehmen wollen.«

Leslie blätterte durch die Fotos, tat so, als müsste sie sich jeden Moment übergeben.

Nicht umbringen. Nicht umbringen.

»Leslie.« Parkers Stimme klang kalt. Er fixierte seine Schwester und deutete auf die Bilder. Mit seinem Finger winkte er sie zu sich zurück.

Sie reagierte sofort und feuerte sie ihm entgegen. »Naja, wisst ihr, was ich aus den Bildern schlussfolgere?«

Nein. Und es war mir auch absolut egal.

Sie lehnte sich zurück. »Dass sich diese Anwältin an den Vikingsking ranschmeißt. Das berüchtigte Partyluder Linda Miller«, sie spuckte meinen Namen förmlich aus, »schnappt sich einfach direkt den größten Dealer. Wie oft war sie Kunde des Monats? Vielleicht hoffte sie ja auf Rabatt, wenn sie die Beine …«, weiter kam Leslie nicht.

Parkers Faust knallte auf den Tisch. Er stand auf, rauschte auf sie zu. Seine Finger krallten sich um ihre Stuhllehne. »Es reicht. Ich sage es ein letztes Mal. Wir haben uns an diesem Tag das erste Mal getroffen, mehr ist nicht relevant.« Leslie rutschte hin und her. Es schien, als würde sie unter seinem Blick schrumpfen. Er kippte den Stuhl nach hinten, balancierte ihn auf zwei Füßen, so dass sie in seine Augen schauen musste. »Sehe ich so aus, als würde ich mich vor dir rechtfertigen?«

Ich schluckte. Parker war ganz der Vikingsking, wie er im Buche stand. Auch wenn ich ihn ebenfalls bereits kalt und schroff erlebt hatte, war das hier nochmal anders. Er wusste, dass er hier der Chef war. Vielleicht bringt er sie ja vor mir um? Und warum sah er dabei so heiß aus?

»Wir sollten uns beruhigen, es war für alle ein harter Tag«, versuchte Derek die Wogen zu glätten.

Parker ließ den Stuhl wieder nach vorn fallen und ging zurück an seinen Platz.

Leslies Hände schlugen gegen die Tischkante, um nicht den Halt zu verlieren. Ihr Brustkorb hob und senkte sich viel zu schnell. »Weißt du was, King?« Sie stand auf, krachend fiel ihr Stuhl nach hinten um. »Du kannst mich mal! Ihr könnt mich alle mal!« Stampfend marschierte sie Richtung Tür.

Puh, bin ich froh, Einzelkind zu sein.

Unsere Blicke kreuzten sich und sie hielt abrupt vor mir an. Ihre Augen brannten sich in meine. »Glaub ja nicht, dass du ...«

Ich hob eine Hand empor und unterbrach sie. »Glaub *du* bitte nicht, dass ich Angst vor dir hätte. Wir können die Sache gerne draußen klären.«

Ihre Nase blähte sich auf. So mies wie ich mich auch gerade fühlte – für die hätte ich noch genug Energie übrig. Schade. Sie machte auf den Absatz kehrt und schlug laut die Tür hinter sich zu.

Mein Kopf fiel zurück auf die Lehne der Couch. Auch wenn ich kein Viking war, musste ich mir nicht von so jemanden wie Leslie irgendwelche Drohungen anhören. Erst recht nicht nach einen solchen Tag. Wir sollten über Robert Castello sprechen und nicht darüber, wer mit wem ins Bett stieg.

Ich stand auf und stellte mich hinter einen der unbesetzten Stühle, meine Fingernägel bohrten sich in das Leder. »Es ist mir egal, was ihr von mir denkt. Aber hier geht es ...«, Fuck. Jetzt nicht heulen. Ich schaute zur Decke, blinzelte die Tränen weg. »Hier geht es um meinen Vater.«

Derek nickte. »Ich habe bereits Mathew angerufen. Er wird deinen Vater zu uns bringen, damit wir ihn beerdigen können. Vorhin hatte er sich nochmal gemeldet, das Strandhaus ist beinahe völlig zerstört, aber die ... Leiche ... also ... ist quasi unversehrt.«

Quasi unversehrt. Wieder tanzten die Bilder vor mir. Ein Schuss, Blut, Tränen.

Mathew war einer der besten Cleaner. Ich vertraute darauf, dass er meinen Vater problemlos hierherbrachte. Doch an eine Beerdigung dachte ich noch lange nicht.

»Ich will Rache. Robert Castello muss sterben.« Der Gedanke hing wie ein rotes Tuch vor meinen Augen. Allein den Namen des Mörders meines Vaters auszusprechen, machte mich rasend vor Wut.

Lucias Lippen wurden schmal. »Das wird nicht so einfach, wie du es dir vorstellst.«

Es war mir egal, wie schwierig es war. »Und? Soll ich es deshalb lassen?« Ich schüttelte den Kopf, schlug mit meiner Faust gegen die Stuhllehne, der kippelte und hämmerte ein paar Mal an den Tisch.

Lucia zuckte zusammen. »Wir sollten alle eine Nacht drüber schlafen, Linda. Du hast heute viel durchgemacht.«

Das Sofa knarrte, als Tim aufstand. Er hatte die ganze Zeit geschwiegen. Seine Hand strich über meinen Rücken. Auf und Ab. Auf und Ab. »Komm, wir fahren zu mir. Dort ruhen wir uns erstmal aus und morgen ...«

»Bei dir würde mich Castello als Erstes suchen.« Auch wenn er es nicht hören wollte, die Vikings waren meine beste Option. Und vielleicht auch die einzige.

»Wir haben genug leere Memberzimmer. Ihr könnt gern in einem davon schlafen.« Aufmunternd lächelte mich Lucia an.

»Danke, Mom, aber das wird nicht nötig sein.« Parker

stand auf und schnappte sich meine Tasche. »Linda bleibt bei mir.«

Tims Hand stoppte, seine Fingerspitzen drückten sich in meine Haut. »Bei dir?«

Parker ignorierte Tim, schaute nur zu mir. »Vorausgesetzt, du möchtest bei …«, noch bevor er den Satz beenden konnte, nahm ich seine Hand und zog ihn aus dem Raum heraus.

ZEHN

Meine Lider waren schwer wie Beton, blinzelnd öffnete ich die Augen. Sonnenlicht kitzelte meine Nase. Wo war ich?

Ein muskulöser Arm umfasste meine Taille und zog mich an sich. Parker.

Nachdem wir gestern in sein Haus gegangen waren, bin ich direkt unter die Dusche gesprungen. Als ich wiederkam, lag Parker bereits schlafend auf seinem Bett. Kurzerhand hatte ich mich ausgezogen und mich neben ihn gelegt. Der Tag zehrte an uns allen.

»Guten Morgen«, flüsterte er an meine Schulter und küsste sie. Wieder durchflutete mich diese angenehme Wärme, verteilte sich bis in die hinterste Ecke meines Körpers.

»Guten Morgen.« Ich setzte mich auf und betrachtete sein Schlafzimmer. Dunkle lange Vorhänge hingen links und rechts neben den großen schmalen Fenstern. Der Boden war aus naturbelassenen Holzdielen. Die weißen Wände hoben sich stark von den dunklen Mahagonimöbeln ab. Obwohl das Haus von außen sehr industriell wirkte, war es von innen eher schlicht und rustikal.

»Na, hast du es so erwartet?« Verschlafen streckte er sich.

Ich hatte nie darüber nachgedacht, wie das Schlafzimmer von Parker O'Neil aussehen würde. Es war auch nie der Plan, jemals darin aufzuwachen. Ich zuckte mit den Schultern.

»Ich finde jedenfalls, dass du super in mein Bett passt.«

Mein Kopf schnellte zu ihm herum. »Das ist der schlechteste Anmachspruch, den ich jemals gehört habe!«, erwiderte ich und legte mich wieder zu ihm.

Seine Augen waren noch immer geschlossen. »Ist nur die Wahrheit«, murmelte er und zog mich an sich. »Und solange er wirkt.«

Unwillkürlich musste ich lächeln. Hier mit ihm. Es war beinahe wie damals im Lakeview Hotel. Nur wir zwei. Ohne die Außenwelt und ihre Probleme.

Zaghaft wanderten meine Hände über seine muskulöse Brust. Meine Finger zeichneten die unzähligen schwarzen Linien auf seiner Haut nach, bis ich das große V mit all den keltischen Verzierungen erreichte.

Parkers Mundwinkel zuckten. »Als du es das erste Mal gesehen hast, dachte ich, du fällst gleich in Ohnmacht.«

Ich schnaubte. »Das wäre ich auch fast.« Aber es faszinierte mich auch. Die kleinen Kunstwerke, die seinen Körper einnahmen. Meine Hände glitten weiter, seinen festen Bauch entlang, nach hinten über seinen Po. Die Fingernägel kratzten über seine nackte Haut.

»Miss Miller, so unanständig am frühen Morgen.« Schief lächelte er mich an und öffnete endlich seine Augen.

Und es brachte etwas in mir völlig aus dem Takt. Dieses tiefe Blau. Ich wandte den Blick ab. »Ich kann Ihnen nicht widerstehen, Mister O'Neil.«

Er brummte und ließ seine Hände meinen Rücken

hinab wandern. Einzelne Finger strichen über meine Taille.

Unfreiwillig musste ich lachen, zuckte unter seinen Berührungen zurück.

Seine Augenbrauen wanderten nach oben. »Habe ich etwa eine Schwachstelle entdeckt?«

»Ich habe keine Schwachstellen, nur Besonderheiten.« Grinsend nahm ich sein Gesicht in meine Hände.

»Hmm, dann ist das eine kitzelige Besonderheit.« Er schloss den Abstand zwischen uns. Seine zarten Lippen berührten meine und das wohlig warme Gefühl begann durch mich zu fließen.

Ich drückte mich gegen ihn, spürte, wie nicht nur *meine* Erregung wuchs. Mit den Fingern nestelte ich am Saum seiner Shorts, strich hauchzart darunter.

Scharf atmete er ein, als ich sein festes Glied umfasste. Sein Stöhnen an den Lippen zu fühlen, ließ meinen Unterleib erbeben. Ich wollte ihn spüren, tief in mir. Am liebsten jetzt sofort.

Als würde im nächsten Moment die Welt untergehen, drehte ich mich herum, drückte meinen Po gegen seine Härte. Er fuhr unter den feinen Stoff meines Slips, zog ihn herunter. Eilig. Fahrig.

Seine Spitze drückte gegen mich. Ich öffnete die Beine, ließ ihn zwischen mich gleiten, wölbte mich ihm entgegen.

Eine schrille Klingel ertönte durch das ganze Haus. Gleichzeitig zuckten wir am ganzen Körper zusammen. Wir hatten alles um uns herum vergessen. Es war ein Schlag der Realität, mitten ins Gesicht.

Mittlerweile klingelte es Sturm, nicht eine winzig kleine Unterbrechung.

Parker stöhnte auf und drehte sich auf den Rücken. Beinahe hätte ich aufgeseufzt. Aber diese Klingel ging mir gehörig auf die Nerven!

Er sprang aus dem Bett. »Wer auch immer das ist, ich bringe ihn um.« So schnell wie unsere Kleidung verschwunden war, so schnell hatte er sie nun auch wieder an.

Kaum hatte er den Raum verlassen, stand ich ebenfalls auf und kramte in meiner Tasche nach frischen Sachen. Ich zog mir ein neues Shirt und eine Jeans über und folgte ihm.

»Was soll das? Du holst mich nie zum Frühstück ab?«, hörte ich Parker. Er klang genervt.

»Ach Bruderherz, heute wollte ich es aber so gern.« Leslie.

Es war zu offensichtlich, warum sie hier war. Ich stellte mich hinter Parker und schlang meine Arme um seine Taille.

»Guten Morgen, Linda! Ich hoffe, ich habe nicht gestört«, flötete Leslie übertrieben freundlich.

Ich lächelte sie breit an. »Guten Morgen. Naja, eigentlich wollte ich deinen Bruder gerade zeigen, wie geschickt meine Hände sind. Aber Frühstück klingt auch super.«

Parker atmete schwer aus und schaute über seine Schulter zu mir. Ein Lächeln umspielte seine Mundwinkel und doch zog er die Augenbrauen nach oben.

Leslies Augen weiteten sich und ihre Wangen färbten sich rosa. »Na da bin ich ja gerade rechtzeitig gekommen. Also hopphopp. Umso schneller wir frühstücken, desto eher besprechen wir deinen Racheplan«, sie trat einen Schritt näher an uns heran und fixierte mich mit ihrem Blick. »Und umso schneller sind wir dich wieder los.«

Was war ihr Problem? Sicher ist mein früherer Ruf nicht der Beste, aber seit sechs Jahren steht in keiner Klatschzeitung mehr etwas über mich.

»Leslie.« Parkers Körper spannte sich an. »Du gehst. Jetzt.«

Leslie öffnete den Mund, als wollte sie noch etwas sagen. Doch Parker drängte mich einen Schritt zurück und schlug ihr die Tür vor der Nase zu.

Er drehte sich zu mir, schlang seine Arme um mich. »Sie kann froh sein, dass sie meine Schwester ist«, tief atmete er ein und aus. »Jeden anderen Viking hätte ich schon in die Hölle geschickt.«

»Was hat sie gegen mich?« So langsam nervte sie. Und ich war mir nicht sicher, wie lange ich Parkers Versprechen, sie nicht zu töten, standhalten konnte.

»Es geht weniger um dich. Mehr um ... uns.« Seine Lippen wanderten meinen Hals entlang. »Wir sollten nicht so viel reden.«

So gut es ging, versuchte ich seinen Küssen auszuweichen. »Um uns?«

Parker stöhnte auf. Genervt, nicht erregt. »Es kann sein, dass ich von dir erzählt habe.«

Warum ließen seine Worte mich so absolut dämlich grinsen? »Aha. Und da hast du erwähnt, dass ich dich um Rabatt gefragt habe?«

»Hmm, so was Ähnliches.« Wieder fuhr sein Mund meine Halsbeuge entlang. »Oder, dass du die Erste warst, die mich morgens einfach rausgeworfen hat.«

Ich lachte auf. »Was? Hab ich etwa dein Ego verletzt? Außerdem geht das doch deine Schwester nichts an.«

»Da ich sonst nie von Frauen erzähle, hat sie es wohl sehr ernst genommen.« Parker biss in meine nackte Haut, drückte mich noch enger an sich. »Verhör beendet. Lass uns wieder hochgehen und ...«

Mein Magen knurrte und ich presste die Lippen zusammen. »Hatte Leslie nicht Frühstück erwähnt?«

Schief lächelte er mir entgegen. »Ja, komm.«

Gemeinsam betraten wir einen großen Frühstücksraum. Es erinnerte mich an ein Schullandheim. Eine lange Tischreihe befand sich mitten im Raum. Drum herum saßen ungefähr zehn Vikings und bedienten sich an den Speisen, die auf den Tischen standen. Es roch köstlich nach frischen Brötchen und Bacon.

»Komm.« Parker griff nach meiner Hand und zog mich ans Ende der langen Tischreihe. »Setz dich«, forderte er mich auf und ich nahm Platz. Er saß wie erwartet nicht an den Seiten des Tisches, sondern an der Stirnseite. »Bedien dich.« Parker reichte mir einen Teller.

Eilig stapelte ich Pancakes darauf und übergoss sie mit Ahornsirup. Oder ertränkte sie viel mehr damit.

Er lächelte und beugte sich zu mir herüber. »Ich wusste gar nicht, dass du so auf Sirup stehst. Da gibt's noch ganz andere Verwendungszwecke.«

Meine Wangen röteten sich und ich musste kichern.

Kicherte ich gerade? Oh Gott, war ich 16?

»Guten Morgen«, unterbrach uns Tim und setzte sich mir gegenüber. Sein Blick war starr auf den Teller gerichtet. Seine Laune war nicht unbedingt die Beste.

»Hast du gut geschlafen?« Mein kläglicher Versuch, eine Unterhaltung zu starten.

Er schielte über den Löffel voller Rührei zu mir. »Sicher nicht so gut wie du.«

Puh. Vielleicht sollten wir alle eine Runde Kaffee abwarten.

Es betraten immer mehr Leute den Raum und nach und nach kam auch Parkers Familie dazu. Eine Weile aßen wir schweigend. Immer wieder lächelte Parker mich an. Und obwohl die Trauer, die Wut und all der Schmerz in mir brannten, fühlte ich mich in seiner Nähe so viel besser.

Dereks Finger trommelten vor sich auf den Tisch. »Ross hat mich kontaktiert.«

Wieder saßen wir in dem Besprechungsraum. Doch dieses Mal würde ich nicht eher gehen, bis ich einen Plan für meine Rache hatte. Gespannt hing ich an Dereks Lippen.

»Die Bilder von Linda und Parker wurden per Mail an Castello verschickt. Fragt mich nicht wie, aber er fand heraus, dass sie von der Miller Company aus versendet wurden.«

Meine Augen weiteten sich. Was? Das kann nicht sein.

»Die Mail hatte nicht nur die Bilder als Anhang, sondern auch einen interessanten Text.« Mit einer schnellen Bewegung schob er den Ausdruck der Mail quer über den Tisch zu Parker.

Mein Stuhl kratzte über den Boden, als ich ihn ruckartig zurückschob. Ich ging um den Tisch herum und stellte mich hinter Parker, um den Inhalt der Mail zu lesen.

»Stehst du gut?« Er schielte über seine Schulter zu mir.

Ich schaute auf. Am Blick der anderen erkannte ich, dass ich wohl gerade gegen irgendeine Vikingsregel verstoßen hatte, aber das interessierte mich nicht. Ich wollte nur wissen, wer es auf uns abgesehen hatte. »Ja, ich kann alles sehen, danke«, zischte ich und starrte wie gebannt auf das Blatt Papier.

Sehr geehrter Herr Castello,
Ich bin ein Freund der Familie Miller. Oder eher ein Feind in ihrer Mitte. Gemeinsam mit Ihrer Hilfe möchte ich diese Sippe endgültig auslöschen.
Sicher fragen Sie sich, welchen Groll Sie gegen die Millers hegen sollten, um mir zu helfen. Rasmus plant, mit Hilfe der Vikings das Waffengeschäft der Castellos zu übernehmen. Scheinbar wird

ihm langweilig, jetzt, wo er kein Anwalt mehr ist. Die Bilder im Anhang sollten Sie interessieren. Sie wurden vor ein paar Tagen aufgenommen und sind sicher Beweis genug für den geheimen Plan der Familie Miller. Ein ewiges Bündnis beider Familien. Rasmus befindet sich zur Zeit in seinem Strandhaus auf den Hamptons. Er freut sich ganz sicher über Ihren Besuch.
Es grüßt sie herzlich,
Demonio

Demonio? Was ist das denn für ein komischer Name? Langsam ging ich wieder um den Tisch herum und setzte mich auf einen der freien Stühle. Angestrengt versuchte ich alles zu begreifen. Jemand von der Miller Company hatte die Fotos gemacht und an Castello geschickt. Ein Mitarbeiter? Ein Freund?

Ein Feind in ihrer Mitte.

Meine Gedanken begannen sich zu drehen. Niemand wusste, dass ich an diesem Abend im Rogue war. Bis auf Mia. Aber das war absoluter Blödsinn. Oder? Ja! Aber wer dann? Und vor allem, warum?

»Demonio? Was bedeutet das?«, fragte Lucia.

»Es ist spanisch«, mischte sich ein Viking ein. »Es bedeutet Dämon oder Teufel«, seine Schultern zuckten. »Meine Oma kam aus Mexiko.«

Mit den Fingern massierte ich mir die Schläfen. Kannte ich jemanden, der spanisch sprach? Oder jemanden, der aus Mexiko kam? Wer stand uns so nahe und wollte uns so sehr schaden?

Doch am Ende war das völlig egal, all das konnte warten. Erst mal musste ich ein anderes Problem lösen. »Egal, woher die Mail kam, Castello wird für den Mord an meinen Vater büßen. Und danach dieser *Demonio.*«

Tim räusperte sich. »Apropos Castello.«

Mein Blick schnellte zu ihm. Er hatte das ganze restliche Frühstück nicht mit mir geredet. Die ganze Sache mit den Vikings schien ihm alles andere als zu gefallen.

»Ich hatte mit Miss Thompson gesprochen, als Linda und Parker bereits zum Penthouse gefahren sind.« Er stockte und sein Adamsapfel hüpfte auf und ab. »Sie meinte, dass Castello schon immer ein großer Frauenhasser war und er sicher davon ausgeht, dass du seinen Aufforderungen nachkommen wirst. Laut ihren Erfahrungen sitzt er sicher in seiner Villa und wartet nur darauf, dass du Fremont verlässt.«

»Und die Männer in meinem Penthouse?«, gab ich zu bedenken. Das wirkte nicht nach abwarten.

Tim zuckte mit den Schultern. »Eine klare und letzte Warnung. Vielleicht auch einfach nur seine Rückversicherung?«

War Castello wirklich so dumm? Ich runzelte meine Stirn, doch Derek nickte. »Das stimmt. Castello hält Frauen für schwach. Ich denke auch, dass er in Linda keine Bedrohung sieht.«

Parker lachte freudlos auf und umfasste seinen Bart. »Ich hab sie schießen sehen. Er sollte Angst haben.«

Das leise Murmeln der anderen drang nicht bis zu mir durch. Ich dachte nach. Ihn einfach in seiner Villa zu überfallen, wäre eine reine Selbstmordaktion. Sicher wurde er dort von zig Männern bewacht. Allein würde ich es nicht schaffen. Außer er käme zu mir. Irgendwie musste ich ihn aus seinem Versteck locken.

Ohne dass ich es bemerkte, wanderte mein Blick zu Parker, seine blauen Augen fixierten mich. Es musste einen Weg geben, Castello da herauszubekommen.

Als könnte er meine Gedanken lesen, begann er zu nicken. »Autos. Der gute Robert liebt Autos.« Nachdenklich strich er über sein Kinn. »Wir werden meinen Lamborghini zum Verkauf anmelden.«

Meine Hände klatschten auf den Tisch und ich riss die Augen weit auf. »Wie bitte?«

Seine Mundwinkel zuckten. »Ja, ich habe nicht nur Motorräder. Es ist ein Lamborghini-Veneno-Roadster. Davon wurden nur neun produziert. Castello wird ihn sich zumindest einmal anschauen wollen.«

Ich wusste nicht, dass Parker so teure und vor allem seltene Autos besaß. Genau genommen war ich nicht davon ausgegangen, dass er überhaupt Autos besaß. Und außerdem – was für Umsätze machten die Vikings eigentlich, dass er sich so ein Auto kaufen konnte? Egal. Ich schüttelte die Gedanken von mir. Sollte Castello wirklich so viel von Autos halten, könnten wir es damit schaffen, ihn aus seiner Villa zu locken.

»Er wird sicher wissen, dass Parker eins dieser Autos besitzt. Und nachdem er die Bilder gesehen hat, wird er sich denken können, dass ihr zusammenarbeitet.«, warf Tim ein.

Doch Parker winkte ab. »Es weiß niemand. Ehrlich gesagt, ist es nicht sehr üblich, als Viking ein Auto zu haben. Deshalb steht er in meiner privaten Garage. Gekauft habe ich ihn über mehrere Strohmänner.«

Meine Augen wanderten an ihm auf und ab. Parker – der mysteriöse Unbekannte, der King der Vikings, der Autoliebhaber. An ihm gab es scheinbar eine Menge Dinge zu entdecken.

Sein Plan klang gut. Nicht perfekt, aber ausreichend. Entschlossen nickte ich ihm zu. Es musste einfach klappen.

Derek nahm sein Handy und stand auf. »Ich werde Luke Johnson anrufen und ihm von dem Verkauf berichten. Wenn er erfährt, dass Castello Rasmus auf den Gewissen hat, wird er sofort mitmachen. Wir alle sind es ihm schuldig. Dann sollte es nicht lange dauern, bis Castello davon Bescheid weiß.«

Luke Johnson war der erfolgreichste Hehler in Fremont. Am Hafen betrieb er das Johnson Warehouse. Er konnte alles besorgen, wenn man nur genug zahlte. Auch er war des Öfteren in unserer Kanzlei. Johnson kam mir immer etwas unheimlich und schmierig vor. Aber ich glaube, er respektierte meinen Vater und seine Arbeit.

»Gut, dann heißt es abwarten. Ihr könnt gehen«, verkündete Parker und winkte zur Tür. Still beobachtete er, wie jeder nach und nach den Raum verließ.

Tim stand auf und schaute zu mir. Sein undurchdringbarer Blick fixierte mich, die Lippen fest aufeinandergepresst. Was war sein Problem? Gerade als ich dachte, dass er etwas sagen wollte, schüttelte er den Kopf und verließ den Raum.

Ich schaute zur Decke und atmete hörbar aus. Wir sollten dringend miteinander reden, wenn all das vorbei war. Jetzt hatte ich dafür keine Geduld.

Leise fiel die Tür ins Schloss. Wir waren allein im Besprechungsraum. Endlich.

»Danke«, ich stand auf, schlenderte zu Parker herüber und setzte mich rittlings auf seinen Schoß. »Für alles.« Sofort legten sich seine Hände um meine Hüfte.

»Ich kann ja schlecht zuschauen, wie die beste Anwältin in Fremont getötet wird.« Seine Mundwinkel zuckten. »Wen ruf ich dann an, wenn ich geblitzt werde?«

Ich ballte die Faust und schlug gegen seine Schulter.

»Au!«, er rieb sich über die schmerzende Stelle.

»Diese Verfahren sind so langweilig! Beim nächsten Blitzer entziehe ich dir persönlich den Führerschein!«

Parkers Augen verengten sich. »Hmm, das werden wir ja sehen.« Fingerspitzen flogen über meine Taille. Wie tausend kleine Federn strichen sie über die empfindliche Stelle.

Sofort lachte ich laut auf. »Hör auf!« Ich wand mich auf ihn. »Parker!«

Abwehrend hob er die Hände vor den Brustkorb, seinen Mund umspielte ein freches Grinsen. »Ich mache gar nichts.«

Ich musste ein paar Mal tief ein und ausatmen. Es tat gut, so unbeschwert zu sein. Gerade jetzt. Es füllte das dunkle tiefe Loch in mir. Jedenfalls ein bisschen.

Ich umfasste Parkers Gesicht und schaute tief in seine Augen. »Im Ernst. Danke.« Meine Finger strichen durch seinen Bart. Die derben Haare brachten die Fingerspitzen zum Kribbeln.

»Ich bin eben der King. Ich helfe den Jungfrauen in Not.« Er zwinkerte mir zu und legte meine langen Haare hinter die Schultern.

Diese zarte und, auf komische Art und Weise, vertraute Berührung erfüllte meine Magengrube mit einer unheimlichen Wärme. Was machte dieser Mann nur mit mir? »Es war verdammt heiß, dich als King zu sehen.«

Kaum hatte ich die Worte ausgesprochen, wanderten seine Hände meinen Rücken hinab. Seine Augen weiteten sich ganz leicht. Unter mir zuckte bereits seine Erregung. »Wir sollten da weitermachen, wo wir heute Morgen aufhören mussten.« Seine Brust berührte meine. Lippen wanderten an meinem Hals entlang.

Nur allzu gern stimmte ich ihm zu und schlang die Hände um seinen Nacken. Ich wollte ihn küssen. Musste es!

Sein Mund war wie immer so weich, seine Zunge fordernd. Ich genoss jede einzelne Berührung, verzehrte mich nach mehr.

Parker umfasste meinen Po und stand auf. Der Stuhl fiel krachend nach hinten um. Ein Lächeln zuckte in seinen Mundwinkeln, doch er beendete nicht für einen Moment unseren Kuss.

Er setzte mich auf den Besprechungstisch ab, drängte sich an mich. Seine Hände waren überall, krochen unter mein T-Shirt, spielten mit dem Ansatz meiner Brüste.

In mir tobte nur ein einziger Gedanke. Ihn in mir zu spüren. Ihn für mich zu haben. Ganz und gar für mich. Dabei sollte es im Lakeview Hotel doch einmalig sein.

Aber genau das war es. Einmalig.

Ich fummelte am Saum seines T-Shirts, zog es nach oben. Er ließ für den Bruchteil einer Sekunde von mir ab, zerrte den Stoff über den Kopf und schmiss ihn weg. Keine Ahnung, wo er landete. Seine Lippen waren wieder bei mir, vernebelten meine Sinne.

Unter meinen Händen spannte sich jeder einzelne Muskel an. Sein Sixpack, seine Brust. Ich genoss meine Wirkung auf ihn. Zu wissen, dass er es genauso sehr brauchte wie ich. Uns so sehr brauchte.

»Zieh es endlich aus«, flüsterte er gegen meine Lippen und krallte sich in mein T-Shirt.

Ich zog es über den Kopf. Ohne zu zögern, griff er an meinen Rücken, öffnete den BH und schmiss ihn zu Boden. Die kalte Luft ließ mich erschaudern. Oder doch etwas Anderes?

Meine Beine um seine Hüfte zog ich ihn wieder näher zu mir. Da sollte kein Platz zwischen uns sein. Nicht das kleinste Luftmolekül. Sein Bart kratzte meine Halsbeuge entlang, Lippen umschlossen meine steifen Brustwarzen.

Ich keuchte auf, stützte mich rückwärts auf den Holztisch ab. Die anderen waren vor nicht einmal fünf Minuten gegangen. Was, wenn jemand nochmal reinkommen würde?

Fuck! Er biss zu, seine Zähne bohrten sich genüsslich in meine harte Knospe, zogen daran. Er raubte mir den letzten Teil meiner Selbstbeherrschung.

Ich fummelte an seinem Gürtel, immer wieder rutschte mir die Schnalle aus den Fingern, während seine Zunge meine Brüste verwöhnte.

Endlich. Der Knopf seiner Jeans, der Reißverschluss. Kein Problem. Ich zog den Bund seiner Shorts nach unten, entblößte ihn. Allein seine Härte in den Händen zu halten, daran auf und abzufahren, den so süßen Tropfen an meinen Fingern zu spüren, machte mich unendlich wahnsinnig.

Ein Blick seiner stechend blauen Augen genügte. Ich hob die Hüfte an und schon war auch meine Hose verschwunden. Die kühle Luft wirkte elektrisierend auf der nackten Haut.

Parker ging einen Schritt zurück, betrachtete mich. Zu gern würde ich meine Schenkel aneinanderpressen, doch ich wollte ihm die Sicht nicht verwehren.

Er griff hinter sich, hob den Stuhl wieder auf, zog ihn heran. Genau vor mich. Diese ruhigen, geradezu bedachten Bewegungen ließen einen Sturm der Ungeduld in mir toben. Rückwärts ließ er sich fallen, rutschte näher an den Tisch heran. Er umfasste meine Schenkel, legte sie auf seinen Schultern ab.

Atem schlug immer wieder gegen meine Scham. Ich lag vor ihm, nackt, offen, schutzlos.

Seine Hände wanderten an meinen Beinen auf und ab. Er küsste meine Knie, hinauf zu meinen Oberschenkeln. »Deine Haut ... so verdammt weich.« Die Art und Weise wie er sprach, war alles andere als weich. Selbst dieses liebliche Wort klang absolut verboten.

Ich ließ mich nach hinten fallen, das kühle Holz schien meinen Rücken zu verbrennen. Alles in mir schien zu verbrennen.

Seine Zunge wanderte meine Innenschenkel entlang, umspielte meine Scham, doch berührte nie meine Mitte. Dieses bittersüße Spiel reizte mich bis an meine Grenzen. Ich würde explodieren, wenn er nicht gleich meinen Kitzler erreichte.

Lustvoll wölbte ich ihn den Rücken entgegen. »Parker.« Meine Stimme war nicht mehr als ein Hauchen. Und doch war es ein sündiges Flehen.

Ich spürte das Grinsen an meiner Haut. Seine großen Hände umgriffen meine Knie, spreizten die Beine weiter und weiter. Meine Zehenspitzen berührten die Armlehnen seines Stuhls.

Küsse bedeckten meine Haut. »Weißt du eigentlich, wie wahnsinnig du mich machst?«

Ich öffnete den Mund, um etwas zu erwidern, doch heraus kam nur ein spitzer Schrei.

Seine Zunge knallte förmlich auf meine Klit, sandte Stromschläge weit in meine Körpermitte. Mit den Händen suchte ich nach Halt, kratzte über den Tisch. Er war ein Meister in dem, was er tat. Ein Finger versenkte sich in mir, ließ alle Gedanken um mich herum verblassen. Ich wollte nur noch fühlen. Ihn. Uns.

Seine Stöße in mir, seine Zunge an mir. Alles drehte sich.

»Du bist so nass.« Jedes Wort traf direkt auf meine empfindlichste Stelle. »Fuck, ich hab kein Kondom dabei.«

Das war mehr als *fuck*! Mit den Unterarmen stemmte ich mich auf, unsere Blicke kreuzten sich. »Ich bin sauber und nehm die Pille.«

Sein Adamsapfel hüpfte. Ohne ein weiteres Wort zu sagen, griff er unter meinen Po, zog meinen Unterleib zu sich heran.

Ich fiel nach hinten, scheuerte über das Holz. Meine Atmung ging viel zu schnell. Der Gedanke, ihn ohne Gummi zu spüren, verdammt, alles in mir zog sich zusammen.

Eine Bewegung, eine einzige. Ich krallte mich an die Seiten des Tisches, bohrte meine Nägel hinein. Tief versenkte er sich in mir. Zwängte sich immer weiter, bis er komplett in mir verschwand. Seine Lider waren geschlossen, der Kopf im Nacken.

Sein Anblick war ... unbeschreiblich.

Fingerspitzen drückten gegen meine Hüfte. Seine Härte zog sich zurück, nur um erneut in mich zustoßen.

Ich biss mir auf die Unterlippe. Immer wieder flüsterte ich seinen Namen. Oder stöhnte. Oder tat beides. Alles verschwamm zu einer großen Masse. Wir verschwammen.

Sein Daumen strich grob über meinen Mund, entriss meinen Zähnen die Lippe. »Ich will dich hören.«

Seine tiefe Stimme jagte ein Feuer durch meinen Körper, ließ jede Zelle in Rauch aufgehen.

Mein Stöhnen wurde immer lauter. Seine Stöße immer schneller und fordernder. Und ich genoss jeden einzelnen davon in vollen Zügen.

Er schloss die Augen, senkte den Kopf auf seine Brust. Leise flüsterte er meinen Namen, als wäre es ein kostbarer Schatz. Diese so unheimlich kleine Zärtlichkeit gab mir den Rest.

Ich ließ mich fallen, so tief. Spürte seine Berührungen so überdeutlich, wie tausend Nadelstiche auf mir. Mein Unterleib bebte auf, kribbelte und prickelte. Er würde mich auffangen. Warum auch immer ich mir da so sicher war, aber er würde es tun. Und ich ihn.

Ein letztes Mal presste er seine Hüfte gegen meine, stieß noch einmal zu und pumpte seinen Samen tief in mich.

Schweiß glänzte auf Parkers Stirn. Seine pulsierende Härte noch immer in mir.

Stille. Nur unser Atem erfüllte den Raum. Schnell. Alles andere als gleichmäßig. Das hier fühlte sich viel zu gut an.

Unsere Blicke trafen sich. Seine stechend blauen Augen nahmen mich gefangen, schauten tief in mich herein, ergründeten meine Seele. Und vielleicht sogar noch mehr. Meine Abgründe, meine Ängste, meine Fehler, meine Dunkelheit.

Doch ich sah es auch in ihm. Ich sah es ganz genau vor mir. Vielleicht waren wir uns ähnlicher, als wir dachten.

ELF

Parker zog sein Shirt über den Kopf und zwinkerte mir zu. »Das war eine sehr gute Besprechung, Miss Miller.« Seine Hose spannte um die Oberschenkel, betonte seinen perfekten Hintern.

Ich lächelte und zog meine Jeans nach oben. »Immer wieder gern, Mister O'Neil.« Gerade schloss ich den Reißverschluss, als die Tür geöffnet wurde und lautstark gegen die Wand schlug.

Tim betrat den Raum, seine Augen verengten sich.

»Auch wenn du kein Viking bist, aber wenn Türen geschlossen sind, dann sollte man klopfen.« Parkers kühle Stimme durchschnitt die eben noch so heiße Atmosphäre.

Ich zog mir mein T-Shirt über und schaute zu Tim. »Ist alles in Ordnung?«

»Ich hab dich gesucht«, presste er zwischen festzusammengebissenen Zähnen hervor.

Es war nicht das erste Mal, dass er mich kurz nach dem Sex sah. Er hatte mich auch schon das ein oder andere Mal mitten drin erwischt, aber noch nie hatten mich seine Augen so vor Wut und Verachtung angefunkelt.

Tims Kiefer mahlte. »Mathew wird gleich da sein. Er hat deinen Vater dabei.«

Seine Worte waren mehr als eine Eisdusche. Als hätte mir jemand einen Sack voller Steine auf die Brust gelegt, spürte ich die erdrückende Trauer tief in mir. Mein Herz zog sich zusammen. Die Art und Weise, wie Tim mich ansah, machte die Sache nicht besser.

Wortlos verließ er den Besprechungsraum.

»Tim!«, rief ich ihm nach und folgte ihm. Gerade als seine Hand die Türklinke des Memberhouse umgriff, packte ich seinen Arm. »Tim, was ist los?«

Er wirbelte zu mir herum, seine Lippen waren ein einziger schmaler Strich.

Parker drückte sich an uns vorbei, verschwand nach draußen. Seine Blicke hätten Tim auf der Stelle töten können. Was war nur los mit den beiden?

Ich wartete, bis die Tür hinter Parker ins Schloss fiel. »Du redest nicht wirklich mit mir und ich glaube, du gehst mir aus den Weg. Ich weiß, ich habe dir nicht gesagt, dass es sich bei dem Date um Parker O'Neil handelte«, ohne nachzudenken, sprudelte alles aus mir heraus. »Aber ehrlich gesagt, wusste ich es nicht, bis er dann vor mir lag und ... ach, keine Ahnung.«

Seine Augen verengten sich mit jedem Wort mehr, auf seinen Wangen tanzten rote Flecken. »Was los ist? Schau dich mal um! Ich erfahre durch Zufall, dass du einen O'Neil vögelst. Und scheinbar sind da sogar Gefühle im Spiel.« Er packte meine Schultern. »Seit wann übernachtest du bei jemanden? Oder lässt einen mehr als einmal ran?« Sein Griff verfestigte sich, tat mir beinahe weh. »Du hast was Besseres verdient, als so einen Motorradfuzzi. Du hasst Motorräder!« Feine Speicheltröpfchen flogen in mein Gesicht.

Ich schüttelte ihn ab und ging einen Schritt zurück. Seine Worte schlugen auf mich ein. Mir war klar, dass er teilweise Recht hatte. Ich hätte es ihm sagen sollen, aber ich wollte es doch selbst verdrängen! Bis Castello auftauchte und Parker wieder in mein Leben rauschte. *Vielleicht auch schon vorher. Ich weiß es nicht!* »Es ist nicht so einfach. Ich hätte es dir erzählt. Irgendwie hat es nie gepasst und ... ich hatte Angst vor deiner Reaktion.« Ich raufte mir die Haare. »Vor genau dem hier!«

»Stehst du auf ihn?«

Ich blinzelte. Keine Ahnung. Diese Frage habe ich mir noch nicht einmal selbst gestellt. Natürlich fand ich ihn anziehend. Diese angenehme Wärme, die ich spürte, wenn er in der Nähe war. Die Berührungen, die Vertrautheit, dieses ... keine Ahnung. Klar spürte ich das alles. Aber zwischen dem Blind Date, dem Mord an meinem Vater und dem Racheplan gegen Castello hatte ich noch keine Nerven, darüber nachzudenken, wie ich zu Parker stand. »Tim, es ist für uns alle zur Zeit nicht einfach.«

Er schnaufte. »Das reicht mir schon als Antwort. Was hat Parker an sich, dass er dir nach nur ein paar Tagen so den Kopf so verdreht hat? Vielleicht hat Leslie recht. Die Drogen ...«

Meine flache Hand klatschte auf seine Wange. Wie konnte er es wagen, so etwas zu behaupten. Er, der den Entzug, die Zweifel, meinen ganzen Trümmerhaufen von Leben mitgemacht hatte? Meine Finger kribbelten.

Tims Augen weiteten sich. Wie unter Schock hielt er sich die gerötete Wange.

Warum dachte er so von mir? Ausgerechnet er! »Wie kannst du sowas sagen? Du willst die Wahrheit? Bitte!« Ich schlug gegen seine Brust und fixierte seine Augen. »Ich wusste nicht, wer er ist, bis er nackt vor mir lag. Und dann ist es einfach passiert. Keine Ahnung, *was* da passiert ist, aber ich suche mir nicht aus, für wen ich etwas empfinde! Und was immer es ist, seine Drogen sind mir egal. Vielleicht genieße ich ihn auch einfach nur! Er tut mir gut, warum auch immer. Aber stell dir vor, ich mag Parker und nicht den verdammten King der Vikings.«, schrie ich ihn voller Rage an. Jedes Wort brannte in meiner Kehle. Ich ging einen Schritt auf ihn zu, sein warmer Atem schlug mir entgegen. »Ich hätte nicht gedacht, dass du so von mir denkst.« Mein Puls durchzuckte jeden Muskel.

Ein paar Atemzüge lang blickte Tim stumm in meine Augen. Ich versuchte, irgendeine Reaktion zu erkennen. Irgendetwas. Doch er schüttelte nur den Kopf, wie so oft in letzter Zeit. »Du wirst noch sehen, was du davon hast.« Dann drehte er sich um und verließ ohne ein weiteres Wort das Memberhouse.

Ich atmete tief durch. Was war das denn bitte?

»Männer sind einfach Arschlöcher.«

Mein ganzer Körper zuckte zusammen und ich drehte mich um. Leslie. Sie saß auf einer der Treppenstufen zu den Memberzimmern und blickte auf mich hinab. Gott, hatte sie das alles gehört? Auf ein weiteres Wortgefecht hatte ich absolut keine Lust. »Spar dir einfach deinen Kommentar.«

Leslie biss sich auf ihre Unterlippe. »Nicht so zickig, Miller.«

Freudlos lachte ich auf, massierte mir die Schläfen. »Sagt die Richtige, O'Neil.«

Ihre Mundwinkel zuckten, genauso wie sie es immer bei Parker taten. »Vielleicht liegt dir ja wirklich was an meinen Bruder. Das Ding ist nur«, sie legte den Kopf schief. »Nutze ihn aus und ich breche deinen kleinen, zarten Rücken.« Ohne meine Antwort abzuwarten, stand sie auf und rannte die restlichen Treppenstufen hoch.

Was? Ich starrte auf die Stelle, an der sie gerade eben noch saß. Ihre Schritte verhallten. Leslie war einfach nur eine Schwester, die sich um ihren Bruder sorgte. Vielleicht war sie gar nicht so übel. Diese ganze Vikingsgeschichte ist ganz anders, als ich es erwartet hatte. Gedankenverloren schwang mein Blick aus dem Fenster. Ein schwarzer Leichenwagen hielt auf dem Innenhof.

Mein Papa.

Ich öffnete die Tür des Memberhouse und trat heraus. Bereits jetzt brannten mir die Tränen wie Feuer in den Augen.

»Hallo, Miss Miller. Mein aufrichtiges Beileid.« Mathew nahm meine Hand und drückte sie.

Dankend nickte ich.

»Das Haus ist vollkommen zerstört. Aber darum können Sie sich später kümmern. Rasmus war ein guter Mann. Wir alle trauern um ihn.«

Wieder nickte ich, unfähig, auch nur einen Ton zu sagen, zu groß war der Kloß in meinem Hals.

»Wir bringen ihn zu einem guten Bestatter, er wird sich bei Ihnen melden.«

Mein Kopf nickte erneut, völlig automatisch. Nur wenige Meter lag er entfernt. In einem Leichenwagen. In einem Sarg. Alles um mich herum wurde zu eng, mein Brustkorb, meine Haut, meine Muskeln. Mein eigener Körper zwängte mich ein, nahm mir die Luft zum Atmen.

Wie aus weiter Entfernung hörte ich die Schritte auf dem Kies des Innenhofes. Derek trat zu mir und zog mich an sich. »Atme, Linda. Ganz ruhig.«

Doch meine Lunge streikte. Das Einzige, was meinen Körper verließ, waren Tränen.

»Du bist nicht allein. Wir stehen das zusammen durch. Er hätte gewollt, dass ich …« Sein Brustkorb bebte, nahm auch ihm die Macht zu sprechen.

Vielleicht war es Schicksal, das alles. Vielleicht sollte es genau so kommen. Vielleicht sollte allein der Gedanke an Parker mich atmen lassen.

Die Trauer lief wie Säure durch meinen Körper, zerfraß mein Herz, bis nichts mehr übrigblieb. Der Schmerz schien mich förmlich zu zerreißen. Nur Dereks Umarmung hielt mich zusammen, hielt *uns* noch zusammen.

Arm in Arm standen wir mitten auf dem Innenhof der

Vikings und trauerten um meinen Vater und um einen guten Freund.

Ein lautes Rufen durchbrach die Stille auf dem Innenhof. Obwohl Mathew mit dem Leichenwagen bereits seit einer Stunde weggefahren war, saß ich noch immer auf der Treppe vor dem Memberhouse und starrte auf die Stelle, an der er eben noch gestanden hatte. Meine Augen brannten. Vom Weinen.

Ich drehte mich um und schaute in Jacksons Gesicht.

»Linda! Castello hat bei Luke Johnson angerufen. Er will persönlich in einer Stunde vorbeikommen.«

Jacksons Worte feuerten sofort meinen Adrenalinspiegel an. Ich richtete mich auf. Eine Stunde. Der Hafen lag am anderen Ende von Fremont. Bis dahin bräuchten wir mindestens eine halbe Stunde. Ich sollte mir schleunigst ein paar Waffen besorgen.

Parker erschien hinter Jackson und drängelte sich an ihm vorbei. »Isi kommt gleich zu mir rüber und wird sich ein paar Klamotten von Linda leihen. Sie wird den Lamborghini hinfahren, so fällt kein Verdacht auf die Vikings. Wir beide«, seine Finger deuteten auf mich und ihn, »wir fahren mit meinem ...«

»NEIN!«, reagierte ich sofort. Das konnte er abhaken!

»... Motorrad«, beendete er seinen Satz.

Jackson blickte zwischen mir und Parker hin und her.

»Frag besser nicht.«, murmelte Parker, griff nach meiner Hand zog mich in sein Haus.

Keine fünf Minuten später stand Isi in Parkers Schlafzimmer. Kaum hatte er das Zimmer verlassen, zog sie sich komplett nackt aus. Ihre kurzen roten Haare leuchteten mich an. »Unter anderen Umständen würde ich dich liebend gern auf dem Bett meines Kings flachlegen.« Frech grinste sie mir entgegen und ein paar ihrer Piercings klimperten aneinander.

Unwillkürlich musste ich lächeln. Sie war nicht unattraktiv. Und unter anderen Umständen hätte ich sicher ebenfalls nicht abgelehnt. »Ein anderes Mal gerne«. Ich zwinkerte ihr zu und warf ihr ein paar meiner Klamotten entgegen. »Und du hattest keine eigene Kleidung, die irgendwie nicht nach Bikerbraut aussieht?«

Sie schüttelte den Kopf. »Nein, wieso sollte ich so etwas besitzen? Ich bin eine Bikerbraut!«

Wie auch immer.

»Ich war noch nie in Parkers Schlafzimmer.« Sie sprang ein paar Mal auf und ab, als sie in meine Jeans schlüpfte. »Ich glaube, es waren allgemein noch nicht viele Frauen hier.« Als würde sie vom Wetter berichten, erzählte sie weiter. »Er vögelt meistens außerhalb.«

Ich räusperte mich. Aus einem unerfindlichen Grund wollte ich nicht hören, wen Parker schon alles in diesen oder in irgendeinem Bett liegen hatte.

»Bist du die Frau, die er durch Jackson kennengelernt hat?«, fragte sie, als sie sich meinen BH anzog. Keine Ahnung, warum sie nicht ihren eigenen anbehielt.

»Ja.«

»Ah. Dann bist du die Frau, der wir es zu verdanken haben, dass Parker zwei Wochen die schlechteste Laune ever hatte!«

»Ist das so.« Anscheinend hatte der Streit zwischen uns damals nicht nur mir zugesetzt.

»Oh ja, Besprechungen mitten in der Nacht, Lieferungen rund um die Uhr. Es war die Hölle!« Ihre Arme schlüpften in die Ärmel des Pullovers. »Naja, jetzt bist du ja hier. Und er ist ganz schön verrückt nach dir.«

Wieder überkam mich diese angenehme Wärme, entzündete sich in meiner Magengrube, wanderte durch meinen Körper. Ihre Worte hallten in mir wider und wider. Es tat gut zu hören, dass Parker auch mehr an mir lag.

»So, fertig!« Stolz ging Isi ein paar Mal vor mir auf und ab. »Sitzt perfekt.«

Ich nickte. Sie sah nicht mal annähernd wie ein Viking aus. Man hätte sie auch locker in die Company setzen können.

»Komm, wir sollten los.« Isi packte meine Hand und riss mich mit sich.

Wir betraten den Innenhof und alle Blicke hoben sich.

Leslie riss ihre Augen auf. »Isi! Fast hätte ich dich nicht erkannt!«

Isi schwang ihre Hüften und begann zu lachen.

Mir war nicht zu Scherzen zumute. Ich würde heute meinen Vater rächen und Robert Castello töten. Dafür brauchte ich die volle Konzentration.

Parker trat neben mich und drückte mir einen Helm in die Hand.

Das war's mit der Konzentration. »Vergiss es. Du hast doch sicher mehr als ein Auto.«

Parker lachte. »Baby, wir fahren mit meinem Bike. Steig auf.«

Kurz schloss ich die Augen. Warum musste es ein Motorrad sein? Selbst ein Quad wäre ok.

»Hat unsere zukünftige Queen etwa Angst vor Motorrädern?« Isi lachte laut auf und bekam sofort einen strafenden Blick von Leslie.

Ich zog meine Augenbrauen zusammen. Hatte sie gerade Queen gesagt?

Parkers Blick kreuzte meinen. Ruhig schaute er in meine Augen, als wartete auf eine Reaktion, doch mir war nicht ganz klar, wie ich auf so eine Bemerkung reagieren sollte. Und für irgendwelche Überlegungen konnte ich keinen Gedanken verschwenden.

Er zuckte mit den Schultern und klopfte hinter sich auf die lederne Sitzbank des Motorrades.

Ich setzte mich hinter ihn und krallte mich sofort an seiner Brust fest. Mussten wir wirklich jetzt schon los? »Haben wir nicht noch Zeit? Wir sind doch sicher schneller durch die Innenstadt als der Lamborghini.« Wenn jetzt noch meine Stimme zu zittern begann, könnte man mir die Nervosität nicht nur ansehen, sondern auch anhören. *Sehr gut!*

Parker nickte. »Wir machen vorher noch eine kleine Spritztour.«

Oh bitte nicht.

Meine Arme waren um Parkers Oberkörper gespannt, den Kopf hatte ich fest gegen seinen Rücken gepresst. Anders als gedacht, fuhr er nicht durch die Innenstadt, sondern die Küstenstraße entlang. Es war wesentlich länger, aber wir hatten Zeit. Über Funk würde Isi uns Bescheid geben, wenn sie ankam. Trotzdem reichte allein die Fahrt aus, um meinen Puls bis ins Jenseits von Gut und Böse zu treiben.

»Sieh dich um«, rief Parker nach hinten.

Sollte das ein Scherz sein?

»Los.«

Schweratmend hob ich meinen Kopf von seinem Rücken ab und sah nach rechts. Das Meer, die Dünen. Alles zog an uns vorbei. Es war wunderschön. Ich schaute nach links und sah die Skyline von Fremont. Sanft legte sich Parkers Hand auf meine. Kann man überhaupt mit einer Hand Motorrad fahren?

»Lass mich los.«

Ok, jetzt drehte er völlig durch.

»Vertrau mir. Ich würde nie zulassen, dass dir etwas passiert.«

Seine Worte brachten mich unwillkürlich zum Lächeln. Aus irgendeinem Grund glaubte ich ihm. Vertraute ihm. Zitternd löste ich die Arme. Meine Hände glitten seinen Bauch entlang, an seine Taille. Und doch bohrten sich meine Fingerspitzen in seine Haut. »Wie sicher bist du dir, dass mir nichts passiert?« Meine Stimme klang hysterischer als beabsichtigt.

»Reichen dir 90 Prozent?« Sein Brustkorb vibrierte.

Nein, sie reichten nicht. Statistisch gesehen war es zu zehn Prozent eine reine Selbstmordaktion.

Wieder legte sich seine Hand auf meine. »Ich würde dir niemals wehtun.«

Es musste die Wärme in mir sein, die meinen Verstand vernebelte und seinen Worten so sehr glaubte. Ich nickte. Mehr zu mir als zu ihm. Ein letztes Mal krallte ich mich an ihm fest. Und dann ließ ich los. Meine Finger schwebten über seine Lederjacke, furchtbar langsam streckte ich die Hände aus. Der Wind kitzelte meine Fingerspitzen. »Das ist ... der Wahnsinn!«, rief ich.

Parker lachte. »Sag ich doch.«

Es war wirklich unbeschreiblich. Niemals könnte ich dieses Gefühl in Worte fassen. Trotzdem hielt ich mich schnell wieder an ihm fest. Man sollte sein Glück nicht ausreizen.

»Hast du immer noch Angst?«

Ich zuckte mit den Schultern. Auch wenn ich dieses Motorrad verfluchte, fühlte ich mich mit ihm sicher. »Mit dir nicht.« Er umschloss meine Finger, führte sie an seine Lippen. »Kannst du überhaupt mit einer Hand fahren?« Ein bisschen panisch wurde ich dann doch.

»Ich kann einiges mit einer Hand, Baby.«

»Gott, Leute, wir können euch hören.« Isis Stimme rauschte durch den Funk.

Parker lachte auf. »Nicht, dass du noch rot wirst, Isi.«

Ich legte den Kopf wieder auf seinen Rücken ab und betrachtete das vorbeiziehende Meer. So schön und locker dieser kleine Ausflug auch war, das Ziel war es nicht.

Bald stehe ich ihm gegenüber. Dem Mörder meines Vaters.

ZWÖLF

»Ich bin da. Castello fährt auch gerade vor«, hörte ich Isis Stimme in meinem Ohr.

»Gib uns zwei Minuten.«, antwortete Parker.

»Er ist nicht allein, zwei weitere Männer. Bewaffnet.«

Parker bremste sein Motorrad ab und stellte es etwas abseits ab. Den Rest des Weges gingen wir zu Fuß. Auf dem Hafengelände standen zahlreiche Container und boten uns Schutz. Jeder Schritt brachte mein Blut noch mehr zum Kochen.

Parker nahm meine Hand und zog mich hinter einen roten Container. Von hier aus konnten wir Isi auch ohne Funk hören.

Ich lehnte mich nach vorn und schielte zu ihr herüber. Castello stand direkt vor ihr. Sein schwarzer Nadelstreifenanzug und die Schlangenlederschuhe kitzelten meinen Würgereiz. Links und rechts von ihm die bewaffneten Männer. Immer wieder schauten sie über das Gelände.

Isi grinste. »Hallo, Mister Castello. Luke Johnson hat mir berichtet, dass Sie großes Interesse an dem Lamborghini haben.«

Leise schlichen Parker und ich weiter hinter den Containern entlang. Wir pressten uns gegen einen dunkelblauen und lauschten Castellos Worten. Mein Herz hämmerte wie wild gegen meine Rippen.

»Ja, da hat Mister Johnson Recht.«

Ich wollte ihn sehen, endlich in seine Augen blicken. Parker griff nach meinem Unterarm und zog mich zurück. »Wenn sie dich sehen, war's das.«

Ich zuckte mit den Schultern. »Dann würde die Party erst richtig beginnen.«

Isis Stimme unterbrach Parkers Widerworte. »Kommen Sie, Mister Castello, ich zeige Ihnen dieses Prachtexemplar mal genauer.« Die beiden nur hören zu können, machte mich wahnsinnig.

»Sehr gern«, seine Schuhe klackten auf dem Betonboden, »Der Wagen ist beinahe königlich, oder?«

Mein Kopf schnellte zu Parker. »Er weiß es«, zischte ich ihm zu.

Seine Augenbrauen zogen sich zusammen. »Warte.«

Eine Autotür wurde geöffnet. »Wollen Sie sich mal reinsetzen?« Isi klang absolut selbstsicher.

»Wenn Mister O'Neil nichts dagegen hat?« Castellos Worte endeten mit einem ekelerregenden Lachen. »Nicht, dass er die kleine Prinzessin nochmal auf der Rückbank vögeln möchte?«

Das durfte nicht wahr sein. Er konnte es nicht wissen!

»Was für ein ...« Der restliche Satz ging in einem lauten Schuss unter. Parker trat aus dem Versteck, eröffnete sofort das Feuer. Er verfehlte Castello nur knapp.

Und das war sein Glück. Er gehörte mir.

Isi griff nach hinten an ihren Hosenbund, zog ihre Waffe und schoss den rechten Mann mit zwei Schüssen in die Brust nieder. Der Andere war so sehr von all dem überrascht, dass sein erster Schuss auf Isi nicht traf.

Parker wirbelte herum und schoss in seinen Bauch. Blut strömte aus der Wunde heraus, floss auf den Asphalt.

Noch bevor er erneut die Waffe anheben konnte, gab Isi ihm den Gnadenschuss genau zwischen seine Augen. Feine Knochensplitter fielen auf sein Gesicht, die Haut hing in Fetzen um das klaffende Loch herab. Beide lagen leblos neben Castello. Das Blut sickerte aus ihren Einschusswunden, lief in dicken Bahnen direkt an seine widerlichen Schlangenlederschuhe.

Doch er trat nur lachend einen Schritt zurück. »Dachtet ihr wirklich, ihr könntet mich austricksen?«

Vielleicht hatten wir es wenigstens gehofft. Wie konnte er wissen, dass der Lamborghini von Parker war? Er konnte es nicht! Ich kam ihm näher, marschierte direkt durch die roten Bahnen hindurch. Es interessierte mich nicht. Mein einziger Gedanke galt Castello. Wie sein Blut sich mit dem der anderen vermischte.

»Kleine Prinzessin, habe ich dir nicht schon bei unserem letzten Treffen gesagt, dass ich Infos aus erster Hand bekomme?« Wieder lachte er. Wie eine Hyäne.

Bald würde er klingen wie ein armes Tier kurz vor dem Schlachthof.

Der Abstand zwischen uns wurde immer geringer. Bevor sich unsere Zehenspitzen berührten, blieb ich stehen. »Halt deine verdammte Fresse.« Ich ballte meine rechte Faust, holte aus und feuerte sie mitten in sein Gesicht.

Er schwankte ein paar Schritte zurück, wischte sich mit dem Handrücken das Blut von der Nase. Eine rote Spur zog sich über seine Wange. »Die Frauen von heute sind einfach viel zu kampflustig«, entgegnete er und holte ebenfalls mit seiner rechten Faust nach mir aus.

Anfänger. Ich duckte mich unter dem Arm hindurch, sein Schlag ging ins Leere. Taumelnd fiel er ein paar Schritte nach vorn.

Wie ein Raubtier spazierte ich um ihn herum. »Wer ist deine Quelle?«, fauchte ich.

Castello grinste mir mit blutverschmierten Zähnen entgegen. »Er ist ein viel größerer Feind, als ich es bin. Aber ich werde es genießen, dir beim Fallen zuzusehen, kleine Prinzessin. So wie deinem Vater.«

Wieder schlug ich mit voller Kraft zu. Meine Fingerknöchel begannen zu brennen, doch als Castellos Lippe aufplatzte, war der Schmerz bereits vergessen.

Er rümpfte die Nase, spuckte blutigen Speichel auf den Boden. Seine Hände auf den Knien abgestützt ließ er das eklige Blutgemisch aus seinem Mund tropfen. »Dreckiges Miststück. Dachtest du, dass ich alleine bin?« Die Finger zwischen die Zähne gedrückt, pfiff er laut auf. Scheinbar rief er seine Verstärkung.

Parkers Mundwinkel zuckten. Unzählige Vikings traten durch die dichten Reihen der Container hervor. Er bestand in letzter Sekunde darauf, ein paar seiner Jungs einzuweihen und als Rückendeckung mitzunehmen. Gott sei Dank. Mathew wird eine Menge zu tun haben.

Castellos Augen zuckten zwischen mir und Parker hin und her.

»Dachten Sie wirklich, ich komme allein? Sie wollten doch, dass die Millers sich Verbündete suchen.« Ich zog Parkers Waffe aus seiner Hand. Eine SIG Sauer P226, schönes Modell. »Ich dachte, ich erweise Ihnen diese Ehre.« Ohne zu zögern, schoss ich in seine Kniescheiben.

Markerschütternd schrie er auf. Knochen barsten auseinander, seine Beine gaben nach. Wie ein nasser Sack fiel er zu Boden. Seine Hände suchten Halt, klatschten in das Blut seiner eigenen Männer.

Mit langsamen Schritten ging ich auf ihn zu und hockte mich neben ihn. Wir waren uns so nah, dass ich seinen schwallartigen Atem auf meinen Wangen spürte. Er stank nach Angst. »Jeder einzelne Ihrer Mafialeute ist tot«, hauchte ich ihm entgegen.

Castellos Blick weitete sich. Rote Äderchen durchzogen das Weiß seiner Augen.

Ich ließ die Pistole an seinem Körper herabwandern. Er sollte leiden, Schmerzen spüren, die ihn zu zerreißen drohten. Ich drückte ab, zweimal schnell hintereinander. Wieder schrie Castello auf, brachte sogar einzelne Vögel dazu, davonzufliegen. Im Takt seines Pulses schoss das Blut aus seinen Füßen heraus.

»Ich mag ihre Art«, flüsterte Isi Parker zu.

Kurz schaute ich zu ihm auf. Stumm beobachtete er mich. Seinen Gesichtsausdruck konnte ich nicht deuten. Wollte ich eventuell auch gerade gar nicht.

»Wer. War. Die. Quelle?«, versuchte ich es erneut.

Castello schüttelte den Kopf. Das Lachen war ihm vergangen. Sein Gesicht wurde immer blasser, die Lebensenergie floss wie ein Wasserfall aus ihm heraus.

Gut, dann eben nicht. Ich richtete mich auf und stellte mich genau vor ihn. Kurz erlaubte ich mir, diesen Anblick zu genießen, den Mörder meines Vaters leidend am Boden zu sehen. Blutüberströmt. »Wissen Sie, Robert. Ich darf Sie doch Robert nennen?« Ich lächelte, bevor ich weitersprach. »Sie hatten vor ein paar Tagen nach meiner Mutter gefragt. Ich bin ihr sehr ähnlich. Temperamentvoll.« Zielsicher schoss ich in seine rechte Schulter. Das knackende Geräusch der Knochen, die feine Fontäne aus Blut, die mir entgegen schoss. Ich genoss alles davon.

Mit einem lauten Schrei krümmte er sich und rollte auf die linke Seite.

»Meine Mutter hätte sie mit Messern in tausend kleine Stücke geschnitten. Sie hatte eine Vorliebe für sowas. Leider habe ich nur diese Pistole hier.« Ich hob sie empor und musterte das schwarze Metall. Sie genügte vollkommen.

Castello lag wimmernd vor mir. Seine Augen glänzten.

Fehlte nur noch, dass er sich einpissen würde, unser großer Mafiaboss.

»Und dann Robert? Haben Sie nach meinem Vater gefragt. Und ihn ermordet. Alles nur, weil jemand behauptet hat, zu wissen, was zwischen mir und Parker läuft.« Meine Schultern sanken herab. Mein Vater starb wegen eines Missverständnisses. »Aber ich muss sie enttäuschen. Ihr Waffenimperium hat mich nie interessiert. Ich hatte nur einen schönen Abend mit einem Mann. Keine Geschäfte.«

Ich hockte mich wieder vor ihn. Er zuckte zusammen, als ich mich ihm näherte. Der Lauf der Pistole strich an seinem Körper entlang. »Ende der Geschichte.« Genau auf dem Schritt seiner Anzugshose stoppte ich, drückte die Waffe gegen seinen Schwanz.

»Sie haben mir meinen Vater genommen. Ich werde Ihnen dafür Ihr Leben nehmen. Und danach sind wir quitt. Ich möchte, dass Sie wissen, dass ich ihren Sohn nicht jagen werde. Es ist vorbei.«

Mit einer schnellen Bewegung zog ich die Waffe hoch und feuerte genau zwischen seinen Augen ab. Die Kugel zerfraß seine Haut, durchbohrte den Schädel. Blut spritzte direkt in mein Gesicht, bedeckte meinen ganzen Körper. Leblos sackte Castello inmitten einer riesigen roten Pfütze zusammen.

Und dann fiel auch ich zu Boden. Meine Knie schlugen hart auf dem Asphalt auf. Blut durchtränkte die Hose, saugte sich mit der warmen Flüssigkeit voll. Noch immer zielte ich mit der Pistole auf Castello.

Ich hasste ihn.

Die Emotionen flossen wie Säure durch mich hindurch. Erneut drückte ich ab. Und nochmal. Und noch einmal. Bis alle neunzehn Kugeln der SIG Sauer in Castello verschwunden waren.

Sein Kopf glich einem einzigen matschigen Trümmerhaufen. Es war nichts mehr übrig von einem menschlichen Gesicht. Vor mir lagen nur noch Knochenreste, Gewebefetzen und Hirn.

Wieder und wieder betätigte ich den Abzug, das klickende Geräusch der leeren Pistole befeuerte nur noch mehr die Wut in mir. *Meine eigene, wo ist meine eigene Waffe?*

»Linda.« Parker kam zu mir und zog mich in seine Arme. »Es ist vorbei. Er ist tot.«

Ich fiel gegen seine Schulter. Alles in mir schien zu fallen. Hinab in ein großes schwarzes Nichts. Die Erleichterung, meinen Vater gerächt zu haben, stieg in mir auf. Und doch wirbelte sie all die anderen Emotionen auf, die bisher tief unter meiner Rache geruht haben.

DREIZEHN

»Linda! Bist du verletzt?« Tim hastete auf mich zu.

Kaum waren wir wieder im Quartier angekommen, rannten die zurückgebliebenen Vikings nach draußen.

Ich schaute an mir herab. Meine Kleidung war voller Blut und Schlimmerem, irgendwelche Hautfetzen und Gewebehaufen. Meine Handknöchel leuchteten feuerrot. Der Mord an Robert Castello ging auch an mir nicht spurlos vorbei.

Tim stand direkt vor mir. Seine Augen wanderten unruhig an mir auf und ab. »Bist du verletzt?«, wiederholte er seine Frage.

Ich schüttelte den Kopf. »Nein, alles gut. Es ist nicht mein Blut.« Seine wirren Anschuldigungen lagen mir noch immer schwer im Magen. So schnell konnte ich sie nicht vergessen. Ich drückte mich an ihm vorbei.

»Robert Castello ist tot«, verkündete ich laut und die Masse jubelte. Auch ich lachte auf. Erst ganz wenig, dann immer mehr. Immer herzhafter. Eine tonnenschwere Last auf meinen Schultern war verschwunden. Irgendwie konnte ich es nicht glauben, dass ich es geschafft hatte.

Und doch mischte sich unter all dem noch immer der

Schmerz. Meine Rache machte schlussendlich niemanden wieder lebendig.

Parker legte einen Arm um meine Taille und drückte mich in sein Haus. »Du bist voller Blut.«

Ich verflocht die Finger mit seinen. »Ja, ich sollte dringend duschen.«

Der warme Wasserstrahl traf meine Haut und entspannte die Muskeln darunter. Castellos Blut rann an mir hinab, sammelte sich mit dem Wasser zu meinen Füßen, verschwand als blasser Strudel im Abfluss. Ich schaute zu Boden, beobachtete das Schauspiel, bis das Rot komplett unterging.

Ich habe ihn getötet. Meine Familie gerächt. Meinen Vater. Ein Band legte sich um mein Herz, zog es zusammen, drohte es zu zerquetschen. Bald würde die Beerdigung stattfinden. Wie bei meiner Mutter. Die Erinnerung stach in der Brust. All die trauernden Menschen. All die Tränen, die flossen. All der Schmerz in mir.

Ich stellte die Dusche ab und stieg hinaus. Feine Wassertropfen rieselten um mich herum auf den Fliesenboden. Heute ist etwas Gutes für die Familie Miller passiert. Darauf sollte ich mich konzentrieren. Zumindest jetzt gerade.

Meine Füße berührten den weichen Badteppich und ich nahm mir eines der Handtücher, die in dem offenen Regal neben den Waschbecken lagen. Ich schlang es um mich und schaute in den Spiegel. Mit einer Hand strich ich den Dunst auf der glatten Oberfläche beiseite, bis mir grüne Augen entgegenstrahlten.

Wie die meines Papas. Er saß sicher da oben bei meiner Mutter und blickte mit einem schiefen Grinsen auf mich herab. Stolz und voller Liebe.

Mit dem Handtuch umwickelt betrat ich das Schlafzimmer. »Die Dusche war dringend nötig.«

»Hmm.« Parker lag auf dem Bett und beobachtete jeden meiner Schritte. Seine stechendblauen Augen fixierten mich. »Ich hätte nicht gedacht, dass du so skrupellos bist.«

Ich stockte in meiner Bewegung. »Was hast du denn gedacht?«

Seine Schultern zuckten.

Ich drehte mich um, ließ das Handtuch fallen und begann mich anzuziehen. Was hatte er erwartet? Dass jemand anderes meine Drecksarbeit erledigen würde?

»Keine Ahnung.« Er stand auf und umfasste meine Taille. Seine Finger zogen kleine Kreise auf meiner nackten Haut. »Weißt du, in der Unterwelt wirst du als kleine Prinzessin bezeichnet. Versteh mich nicht falsch, ich weiß, dass dir das nicht gerecht wird«, schief lächelte er mir entgegen, »Aber so brutal wie du heute mit Castello umgegangen bist, bist du alles andere als eine kleine Prinzessin.«

Ich löste mich von ihm. Natürlich wusste ich darüber Bescheid. Für die einen war ich die *Partyqueen* und für die anderen *Papas kleine Prinzessin*. Obwohl letzteres eher seltener wurde, seit ich CEO der Miller Company geworden war.

Wollte er mir eine Standpauke halten? Ausgerechnet er? »Was soll das werden? Willst du mir sagen, dass ich zu weit gegangen bin? Dass ich überreagiert habe?« Ich entzog mich seiner Berührung und schnappte mir eines meiner Kleider aus der Tasche. Die Naht am Saum knackte, als ich es kräftig nach unten zog. Was bildete er sich ein? Er war der King der Vikings. Ich könnte auf Anhieb mindestens fünf Leute aufzählen, die er gefoltert und getötet hatte.

»Nein.« Er kam nur eine Handbreit vor mir zum Stehen, sein warmer Atem strich über meine Wange.

Ansonsten berührte er mich nicht. Nur sein nicht ganz gleichmäßiger Atem. Dabei war er so nah. Und ich wollte so viel mehr. Selbst jetzt, obwohl in mir noch immer alles kochte. Alles an ihm war ein verdammter Magnet!

Seine Hand hob sich und er strich eine nasse Strähne hinter mein Ohr. Ein Tropfen rann meinen Hals entlang, seine Fingerspitze fing ihn auf.

Ich schluckte. Diese zärtliche Berührung eroberte meine ganze Haut, ließ alles prickeln.

Seine Augen schauten tief in meine. »Ich will dir sagen, dass du mich beeindruckt hast.« Er umgriff mein Kinn, hob mein Gesicht empor. »Dass du mehr bist, als alle anderen sagen.«

Mein Blick zuckte zwischen seinen Augen und seinem Mund hin und her. So voll. So geschwungen. Ich schloss den Abstand, küsste ihn. Seine Hand wanderte meinen Hals herab, umschloss meine Kehle. Doch ich spürte nur seine warmen Lippen auf mir. Seine Zunge, die mit meiner spielte.

Die wundervolle Wärme breitete sich in mir aus, kämpfte sich über meine Kopfhaut bis in die Zehenspitzen. Sie nahm von mir Besitz. Parker nahm von mir Besitz.

Er drängte sich gegen mich, dirigierte mich allein mit seinem Körper bis zum Bett. Rückwärts fiel ich darauf herab. Die glatte Satinbettwäsche empfing mich, hüllte mich ein. Mein Kleid verrutschte, kühle Luft wehte um meine Innenschenkel.

Sein Blick ruhte auf mir. Doch er musterte mich nicht. Nein, er schien etwas zu suchen. Tief in mir. In der Dunkelheit, die in uns beiden wohnte. »Du bist keine kleine Prinzessin.« Er kam auf mich zu, umgriff meine Handgelenke und schob sie über meinen Kopf. Wieder schaute er mir in die Augen, als hätte er gefunden, was er suchte. »Du bist eine Königin.«

Was?

Seine Lippen senkten sich auf meinen Hals, küssten das Schlüsselbein entlang.

Oh, er meinte doch nicht etwa …? Ich versuchte mich aufzurichten. Sowas konnte er nicht einfach sagen und dann …

Der Griff um meine Hände nahm zu, Fingernägel bohrten sich in die zarte Haut. Sein Blick hing weiterhin an mir, folgte der Spur seiner Küsse. Seiner Zunge. Seiner Zähne.

»Parker«, es sollte bestimmend klingen. Stattdessen stöhnte ich ihm seinen Namen entgegen.

Seine Mundwinkel zuckten, dieser Arsch! Ich versuchte, die Arme zu bewegen, doch er fixierte mich. Sein Körper schwer auf meinem.

»Parker! Sowas kannst …« Alles andere verschwand unter seinen Lippen. Der Kuss verschlang meine Worte, jegliche Widerrede, alle klaren Gedanken. Alles schrie nur noch danach, ihm nahe zu sein. Ihn zu spüren. Jetzt. Morgen. Nächste Woche. Für immer.

Was? Also, ich … das … was denke ich da?

Er löste eine Hand von mir, schob das Kleid herauf. Die Luft kitzelte meine nackte Haut. Finger fuhren unter meinen Slip, strichen über meine nasse Spalte. Ich drängte mich an ihn, diese hauchzarten Berührungen reichten mir nicht.

»Ich liebe es, wie bereit du immer bist. Für mich.« Seine Worte in den letzten Minuten ließen ein Gewitter in mir toben. Zusammen mit meinen Gedanken wütete ein Orkan.

Königin.

Für immer.

Liebe.

Fuck! Er hatte mein Höschen lediglich zur Seite geschoben, stieß kräftig in mich. Wann hatte er seine Hose heruntergezogen? Wieder packte er meine Handgelenke, drückte sie gegen die Matratze, fixierte mich unter ihm.

Mit einer unheimlichen Geschwindigkeit drängte sich seine Härte in mich. Immer und immer wieder. Seine Stirn fiel auf meine Schulter hinab.

Es raubte mir den Atem. Sein Gewicht auf mir, er in mir, seine Fingernägel, die gegen meine Handgelenke drückten. Er hatte es nicht mal für nötig gehalten, uns richtig auszuziehen. Wir hatten es nicht für nötig gehalten. Da blieb keine Zeit mehr, wir mussten uns endlich spüren, brauchten es.

Uns. Zusammen.

Ich drückte die Hüfte gegen seine, genoss jeden einzelnen Stoß. Ein Zittern kämpfte sich meine Zehenspitzen empor, erklomm die Beine. Zog eine kitzelnde Spur über den Bauch hinauf in den Nacken.

»Dreh dich um.« Er entzog sich mir, stand auf.

Darauf war ich nicht gefasst, mein Unterleib vermisste ihn bereits jetzt schmerzlich.

»Los.« Die Hose hatte er endgültig ausgezogen.

Ich wand mich unter seinem Blick, drehte mich jedoch nicht um. »Ich steh nicht sonderlich auf Befehle.«

Er legte den Kopf schräg, die Augen halbgeschlossen. »Das werden wir noch sehen.« Als wäre er auf der Jagd, kam er wieder zu mir.

Ich richtete mich auf, rutschte an die Bettkante. Seine Härte war nur wenige Zentimeter entfernt. Unwillkürlich leckte ich über meine Lippen.

Parker schaute auf mich herab, fuhr durch meine Haare. »Weißt du eigentlich, wie heiß das heute war? Dir dabei zuzusehen, wie du anderen das Leben nimmst.« Sein Griff verfestigte sich.

Meine Zähne gruben sich in die Unterlippe. Ich

konnte seine Lust riechen. Seine Spitze stieß gegen meinen Mund, ich leckte über sie, hauchte ihm einen Kuss auf die zarte Haut.

Scharf sog er die Luft ein.

Meine Haarwurzeln schmerzten, so stark zog er mittlerweile an meinen Haaren. Doch ich konnte nur daran denken, wie gern ich endlich die Lippen um ihn schließen wollte.

»Wo hast du dich nur all die Zeit versteckt?« Noch bevor er den Satz beendet hatte, drängte er meinen Kopf an seine Hüfte. Tief nahm ich ihn in mir auf, spürte ihn gegen meinen Rachen stoßen. Immer wieder schob er sich in mich. Meine Zunge kam kaum hinterher, so schnell gab er das Tempo vor. Mein Kopf fest mit seinen Händen fixiert.

Es machte mich wahnsinnig. Meine Lust würde bald an den Schenkeln herablaufen. Und genau da wollte ich ihn wieder spüren. In mir. Doch Parker gab mir nicht mal die Chance, richtig Luft zu holen.

Es dauerte nicht lange, bis er in mir zu zucken begann. Er zog meinen Kopf zurück, zwang mich, ihn anzusehen. »Auf den Bauch, jetzt.«

Ich leckte über die Lippen, erwiderte genauso hartnäckig wie er den Blick. »Auf den Rücken, jetzt.«

In uns beiden tobte es. Unsere Augen waren starr aufeinander gerichtet, niemand sagte ein Wort. Nur unsere Atmung hallte durch den Raum. Viel zu schnell. Viel zu laut.

»Fuck.« Er ließ meine Haare los, drängte sich an mir vorbei auf das Bett. Ich traute den Augen kaum. Er legte sich auf den Rücken. »Komm her.«

Das musste er nicht zweimal sagen, ich krabbelte zu ihm, ließ mich auf seiner Hüfte nieder. Seine Härte versank in mir, verschwand tief in meiner Nässe. Ich keuchte auf, ließ den Kopf in den Nacken fallen, bewegte mein Becken im Takt unserer Erregung. Seine Hände umfassten meine Brüste, spielten mit meinen harten Knospen. Ich könnte es ewig tun, ihn in mir versinken zu lassen.

Parker stöhnte meinen Namen, kratzte meine Seiten hinab, bis zu meinem Po. Dieser süße Schmerz gab mir den Rest, heiße Funken flogen durch mich hindurch, entzündeten ein gewaltiges Feuer, welches alles in mir niederbrannte.

Genau in diesem Moment richtete sich Parker auf, umgriff meine Hüfte und warf mich neben sich auf den Bauch. Meine Brustwarzen drückten sich gegen die Matratze. Seine Fäuste links und rechts von mir abgestützt, zwängte er sich zwischen meine Beine. Ich spreizte sie, spürte immer noch alles in mir zucken, da versank er schon wieder in meiner Mitte, stieß unnachgiebig zu. »Ich hatte gesagt, auf den Bauch«, presste er mit zusammengebissenen Zähnen hervor. Das hier war alles andere als zärtlich. Es war drängend, fordernd. Seine Härte füllte mich aus, dehnte alles in mir.

Er rutschte etwas zurück, zog meine Hüfte mit sich nach oben. Seine Finger vergruben sich wieder in meinen Haaren, zogen den Kopf empor. Sein Unterleib zuckte, doch sein Tempo wurde nicht annähernd langsamer. »Fuck.« Er hämmerte noch ein paar Mal in mich, bis auch er ungehalten stöhnte, seinen Samen in mich pumpte.

Für einen Moment bewegte sich niemand von uns, gab sich ganz unserer Verbindung hin. Fühlte die letzten Minuten noch einmal im Körper nach.

Schwer atmend ließ er sich neben mich fallen, verschränkte die Arme hinter dem Kopf.

Ich rollte auf die Seite, strich durch seine schweißnassen Haare. Wieso fühlte ich mich bei ihm nur immer so gut? So aufgehoben?

Er richtete sich auf. Sein T-Shirt flog gegen die Kommode, blieb an einen der Griffe hängen. »Vergiss es, dass wir jetzt direkt wieder da rausgehen.« Sein Kinn deutete Richtung Fenster auf den Innenhof. Er breitete die Arme aus, seine Augenbrauen wackelten.

Der Anblick ließ mich unwillkürlich lächeln. Ich zog mein Kleid über den Kopf und rutschte an ihn heran. Sein Herz schlug kräftig, vielleicht etwas zu schnell. Aber das tat meins gerade auch.

Er umschloss meinen Körper mit seinen Armen, hielt mich fest an sich gedrückt. Lippen berührten flüchtig meine Schläfe.

Doch ich sah nur das große Tattoo direkt vor mir. Gedankenverloren zeichnete ich die vielen Linien nach. Das große V, das Wappen, die Flügel. Sein Familienname. O'Neil. Ich zog meine Hand zurück, als würden die feinen Buchstaben mich verbrennen.

Warum musste dieser Mann ein O'Neil sein. Warum musste er der King der Vikings sein? Warum musste ich mich ausgerechnet zu ihm so hingezogen fühlen?

Seine Brustmuskeln zuckten, spannten sich an. »Wie geht's jetzt weiter?«

Ich wusste, was er meinte. Aber ich hatte keine Ahnung. »Ehrlich gesagt, habe ich darüber noch nicht nachgedacht.«

Parker nickte.

»Wahrscheinlich werde ich mir eine neue Wohnung suchen. Ins Penthouse zurückzukehren, fühlt sich nicht richtig an.«

Parkers Lippen wurden schmal.

Ich wusste, dass er nicht nach meiner Wohnsituation gefragt hatte. Er meinte uns. »Das zwischen uns ... ich weiß nicht mal, *was* das zwischen uns ist.« Wie sollte ich es erklären? Dass ich mich unheimlich wohl bei ihm fühlte, dass mich jedes Mal ein wunderschönes, warmes Gefühl erfüllte, wenn er bei mir war? Dass wir uns erst seit wenigen Tagen kannten und ich trotzdem am liebsten hier bei ihm bleiben würde?

Parker zog seinen Arm unter mir vor und stand auf. Ohne mich anzuschauen, hob er seine Sachen vom Boden auf und zog sich an. Das T-Shirt verschlang sich erneut mit dem Griff der Kommode. Er zerrte daran, riss die komplette Schublade mit sich heraus. Sie fiel scheppernd herunter und verteilte den Inhalt über den ganzen Boden, doch er trat nur davor und wandte sich wieder ab.

Zittrig fuhr ich durch meine Haare. Das letzte Mal, als wir uns stritten, ging jeder seine Wege. Eins wusste ich: Das wollte ich auf keinen Fall erneut erleben müssen.

Ich drehte mich um und sprang aus dem Bett. »Parker«, ich griff nach seiner Hand und schaute in seine blauen Augen. Diese unfassbar wunderschönen blauen Augen. »Was ... was bin ich für dich?« Die leisen Worte verließen meine Lippen, da bereute ich sie wieder. Scheinbar hatte sich mein Selbstbewusstsein gerade verabschiedet.

War ich bereit zu hören, dass es nur Sex war? Dass er mir eben half, weil es für ihn selbstverständlich war? Dass er nicht so fühlte wie ich.

Auf Parkers Stirn bildete sich eine tiefe Falte. »Merkst du das denn nicht?«

Ich presste die Lippen aufeinander und blickte zu Boden. *Ja, die sonst so selbstbewusste und taffe Linda Miller besitzt Selbstzweifel.* Seit wann eigentlich?

Er nahm mein Kinn zwischen zwei Finger und zwang mich, ihn anzusehen. »Für mich bist du eine Frau, die ich auf komische Art und Weise mag. Sehr sogar. Und die ich ungern aus meinem Leben verlieren würde.«

Seine Augen ruhten auf mir und wirbelten doch alles durcheinander. Ein warmes Gefühl wuchs in meiner Magengrube, breitete sich wie ein Sonnenaufgang in mir aus.

Ich lächelte Parker an und legte die Hand an seine

Wange. Sein Bart kitzelte meine Handfläche, als er sich dagegen lehnte. »Ich will dich auch nicht verlieren.«

Zur Feier des Tages gab es abends ein kleines Fest. Laute Musik, tiefe Bässe und helles Gelächter drangen zu uns in Parkers Haus herein. Ich schielte aus einem der schmalen Fenster neben der Haustür nach draußen.

Auf dem Innenhof des Quartiers standen überall Feuertonnen, um denen sich die Vikings tummelten, beinahe jeder von ihnen hielt eine Bierflasche in der Hand.

Parkers Brust schmiegte sich an meinen Rücken. »Wir können auch im Bett bleiben.« Seine Lippen streiften meinen Nacken.

Ich schmunzelte. Keine schlechte Vorstellung. »Du bist der King, du musst da raus.«

»Genau deswegen muss ich gar nichts.«

Ich drehte mich zu ihm um. »Doch! Ohne die Vikings hätte ich das heute niemals geschafft. Jeder einzelne hatte ohne Nachfrage geholfen. Du solltest ihnen danken.«

Seine Mundwinkel zuckten. »Du machst noch einen guten Menschen aus mir.«

»Du bist ein guter Mensch.« Das war er wirklich, egal wie dunkel alles um ihn herum war. Tief in ihm war er auf seine Art und Weise gut.

»Hmm«, er legte den Kopf schräg, »Das würden ein paar Leute unter der Erde anders sehen.«

Lachend schüttelte ich den Kopf. »Wie gut, dass sie für immer schweigen. Komm.«

Gemeinsam betraten wir den Innenhof, meine Augen glitten über das Gelände. Alle unterhielten sich, lachten, feierten. Die lockere Stimmung steckte einfach an. Wir gingen ein paar Schritte, bis wir Parkers Familie gefunden hatten.

»Ihr hättet es sehen sollen! Erst die Kniescheiben, dann seine Füße, dann eine Schulter und dann zielte sie tatsächlich auf seinen Schwanz!«, Isi riss weit die Augen auf. »Linda war eiskalt.«

Parker lächelte und lehnte sich zu mir. »Du warst eher verdammt heiß«, flüsterte er mir ins Ohr.

Ich drehte den Kopf und ich küsste ihn flüchtig auf den Mund.

Er stockte. Ohne den Kuss zu erwidern, schaute er mich an. »Wir haben uns noch nie öffentlich geküsst. Ehrlich gesagt, darf man den King auch nicht einfach so kü…«

Weiter kam er nicht, denn da packte ich seinen Nacken und küsste ihn so leidenschaftlich, wie ich nur konnte. Meine Finger vergruben sich in seinen dunkelblonden Haaren und ich zog ihn noch näher zu mir.

Kurz herrschte Stille, die Gespräche neben uns brachen ab. Doch als Parker seine Hände um mein Gesicht legte, begannen die Vikings zu jubeln. Seine Lippen ließen nicht von mir ab und verzogen sich gleichzeitig zu einem Lächeln.

Ich löste mich einen winzigen Zentimeter von ihm. »Für mich bist du Parker und kein King. Außerdem, hast du mir nicht gesagt, dass du niemanden um Erlaubnis bitten musst?«, murmelte ich an seinen Mund und er grinste noch breiter.

»Du machst mich wahnsinnig.«

»Na das hoffe ich doch.« Mein Lachen wurde von seinem Kuss erstickt. Die Unbeschwertheit zwischen uns fühlte sich so unheimlich gut an und für einen Moment hatte ich all die schlechten Sachen der letzten Tage vergessen.

»Wirst du die Company wieder eröffnen?«, fragte Lucia und lächelte mir sanft entgegen.

Aufgeregt nickte ich. »Ja! Nächsten Montag soll es wieder losgehen. Viele Anwälte brauchen ihren Arbeitsplatz. Ich möchte nicht riskieren, dass wir jemanden feuern müssen. Außerdem freue ich mich, wieder meinen Alltag zurückzubekommen.« Voller Vorfreude dachte ich an die Eröffnung der Company. Dann würde ich auch endlich Mia wiedersehen.

»Du kannst bei mir wohnen, solange das Penthouse noch renoviert werden muss«, mischte sich Tim dazwischen. Er zog seine Unterlippe ein und vergrub seine Zähne darin.

»Nicht nötig«, antwortete Parker an meiner Stelle und legte einen Arm um mich. Fest. Besitzergreifend.

Männer.

Tim nickte und zwang sich zu einem Lächeln, das seine Augen jedoch nicht mal annähernd erreichte.

»Ein bisschen bleibe ich den Vikings noch erhalten.« Ich rutschte ein wenig von Parker weg. Unsere Blicke kreuzten sich und ich schüttelte kaum merklich den Kopf. Wenn das zwischen mir und Tim wieder besser werden sollte, dann musste auch er sich ein wenig zusammenreißen. Mein Blick wanderte zurück zu Tim. »Aber ich werde mir eine neue Wohnung kaufen. Vielleicht sogar ein kleines Haus. Mal sehen.«

Tim rieb seine Hände und seine Augen begannen zu leuchten. »Ich helfe dir gerne bei der Suche. Ein Freund von mir verkauft gerade ein kleines Haus, sogar mit Meerblick.«

Ich dachte an unseren Streit. Noch immer hallten seine Worte in mir nach, all das ging nicht spurlos an mir vorbei. Es tat weh zu wissen, wie Tim von mir dachte. Doch als ich heute ins Quartier zurückkehrte und ihn sah, so voller Sorge, so voller Zuneigung, da wusste ich, wir beide gehören einfach zusammen. *Beste Freunde eben.* Vielleicht würde uns die gemeinsame Wohnungssuche wieder einander näherbringen. »Das klingt wirklich toll. Wir können ja morgen nochmal drüber reden.«

Tim grinste mich breit an.

Das war das erste Mal seit Tagen, dass ich ihn überhaupt mit einem freundlichen Gesichtsausdruck sah. Scheinbar hatte ihm die Sache mit dem Vikings und Castello sehr zugesetzt.

Wie aus dem Nichts ergriff mich eine Hand. Ich wirbelte herum und schaute direkt in Isis Augen. Sie lachte und zog mich mit sich in die Mitte des Innenhofs. »Jetzt wird gefeiert und getanzt!«

VIERZEHN

»Stellen Sie die Kartons da drüben ab! Das Sofa kommt hier hin!« Mit wilden Gesten dirigierte ich die Umzugshelfer durch mein Haus. Die hellen Holzdielen knarzten unter der Last der Schritte. Tim stellte mich bereits ein paar Tage später seinem Freund vor und so war ich schneller als gedacht aus dem Quartier der Vikings wieder ausgezogen.

Das Haus war nicht sehr groß, aber wunderschön. Es lag direkt am West Ocean von Fremont und ich konnte von meiner Veranda aus das weite Meer sehen und das Rauschen der Wellen genießen. Anders als das moderne Penthouse in der Innenstadt war dies hier eher ein ruhiger Rückzugsort. Und das fühlte sich genau richtig an. Die transparenten Vorhänge neben den bodentiefen Fenstern wehten auf, als einer der Männer die gläserne Terrassentür öffnete und die Holzmöbel draußen abstellte. Ein Lächeln umspielte meine Lippen und ich sah mich um. Der helle große Raum mit offener Landhausküche und angrenzenden Wohnbereich sah auch mit all den Kisten und Kartons mittendrin einfach so wundervoll aus. Mein neues Zuhause.

»Hier ist der letzte Karton.« Krachend ließ der etwas dickliche Umzugshelfer ihn fallen.

Gott sei Dank waren das nur Kissen! Ich überreichte ihm ein ordentliches Trinkgeld und er verließ gemeinsam mit seinen Kollegen das Haus.

Mein Haus.

Ich drehte mich einmal um meine eigene Achse, ließ mich rückwärts auf das helle Sofa fallen, streckte die Arme und Beine aus und schloss für einen Augenblick die Augen.

Vor zwei Wochen war die Beerdigung meines Vaters. Die Kapelle von Fremont war voller trauernder Leute, mein Vater war ein anerkannter Mann. Sämtliche Größen der Unterwelt ließen sich blicken, auch die Vikings kamen. Derek hielt eine Rede, über ihre Jugend, ihre Abenteuer und über die Kürze des Lebens. Parker hatte die ganze Zeit an meiner Seite gestanden, meine Hand fest in seiner. Es war mir egal, dass der ganze Untergrund uns sah, dass jeder einzelne sich seinen Teil dabei dachte. Ohne ihn hätte ich diesen Tag nicht überstanden.

Parker. Sein Name flog wie ein Schmetterling durch meinen Kopf, ließ mich unwillkürlich lächeln. Ehrlich gesagt hätte ich noch länger bei ihm wohnen können, aber es wurde Zeit für etwas Unabhängigkeit. Zwischen uns fühlte es sich so unheimlich gut an, ich wollte nichts überstürzen.

Manchmal überrollt dich die Liebe. Die Worte meines Vaters hallten in mir nach.

Liebe? Ich weiß nicht, ob man es so bezeichnen könnte. Oder ob es für uns überhaupt eine Bezeichnung gab. Oder ob es die überhaupt brauchte.

Tatkräftig klatschte ich mir auf die Oberschenkel. Bei all den Kisten hatte ich keine Zeit, über meine Gefühle nachzudenken. Es kommt, wie es kommt.

Der erste Karton, den ich mir schnappte, war voller

Bilder. Ein paar Familienfotos konnten wir aus dem Penthouse retten. Inmitten der goldenen Patronen, der Blutlachen und Granatsplitter waren manche der Bilder fast unversehrt. Eines nach dem anderen stellte ich die gerahmten Fotos auf die helle Holzkommode im Flur.

Ich als kleines Kind mit meinen Eltern. Breit lächeln wir gemeinsam in die Kamera.

Tim und ich vor dem Landhaus. Er hat eine meiner Haarsträhnen zwischen Mund und Nase geklemmt, zieht einen Schmollmund. Wir sehen beide so albern aus!

Mia und ich in meinem Penthouse. Was hatten wir dort für Frauenabende gehabt. Nur wir beide und eine Flasche Wein. Gut, eventuell auch zwei.

Das letzte Foto brachte mich zum Strahlen. Äußerlich und innerlich. Parker und ich.

Seit ich meine Angst vor dem Motorrad fahren besiegt hatte, haben wir in den letzten Wochen ein paar Touren gemacht. Auf dem Foto stehen wir an einer Klippe in den Bergen von Fremont. Ich gebe ihm einen Kuss auf die Wange und er lächelt in die Kamera. Wir sehen glücklich aus, wie ein ganz normales Paar.

Ein Paar. Waren wir das? Vielleicht. Der Gedanke daran reichte, um eine angenehme Wärme durch meinen Körper fluten zu lassen. Kitzelte mich da etwas im Bauch?

Ich strich über Parkers Abbild, unterdrückte einen tiefen Seufzer. Was war los mit mir? Dieser Mann, er stellte alles auf den Kopf. Vielleicht sogar mein Herz.

Ein Klopfen an der Tür ließ mich aufschrecken. Ich stellte das Bild zwischen die anderen und ging Richtung Haustür. Bereits durch die milchige Glasscheibe konnte ich ihn deutlich erkennen. »Tim! Schön dich zu sehen, komm rein.« Kurz nach dem Tod von Castello hatten wir uns ausgesprochen. Ich war froh, dass wir alles klären konnten. Er sah ein, dass Parker mich glücklich machte und akzeptierte letztlich unsere Beziehung. Beziehung?

Wieder kitzelte etwas tief in meiner Magengrube. Sind das die berühmten Schmetterlinge?

Tim drückte sich grinsend an mir vorbei. »Ich wollte mir endlich dein neues Haus anschauen.«

»Na wenn du einmal da bist.« Ich stemmte mich von hinten auf seine Schultern. »Nicht nur gucken, du kannst gleich anpacken! Die Kartons müssen alle leer werden.«

Er klatschte in die Hände. »Auf los geht's los!«

Einen Karton nach dem anderen packten wir aus. Küchenutensilien, Kleidung, Geschirr, Kissen. Bis aus dem leeren Strandhaus ein gemütliches Zuhause wurde. Mein neuer Start.

»Danke für deine Hilfe« Ich reichte Tim ein kühles Bier. Gemeinsam gingen wir auf die Veranda und setzten uns auf die Liegestühle.

»Nicht dafür.« Er hielt mir seine Flasche entgegen und wir stießen klirrend an. »Auf dein neues Zuhause.«

Ich nickte. »Auf den Neuanfang.« Mit einem riesigen Verlust. Aber auch mit einem wahnsinnigen Gewinn. Oder? Eine Weile sagte niemand ein Wort, wir genossen das Rauschen der Wellen, die Ruhe der Natur, jeder hing seinen Gedanken nach. Es war keine unangenehme Stille. Eher ein vertrauter Moment zwischen zwei engen Freunden.

»Wie war die Besprechung letzte Woche?«, ergriff Tim das Wort. »Habt ihr was wegen diesem ... wie hieß er nochmal? Demonio?«

Ich nickte. »Ja genau, Demonio.«

»Habt ihr da was Neues?«

Wieder nickte ich. »Die E-Mail an Castello kam ja direkt aus der Company. Also bin ich alle Mitarbeiter durchgegangen.«

»Und? Muss ich dir jedes Detail aus der Nase ziehen?«

»Nein, entschuldige!«, schwer holte ich Luft. »Kannst du dich noch an Carlos García erinnern?« Dieses Thema würde ich am liebsten ganz tief verbuddeln, selbst jetzt, nachdem die Sache erledigt war.

»Wie kann man den vergessen.« Tim senkte den Blick und seine Finger spielten am Etikett der Bierflasche. »Allein die Aktion mit diesem riesigen Strauß Rosen vor deiner Tür.«

Gott, erinnere mich nicht daran. »Nachdem er zum dritten Mal vor meiner Tür stand und unbedingt mit mir ausgehen wollte, hatte ich ihn gefeuert. Er wurde förmlich zum Stalker.« Noch immer überfiel mich eine Gänsehaut, wenn ich an García dachte. Anfangs schickte er mir unzählige Mails, später rief er an, wusste immer, wo ich war oder ob ich irgendwo Termine hatte. Dieser Mann war besessen von mir.

Tim lachte freudlos auf. »Stalker ist noch sehr freundlich ausgedrückt. Ein Spinner trifft es eher.«

Mit den Fingerspitzen schob ich die feinen Wasserperlen auf der Bierflasche hin und her. »Ja, er war ...« Der erste Mensch, der mir wirklich Angst machte. Blake, der sich um die Security der Company kümmerte, musste ihn so oft rauswerfen. Und doch habe ich ihn immer verschont. Er hatte etwas an sich, ich konnte ihn nicht töten. Naja, *ich* jedenfalls nicht. Ich schüttelte mich, als könnte ich die Erinnerungen dadurch besser vergessen. »Egal. Er musste uns im Rogue zufällig gesehen haben und dann ist seine letzte Sicherung durchgebrannt.«

Tim schaute auf. »Du glaubst, dass er Demonio ist? Gibt es eindeutige Beweise, dass er die Mail verschickt hat?«

»Nein, nicht direkt. Aber einen Tag, bevor Castello kam, war er nochmal im Büro und hat seine Sachen geholt. Da muss er sie gesendet haben. Er kommt aus Mexiko, spricht fließend Spanisch.« Wer sonst würde sich einen solchen Decknamen geben? »Gestanden hat er nichts, egal in welcher Sprache.« Dafür hatte ihn Parker auch keine Zeit mehr gelassen.

»Dann warst du bei ihm?« Tim zog die Augenbrauen zusammen.

Ich nippte an meiner Flasche. »Ja, wir haben die Sache einen Tag nach der Besprechung geklärt.«

»Wir?«

»Parker und ich.«

»Natürlich.« Er senkte den Blick, schüttelte den Kopf.

Ich öffnete den Mund, um etwas zu seiner Bemerkung zu sagen, doch da hörte ich das Schloss der Eingangstür knacken.

»Baby? Bist du oben?«, rief Parker durch das Haus.

Tims Augen weiteten sich. »Er hat einen Schlüssel?«

»Wir sind auf der Veranda.« Ich ignorierte seine Bemerkung. Wir hatten schon unzählige Male über mich und Parker gesprochen und ich war nicht bereit, es jedes Mal aufs Neue auszudiskutieren.

Die Dielen knarrten unter Parkers Schritten. »Wir? Ist Mia da?« Flaschen klapperten, die Kühlschranktür schlug wieder zu, kurz darauf trat er auf die Veranda zu uns. »Ah, hallo Tim«, begrüßte er ihn knapp und gab mir einen Kuss. Seine Hand vergrub sich in meinen Haaren und zog mich an sich. Er löste seine Lippen von mir, unsere Nasen berührten sich noch immer. »Hallo, meine Schöne«, flüsterte er und ein einzelner Schmetterling flog quer durch mich hindurch. Damit wäre das Kribbeln endgültig geklärt. *Aber Moment, seit wann mag ich solche Kosenamen?*

Parker zog sich einen Stuhl zu mir. »Die Kisten sind ja schon alle leer?«

Tim richtete sich auf und vergrub seine Hände in seinen Hosentaschen. »Ja, ich habe Linda geholfen.« Ohne den Blick von ihm abzuwenden, nahm er einen großen Schluck aus seiner Bierflasche.

Parkers Kiefer mahlte. Er war vorbeigekommen, um

mir zu helfen und die Tatsache, dass Tim vor ihm da war, gefiel ihm nicht. Auch wenn ich ihn immer wieder erklärte, dass wir beide wie Geschwister waren, wurde er dennoch ständig eifersüchtig. Seiner Meinung nach empfand Tim anders. So wie er sich manchmal verhielt, empfand jeder Mann der Welt anders.

Was uns wieder der ganzen Beziehungskiste näherbrachte.

Ich versuchte das Thema zu wechseln. »Tim hat mich eben nach Carlos García gefragt.«

Parker stellte seine Flasche ab. »Wenn du ihn suchst – Mathew hat ihn sicher schon 1,80 tief vergraben.«

»Ihr habt ihn auf bloße Vermutungen hin umgelegt?« Tim rutschte an die Kante des Stuhls. »Es gab keine handfesten Beweise, Linda.«

»Das Stalking reichte mir schon.« Parker umfasste die Flasche fester. »Er hätte viel früher unter der Erde liegen müssen.«

Tim schüttelte den Kopf und trank sein Bier in einem Zug aus. »Töten wir jetzt schon wahllos?«

»Wahllos?« Seine Worte schlugen direkt in meine Magengrube. »Soll ich dich an diese Zeit erinnern? An die Mails, die Anrufe? Oder die Besuche?« Oder den Rückfall, den ich wegen diesem Mistkerl beinahe hatte. Nächtelang konnte ich nicht schlafen. Ich war so kurz davor, mir irgendetwas einzuschmeißen, nur um endlich diesen Wichser töten zu können. Bis heute ist mir unklar, was mich davon abhielt.

Tim hob die Hände vor die Brust. »Ja, von mir aus. Entschuldige, ich weiß, dass es schwer war. Aber woher wusste Castello dann, dass Isi zu den Vikings gehörte? García als interne Quelle? Er hatte nie etwas mit diesem Motorradzeug zu tun.«

Motorradzeug. Manchmal dachte ich, dass sie sich absichtlich gegenseitig provozierten.

Parkers Augen wurden schmal. »Keine Ahnung. Vielleicht hat er sie einfach erkannt. Isi war sicher schon mal im *Castello* feiern.« Seine Schultern zuckten. »Am Ende ist es egal. Der Typ war schon immer sehr paranoid. Ich denke, er wäre auch unter normalen Umständen nicht alleine gekommen.«

Tim schnaufte bei Parkers Worten. »Ihr tut die Sache ganz schön ab. Demonio wirkt cleverer als so ein einfältiger Stalker. Was, wenn er doch noch lebt? Er hat es geschafft, dass Rasmus getötet wurde. Warum dann nicht auch Linda?«

Ich runzelte die Stirn. Die Art und Weise, wie er das sagte, jagte mir einen kalten Schauer über den Rücken. Demonio war nicht clever. Er war das letzte Stückchen Dreck auf diesem Planeten. Er war Carlos García. Er war tot!

Parker nahm meine Hand und drückte sie. »Ob Demonio oder von mir aus der Teufel in Person, sie müssen erstmal an mir vorbei.« Er führte meine Finger an seine Lippen.

Auch wenn seine Worte gemeinsam mit dieser unfassbar zärtlichen Berührung den Schwarm an Schmetterlingen in mir in die Höhe trieben, so sehr hasste ich seinen Beschützerinstinkt. »Ich kann auch auf mich selbst aufpassen, Jungs.«

Tim schnalzte mit der Zunge. »Auf dich, von mir aus. Und auf die Company? Was werden die Klienten sagen, wenn sie hören, dass die CEO der Miller Company mit dem King der Vikings zusammen ist?«

Wie bitte? Das war ein schneller Themenwechsel. Und überhaupt, ich dachte, dass wir über diesen Punkt hinaus wären. »Tim, was soll das?«

Er stand auf, der Liegestuhl kippelte. »Ich mein ja nur, ist dir das alles egal?« Seine Stimme klang gepresst, rote Flecken schossen auf seine Wangen.

»Nein, natürlich nicht! Aber ich habe ein Privatleben. Und wenn du es unbedingt wissen möchtest, es sind bisher nur zwei Klienten abgesprungen. Die meisten haben keine Ahnung oder es ist ihnen egal. Wieso kannst du dich nicht einmal für mich freuen?«

Er lachte auf, nicht fröhlich, sondern hämisch und voller Spott. »Du meinst wohl eher für *euch*. Ihr nehmt das alles ziemlich locker. Und wenn ihr mich fragt, sogar zu locker!« Tim blickte zwischen mir und Parker hin und her. »Ich ... ich gehe jetzt.«

Oh, das kam plötzlich. Immer wenn ich dachte, dass Tim und ich uns wieder auf einen guten Weg befanden, begannen wir erneut zu streiten. Ich schaute ihm hinterher. Mit großen Schritten durchquerte er das Strandhaus und knallte die Tür hinter sich zu.

»Ich glaube, Tim mag mich nicht.« Parkers Mundwinkel zuckten.

Wenigstens amüsierte sich einer. »Was du nicht sagst.« Keine Ahnung, warum Tim ihn nicht mochte, aber ich würde mir dadurch nicht diese Beziehung versauen lassen.

Beziehung. Schon wieder dieses Wort.

Ich atmete tief ein und aus. Tim würde sich schon wieder beruhigen. Hoffentlich. Ich wollte mir nicht länger Gedanken darum machen. Egal wie ich es drehte und wendete, ich wurde nicht schlau aus ihm. Nicht mehr.

Mein Blick wanderte zu Parker, fuhr an ihm auf und ab, der Stoff seines T-Shirts spannte an seinen Oberarmen. Ich sollte es ihm ausziehen, das wäre sicher viel bequemer. »Wir sollten das Haus einweihen.«

Verschmitzt lächelte er mich an. »Oh ja.« Seine Stimme klang kratzig.

Ich stand auf und setzte mich auf seinen Schoß. Ein einzelner Finger glitt an seinem Hals entlang, über seine

Brust, wölbte sich mit jedem Bauchmuskel, stoppte erst am Bund seiner Jeans.

Seine Augen fixierten meine, ließen mich nicht für einen Moment los. Er schluckte sichtbar, sog tief die Luft ein, als meine Fingerspitzen unter seine Hose fuhren. Unter seine Shorts.

Er räusperte sich. »Ich hasse mich selbst dafür, aber das müssen wir leider verschieben.«

Meine Stirn legte sich in Falten. Was war denn heute mit den Männern los?

Seine Augen schlossen sich für einen Moment, als ich mich aus seiner Jeans zurückzog. »Ich habe eine Überraschung für dich und dafür solltest du ein paar Sachen packen.«

Ich stand auf. »Aber ich habe sie doch gerade erst ausgepackt!«

Seine Hände drückten gegen meinen Rücken und schoben mich ins Haus. »Komm schon, wir sollten los, bevor es dunkel wird.«

Was hatte er denn geplant? Eilig ging ich die Treppe hoch und schnappte mir ein paar meiner Sachen. »Du weißt aber, dass ich übermorgen wieder in die Company muss?«

Parker lehnte lässig im Türrahmen und beobachtete mich. »Natürlich. Ich bringe dich rechtzeitig zurück.«

FÜNFZEHN

Mit einem Rucksack in Parkers Hand standen wir vor seinem Motorrad. Auch wenn ich die Angst überwunden hatte, war es doch immer wieder komisch, aufzusteigen. Vor allem heute, da es mit einigen zusätzlichen Taschen beladen war.

Mein Blick zuckte zwischen seiner Maschine und ihm hin und her. »Wo fahren wir hin? Und was ist das alles?«

Verschwörerisch zwinkerte er mir zu, ließ alles fallen und schlang seine Arme um mich. »Ich dachte, wir gönnen uns ein bisschen Ruhe.« Seine Lippen wanderten meine Halsbeuge herab.

Ich legte den Kopf schief, ließ ihn immer mehr Gänsehaut verteilen. »Das klingt wundervoll.« Diese Unbeschwertheit, so locker und leicht. Ich liebte es, wenn Parker so war. Liebte ich es? Vielleicht mochte ich es auch einfach nur sehr. Sehr stark eben.

Er küsste meine Nasenspitze und löste sich von mir. Im Handumdrehen verstaute er meine Sachen in einer der Taschen am Motorrad.

Moment. »Ist das da ein Zelt?« *Oh bitte nicht.* So sehr wie ich auch unsere gemeinsamen Touren genoss, Camping war absolut nicht mein Ding.

»Vielleicht.« Noch immer schnürte er die Tasche fest.

Meine Augen weiteten sich. »Ja oder nein.«

»Lass dich überraschen.« Er drückte mir einen Helm in die Hand. »Vorfreude ist die schönste Freude.«

Na auf die Überraschung bin ich jetzt schon gespannt.

Nach einiger Zeit erkannte ich, dass die Fahrt Richtung Berge ging. Und somit in den Wald. Also ein idealer Ort zum Zelten. Es ist nicht so, als würde ich mich nachher weigern und nach Hause wollen, aber meine Lieblingsbeschäftigung war es definitiv nicht.

Obwohl ich auch nie gedacht hätte, dass ich mit einem Motorrad durch die Gegend fahren würde. Und gemeinsam mit Parker in einem Zelt ... es gab sicher Schlimmeres. Ich sollte dem Ganzen eine Chance geben. Der Weg wurde etwas unebener und ich krallte meine Finger sofort in seine Brust. Dezent panisch wurde ich trotzdem noch oft genug.

Hohe Bäume und dunkle Tannen zogen an uns vorbei. Der Wald wurde dichter, die Luft um uns herum immer kühler. Nach einer Weile hielt er an und ich stieg ab.

Parker folgte mir und nahm meine Hand. »Wir sind da.«

Ich schaute mich um. Anders als erwartet standen wir vor einer kleinen Hütte mitten im Wald. Nur eine schmale geschotterte Straße führte hier hoch.

»Komm.« Sanft zog er mich mit sich die wenigen Stufen zur Haustür hoch. Er kramte in seiner Hosentasche. »Irgendwo hatte ich den Schlüssel.«

»Wo sind wir?«, fragte ich und drehte mich herum. Die Hütte sah alt und ländlich aus. Drumherum befand sich eine schmale Veranda mit einer rostigen Hollywoodschaukel. Moos wanderte die kleinen Stufen hinauf.

Die Holztür knarrte, als Parker sich dagegenstemmte und sie sich endlich öffnete. »Im Jagdhaus der Vikings.«

Mit gerunzelter Stirn schaute ich ihn an. Im Jagdhaus?

»Naja, gejagt wurde hier schon ewig nicht mehr. Aber es ist immer noch in unserem Besitz. Und wenn man mal etwas Abstand braucht, ist es genau das Richtige.«

Wir betraten das Innere der Hütte. Es war wie erwartet rustikal, aber doch sehr gemütlich. Das untere Geschoss bestand aus einem großzügigen Wohnbereich und einer kleinen Küche. Mein Blick glitt zu dem großen steinernen Kamin und dem riesigen flauschigen Fell davor.

»Oben ist das Schlafzimmer«, erklärte er und schnappte sich unsere Taschen.

Ich folgte ihm die knarzende Treppe hinauf, bis wir direkt im Schlafzimmer standen. Der offene Dachboden raubte mir kurz den Atem. Auch wenn es absolut rustikal aussah, hatte es seinen ganz eigenen Charme. Der Moosansatz auf den Dachfenstern, die dicken dunklen Balken. Das Herzstück bildete ein großes massives Holzbett mit rosageblümter Bettwäsche. Alles in allem sah es beinahe aus wie im Märchen: etwas kitschig und doch irgendwie perfekt.

Parker stellte unsere Taschen ab. »Dachtest du wirklich, dass ich mit dir zelten gehe?«

Schwankend wiegte mein Kopf hin und her, während ich durch den Raum schritt und das immer noch alles nicht fassen konnte. »Es ist wunderschön hier.« Ohne dass ich es plante, lief ich direkt in seine Arme, als hätte er eine ganz eigene unüberwindbare Gravitation.

»Du bist wunderschön.« Er umfasste mein Gesicht. Seine rauen Hände auf meiner Haut, sein Daumen, der sich federleicht auf und ab bewegte. Eine angenehme Wärme kämpfte sich in mir empor, sammelte sich in meiner Magengrube. Und explodierte. Seine Lippen begegneten meinen mit einer unheimlichen Zärtlichkeit, dass ich zu schweben glaubte. Vor Glück, vor Schmetterlingen im Bauch, vor Verlangen nach ihm. Wie von allein wanderten meine Hände seinen Rücken entlang, strichen über seinen Po.

Sein Lächeln an meinen Mund machte mich nur noch wahnsinniger. Ruckartig packte er mich und trug mich zu dem großen massiven Bett. Sein Gewicht ruhte auf mir, während seine Lippen meinen Hals mit unzähligen Küssen bedeckte. Jede einzelne Berührung schien meine Haut zu elektrisieren.

Er richtete sich auf, packte sein T-Shirt und zog es über den Kopf. Ich tat es ihm gleich, griff an meinen Rücken und öffnete den BH. Meine Brüste streckten sich ihm entgegen, meine Brustwarzen flehten ihn förmlich an.

Parker setzte sich neben mich auf das Bett, umfasste meine Taille und zog mich auf sich. Rittlings saß ich auf seinen Schoß, blickte tief in seine blauen Augen. Meine Knospen rieben an seiner nackten Haut.

Er legte meine Haare zurück, fuhr mit seiner Fingerspitze meinem Kiefer entlang. »Alles an dir ist so unfassbar schön.« Er strich über meine Lippen. Ich öffnete meinen Mund, nahm seinen Zeigefinger tief in mir auf, schmeckte seine leicht salzige Haut. Furchtbar langsam entzog er sich mir wieder, wanderte weiter an mir herab, zog eine federleichte Spur über den Hals bis zum Ansatz meiner Brüste.

Seine Worte. Seine Berührungen. Seine Lust, die unter mir pulsierte. Gott, wie schaffte er es nur immer, mich mit so wenigen Dingen um den Verstand zu bringen?

Unsere Lippen fanden zueinander, ganz zart und sanft. Ich küsste seine Mundwinkel, ließ meine Zunge über ihn wandern, entlang der geschwungenen Linie. Ein Stöhnen entwich seiner Kehle und erstickte unter unserem Kuss.

Hände umgriffen endlich meine Brüste, drückten

gegen die Brustwarzen. Doch mir entwich nicht ein einziger Laut, ich hing wie in Trance an seinen Lippen, wollte ihn spüren. Wollte mehr.

Er strich meine Taille entlang, umfasste meinen Po. Unfreiwillig lachte ich auf, es war einfach meine Schwachstelle.

»Ich liebe es, wenn du kichern musst«, flüsterte er zwischen zwei Küssen gegen meinen Mund.

Da war es wieder. Dieses Wort. Liebe.

Unsere Nasen strichen aneinander, unser Atem tanzte auf unseren Gesichtern. Seine Worte brachten mich durcheinander, ließen mich innerlich taumelnd nach Halt suchen.

Musste ich denn noch suchen?

Ich umgriff seine nackten Schultern, zog ihn wieder an mich. Er war mein Halt. Er würde mir immer Halt geben.

»Ich liebe es, wenn du bei mir bist.« Keine Ahnung, woher dieser Satz kam. Keine Ahnung, ob ich ihn bald bereuen würde. Aber es war die Wahrheit. Nichts anderes als die pure Wahrheit.

Ein Knurren entwich seiner Kehle, sein Brustkorb vibrierte. Er wirbelte mich herum, legte mich vor sich auf das Bett. Die Gürtelschnalle klapperte, der Reißverschluss ratschte. Nackt stand er vor mir, sein steifes Glied streckte sich empor.

»Zieh dich aus.«

Ich hasste es, wenn er mir Befehle gab. Aber die Art und Weise, wie er es sagte, die Tatsache, dass er mir ansonsten die Kleider vom Leib reißen würde, ließ mich dieses eine Mal gehorchen. Ich öffnete die Hose, zog sie gemeinsam mit meiner Unterwäsche herunter.

Nackt. Schutzlos. Absolut verletzlich lag ich vor ihm.

Die Hände stützte er links und rechts von mir ab, seine

Spitze pochte gegen meinen Eingang. Er öffnete den Mund, als wollte er etwas sagen. Doch er schwieg.

»Was?«, hakte ich nach.

Stille. Es blieb sein Geheimnis.

Ich keuchte auf, wölbte mich ihm entgegen. Er versenkte sich in mir, raubte mir die Worte. Meine Fingernägel gruben sich in seinen Rücken, kratzten daran entlang.

Immer wieder stieß er in mich, füllte mich mit seiner Härte komplett aus. Ich parierte seine Stöße, spreizte meine Beine weiter.

Doch ich wollte noch mehr. Wollte ihn mit allen Sinnen erleben. Ich drückte gegen seinen Brustkorb, schubste ihn auf den Rücken.

Seine Augenbrauen zogen sich zusammen. Ich war mir sicher, er würde gleich mit dem Protest beginnen. Dazu würde ich es nicht kommen lassen.

Ich rutschte auf der Matratze herab, kniete mich zwischen seine Beine. Kurz schaute ich zu ihm auf. Die Arme hinter den Kopf verschränkt, schief grinsend beobachtete er mich ganz genau. *Protestende,* würde ich sagen.

Seine Härte pulsierte in meiner Hand. Langsam fuhr ich am Schaft auf und ab, beobachtete die kräftigen Venen. Ich musste ihn einfach kosten.

Meine Lippen schoben sich über ihn. Stück für Stück nahm ich ihn weiter in mir auf. Sein herber Geruch schoss mir in die Nase, tief atmete ich ihn ein. Ich saugte an ihm, liebkoste die zarte Haut der Spitze. Meine eigene Lust benetzte meine Zunge, explodierte in mir. Ganz leicht ließ ich ihm die Zähne spüren, reizte die empfindliche Haut. Immer wieder leckte ich an seiner Härte auf und ab, meine Brüste schlugen gegen seine Oberschenkel und ich umschloss ihn noch fester.

Parker packte in meine Haare, riss meinen Kopf nach oben, sodass sein hartes Glied aus meinen Mund glitt. Ich musste ihn ansehen, er ließ mir keine andere Wahl. Und die brauchte ich auch nicht. Sein Brustkorb hob und senkte sich viel zu schnell, die Augen waren halbgeschlossen. »Komm mit deinem Arsch hier hoch.« Seine Stimme klang heiser, kratzte durch meinen Körper.

Ohne zu zögern, drehte ich mich herum, streckte ihm den Po entgegen, rutschte immer weiter empor, bis meine Scham direkt vor seinen Augen lag. Oder eher vor seinem Mund. Heißer Atem umspielte meine Mitte, meine Lust würde jeden Moment an mir entlanglaufen.

Seine Zunge spaltete meine Schamlippen, drang zum Kitzler hervor und jagte Stromschläge über meine Haut. Sein Bart kratzte an meinen Innenschenkeln.

Ich stöhnte auf, krallte die Finger in das geblümte Bettlaken. Ein Kribbeln wanderte die Beine entlang, sammelte sich in meiner Mitte, tobte überall in mir.

Ich senkte den Oberkörper. Meine Brustwarzen berührten immer wieder seine nackte Haut, während ich erneut seine Härte tief zwischen meinen Lippen aufnahm. Meine Zunge umkreiste seinen Schaft, die Zähne zogen eine federleichte Spur über seine Eichel. Wieder und wieder saugte ich an ihm, hörte nicht auf, erstickte mein eigenes Stöhnen.

Das Kribbeln in meinen Beinen wurde stärker, Parkers Zunge schneller. Finger gruben sich in meinen nackten Po, jagten einen süßen Schmerz durch mich hindurch. Sein tiefes Stöhnen direkt gegen meine Mitte gab mir den Rest.

Meine Knie wurden weich, meine Mitte rieb über sein Gesicht. Alles in mir prickelte, lud sich stärker und stärker auf, bis ich explodierte. Ein lautes, buntes Feuerwerk durchzuckte meinen Körper, ließ alles in mir aufglühen, versengte jegliche Nerven und Synapsen.

Meine Lippen spannten sich enger um seine Härte, nahmen meinen eigenen Orgasmus in sich auf. Seine

Hüfte hob sich an, ließ ihn noch weiter in mich drängen. Er pulsierte in mir, meine Zunge schlug gegen seine Eichel.

»Linda.« Die Worte gingen in einem Stöhnen unter. Sein heißes Sperma spritzte mir in die Kehle, lief meinen Rachen hinab. Er schmeckte noch besser, als ich gedacht hatte.

Ein letztes Mal saugte ich an seiner Erektion, schluckte gierig alles, was ich kriegen konnte. Und selbst das erschien mir nicht genug. Ich leckte über seine Spitze, küsste seine Oberschenkel.

Dann stieg ich von ihm herab, legte mich direkt in die Kuhle zwischen Hals und Schulter. Meine Hand ruhte auf seiner Brust, genau auf dem großen Vikingswappen.

Parker griff nach einer der rosa Decken und zog sie über uns. Wärme hüllte uns ein, verwandelte das Bett in unser ganz eigenes Nest. Meine Augenlider waren schwer wie Blei. Ich bemühte mich nicht einmal mehr, sie offen zu halten, sie fielen einfach von allein zu.

Seine Stimme flüsterte durch den Raum, doch sie erreichte mich bereits nicht mehr.

SECHZEHN

Die Sonne schien direkt in mein Gesicht, kitzelte meine Nasenspitze, bis ich blinzelnd die Augen öffnete.

Ein Lächeln umspielte meine Mundwinkel, als ich an letzte Nacht dachte. Parkers Hände auf mir, seine Zähne an mir. Seine vollen Lippen, geschwollen von all den Küssen. Allein die Erinnerungen ließen mich fast aufseufzen. Ich drehte mich um und erblickte die leere und kalte Bettseite. Jetzt musste ich doch seufzen. Mit den Fingern strich ich über das zerknitterte Laken, glättete die kleinen Fältchen.

Etwas enttäuscht stand ich auf und machte mich im Badezimmer fertig. Noch immer konnte ich es kaum glauben, dass Parker mich hierhergebracht hatte. Nach allem, was passiert war, tat uns ein wenig Ruhe gut. Und vielleicht würde der Abstand auch mir und Tim guttun. Ich kämmte meine Haare, band sie zu einem Zopf und zog mir frische Kleidung an.

Es rumpelte und ich spitzte die Ohren. Was tat Parker da unten? Ich verließ das Bad und ging die Treppe herunter. Da stand er. Ein warmes Gefühl breitete sich in mir aus, ließ mich augenblicklich stocken.

Oberkörperfrei stand Parker in der Küche und rührte in einer Pfanne rum. Selbst sein Rücken wirkte mit all den schwarzen Linien unheimlich heiß. Dem Geruch nach zu urteilen, versuchte er Pancakes zu backen. Leise fluchte er und leckte sich einen seiner Finger.

An den Anblick könnte ich mich gewöhnen. Ich ging die letzten Treppenstufen herab. »Was machst du da?« Auf Zehenspitzen schielte ich über seine Schulter in die Pfanne, schmiegte mich an seinen Rücken.

»Eigentlich sollten das Pancakes werden ...« Verzweifelt fuhr er mit seinen Händen durch seinen Bart.

Ich lachte und schob ihn zur Seite. Ein kurzer Blick auf den Herd genügte, um festzustellen, dass es nicht annähernd Pancakes wurden. Ich stellte die Pfanne in die Spüle und drehte das Wasser auf. Es zischte laut auf und spülte die Reste vom Teig davon. »Hast du schon mal welche gemacht?«

Parker schüttelte den Kopf und küsste meinen Nacken. »Es gab bisher keinen Grund, welche zu machen.«

Die Schmetterlinge in meinen Bauch begannen zu tanzen. »Reich mir mal eine neue Schüssel.«

Parker streckte mir eine saubere entgegen und ich rührte den Teig neu an. Ich trennte die Eier, schlug das Eiweiß auf, gab Mehl und Milch hinzu, ein wenig Zucker. Kurz darauf landeten bereits die ersten Pancakes in der Pfanne.

Aufmerksam musterte mich Parker. »Deine sehen eindeutig besser aus. Dafür habe ich den Sirup.« Triumphierend holte er den Ahornsirup aus der Tasche und reckte ihn empor.

Wieder musste ich lachen. Es war zu schön, wenn alles so einfach war. Ich stapelte die dampfenden Pancakes auf einen Teller. »So, fertig.«

»Komm, wir essen draußen.« Parker nahm mir den

Teller ab und trug sie durch einen Hinterausgang hinaus auf eine Terrasse.

Ich folgte ihm durch die schmale Holztür. Wow. Ich war sprachlos. Direkt hinter dem Haus lag ein großer See, welcher die hohen Bäume ringsherum spiegelte. Ein leichter Wind rauschte durch sie hindurch und die Vögel sangen. Es war atemberaubend. Völlig geplättet setzte ich mich an den Tisch. »Parker, es ist so schön hier.« Von mir aus könnten wir ewig bleiben.

Er lächelte und schaute direkt in meine Augen. Sein Blick fesselte mich, hielt mich gefangen. »Es ist perfekt.«

»Das Wasser ist sicher saukalt!« Geschockt starrte ich in Parkers entschlossene Augen.

In Windeseile zog er seine Sachen aus und sprang kopfüber vom Steg in den See. Er tauchte auf und schüttelte seine nassen Haare. Eiskalte Spritzer benetzten meine Beine.

»Nein, komm rein!« Kurz verschwand er wieder unter dem Wasser, schwamm ein wenig hin und her.

Ich legte den Kopf schräg. »So verlockend es auch aussieht, aber nein.« Am Ende des Stegs setzte ich mich und berührte mit den Zehenspitzen das Wasser. Sie krümmten sich schon von ganz allein! Es war noch kälter, als ich dachte. Sofort zog ich meine Beine wieder ein und rutschte zurück.

Parker tauchte vor mir auf und grinste. Mit den Händen hielt er sich an dem Holzsteg fest und stemmte seinen Oberkörper nach oben. Das Wasser glitzerte in seinen hellen Haaren, tropfte an seiner nackten Brust herab.

Unwillkürlich leckte ich über meine Lippen.

Sein Grinsen wurde nur noch breiter und er zwinkerte mir zu. »Los, komm mit rein. Ich halt dich warm.«

Dieses Ego. »Überschätz dich mal nicht.« Ich packte seine Schultern und stieß ihn mit aller Kraft vom Steg, bis er rückwärts in das kalte Wasser fiel.

Für einen Moment war er verschwunden und die Wasseroberfläche lag glatt und ruhig vor mir. Nicht, dass er irgendwo gegen gefallen war?

Ich rutschte wieder an das Ende vom Steg, nicht eine einzige Bewegung war zu erkennen. Doch dann tauchte er schnaufend auf, schaute aus schmalen Augen direkt in meine. »Du hast es so gewollt.«

Oh nein. Ich stand auf und ging ein paar Schritte rückwärts. Mein Puls schoss in die Höhe und ich stolperte über meine eigenen Füße, konnte mich jedoch fangen.

Er schwamm auf den Steg zu und stemmte sich aus dem Wasser. Tropfend stand er vor mir. Und nackt. Das Wasser konnte nicht so kalt sein, wie ich dachte.

Meine Augen wanderten an ihm auf und ab. Feine Wassertropfen glitten an seiner tätowierten Brust hinab, kletterten förmlich über seine Bauchmuskulatur, bis sie sich sammelten und gemeinsam an seinem ...

Er kam ein paar Schritte auf mich zu und holte mich zurück ins Hier und Jetzt.

Abwehrend streckte ich meine Hände aus. »Bleib da stehen.«

Er grinste. Noch bevor ich etwas Weiteres sagen konnte, rannte er los und umklammerte mich mit seinen kräftigen Armen.

Ich quietschte auf. »Parker!«

Meine Kleidung sog sich mit der eiskalten Feuchtigkeit seiner Haut voll. Eine Gänsehaut wanderte meine Arme empor, nahm meinen ganzen Körper in Beschlag.

Laut lachte er auf, das Wasser in seinen Wimpern funkelte. »Bereit?«

Auf keinen Fall! Ich schüttelte energisch meinen Kopf »Nein!«

Keine Sekunde später ließ er sich gemeinsam mit mir rückwärts vom Steg fallen.

Scheiße ist das kalt!

Das eiskalte Wasser wirkte wie tausend kleine Nadelstiche auf der Haut. Ich stieß Parker von mir und schwamm nach oben. »Du …« Na warte! Der konnte was erleben!

Grinsend begegnete er meinem Blick, packte meine Hände und zog mich wieder zu sich. Augenblicklich gingen wir unter. Das Wasser umhüllte uns, eiskalt. Er löste sich von mir. Kaum erreichten wir die Wasseroberfläche, lachte er erneut laut auf.

Meine Haare klebten an der Stirn. »Du bist …« Keine Beleidigung der Welt würde ihm gerecht werden und dieses eisige Wasser hinderte mich ohnehin am Denken.

Doch sein tiefes und dunkles Lachen war ansteckend. Alles an ihm war ansteckend. Vielleicht hatte er nicht zu viel versprochen. Trotz der gefühlten Minustemperatur um uns herum füllte sich meine Magengrube mit kochender Lava, floss durch meinen Körper, blendete alles andere aus.

Bis auf meine tonnenschwere Kleidung. Sie zog so schwer an mir, dass ich mich nicht auf den Steg hochstemmen könnte. Ich wandte mich von ihm ab und schwamm Richtung Ufer. Er folgte mir.

Mein ganzer Körper zitterte und bebte. Die nassen Sachen klebten an mir und ich musste mich förmlich rausschälen.

Ein kühler Wind wehte durch die Bäume und ließ die Blätter rauschen. Gott, das Wasser war schon kalt, aber draußen wurde es echt nicht besser.

Parker nahm ein großes Handtuch und legte es um uns. Ohne zu zögern, schmiegte ich mich an seinen Körper. Meine Zähne klapperten vor Kälte. »Du bist verrückt«, flüsterte ich an seine nackte Brust.

»Verrückt nach dir.«

Mit einer weichen Decke umhüllt, saß ich auf dem großen Fell vor dem flammenden Kamin, die Beine fest angezogen. Ohne das Feuer wäre ich nie wieder auf eine normale Körpertemperatur gekommen.

Gedankenverloren beobachtete ich die Flammen. Der Tag heute in dieser Hütte war perfekt. Ich fühlte mich unheimlich glücklich. Parker machte mich glücklich. Ich konnte mich die letzten Wochen immer auf ihn verlassen. Die Schmetterlinge in mir hörten gar nicht mehr auf zu tanzen. Obwohl wir uns noch gar nicht so lange kannten, war es, als ob wir schon eine halbe Ewigkeit zusammen wären.

Zusammen.

Sind wir das? Schwer atmete ich aus. Ich sollte nicht darüber nachdenken, was wir sind, sondern eher das Jetzt genießen. Auch wenn wir dieses Thema nie ansprachen, aber mein Job als CEO der Company und sein Status bei den Vikings würden irgendwann aufeinandertreffen. Jeder von uns handelte für seine Familie, für sein Leben. Gab es da überhaupt Platz für ein *uns*?

Das alles ist vermutlich schneller wieder vorbei, als es angefangen hatte. Sicher, ich habe vor Tim die Starke gespielt und mein Privatleben verteidigt. Dennoch machte es mir Angst. Die zwei Klienten konnte die Company verkraften. Aber bisher war unser Verhältnis noch nicht wirklich öffentlich geworden. Vielleicht würde es ja gar nicht dazu kommen. Tief atmete ich durch. So viel zum Thema, das »Jetzt« zu genießen.

»Woran denkst du?« Parker legte sich vor mich auf das

Fell, die Arme hinter dem Kopf verschränkt, und schaute zu mir auf.

Ein Lächeln stahl sich auf mein Gesicht. Werde ich jemals genug von seinen blauen Augen bekommen? »An gar nichts.«

Er lachte leise auf. »Ich glaube, das geht bei dir gar nicht.«

Stimmt. Ich rutschte zu ihm herunter, legte mich auf seine Brust. »Ich hab über dich nachgedacht.«

Er nahm eine Decke und zog sie über uns. »Na dann waren es schöne Gedanken.« Seine Körperwärme mischte sich mit meiner, verband uns miteinander. Irgendwie wirkte alles um uns herum so schrecklich kitschig. Und irgendwie genoss ich es.

Ich stützte mein Kinn auf seiner Schulter ab. »Hmm. Mal so, mal so.«

»Vielleicht sollte ich dich von den schönen Gedanken überzeugen?« Parker drehte sich herum, seine Lippen streiften meine. Fingerspitzen tanzten über meinen Hals, wanderten mein Dekolleté entlang, schlichen sich unter den Saum meines T-Shirts.

Warum fühlte sich das alles so verdammt vertraut an? So verdammt richtig?

Er erreichte den BH, strich über die Körbchen. Meine Brustwarzen richteten sich auf, verlangten nach mehr. Doch seine Hand wanderte wieder hinab, stoppte erst am Bund der Hose.

Sein Blick traf meinen. Was ich darin sah – ich konnte es nicht deuten. Ich wusste nur, dass es mir gefiel. Die Art und Weise, wie er mich ansah.

Ich griff in seine Haare, zog ihn zu mir heran. Ich wollte ihn küssen. Musste es. »Überzeugt«, flüsterte ich an seine Lippen. Mehr als diesen einen Blick hatte es nicht gebraucht.

Er grinste, noch immer die Augen auf mich gerichtet.

Wie machte er das? Wie schaffte er es, mich von innen heraus zu wärmen? Als würde er den Morgen in mir anstimmen, die Sonne aufgehen lassen.

Morgen. Draußen dämmerte es bereits. Der Tag ging vorüber und mein Alltag in der Company würde wieder beginnen. »Ich wünschte, wir könnten ewig hierbleiben«, flüsterte ich an seinen Mund.

Parker drehte sich zurück auf den Rücken. »Wir können so oft herkommen, wie du möchtest.«

Ich nickte, kuschelte mich in seine Halsbeuge. »Gibt es noch mehr versteckte Immobilien der Vikings?«

Er runzelte die Stirn. »Bisschen was haben wir noch. Aber nichts Schönes, eher Geschäftliches, Lager und sowas.« Er neigte den Kopf, um mich ansehen zu können. »Nichts, wovon du wissen solltest.«

Er würde sich wundern, was ich alles wissen könnte, wenn ich nur wollte. Mein Blick wanderte zum Feuer, beobachtete die lodernden Flammen. Jetzt war nicht der Zeitpunkt, um über die Company nachzudenken. »Meine Eltern hatten immer einige Häuser. Aber nach und nach hat mein Vater sie verkauft. Sie standen die meiste Zeit leer und das fand er schade. Wir haben nur das Landhaus und das Strandhaus in den Hamptons behalten.« Kurz hielt ich inne. »Naja, jetzt habe ich nur noch das Landhaus.« Ich versuchte zu lächeln, doch scheiterte kläglich.

Zärtlich strich er über meine Wange. »Bist du dort aufgewachsen?«

Ich nickte. Die Erinnerung zupfte an meinen Mundwinkeln, konnte jedoch nicht die Oberhand gewinnen. »Ja, gemeinsam mit Tim. Es war weit weg von Fremont und sehr ländlich. Wir hatten sogar eine Zeit lang Ponys.« Bei dem Gedanken daran musste ich dann doch lächeln. »Aber es war nicht weniger kriminell. In unserem Haus gingen die größten Schwerverbrecher ein uns aus. Papa wollte, dass auch ich mich verteidigen konnte. Und so haben Tim und ich gelernt, wie die Welt auf der Schattenseite läuft.«

»Warum war Tim eigentlich da? Ich weiß, dass ihr nicht wirklich Geschwister seid, aber ich steige da nicht durch.«

»Tim war der Sohn eines unserer Dienstmädchen. Maria.«

Mit großen Augen schaute er zu mir. »Dienstmädchen?«

Sein Gesichtsausdruck brachte mich zum Kichern. »Ja, wir hatten eigenes Personal. Aber nicht lange. Ich glaube, meine Mutter wollte es nicht mehr.« Nachdenklich runzelte ich die Stirn. So genau wusste ich es gar nicht. Ich war noch sehr klein und die Erinnerungen waren mehr als dunkel. »Egal. Zurück zu Tim. Maria starb, als wir Kinder waren, und so wurde Tim in unsere Familie aufgenommen. Als wir nach Fremont kamen, kam er auch mit. Ehrlich gesagt, gab es uns als Kinder nur im Doppelpack.«

Und später, als meine schlimmen Partys begannen, war er immer für mich da. Hat meine Haare beim Kotzen gehalten, hat mich überall abgeholt und mit Dealern gesprochen, denen ich noch Geld schuldete. Aber darüber konnte ich nicht mit Parker sprechen. Womöglich würde das sein ganzes Bild von mir zerstören. Er kannte die toughe Linda Miller, nicht die Drogenabhängige.

Ich schaute zu ihm auf. »Tim ist der große Bruder, den ich nie hatte. Und jetzt arbeitet er eben für die Company.« Parker öffnete den Mund, doch ich unterbrach ihm. »Ich weiß, was du denkst, aber für ihn ist da auch nicht mehr.«

Parker zog eine Augenbraue in die Höhe. »Sagen wir so, ich berühre meine Schwester nicht mal halb so viel wie er dich. Und dabei ist er nicht mal dein richtiger Bruder. Ach, keine Ahnung.« Er hielt für einen Moment inne, sein Blick huschte zum Kamin, wieder zu mir und zurück. »Vielleicht kann ich es auch einfach nicht glauben, dass er nichts für dich empfindet. Ich meine ... egal.« Immer wieder fuhr er sich durch seinen Bart.

Wollte er mir gerade sagen, dass er etwas für mich empfand? »Sprich weiter.«

Er legte einen Finger auf meinen Mund. »Nicht. Lass uns nicht reden.« Sanft strich er den Bogen meiner Lippen nach.

Seine raue Haut, diese zärtliche Berührung. Ich konnte nicht anders. Ich leckte über seine Fingerspitze, lockte ihn in mich.

Parkers Lider senkten sich. Furchtbar langsam ließ er den Finger in meinen Mund gleiten, bis er völlig in mir versank. Meine Zunge umspielte ihn, entlockte ihm ein leises Stöhnen

Er richtete sich auf und entzog sich mir. Seine Augen fixierten mich. Er blickte mich nicht an. Er blickte in mich. So intensiv, dass mir die Hitze in die Wangen schoss. Dass ich vergaß zu atmen, einfach alles vergaß. Nur ihn nicht.

Seine Lippen berührten meine. So sanft, dass ich sie fast gar nicht spürte. Diese federleichten Berührungen machten mich wahnsinnig. Die Wärme in mir tanzte, breitete sich in alle Zellen aus.

»Ich meine ...«, begann er erneut. Immer wieder küsste er mich zwischen den Worten. »... wie kann man nichts für dich empfinden?«

Bevor ich etwas erwidern konnte, spürte ich bereits seine Lippen auf meinen. Verlangend öffnete ich den Mund und empfing seine Zunge.

Wie kann man nichts für dich empfinden. Schmetterlinge sammelten sich in meinem Bauch, wirbelten umher, als würden sie jeden Moment ausbrechen, sich durch die Bauchdecke stoßen. Ich fühlte mich wie ein Teenager. Seine Worte beflügelten mich, ließen mich schweben.

Und machten mir dennoch Angst.

Er strich mit den Fingerspitzen an den Innenseiten meiner Oberschenkel entlang und riss mich aus den Gedanken. Ich spreizte die Beine, wölbte mich seiner Hand entgegen.

Doch er hielt inne, seine Lippen lagen ruhig auf meinen, seine Hände bewegten sich keinen Zentimeter.

Nein, wir beide sollten jetzt nicht nachdenken. Nicht hier, nicht jetzt. Ich stieß ihn zurück, setzte mich rittlings auf seine Hüfte. Er richtete sich auf, fuhr meinem Rücken entlang, umgriff den Saum meines T-Shirts und zog es mir über den Kopf. Die Hitze des Kamins prickelte auf der nackten Haut.

Küsse bedeckten mein Dekolleté, meinen Hals. Ich legte den Kopf zurück, spürte seine weichen Lippen auf mir. Wie tausend kleine Schmetterlinge, die auf mir landeten.

Er vergrub die Hände in meinen Haaren, zog mich zu sich. Unser Kuss, er war nicht fordernd. Er war so unheimlich zärtlich, so sanft, dass alles um uns herum verschwand.

Da waren nur noch wir beide. Eng umschlungen vor den knisternden Flammen.

Ich packte sein T-Shirt und zog es ihm ebenfalls aus. Seine nackte Haut presste sich an meine. Unsere Lippen fanden wieder zueinander. Die Hände in seinem Nacken zog ich ihn noch fester zu mir. Nie mehr wollte ich ihn loslassen.

»Linda, ich …« Doch ich ließ ihn nicht aussprechen. Nichts konnte jetzt wichtiger sein als wir. Ich wollte nicht reden, nicht denken. Nur seine Lippen auf meinen spüren.

Meine Hand strich seine Brust hinab, ertastete seine feste Bauchmuskulatur. Am Bund seiner Hose stoppte ich. »Zieh sie aus.«

Er grinste. »Zu Befehl.«

Ich stand auf, zog mir selbst die Jeans aus, entledigte mich aller Sachen. So wie er.

Splitternackt saß er vor mir. Und Gott, ich würde mich niemals daran sattsehen können.

Er streckte seine Hand nach mir aus. »Komm her, meine Schöne.«

Wieder dieser Kosename.

Ich griff seine Hand, ließ mich wieder auf ihn nieder. »Deine also.«

»Meine.« Seine Härte pulsierte unter mir. Er hauchte einen Kuss an meinen Hals, strich die Haare zurück.

Jedes seiner Worte schoss direkt in meine Mitte. Stöhnend drehte ich den Kopf zur Seite. »Und was ist mir dir?«

»Was soll mit mir sein?« Sein Atem tanzte auf der Haut, kribbelte bis in meine Fingerspitzen.

»Bist du mein?« Die Frage kam mir doof vor. Und doch wollte ich es hören. Wollte hören, dass das hier nur uns gehörte. Dass es niemanden dazwischen gäbe.

Er stoppte, blickte in meine Augen. Unsere Nasenspitzen trafen sich. »Das versuche ich dir die ganze Zeit zu sagen.«

Es gab kein Wort dafür, wie ich gerade fühlte. Es gab keine Bezeichnung dafür, was in mir tobte. Es war einmalig, besonders, außergewöhnlich. So wie das hier eben war.

Ich hob mein Becken an, spürte, wie seine Härte zwischen meine Beine glitt. Fest, pulsierend. Er umfasste meine Taille, drückte mich gegen ihn. Endlich versank er in mir. Ich stöhnte auf, er brachte alles in mir zum Beben.

Sein Blick wanderte meinen nackten Oberkörper entlang, ließ mich brennen. Tief drängte er sich in mich. Meine Brüste wippten im Takt meiner Hüfte.

In ihn mir zu spüren, es war unbeschreiblich. Seine Worte tanzten in meinem Kopf, seine warme Haut rieb über meine. Die Emotionen in mir fuhren Achterbahn.

Seine Hände umgriffen meinen Po, seine Stirn lehnte an meiner. Nicht für einen Moment schlossen wir die Augen, nicht für einen Moment wollten wir den anderen ausschließen. Wir wollten uns. Ganz und gar.

Lange Schatten tanzten an den Wänden, der Kamin knisterte, begleitete unseren gemeinsamen Rhythmus.

Das hier. Es war ... perfekt. Mir wurde schwindelig, so perfekt war es. Alles in mir schrie seinen Namen. Alles in mir wollte ihn.

Ich beschleunigte das Tempo, meine Haare kitzelten am Rücken. Fingernägel gruben sich in meine Oberschenkel, kratzten meinen Bauch empor, bis zu den Brüsten. Mit den Daumen strich er über die festen Brustwarzen, ließ mich immer lauter stöhnen.

Er umfasste mich, rollte uns gemeinsam zur Seite. Nun war er oben, sein Gewicht ruhte auf mir. Rechts und links von mir stützte er sich ab, den Blick weiterhin unvermittelt auf meine Augen gerichtet. Mit einer einzigen schnellen Bewegung stieß er wieder in mich. Ich schlang die Beine um ihn, presste seine Hüfte stärker gegen mich, trieb uns beide immer weiter an.

Sein Tempo, sein leises Stöhnen, es benebelte mich. Ich wölbte mich ihm entgegen, schloss die Augen, um ihn noch intensiver wahrnehmen zu können.

Er ließ sich auf mir nieder, verlangsamte sein Tempo. Seine Hand legte sich um meine Wange. »Sieh mich an.«

Ich grinste, wieder einmal ein Befehl. Doch ich gehorchte, fixierte ihn. »Ja, mein King.«

Ich sah es in seinen Augen. Diese wenigen Worte trieben ihn in den Wahnsinn. Er hämmerte sein Becken gegen mich, stieß immer wieder unerbittlich zu.

Ich umfasste seinen Oberkörper, vergrub meine Fingernägel tief in seinen Rücken. Ein Kribbeln entzündete sich in meinen Zehenspitzen, kämpfte sich über den Bauch hinauf zu den Brüsten. Es umschloss mich, streichelte meinen Körper. Nur, um dann in meiner Mitte zu explodieren.

»Parker.« Meine Stimme war nicht mehr als ein Kratzen.

Doch er wurde nicht langsamer. Ganz im Gegenteil, mein Orgasmus schien ihn zu befeuern. Er drückte sich in mich, schob sich immer tiefer. Seine Lust zuckte in mir, seine Stirn sank auf meine Schulter zurück. Ich spürte, wie er in mir zum Höhepunkt kam, wie sein heißer Saft in mich schoss.

Wir atmeten viel zu schnell, Schweiß glitzerte an seinen Schläfen. Er ließ sich neben mich fallen, blieb auf der Seite liegen und schaute mich an. Ich drehte mich zu ihm, legte ein Bein um seine Hüfte. Seine Lippen bedeckten mein Gesicht mit Küssen. Niemand von uns sagte ein Wort. Brauchten wir auch gar nicht. Es wurde alles gesagt.

Er zog die Decke wieder über uns, vergrub uns unter dem dicken Fell. Die Finger ineinander verschlungen, Nase an Nase, schauten wir uns einfach nur an. Seine hellblauen Augen, der beinahe silberne Ring um seine Pupille. Die feinen, dunkelblauen Sprenkel.

Irgendwann wurde das Feuer schwächer, erlosch.

Aber in uns brannte es lichterloh.

SIEBZEHN

Miss Miller,
Bitte treffen Sie mich heute Abend
um 18.00 Uhr im Lakeview Hotel Zimmer 115.
Diskretion ist erwünscht.
Ich erwarte Sie.

Immer wieder las ich diese kleine Nachricht, drehte und wendete sie in meiner Hand.

Wie jeden Morgen in der Company öffnete ich die Post, nachdem Miss Thompson sie mir bereits sortiert und geöffnet auf den Schreibtisch gelegt hatte. Allerdings gab es heute eine kleine Überraschung. Ganz oben lag ein goldener Umschlag mit der Aufschrift »privat«, darin befand sich diese kurze Botschaft.

Sollte ich Parker oder Tim Bescheid sagen? Ich schüttelte den Kopf. Sicher handelt es sich nur um einen extravaganten Klienten. Auf jeden Fall würde ich dem nachgehen. Und aufpassen konnte ich auch auf mich allein, dafür brauchte ich keine Männer.

Ich nahm mein Handy und tippte eine SMS an Parker.

Habe heute Abend leider einen Termin mit einem Klienten. Komme danach gerne bei dir vorbei. ;-)

Nervös kaute ich auf der Innenseite meiner Wange herum. Was, wenn es doch kein Klient war, sondern eine Falle? Tims Worte geisterten in mir herum. Was, wenn Carlos García gar nicht Demonio war?

Tief atmete ich durch, schob die Gedanken von mir. Paranoia konnte ich in meinem Beruf nicht gebrauchen. Es wäre nicht der erste Kunde, der so meine Aufmerksamkeit erregen wollte oder sich in einem Hotel mit mir traf. Diskretion war sehr wichtig. Und Demonio hatte sich seit Garcías Tod nicht mehr gemeldet.

Ich steckte den Umschlag in die Handtasche, als sich meine Tür öffnete und Mia hereinkam. Ohne anzuklopfen, wie immer.

Ihre blonden Locken wippten, als sie auf mich zueilte. »Hallo, Linda!« Sie winkte so kräftig, dass ich befürchtete, sie würde sich jeden Moment die Schulter auskugeln. »Ich weiß, ich weiß. Ich habe nicht angeklopft. Aber ich bin hier als Freundin und nicht als deine Angestellte.« Sie ließ sich in den Stuhl vor meinem Schreibtisch fallen. Ihr Gesicht rötete sich bereits vor Begeisterung. Was auch immer jetzt kommen würde, es machte sie unheimlich glücklich. »Wie du weißt, habe ich ja bald Geburtstag und nun rate mal, wo wir hingehen!« Ihre Augen wurden schmal.

Kurz dachte ich an das Rogue. Jackson hätte das sicher mit Parkers Hilfe arrangieren können. Aber so aufgeregt, wie sie hier vor mir saß, musste es etwas Anderes sein. Und ich war mir nicht sicher, ob es mir gefallen würde.

»Eine Karaokebar!«

Gut, jetzt bin ich mir sehr sicher, dass es mir nicht gefällt.

»Jackson hat eine ganze Karaokebar für uns alle gemietet!« Begeistert klatschte sie in ihre Hände. »Ist er nicht durch und durch ein Traum.« Mias Blick wanderte zur Decke, tief atmete sie ein und aus.

Alptraum. Ich blinzelte. Ok. Dieser Geburtstag würde hart werden.

»Also, diesen Samstag um 19.00 Uhr im Paradise. Und bring Parker mit!« Wieder klatschte sie in die Hände.

Paradise? Der Name war ja schon komisch. Trotzdem zwang ich mich zu einem Lächeln. »Klar, wir freuen uns.«

Mia lachte. »Ich kann deine Begeisterung förmlich spüren! Sie sprudelt nur so aus dir heraus!« Sie sprang auf und der Stuhl kippelte. »Wir sehen uns Samstag und dann singen wir so lange, bis wir heiser sind!« Mia warf ihre Arme nach oben und ließ ihre Hüfte kreisen.

Jetzt musste auch ich lachen. »Hau besser ab, ehe ich es mir anders überlege!«

Und dann war sie so schnell wieder verschwunden, wie sie hereinkam. Sicher wird sie noch in andere Büros platzen und ihre Geburtstagspläne verbreiten.

Doch ihre Laune war ansteckend und schwebte noch immer durch mein Büro. Grinsend schnappte ich mir die nächste Akte. Auch wenn Mia das komplette Gegenteil von mir war, war sie meine beste Freundin. Egal wie schlimm die Schlagzeilen waren, sie hielt zu mir. Und mittlerweile konnte ich auch mit der Tatsache umgehen, dass sie einen Viking liebte. Wie konnte ausgerechnet ich ihr das verübeln?

Moment. Ich vergrub den Gedanken tief in einer dunklen Grube. Es reichte, wenn die Schmetterlinge durchdrehten, sobald ich Parker sah. Da musste ich jetzt nicht auch noch über sowas nachdenken. Und doch, irgendwie fühlte sich dieser Gedankenfunke gar nicht mal so übel an. Als könnte er jeden Moment ein großes Feuer entfachen, an dem ich mich niemals verbrennen könnte.

Gott? War da heute was im Kaffee? Ich holte erneut mein Handy aus der Tasche.

Samstag, 19.00 Uhr feiert Mia ihren Geburtstag. Und ich darf dich mitbringen. In eine Karaokebar.

Lachend drückte ich auf *Senden*. Keine zwei Sekunden später vibrierte das Handy in meiner Hand.

Muss heute Abend auch nochmal weg, mach's dir aber schon mal bequem ;-) Jackson hat es mir erzählt. Ich freu mich drauf. Total.

Ich lächelte. Schmetterlinge kitzelten meinen Bauch, trieben meine Mundwinkel immer höher. Gott, was machte dieser Typ mit mir?

Gut, dass er heute Abend auch wegmusste. Ich arbeitete definitiv mehr als er und hasste es jedes Mal, ihn aufgrund eines Klienten zu versetzen. Leider kam das öfter vor, als ich es wollte. Und selbst dann war er so verständnisvoll.

Es klopfte an der Tür und Miss Thompson streckte den Kopf herein. »Linda? Ihr nächster Termin, Miss Konold, wäre da. Soll ich sie reinschicken?«

Ich steckte das Handy wieder weg und strich über meine Bluse. »Ja, schicken Sie sie rein.«

Es dämmerte bereits, als ich an die dunkle Hoteltür mit der Nummer 115 klopfte. Die goldenen Zahlen funkelten mir entgegen. Noch einmal fühlte ich in meine Tasche nach dem kühlen Metall. In letzter Sekunde hatte ich mich doch dafür entschieden, meine Glock mitzunehmen. *Sicher ist sicher.*

Die Tür schwang auf. Ein Butler in schwarzen Frack blickte heraus und winkte mich herein. »Setzen Sie sich, Miss Miller.«

Er kannte mich also, gut. Dann wollten wir mal sehen. Ich schaute mich um, analysierte die Lage. Es war eine kleine Suite. In der Raummitte stand ein rotes Sofa mit zwei Sesseln. Davor ein halbhoher, ovaler Glastisch. Links und rechts war jeweils eine weitere Tür. Vermutlich das Schlaf- und Badezimmer.

Wenn ich mich auf den rechten Sessel setzen würde, könnte ich am besten flüchten, falls das hier doch ein Hinterhalt sein sollte. Immerhin wusste ich nicht, wer mich hier begrüßen würde. *Wollte ich nicht weniger paranoid sein?*

Ich setzte mich auf den Sessel, meine Handtasche auf dem Schoß, die Waffe griffbereit.

Wieder klopfte es an der Tür.

»Mister Johnson, bitte, setzen Sie sich.«

Luke Johnson betrat den Raum und schaute mich fragend an. Feine Falten umspielten seine Augen.

So wie er aussah, hatte er mich nicht hierher eingeladen.

Schwerfällig ließ er sich fallen und streckte die Beine aus. »Was wird das hier?«

Ich zuckte nur mit den Schultern, als es erneut an der Tür klopfte.

Der Butler setzte sich wieder in Bewegung. »Mister Brown, Mister O'Neil. Schön, dass Sie da sind.«

Wie bitte? Ich musste mich verhört haben. Kurze Zeit später hörte ich Parker und Steven Brown gemeinsam lachen. Meine Augen weiteten sich, als er den Raum betrat. Die Lederjacke spannte um seine Schultern.

Er stockte mitten in seiner Bewegung und fixierte mich. Mit wenigen Schritten schloss er den Abstand und setzte sich auf die Couch neben meinem Sessel. »Was machst du hier?«

Seinen gereizten Unterton sollte er sich lieber verkneifen. »Das Gleiche könnte ich dich fragen.«

Steven begann herzhaft zu lachen, setzte sich ebenfalls auf die Couch und umgriff Parkers Schultern. Ich wusste nicht, dass die beiden sich kannten. »Toll, ich hatte noch nicht das Vergnügen, Bonnie und Clyde live zu erleben.«

Meine Stirn runzelte sich. »Wie bitte?«

Parker verdrehte die Augen. »Ignorier ihn einfach. Also, was machst du hier?«

Steven löste sich von Parker. »Na schönen Dank auch.« Er lehnte sich nach vorn zu mir und legte seine Hände auf meine Knie. »Schätzchen, so nennt man euch beide in der Unterwelt. Du solltest mehr Klatsch und Tratsch des Untergrunds genießen.«

Wow. Was für ein einfallsreicher Spitzname.

Parker legte einen Arm um Steven und grinste ihn bedrohlich an. »Und du solltest lieber deine Hände bei dir behalten, alles andere endet ungesund.«

Ich schlug die Beine übereinander und Stevens Hände fielen herab, doch meine Augen hingen an Parker. »Ich kann mich ganz gut selbst verteidigen.«

Wieder lachte Steven und hob beschwichtigend seine Hände in die Luft. »Klasse! Sie gehört komplett dir, Kumpel.« Er lehnte sich zu Parker. »Wollte nur testen, wie weit dein Interesse geht«, flüsterte er viel zu laut.

»Test abgeschlossen.« Wenn Blicke töten könnten, wäre Steven jetzt leblos von der Couch gefallen.

Luke schnaubte. »Seid ihr drei da drüben dann fertig?«

Die Köpfe der beiden schossen beinahe gleichzeitig in seine Richtung.

Schief grinste Steven ihn an. »Jetzt sind wir fertig, danke.«

»Aber wir können gerne bei dir weitermachen.« Parkers kühle Stimme durchschnitt förmlich die Luft.

Ungläubig schüttelte ich den Kopf. Männer.

Ich berührte seinen Oberarm, sein Blick zuckte zu mir. »Parker, ich dachte, es handle sich um irgendeinen extravaganten Klienten. Diese Karte …«

Seine Augen verengten sich. »Moment, du hast auch eine bekommen?«

Stumm nickte ich.

»Steven und ich auch.« Nachdenklich fuhr er mit der Hand durch seinen Bart. »Bist du bewaffnet?«

Meine rechte Augenbraue schoss in die Höhe. Wie lange kannte er mich jetzt? Natürlich war ich bewaffnet!

»Ich wäre enttäuscht von ihr, wenn nicht.« Steven zwinkerte mir zu.

Wieder setzte sich der Butler in Bewegung. »Miss Clark, setzen Sie sich.«

Sofia Clark, die berühmte Meisterdiebin. Egal, worum es ging, sie konnte es stehlen. Aber was sollte sie hier? Was sollten wir alle hier?

Ich schaute in die Runde. Luke Johnson – *der* Hehler in Fremont, Steven Brown – *der* Auftragskiller in Fremont, Parker O'Neil – *der* Drogenboss in Fremont, Sofia Clark – *die* Meisterdiebin in Fremont und ich – *die* kriminelle Anwältin in Fremont.

Moment. Wir alle sind wahre Größen in der Unterwelt.

»Was wird hier gespielt?«, fragte Sofia und beäugte uns skeptisch. Scheinbar hatte auch sie das Ganze hier durchschaut.

»Parker«, zischte ich und er beugte sich zu mir. »Schau dich um. Jemand hat alle wichtigen Leute der Unterwelt versammelt.«

Einen Moment hielt er inne. Doch dann weiteten sich seine Augen. War das hier eine Falle für uns alle?

»Sehr gut kombiniert, Miss Miller. Sie machen Ihrem Ruf alle Ehre.« Ein Mann kam aus dem Schlafzimmer der Suite und lächelte in die Runde. Er trug einen violetten Anzug mit bunten Blumen darauf, darunter ein schlichtes weißes Hemd. Ein verrücktes Outfit. Mein Blick wanderte an ihm herauf. Als ich in sein Gesicht blickte, traf mich der Schlag. Diese Augen, der Mund. Er war ein Castello.

Wollte er uns alle umbringen und so seinen Vater rächen? Ich griff in meine Tasche und stand auf. Der Lauf der Waffe zielte direkt auf seinen Kopf. »Du bist Castellos Sohn«, fauchte ich und merkte, wie Parker sich ebenfalls mit seiner Waffe neben mich stellte.

»Bonnie und Clyde. Castellos Sohn. Dieser Abend ist jetzt schon grandios!«, flüsterte Steven Sofia zu.

Doch diese schüttelte nur den Kopf.

Dennoch bemerkte ich aus dem Augenwinkel, dass auch er schussbereit war, locker hielt er seine Waffe in der Hand.

»Beruhigen Sie sich bitte. Ja, ich bin Robert Castellos Sohn. Aber ich versichere Ihnen, dies wird keine Hinrichtung. Es ist anders, als es aussieht.«

Ich lachte auf. »Oh, na auf die Erklärung bin ich sehr gespannt.«

Castellos Sohn schaute jeden einzelnen von uns an. »Ich möchte Ihnen einen Vorschlag machen. Einen Vorschlag, der den ewigen Krieg zwischen uns und den Vikings beenden könnte.«

Mein Blick schoss zu Parker. Er runzelte die Stirn.

»Einen Vorschlag, der Frieden mit den Millers bedeuten könnte.«

Wieder lachte ich auf. Frieden? Nachdem seine Familie unser Haus in den Hamptons in die Luft gejagt und meinen Vater hingerichtet hatte? Noch immer verfolgten mich Albträume über die Videobotschaft. »Dein Vater hat meinen getötet! Falls du Lust hast, können wir gern einen Kinoabend veranstalten, da kannst du es dir nochmal ganz genau ansehen.«

Seine Augen ruhten auf mir. »Genau. Wegen ein paar

falscher Infos. Und wenn ich mich recht entsinne, dann töteten Sie meinen Vater. Wir sind quasi quitt.«

Freudlos lachte ich auf. Meinte er das ernst? »Quitt? Vergiss es.« Bedrohlich ließ ich das Magazin meiner Glock klicken. Ich konnte jeden Moment abdrücken.

»Warum haben Sie mich dann nie gejagt? Ich glaube, wir beide wollen genau das Gleiche. Dass es endlich vorbei ist.«

Ich blinzelte, als die Erinnerung an Castellos Tod meinen Kopf flutete. *Ich möchte, dass sie wissen, dass ich nicht ihren Sohn jagen werde. Es ist vorbei.* Meine eigenen Worte hallten in mir nach.

»Wir alle hier im Raum sind große Tiere der Unterwelt. Wahrscheinlich die wichtigsten Leute in ganz Fremont. Und wir haben nichts Besseres zu tun, als uns gegenseitig zu bekämpfen. Uns zu zerfleischen. Jegliche Energie wird nur dafür verschwendet. Dabei könnten wir gemeinsam viel mehr erreichen.« Der Butler brachte einen Stuhl und Castellos Sohn setzte sich. »Mein Name ist Francis Castello und ich möchte gemeinsam mit Ihnen die Unterwelt reformieren.« Lächelnd drehte er sich zu dem Butler um. »Gott, das wollte ich schon so lange sagen.«

Alle Blicke waren zum Boden gerichtet. Alle Köpfe qualmten. Sollten wir dieses Angebot annehmen?

Francis schlug vor, einen Rat zu gründen. Aus uns sechs. Er nannte es den *Table Club*. Jeder hatte seine Aufgaben und Arbeitsgebiete. Niemand bekriegte den anderen. Das Morden würde enden. Probleme sollten besprochen und nicht im Kampf ausgetragen werden. Quasi wie ein großer runder Tisch der Unterwelt.

Die Idee klang nicht schlecht. Sie klang sogar sehr gut,

für alle Seiten. Dennoch handelte es sich um einen Castello und auf die war ich nun Mal nicht allzu gut zu sprechen. Sollte ich der Sache trauen?

»Und was ist mit Bonnie und Clyde da drüben? Bei jeder Abstimmung würden sie gemeinsam entscheiden. Ihre Beziehung würde den Table schaden.« Sofia schaute zwischen mir und Parker hin und her.

Ich öffnete den Mund, um etwas zu sagen, doch Parker kam mir zuvor. »Wir sind nicht in einer Beziehung. Und weder ich noch sie«, er nickte mit dem Kinn zu mir, »müssen uns vor jemanden rechtfertigen, mit wem wir ab und zu ins Bett steigen.« Sein Blick wanderte zu Sofia. »Und wenn du es für so wichtig hältst, bitte. Die Sache zwischen mir und Linda ist ab diesem Moment beendet.«

Puh. Das saß. Seine Worte schlugen auf mich ein, donnerten direkt in meine Magengrube. Ich versuchte, mir den Schmerz nicht anmerken zu lassen, schluckte ihn herunter. Doch der Kloß drückte gegen meine Kehle, raubte mir die Luft zum Atmen. Sicher, wir hatten noch nie darüber gesprochen, was genau das zwischen uns war. Aber ich dachte, über den Punkt, dass es nur Sex wäre, wären wir hinaus. Spätestens nach unserem Tag in der Jagdhütte.

Meine Schöne. Wie kann man nichts für dich empfinden?

Alles in mir flog kreuz und quer. Und doch war da nichts. Absolut nichts. Gähnende, schwarze Leere, die unsagbar weh tat.

Alle Augen waren auf mich gerichtet. Parker würdigte mich keines Blickes, doch ich konnte nicht aufhören, ihn anzusehen. Bei seinem Anblick gab es keine Wärme mehr, keine Schmetterlinge. Nur ein eiskalter Sturm, der in mir tobte.

Beherrsch dich, Miller. Ich riss mich von ihm los. »Es ist, wie er sagt. Beendet, ein für alle Mal.« Mehr bekam ich nicht raus. Mein Hals fühlte sich staubtrocken an.

Zufrieden nickte Sofia. »Gut. Ich hatte schon Angst, dass eine Anwältin wirklich so dumm wäre, sich auf einen Viking einzulassen.«

Parker schwieg. Keine Widerworte, keine Anfeindungen. Er schwieg.

Ich biss mir auf die Zunge, um nicht hysterisch zu lachen. Ja, ich war dumm. So, so dumm.

Francis lächelte freudig auf. »Gut! Dann lasst uns unsere erste gemeinsame Abstimmung tätigen. Wer stimmt dem Table Club zu?« Seine Hand schoss sofort nach oben.

Krampfhaft versuchte ich, einen klaren Gedanken zu fassen. Parker hatte mich mit seiner Aussage durcheinandergebracht, mein Innerstes in ein Chaos gestürzt.

Ich hatte Robert damals versprochen, seinen Sohn nicht zu jagen. Mein Versprechen hatte ich gehalten. Ich wollte ebenso wie Francis, dass das Morden untereinander endlich enden würde.

Steven hob beinahe feierlich seine Hand.

Wenn alle mit offenen Karten spielen würden, würde das in so manchen Fällen vor Gericht sehr nützlich sein.

Luke hob fast gleichzeitig mit Sofia die Hand.

Robert Castello hätte erst mit meinem Vater gesprochen und nicht irgendeiner wirren Mail vertraut.

Parker hob seine Hand.

Mein Vater würde noch leben.

Papa würde noch leben.

Ich hob die Hand. Für die Company.

»Gut. Dann ist es beschlossen. Wir sollten uns nächste Woche erneut treffen und über ein paar Regeln sprechen. Gleiche Zeit, gleicher Ort.«

Ich zückte mein Handy und trug den Termin ein. Donnerstag – 18.00 Uhr.

»Ich freue mich auf euch. Bis nächste Woche!« Francis stand auf und verschwand wieder im Schlafzimmer. Scheinbar war das Treffen nun vorbei.

Gut. Die Luft hier war eh viel zu dünn. Ich musste hier weg. Weit weg. Vor allem von Parker. Ich stand auf und verließ als erste das Hotelzimmer. Der Butler murmelte eine Verabschiedung, doch ich hörte nicht hin. Tränen brannten in meinen Augen. Und ich wollte niemandem die Genugtuung geben, mich weinen zu sehen.

Ich hörte, wie auch Parker sich zügig von Steven verabschiedete und mir nacheilte. »Linda, warte.«

Wie vom Blitz getroffen, blieb ich stehen. Eine bittere Kälte überfiel mich, umklammerte mein Herz. Wo sonst die wundervolle Wärme war, war nun eine tiefe Eiszeit. Nur eine Bettgeschichte? Bitte, das konnte er haben. »Was willst du von mir?«

Seine Hand fuhr durch seine Haare.

Wie konnte ich nur auf jemanden wie Parker O'Neil reinfallen? Wie konnte ich nur zulassen, dass ich Gefühle für diesen Arsch entwickelte? »Weißt du was? Es ist mir egal. Such dir ein anderes Betthäschen!« Ich drehte mich um und eilte den Flur hinab.

»Linda, bitte.« Schnell holte er mich wieder ein und packte meinen Arm. Mittlerweile standen auch die anderen in dem langen Flur des Lakeview Hotels.

»Lass mich los oder ich erschieß dich auf der Stelle.« Ich fixierte seine verdammten blauen Augen. Vielleicht sollte ich ihn einfach direkt umbringen.

Steven drückte sich ungeschickt an uns vorbei. »Die einen steigen ins Bett und die anderen ins Herz. Mein guter Freund hier war schon immer ein Idiot«, verschwörerisch zwinkerte Steven mir zu.

Parker atmete tief durch. »Lass uns bitte woanders reden.«

Ich schüttelte den Kopf. »Es gibt nichts mehr zu reden. Du hast alles gesagt.«

»Ich hab gar nichts gesagt! Linda, bitte.«

»Gar nichts? Soll ich dich erinnern?« Ich ging einen

Schritt auf ihn zu, sein Atem stieß gegen mein Gesicht. »*Ab diesem Moment beendet,* das ist für dich nichts?«

Er schloss die Augen. »Lass es mich bitte erklären. So wollte ich es nie beenden.«

So nicht? Plante er etwa einen anderen Weg? Gut zu wissen! »Ich brauch mir nicht die gleichen Phrasen anzuhören wie all deine anderen Bettgeschichten!« Meine Sicht verschwamm. Ich blinzelte. Nicht heulen, Miller! »Ich dachte, dass ... ach.« Die Worte kratzten in der Kehle. »Fick dich, O'Neil.« Ich drehte mich herum, schaute nicht zurück. Diesmal folgte Parker mir nicht.

ACHTZEHN

Ich hämmerte mit den Fäusten gegen die glatte Eichenholztür. Einmal, zweimal, unzählige Male. Doch um mich herum blieb es still. »Bist du da?« Meine Stimme klang kratzig. Und verzweifelt. Ich hasste mich selbst für diese elendige Tonlage.

Die Tür schwang auf und zwei grüne Augen blickten in meine. »Linda?! Was machst du hier?« Tim musterte mich. »Ist alles in Ordnung?«

Ich schniefte und rümpfte die Nase. Nichts war in Ordnung. Absolut gar nichts. »Parker ... er ... er hat ...« Meine Stimme brach und ich ließ mich in Tims Arme fallen.

»Komm erstmal rein.« Er küsste meinen Scheitel und führte mich ins Innere seines Appartements. »Setz dich.« Sanft drückte er mich auf seine helle Ledercouch.

Ich griff nach der weißen Wolldecke und kuschelte mich darin ein, versuchte mir selbst Halt zu geben.

Tim setzte sich zu mir, seine Hand strich an meinem Arm auf und ab. »Was hat er getan?« Obwohl seine Berührungen so sanft waren, klangen seine Worte unheimlich wütend.

Ja, was hatte Parker getan? Er hatte mit mir Schluss

gemacht. Waren wir denn je zusammen? Er hatte mit mir nur gespielt. War es denn je mehr? Wusste ich nicht, worauf ich mich da eingelassen habe?

Ich zog die Decke noch enger um mich und zuckte mit den Schultern.

Tim atmete hörbar aus. »Weiß oder rot?«

Ich schniefte und ließ mich an seine Seite fallen. Egal, was kommen würde, er war immer für mich da. Selbst jetzt, obwohl unsere Beziehung in den letzten Tagen alles anders als leicht war. »Rot«, flüsterte ich und wischte mir die restlichen Tränen aus dem Gesicht. Ich wollte nicht mehr weinen. Nicht wegen ihm.

Tims Augen ruhten auf mir, als ich ihn von dem Abend berichtete.

»Ja und dann hat er gesagt, dass es nur eine Bettgeschichte ist. Die er genau ab diesem Moment beendet. Vor all den anderen.« Ich vergrub mein Gesicht in den Händen. Jeder Einzelne von ihnen kann es bezeugen.

»Oh Linda. Ich hab gesagt, dass er nichts für dich ist.«

Ich nickte. Gefühlt tausendmal hatte er es erwähnt. Und ich? Ich war taub. Weil ich Parker anders kennengelernt hatte. Ich kannte *ihn*. Und nicht den King, den jeder zu kennen glaubte.

Dachte ich jedenfalls.

»Ich wusste, dass er nur mit dir gespielt hatte. Die ganze Zeit. Wer weiß, was für ein Ziel er verfolgte. Ein Typ wie Parker macht nichts uneigennützig.« Tim füllte sein Weinglas auf.

Mein Blick glitt zu Boden. Hat er nicht so viel für mich getan, ohne nachzufragen? Hat er nicht in der Jagdhütte etwas ganz Anderes gesagt? Vielleicht hatte er das vorhin alles nicht so gemeint.

Gott! Warum verteidigte ich ihn? Seine Worte waren klar und deutlich! Ich setzte das Weinglas an die Lippen und exte es. Heiß strömte der süße Wein in meinen Magen. Zwei leere Flaschen standen bereits auf dem Tisch. Die Dritte war nur noch halbvoll.

»Aber jetzt ist es vorbei. Endlich.« Tim legte seinen Arm um mich. »Jetzt schauen wir gemeinsam nach vorn.«

Gemeinsam. Tim und ich. So wie früher. Vielleicht sollte es immer so sein und Parker war der Störfaktor.

Und trotzdem flogen meine Gedanken zur Jagdhütte, zu seinen Worten.

Bist du mein?

Das will ich dir doch die ganze Zeit sagen.

Waren die Worte nicht auf klar und deutlich? »Ich kann es einfach nicht glauben. Tim, er hat mir so oft gesagt, dass er mich mag. Also auch mehr. Er …«

Tim füllte mein Glas erneut auf und unterbrach mich. »Sag mir bitte nicht, dass er dir gesagt hat, dass er dich liebt.«

»Nein«, murmelte ich. Hat er nicht. Musste er nicht. Oder habe ich alles immer falsch verstanden?

Er legte den Kopf schräg. »Siehst du. Alles andere war nur dazu da, dich rumzukriegen.«

Parker brauchte keine Tricks, um eine Frau ins Bett zu bekommen. Warum also seine Energie an mich verschwenden? Ich musste damit aufhören! Er hat es beendet. Und trotzdem versuchte ich immer wieder, das Beste in ihm zu sehen. Da gab es nichts! Oder? »Ich weiß nicht.« Der Wein stieg mir eindeutig zu Kopf.

»Linda! Was muss er denn noch tun, damit du es endlich siehst? Sein wahres Gesicht!«

Tim hatte Recht. Ich saß hier und rechtfertigte Parkers Verhalten. Dabei gab es absolut keine Entschuldigung. Er hatte mich die ganze Zeit belogen. »Du hast ja recht.

Es …«, meine Stimme brach und wieder brannten heiße Tränen in meinen Augen. »Es tut nur echt weh.«

Er legte einen Arm um mich, seine Finger zogen kleine Kreise auf meiner Haut. »Alles wird gut. Auch ohne O'Neil.«

Ich zwang mich zu nicken. Überzeugt war ich nicht. Selbst wenn ich es schaffen würde, mit Parker abzuschließen, würde ich ihn jedes Mal bei diesem Table Club sehen.

»Linda, schon bald lachen wir drüber. Dann machen wir Witze, wie naiv du warst, für jemanden wie ihm Gefühle zu entwickeln.«

Ich schälte mich aus der dicken Decke und stand auf. Tims Arm fiel an mir herab. Der Alkohol wirkte und ich taumelte ein paar Schritte nach vorn. Naiv? So betrachtete Tim mich also? Na danke. Es ist nicht naiv, jemandem zu glauben, was er sagt. Vielleicht ein bisschen. Okay, in unseren Kreisen ein großes bisschen. Aber reichte es nicht, wenn *ein* Mann mir heute Abend seine Meinung geigte? »Ich will nach Hause.«

Tims Stirn runzelte sich. »Was? Du bist betrunken und kannst gern hier schlafen.«

Ich schüttelte den Kopf. »Nein, ich will in mein Bett.« Ich wollte allein sein. Für mich. Nur ich und vielleicht noch eine Flasche Wein. Im Elend ertrinken, den Schmerz durch meinen Körper wandern lassen, mich im Bett verkriechen, bis die Sonne wieder aufging. Oder ich machte das Rollo runter und genoss weiterhin die Dunkelheit. Das klang nach einem wundervollen Plan.

Mit den Augen durchsuchte ich Tims Wohnung. »Hast du meine Handtasche gesehen? Ich ruf mir ein Taxi.«

Er griff neben die Couch und reichte mir die Tasche. Dankend nickte ich ihm zu und kramte nach meinem Handy.

Zwölf verpasste Anrufe.

Fünf SMS.

Parker. Allein, seinen Namen auf meinem Display zu lesen, versetzte mir einen Stich.

Linda, lass uns reden.

Bitte ruf mich an.

Wo bist du?

Lass uns nicht so auseinandergehen.

Linda, bitte.

Auseinandergehen? Wir sind schon längst kilometerweit voneinander entfernt. Ich wollte nicht mit ihm reden. Nicht jetzt. Vielleicht niemals. Eilig schaltete ich das Handy aus.

»Tim? Rufst du mir bitte ein Taxi?«

Seine Arme legten sich um meinen Oberkörper, drückte mich fest an sich. »Wenn du es unbedingt willst.«

Ich nickte. Ich wollte nach Hause. Den Tag vergessen. Parker vergessen.

Die Tür des Taxis fiel hinter mir zu. Keine Ahnung, wie viel Trinkgeld ich dem Fahrer gegeben hatte, aber es würde reichen. Dieser verdammte Schlüssel. Wer hatte sich das ausgedacht? So einen winzig kleinen Schlitz. Endlich. Die Tür gab nach und ich torkelte ein paar Schritte nach vorn.

Vielleicht war es ein Glas zu viel. Wer zählte da schon mit?

Ich schüttelte meine Füße aus, ließ die Pumps durch die Luft fliegen und krachend auf dem Boden ankommen.

Der Boden der Realität. Ha! Den kenne ich nur allzu gut.

Wie von allein trugen mich meine Füße heraus auf die Veranda. Die Wellen rauschten. Ich setzte mich auf einen der Liegestühle, zog die Beine fest an mich. Vor mir nichts außer der Dunkelheit des Strandes. Es musste bereits sehr spät sein. Oder sehr früh. Je nachdem wie man es betrachtete.

Tims Worte schossen in mein Gedächtnis. Ich versuchte sie mir einzuprägen, sie selbst zu glauben. Klar, Tim war nicht unbedingt der geeignete Gesprächspartner, er hatte Parker noch nie leiden können. Aber wo hätte ich sonst hingesollt? Mia hätte mir nur Hoffnungen gemacht und versucht, alles schönzureden. Und für so was gab es keinen Platz in mir.

Genauso wenig wie für Liebeskummer. Keine Träne sollte mehr vergossen werden. Ich bin eine Miller und kein liebeskranker Teenager. Wenn er mich nicht will, dann ist es sein Pech. Nicht meins.

Jedenfalls versuchte ich, das zu glauben.

Ich musste dringend auf andere Gedanken kommen! Der Table Club. Auch wenn ich anfangs skeptisch war, war es eine gute Entscheidung, dem Ganzen zuzustimmen. Francis schien nicht wie Robert zu sein. Allein schon der Anzug.

Unwillkürlich musste ich lächeln. Robert Castello hätte so was nie angezogen. Die Farben der Blumen, diese Schuhe!

Vielleicht konnte so tatsächlich ein bisschen Frieden in die Unterwelt kommen. Womöglich hätten wir dann alle über diese angebliche interne Quelle gesprochen und mein Vater wäre noch am Leben.

Ach Papa. Hast du mir nicht gesagt, dass Parker ein guter Mann wäre?

Ich zuckte zusammen. Ein Schlüssel rastete im Schloss der Eingangstür ein, klackend öffnete sie sich.

Wenn man an den Teufel denkt. Dass er sich überhaupt traute, hierherzukommen.

Seine Schritte näherten sich, die Dielen unter ihm knarzten. Ich spürte seinen Blick auf mir, schaute jedoch nicht hoch. Es war mir egal. Wortlos setzte er sich mir gegenüber. Ich starrte weiterhin auf das schwarze Meer.

»Wo warst du?«, flüsterte er.

Das ging ihn absolut nichts an. Ich zwang mich, in seine Augen zu schauen. »Ich war feiern. Und danach habe ich mich auf der Toilette vom Rogue ficken lassen.«

Sein Kiefer spannte sich an. Ich wusste, dass es ihm wehtat. Hoffte es wenigstens. Aber es war mir egal. Er behauptete, zwischen uns wäre nichts, dann war da auch nichts.

»Wo warst du wirklich?« Seine Stimme klang genervt. Gut.

»Würde ich dich jemals anlügen?« Überaus freundlich lächelte ich ihm entgegen.

»Hast du getrunken?«

Was für eine Frage! Laut lachte ich auf, legte für einen Moment meinen Kopf in den Nacken. »Muss ich dich um Erlaubnis bitten? Die Männer im Rogue waren eben sehr spendabel.« Ich zwinkerte. Soll er doch in der Hölle schmoren.

Parker presste seine Lippen aufeinander und atmete tief ein und aus. »Ok. Du bist sauer, ich versteh das. Aber wenn Sofia nicht zugestimmt hätte, dann wäre dieses Bündnis … dieser Table Club nicht zustande gekommen. Die Fehde zwischen uns und den Castellos belastet alle Seiten.« Er rutschte mit dem Stuhl zu mir heran. »Ich habe als King für die Vikings entschieden. Wir wussten beide, dass irgendwann dieser Moment kommen würde.«

Ohne eine Regung zu zeigen, schaute ich ihn an. Ich brauchte einen Moment, bis ich begriff, was er da sagte. Und tatsächlich verstand ich ihn. Sicher war es die richtige Entscheidung, für den Table Club zu stimmen, ich hatte schließlich auch zugestimmt, aber dafür hatte er uns geopfert.

Mein Blick glitt zu Boden. »Der King der Vikings.« Angestrengt versuchte ich nicht zu lallen. »Und was sagt Parker dazu? Was sagt der Mann dazu, dem ich einen Schlüssel zu meinem Haus gegeben habe? Was sagt der Mann dazu, der mich nicht aus seinem Leben verlieren wollte? Oder der, der mich mit in die Jagdhütte genommen hatte. Was ...« Ich stockte. »War das für dich alles nur ... nur ein Spiel?« Der Kloß in meinem Hals wuchs erneut. Noch ein weiteres Wort und ich würde in Tränen ausbrechen. Vor ihm zu weinen, wäre meine persönliche Hölle. Von allen Männern auf der Welt sollte er als letztes meine Schwächen sehen.

Ich zog meine Unterlippe ein, kaute darauf herum. *Bitte, sag etwas. Irgendetwas.* Ich hasste mich dafür, aber ich flehte in mir förmlich nach einer Regung.

Immer wieder fuhren seine Hände durch den Bart. Seine Augen waren auf mich gerichtet, wichen keinen Millimeter von mir. Doch sein Mund blieb geschlossen. Nicht eine Silbe verließ seine Lippen.

Scheinbar war ich die Einzige, die da mehr hereininterpretiert hatte. Am Ende war er der King der Vikings und ich nur irgendeine Frau für sein Bett.

»Du solltest gehen.« Ich streckte meine flache Hand aus. »Lass bitte den Schlüssel hier.«

Parker stand auf und kramte in seiner Hosentasche. Sein Schlüssel landete scheppernd auf dem kleinen Glastisch neben mir.

Ich zuckte zusammen und schloss meine Hand zur Faust.

Kurz blieb er neben mir stehen. Seine Atmung ging viel zu schnell und gerade, als ich dachte, er würde endlich etwas sagen, verließ er mit großen Schritten das Haus.

Er schlug die Tür hinter sich zu. Der Knall durchschnitt die angespannte Stille. Schlagartig atmete ich aus. Erst jetzt bemerkte ich, dass ich die Luft angehalten hatte. Ich vergrub mein Gesicht in den Händen. Warum bin ich nur damals mit zu diesem Blind Date gegangen? Dann wäre das alles nie passiert.

NEUNZEHN

Ich stieg aus der Dusche und griff nach einem Handtuch, der weiche Frotteestoff schmiegte sich an mich. Feine Wasserperlen bedeckten meinen Körper und tropften auf den weißen Fliesenboden hinab. Mit einer Hand wischte ich den Dunst auf dem Spiegel beiseite. Ich seufzte. Ich sah furchtbar aus. Meine Augen waren geschwollen, meine Haut fleckig und rot.

Ich könnte einen Tag Urlaub nehmen. Was? Nein!

Ich reckte mein Kinn und straffte die Schultern. Kein Mann der Welt hielt mich von der Arbeit ab. Und erst Recht kein Parker O'Neil. Ich griff nach dem Concealer. Wollen wir doch mal sehen, ob er sein Geld wert war.

Nach etlichen weiteren Schichten Make-up lächelte ich dem Spiegelbild sogar entgegen. Ja, so sah ich schon viel besser aus. Und ich fühlte mich auch besser.

Ich ging zum Kleiderschrank und zog mich an. Eine bequeme schwarze Hose und eine weiße Bluse. Perfekt für die Arbeit und absolut passend für meine Stimmung.

Der köstliche Geruch von Kaffee umspielte meine

Nase, als ich die Treppe herunterging. Wie immer schnappte ich mir den Thermobecher und füllte ihn. Ich war bereit für einen neuen Tag. Ein Blick auf die Uhr verriet mir, dass James auch bald kommen sollte. Ich könnte noch genug Zeit haben, um ...

Mein Handy klingelte und riss mich aus den Gedanken. Vielleicht Parker?

Nein! Ich musste aufhören, an ihn zu denken. Es war vorbei, was immer es auch war. Ich habe gestern geweint und gelitten. Das reichte.

Ich holte mein Smartphone aus der Handtasche und entsperrte den Bildschirm. Mia.

Jackson hat gesagt, dass Parker wütend nach Hause kam. Ohne dich. Alles gut?

Warum musste sie ausgerechnet mit einem Viking zusammen sein? Aber ich gönnte es ihr aus vollen Herzen. Die beiden waren so unheimlich verliebt ineinander, dass man glatt neidisch werden konnte.

Nein, kein Neid.

Schnell tippte ich eine Antwort.

Wir haben das, was auch immer es war, beendet. Mir geht's gut. Sehen wir uns zum Mittag?

Wir? Wohl eher er. Aber ich wollte keine weiteren Fragen. Das Thema sollte endlich erledigt sein.

Waaaaas? Warum das denn? Habe doch heute Urlaub Chefin. Morgen ist mein Geburtstaaaaag!

Lange Geschichte. Ach klar. Dann bis morgen! Freu mich.

Fast hätte ich ihren Geburtstag vergessen. Was war ich bitte für eine Freundin? Ich brauchte dringend noch ein Geschenk!

Ein Auto hupte und ich warf das Handy zurück in meine Tasche. James war da.

»Guten Morgen, Linda. Alles okay bei Ihnen?« Miss Thompson schielte über den Rand ihrer Brille nach oben zu mir.

Ich nickte. »Guten Morgen. Ja, alles gut.« Bis auf die Tatsache, dass ich die ganze Nacht nicht geschlafen, sondern geheult hatte. »Liegt die Post schon drin?«

Ihre Lippen wurden schmal. Scheinbar sah sie mir die Lüge an. »Ja, eben reingebracht.«

Ich rang mir ein Lächeln ab und drehte mich um. Sofort sanken meine Mundwinkel hinab. Ich musste im Büro niemanden beweisen, wie gut ich drauf war. Meine Hand umgriff den silbernen Türgriff, als Miss Thompson erneut das Wort ergriff. »Ach! Fast vergessen! Tim hat sich zum Mittag angemeldet.«

Ich biss mir auf die Zunge, um nicht zufrieden aufzuseufzen. Mia hatte Urlaub und ohne sie hätte ich heute allein Mittag machen müssen. Am Ende hätte ich mir nur den Kopf zerbrochen. Über ... das Thema, was nicht in meinem Kopf rumspuken sollte.

»Danke, schicken Sie ihn dann einfach rein«, entgegnete ich Miss Thompson und betrat mein Büro. Ich schloss die Tür hinter mir und lehnte mich dagegen. Ein neuer Tag. *Und der Erste ohne ihn.*

Das musste aufhören. Ich erkannte mich selbst kaum wieder. Diese Mitleidsnummer war nun endgültig vorbei. Ich brauchte keinen Parker, um glücklich zu sein. *Und jetzt schnappe ich mir erstmal meine Post und arbeite. Das hat mir bisher auch immer genügt.*

Das schrille Klingeln meines Telefons ließ mich aufstöhnen. Was war heute los? Ich kam kaum zum Arbeiten, so oft telefonierte ich. »Ja? Stellen Sie ihn durch.« Ich rollte mit den Augen. Natürlich musste heute auch noch die Staatsanwaltschaft mit mir sprechen wollen.

»Miss Miller! Schön, dass ich Sie erreiche.«

Mir fielen spontan zehn schönere Dinge ein. »Mister Anderson, für Sie habe ich doch immer Zeit.« Also meistens. Naja, eigentlich hatte er wirklich Glück.

»Es geht um den Fall Mertens. Ich habe gehört, dass sie die Angeklagte vertreten.«

Mein Kopf qualmte. Mertens ... der Mauszeiger auf dem Bildschirm sprang durch die verschiedenen Ordner. Da, Mertens. Oh, sie hatte scheinbar ihre Nachbarin ermordet, weil die mit ihrem Mann geschlafen hatte. Ein erneuter Beweis dafür, dass Liebe dich nur in Schwierigkeiten brachte.

»Da muss ich sie leider weiterverbinden, Miss Mertens wird von einem Kollegen betreut. Bleiben Sie bitte in der Leitung, meine Sekretärin wird sich darum kümmern. Auf Wiederhören!« Ich ließ ihm keine Zeit zum Antworten und drückte auf die zwei kleinen Pfeile des Telefons. »Miss Thompson? Verbinden Sie bitte Mister Anderson zum zuständigen Kollegen der Klientin Mertens, danke.« Ich legte den Hörer auf und ließ meinen Kopf in den Nacken fallen. *Noch ein Anruf und ich drehe durch.*

Ein leises Klopfen ertönte und ich schaute zur Tür. Zwei große Hände, beladen mit einer riesigen Sushi-Platte, streckten sich in mein Büro.

»Tim!«, rief ich und strahlte über beide Ohren. Er wusste einfach immer, was ich brauchte.

Grinsend betrat er mein Büro, doch die Tür ließ er offen, dicht hinter ihm kamen blonde Locken zum Vorschein.

»Mia! Was machst du hier? Musst du nicht eine Menge vorbereiten für morgen?« Ich stand auf und nahm Tim das Essen ab.

»Für einen Mittagssnack bleibt immer Zeit.« Sie zwinkerte.

Ich stellte die Platten auf den niedrigen Tisch zwischen Sofa und Sessel ab.

»Außerdem geht es dir nicht gut. Und da hilft nur eine ordentliche Portion Freundschaft.« Fest zog sie mich an sich. Ihre widerspenstigen Haare piksten in meine Augen und klebten an den Lippen. Und doch tat es so unfassbar gut, ihre Nähe zu spüren.

»Jetzt wird erstmal gegessen.« Tim ließ sich rückwärts auf das Sofa fallen und klopfte mit seiner flachen Hand neben sich. Ich lächelte und setzte mich zu ihm.

»Macht Platz!« Mia presste uns zur Seite und quetschte sich ebenfalls mit auf die Couch.

Ich breitete meine Arme aus und drückte beide an mich. »Danke, wirklich.«

Sie grinsten breit. Was wäre ich nur ohne sie?

Ich griff nach einem Lachsmaki und tauchte es beherzt in die Sojasauce.

Auch Tim tat es mir gleich.

Nur Mia schielte argwöhnisch zu mir herüber. »Herrscht immer noch Funkstille zwischen dir und Parker?«

Ich zuckte zusammen. Am liebsten würde ich diesen

Namen die nächsten Tage nicht mehr hören wollen. Aber mir war klar, dass Mia das Thema irgendwann ansprechen würde.

Ich nickte, ohne sie anzusehen. Schnell steckte ich mir einen weiteren Maki in den Mund, um nicht antworten zu müssen.

»Hattest du denn etwas Anderes erwartet von ihm?«, fragte Tim an Mia gewandt. »Er ist eben ein Viking, kalt und unberechenbar.«

Mein Blick wechselte zwischen den beiden hin und her.

Mias Lippen wurden schmal. »Und Jackson, denkst du auch so von ihm?«

Tims Kopf wankte hin und her. »Ausnahmen bestätigen die Regel.«

Das würde nicht gut enden. »Können wir über etwas Anderes reden?«, versuchte ich das Thema zu wechseln. Weder Parker noch die Vikings waren gerade hoch im Kurs bei mir.

»Ach Süße, warum habt ihr eigentlich Schluss gemacht?«

Natürlich konnten wir nicht über etwas Anderes reden.

»Ihr? Er!«, korrigierte Tim. Er stand auf, schmiss seine Serviette in den Papierkorb und blieb vor uns stehen.

Schönen Dank auch. Ich schaute zu ihm und rollte mit den Augen.

Mia prustete los und einzelne Reiskörner flogen durch die Luft. »Wie bitte? Er hat mir dir – Linda the fucking Superwoman Miller – Schluss gemacht?«

Tief atmete ich durch. Wie sollte ich ihr das erklären? Sie hatte keine Ahnung, wer die Vikings wirklich waren. Oder wer ich war. Oder was in Fremont überhaupt abging. Also nickte ich nur stumm und griff schnell nach einem Nigiri. Mit vollem Mund sollte man ja schließlich nicht reden.

Mia schlug auf meine Oberschenkel. »Ich bleibe hier so lange sitzen, bis ich es weiß. Erklär es mir, sofort!«

Ich biss die Zähne fest zusammen, fast begannen sie zu knirschen. »Es gab geschäftliche Differenzen.«

Ihre Stirn legte sich in Falten. »Hä? Du bist doch clean. Oder nicht? Wolltest du etwa Drogen kaufen?«

Ich verschluckte mich an meinen eigenen Speichel und hustete laut auf, schlug mit der Faust immer wieder gegen meinen Brustkorb.

Auch Tims Augen weiteten sich schlagartig.

Nur Mia blieb stillsitzen und wartete auf meine Antwort.

»Mia, also. Ähm. Ja, ich bin clean. Es ging nicht um Drogen, aber woher …?«

Sie schnalzte mit der Zunge. »Ich bin Anwältin, vergessen? Ich wusste, wer Jackson war und wer die Vikings sind. Ich wohne ja nicht hinterm Mond!«

Tim schluckte. »Was weißt du denn noch?«

Wieder rollte ich mit den Augen. *Sehr subtile Frage, Tim, wirklich, sehr subtil.*

»Ach bitte, dachtet ihr ernsthaft, dass ich nie etwas bemerkt hatte? Linda gewinnt alle Fälle. Ständig verschwinden Beweise oder gar die Zeugen. Irgendwann habe ich eins und eins zusammengezählt.«

»Eins und eins zusammengezählt«, wiederholte ich leise ihre Worte. Meine Gedanken überschlugen sich. »Dann weißt du, wer und was ich bin?«

Mia lachte. »Natürlich! Meine beste Freundin Linda Miller, die scheinbar viele kriminelle Personen kennt, die ihr helfen.«

Eifrig nickte ich. Genau. *Ich kenne die Leute und die helfen mir. So können wir es dann gerne belassen.* Auf keinen

Fall sollte sie auch nur erahnen, wie dunkel meine Seele wirklich war. Wie skrupellos und kalt.

»Aber zurück zu dir und Parker! Also, warum?«

Noch immer hing mein Blick an ihr. Nie hätte ich gedacht, dass sie Bescheid wüsste. Und doch fragte ich mich, für wie blind ich sie gehalten hatte.

Ihre Augenbrauen wackelten und sie nickte mir auffordernd zu. Gut, dann die Wahrheit.

Die Worte sprudelten aus mir heraus. Ich erzählte vom Table Club, von Sofia, von Parkers Worten. »Naja, nachdem er mir den Schlüssel gegeben hatte, dachte ich kurz, er wollte etwas sagen. Vielleicht ... ach was weiß ich.« Ich schaute zu Boden. »Dann ist er gegangen. Wortlos. Und seitdem gab es keinen Kontakt mehr.«

Mias Stirn verwandelte sich in eine reine Sorgenfalte, ihre Hände strichen über meine. »Ach Süße.«

»Ich versuche, ihn mit aller Kraft zu hassen. Aber es geht einfach nicht.«, murmelte ich und vergrub mein Gesicht in den Händen.

Tim begann zu lachen. Auch wenn wir gestern Nacht viel gequatscht hatten, habe ich nie direkt über meine wahren Gefühle für Parker gesprochen. Vielleicht auch, weil ich wusste, was er davon hielt. »Linda, der Typ ist nichts zum Verlieben. Vergiss ihn einfach, bevor es zu spät ist.«

Eisig blickte Mia zu ihm. »Man sucht sich nicht aus, wen man liebt.«

»Nein, aber man kann sich dagegen entscheiden.«

Ungläubig schüttelte sie den Kopf. »So ein Blödsinn! Dann hast du noch nie wahrlich geliebt«, sie faltete ihre Hände und presste sie gegen ihren Brustkorb, »Mit ganz viel Gefühl, Schmetterlingen im Bauch, Synapsen, die durchbrennen, Zellen, die vor Glück schreien möchten.«

Wow, Mia hatte es wirklich drauf. Und ja, Tim hatte scheinbar noch nie richtig geliebt. Ich scheinbar schon.

Sein Blick zuckte zu mir. »Keine Angst, ich weiß, was Liebe bedeutet.« Dann rollte er mit den Augen. »Aber mal ein anderes Thema. Diesen Table Club, ich würde den gerne mal genauer sehen. Kann ich nächsten Donnerstag mitkommen?«

Ich zuckte mit den Schultern. »Klar, warum nicht. Aber erhoff dir keine Spannung, es wird ganz bestimmt unendlich langweilig.«

»Sicher, dass Parker damit einverstanden wäre?« Mia schaute zwischen mir und Tim hin und her.

»Natürlich! Er hat Linda nur benutzt. Mehr nicht.« Tim nickte mir entschlossen zu.

Ich schluckte. Es immer wieder zu hören, machte es nicht leichter.

»Bin ich die Einzige hier, die Linda zuhört? So wie ich das verstanden habe, hat er sich nun mal für die Vikings entschieden«, Mia griff nach meinen Händen, »Sicher, dadurch hat er eure Beziehung beendet, aber nie hat er auch nur mit einer Silbe angedeutet, dass er dich nur benutzt hat.«

Sie hatte recht. Und ich konnte ja sogar seine Gründe verstehen. Habe ich nicht immer gewusst, dass irgendwann der Zeitpunkt kam, an denen unsere Stellungen in der Unterwelt aufeinanderprallen würden? Wir beide wussten es. Das machte es aber trotzdem nicht einfacher.

»Wer Linda gegen eine Bande Motorradfuzzis eintauscht, hat sie auch nicht verdient.« Tims smaragdgrüne Augen ruhten auf mir.

»Ach Timi! Da sind wir uns einmal einig. Du hast einen Mann verdient, der dich für nichts in der Welt eintauschen würde.« Mia zwirbelte eine Locke auf ihre Finger und ließ sie wieder springen.

Ihre Worte brachten mich zu einem wahrhaftigen Lächeln. Ich brauchte keinen Mann, um glücklich zu sein.

Diese beiden Menschen bedeuteten Glück, eine Freundschaft wie diese.

Plötzlich ging meine Bürotür auf und Miss Thompson lehnte sich herein. »Miss Miller, entschuldigen Sie, aber Mister Anderson will sie unbedingt noch mal sprechen.«

Ich stöhnte und legte meinen Kopf in den Nacken.

»Was will denn der Staatsanwalt von dir?«, fragte Mia und begann die Verpackung des Sushis aufzuräumen.

»Scheinbar meinen Tag versauen.« So viel mieser ging es eh nicht mehr, obwohl das Mittagessen meine Laune deutlich angehoben hatte. »Stellen Sie ihn durch. Er kann ruhig noch ein bisschen warten.«

Miss Thompson nickte und verschwand.

Wir standen auf und räumten die restlichen Verpackungen weg.

»Bevor ich es vergesse«, ich wandte mich an Tim. »Begleitest du mich morgen auf den Geburtstag von Mia?«

»Ich wäre sehr gerne dein Date«, breit lächelte er mich an.

Ich musste lachen. »Ich würde es nicht unbedingt als Date bezeichnen.«

Auch Mia verzog ihr Gesicht und rümpfte die Nase. »Abgesehen davon wärst du ja so oder so da gewesen.«

Tims Wangen färbten sich rosa und er wich meinen Blick aus. »Ich begleite dich gerne.«

»Dann sehen wir uns morgen.« Flüchtig gab ich ihm einen Kuss auf die Wange. »Und jetzt raus hier! Mister Anderson wartet schon.«

Kichernd strich Mia durch ihre Locken. »Ach, der überlebt die paar Minuten. Wir haben sehr angenehme Musik in der Warteschleife.«

Tim hakte Mia unter und zog sie mit sich aus dem Büro. Die Stille überfiel mich schlagartig, doch diesmal lächelte ich ihr entgegen.

ZWANZIG

PARADISE leuchtete in großen pinken Buchstaben grell über dem Eingang der Karaokebar.

Mias Schritte federten, als sie auf- und abging. »Jackson müsste gleich hier sein. Dann gehen wir rein und können noch ein bisschen was vorbereiten. Die restlichen Gäste kommen in einer halben Stunde.«

Ich nickte und zog meine Jacke noch enger um mich. Für Ende Mai war es verdammt kalt heute Abend. Ich hätte vielleicht den Wetterbericht checken sollen, bevor ich mich für ein kurzes Kleid entschieden hatte. Gott sei Dank würden wir bald drin im Warmen stehen. Ich schielte auf die Armbanduhr, Tim müsste auch gleich kommen.

Mias Augen weiteten sich, begannen förmlich heller zu strahlen als diese verdammte Reklame über uns. Jackson war wohl hinter mir aufgetaucht. Ich drehte mich um und blickte zu ihm.

In stechendblaue Augen. Parker. Beide trugen wie immer ihre schwarzen Lederjacken mit dem Vikingsemblem. Der einzige Unterschied zwischen ihnen war der

Aufnäher auf Parkers linker Brust. KING. Die großen Buchstaben stachen mir ins Auge, schrien mich an.

»Wusstest du das, Mia?«, zischte ich ihr zu.

Ihre Locken flogen hin und her, als sie ihren Kopf schüttelte. »Nein! Ehrlich! Jackson hat mir nichts gesagt.«

Ich biss mir auf die Innenseite meiner Wange. *Beruhige dich, Miller. Irgendwann hättet ihr euch eh wiedergesehen.* Trotzdem hatte ich gehofft, dass es länger als 48 Stunden dauerte.

»Mein Geburtstagskind«, rief Jackson bereits von weitem, rannte die letzten Meter und umarmte Mia innig. Sanft strich er ihre Haare zur Seite und küsste ihren Hals.

Ich rollte die Augen. Das war mir zu viel Rumgeturtel ohne ein Drink in der Hand.

Außerdem tat es einfach nur weh. Und das Selbstmitleid wurde als beendet erklärt!

Parker streckte die Hand aus, doch Mia ignorierte ihn. Fest presste er seine Lippen zusammen und ließ den Arm sinken. »Also, auch von mir, alles Gute zum Geburtstag.«

Mia ist durch und durch zuckersüß. Aber die Blicke, die sie Parker zuwarf, hätten ihn schlichtweg töten können. Sie ließ ihn, ohne etwas zu sagen, stehen und zog Jackson mit sich in die Karaokebar hinein.

Ich verschränkte die Arme vor der Brust. »Was machst du hier?« Der Versuch, kühl zu klingen, scheiterte maßlos. Es schmerzte zu sehr, ihn zu sehen.

Schief lächelte er mich an. »Naja, ich bin eingeladen.«

Ich schnaubte. »Wenn du meinst.« Parker öffnete den Mund, um etwas zu sagen, doch ich drehte mich um und folgte Mia und Jackson. Ich hatte keine Lust, mit ihm weiter zu diskutieren. Er war als meine Begleitung eingeladen, aber sicher nicht allein. Warum musste er heute kommen? Wollte er mir wehtun?

Tief atmete ich durch. Statt mir seine leeren Phrasen anzuhören, quälte ich mich jetzt selbst mit Fragen. Toll!

Heute war Mias Geburtstag und das ließ ich mir nicht von ihm verderben.

Mein Blick schwang durch den Raum der Karaokebar. Überall hingen bunte Ballons, Girlanden und eine Menge Glitzer. Sämtliche Klischees wurden erfüllt. Die Bar schillerte in Regenbogenfarben, die Barhocker waren mit pinkem Fell überzogen. An der Decke hing eine große silberne Diskokugel. Ich kam mir vor wie in einer schlechten Komödie.

Freudig quietschte Mia auf. »Jackson, es ist wundervoll!«

Ja, für Mia war es einfach perfekt. Langsam durchquerte ich den Raum und setzte mich auf einen der plüschigen Barhocker, meine Finger trommelten auf der Bar. Gott, sogar die Gläser für die Drinks waren bunt. Fehlten nur noch die ... kaum hatte der Gedanke Form angenommen, brachte ein Kellner einen großen Kübel voller Schirmchen. Wow, alle Klischees. Ausnahmslos.

»Ganz anders als das Rogue«, ertönte Parkers Stimme neben mir. Lässig lehnte er sich gegen die Bar, sein Blick flog durch den Raum.

Oh nein. Er konnte gern die übrigen Frauen in ein Gespräch verwickeln. *Ich bin fertig mit ihm.* »Versuch es bei einer anderen.«

Gerade als ich von dem Barhocker rutschen wollte, hielt er mich fest. Seine Finger umfassten meinen nackten Oberarm. Die Haut begann zu prickeln, eine absolute Reizüberflutung. Warum fühlten sich seine Berührungen noch immer so elektrisierend an? Mein Verstand verabschiedete sich scheinbar immer, sobald Parker anwesend war.

»Linda, können wir bitte miteinander reden. Ich ... scheiße, du fehlst mir.« Seine Augenbrauen zogen sich zusammen.

Du mir auch. Und das nach nur zwei Tagen. Aber ich

schwieg. Er hatte seinen Standpunkt beim Table Club klargemacht. Klipp und klar. Tief atmete ich durch und versuchte krampfhaft, das warme Gefühl in meinem Körper zu ignorieren. Noch eine Sekunde länger und ich würde mich erneut in seinen stechendblauen Augen verlieren.

Ich wandte den Blick ab, diesmal war ich schlauer. »Keine zum Vögeln gefunden?« Ich entriss ihm meinen Arm und brachte so viel Platz wie möglich zwischen uns. So war es besser. Für mich.

Es dauerte nicht lange, dann kamen die Gäste nach und nach herein. Auch Tim. Als ich seine kurzen hellen Haare inmitten der Menge an Leute sah, atmete ich erleichtert auf. Ich drängelte mich an den Gästen vorbei, bis ich vor ihm stand. »Ich dachte schon, du hast verschlafen!«, zwinkernd lächelte ich ihn an.

»Fast«, scherzte er.

Ich griff nach seiner Hand und für einen kurzen Moment weiteten sich seine Augen. Doch ich lächelte nur.

Natürlich gab es nur einen Grund, warum ich das tat. Ich wusste, dass das kindisch war, aber ich wollte Parker wehtun. Ganz nebensächlich schlenderte mein Blick zu ihm. Es funktionierte. Gut. Er fixierte Tim, seine Hände waren zu Fäusten geballt, sein Kiefer mahlte.

Bis die Bedienung kam und ihn ansprach, wahrscheinlich wollte sie seine Bestellung aufnehmen. Parker beugte sich nach vorn zu ihr, seine Finger streiften ihren Unterarm. Er war ihr so nah, ich könnte diese Frau gerade auf der Stelle erschießen. Seine Lippen bewegten sich, für meinen Geschmack etwas zu dicht an ihrem Ohr. Gott allein wusste, was er ihr zuflüsterte. Sofort errötete sie und verschwand hinter der Bar. Sie stellte zwei Schnapsgläser auf den Tresen und füllte sie mit Wodka.

Natürlich, er hatte bereits eine andere gefunden.

»Aua!«, Tim schaute zu mir. »Alles gut?«

Oh, ich zerquetschte gerade seine Hand. Ohne den Blick von der Bedienung abzuwenden, nickte ich. »Jaja, sorry.«

»Was ist denn so … oh Mann.« Ich ignorierte ihn.

Was wollte er bezwecken? Vor meinen Augen eine Neue klarmachen?

Parker nahm eines der Gläser in seine Hand. Die Kellnerin stellte das andere auf ein rundes Tablett und ging um die Theke herum. Ihre Augen waren direkt auf mich gerichtet.

Ich biss mir auf die Zunge, um nicht zu lächeln. Schickte er etwa eine Kellnerin mit Wodka durch eine Karaokebar zu mir? Das war verrückt. Selbst für unsere Verhältnisse.

Sie kam vor mir zum Stehen, ihre Augen zuckten zwischen mir und ihrem Tablett hin und her. »Für Sie, von dem netten Mann …«

Ich hob eine Hand. »Ich weiß, von wem.«

Auf Tims Stirn bildeten sich Falten. »Ist das sein Ernst?«

»Er sagte, dass sie mich unterbrechen würden«, wieder färbten sich ihre Wangen rosa. »Ich soll ihnen sagen: Es ist kein Belvedere, aber Sie sind auch keine Unbekannte mehr. Und das würde er auch nie wieder wollen.« Sie senkte den Blick. »Den Rest weiß ich nicht mehr genau, irgendwie sowas, dass er zu gern noch einmal auf der Couch liegen möchte.«

Mein Blick glitt hinter die Kellnerin. Parker mit seinen dunkelblonden Haaren, seinem mittlerweile viel zu langen Bart und seiner schwarzen Lederjacke saß auf diesem pinken Barhocker aus schlechtem Fellimitat und streckte mir sein Wodkaglas entgegen.

Ich schluckte. So sehr auch die Wärme in mir tobte, förmlich seinen Namen schrie, es ging nicht.

Wenn der Table Club nicht der Auslöser gewesen

wäre, dann eben etwas Anderes. Irgendwann würden unsere Entscheidungen immer wieder aufeinanderprallen. Damit hatte er Recht.

Ich nahm das Glas vom Tablett, drückte es der Frau neben mir in die Hand und drehte mich um.

Es war das Richtige. Und dennoch bohrte sich ein spitzes Messer tief in meine Brust. Atmen, Miller, ganz ruhig atmen.

»Hallo Leute!«, schrie Mia in ein Mikro und es begann kurz zu fiepsen. Sofort drehten sich alle zu ihr. Sie stand auf einer kleinen Bühne, welche mit buntem Lametta eingerahmt war, und grinste in die breite Masse von Leuten. »Ich freue mich so, euch alle zu sehen! Mein Jackson hat mir einen riesigen Wunsch erfüllt. Genauer gesagt, sogar zwei. Er hat mir diesen wundervollen Geburtstag organisiert und ...« Ihre Stimme stockte. Selbst von hier aus sah ich Tränen in ihren Augen glitzern. »Und er hat mir seine Liebe geschenkt.«

Ohne dass ich es wollte, glitt mein Blick zu Parker. Auch er sah mich an. Eine Sekunde. Zwei Sekunden. Nein.

Schnell schaute ich weg. Ich musste ihn vergessen. Wie oft wollte ich mir das noch sagen? So langsam nervte ich mich selbst damit. Ich wandte ihm den Rücken zu, sodass ich gar nicht wieder in Versuchung kam, herüberzuschielen.

»Trotzdem möchte ich das erste Lied gemeinsam mit meiner besten Freundin singen.«

Oh nein.

»Sie hat in letzter Zeit viel zu viel durchmachen müssen. Linda, komm zu mir!«

Ich lachte. Hysterisch. Das ist nicht ihr Ernst!

Grinsend drückte Tim seine Hände gegen meinen Rücken und schob mich auf die Bühne.

Hitze schoss in meine Wangen, singen zählte nicht zu meinen Stärken.

Mia streckte mir ihre Hand entgegen und ich packte sie. Ihr breites Lächeln, so liebevoll und sanft zugleich, ließ mein Herz explodieren. Mit ihr an der Seite würde ich sogar singen können.

»Du bist meine beste Freundin, meine Chefin und meine Verbündete. Ich kenne niemanden, der so stark ist wie du. Es gibt ein Lied, welches uns verbunden hat. Wir haben es unzählige Male gesungen und getanzt. Taylor Swift mit *Shake it off*!«

Ich vergrub das Gesicht an ihrer Schulter, ausgerechnet dieses Lied? Aber sie hatte recht, es passte schon immer perfekt zu uns. Egal was in den Zeitungen stand, wir haben es von uns geschüttelt.

Trotzdem wollte ich nicht vor all den Leuten singen! Ich hob die Arme vor die Brust und versuchte, mich wieder von der Bühne zu schleichen.

»Hiergeblieben!«, schrie Mia und drückte mir das zweite Mikro in die Hand. »DJ, es kann losgehen!«

Die Melodie begann. Wild versuchte Mia wie Taylor Swift zu tanzen, schmiss die Arme in die Luft und drehte sich um ihre eigene Achse.

Aus irgendeinen Grund war ihre gute Laune ansteckend und aus meinem anfänglichen Fußwippen wurde echte Begeisterung.

Wir schwangen gemeinsam die Hüften und wischten über unsere Schultern. Ich lachte und verpasste meinen Einsatz. Zusammen sangen wir viel zu laut und viel zu schief den Refrain. Die letzten leisen Klänge ertönten und wir fielen uns lachend in die Arme.

»Danke«, flüsterte ich ihr zu.

»Dafür sind Freunde da.« Sie lächelte und schob mich von der Bühne. »Wer ist der Nächste?!«

Mein Puls schlug mir noch immer bis zur Brust. Berauscht vom Adrenalin taumelte ich auf Tim zu.

»Das klang nur halb so schlecht, wie ich dachte!«, scherzte er und umarmte mich.

Ich lachte laut und wischte mir die Schweißperlen von der Stirn. Meine Kondition war fürchterlich. »Ich schnappe kurz frische Luft.«

Tim nickte. »Dort drüben geht es zur Dachterrasse. Wir können kurz hoch und gemeinsam in die Sterne gucken. Ich hole uns no...«

Wie aus dem Nichts wurde er von Mia am Kragen gepackt und auf die Bühne gezogen. »Du! Bist! Der! Nächste!«

Vor Lachen presste ich mir die Hand auf den Mund. So gern ich auch Tims Performance sehen wollte, brauchte ich dringend eine Abkühlung. Der Schweiß begann an meinem Gesicht herabzulaufen und würde bald mein gesamtes Make-Up mit sich ziehen. Ich winkte Tim zu und reckte die Daumen empor. Stumm formten meine Lippen ein ›viel Spaß‹.

Da hinten musste es zur Dachterrasse gehen. Ich drängelte mich an den Gästen vorbei und öffnete die schwere Tür. Immer noch lächelnd trat ich nach draußen. Die angenehm kühle Luft schlug mir entgegen und hinterließ eine zarte Gänsehaut auf meinen Armen.

Die Terrasse war nicht sehr groß. Am Rand standen etliche Palmen, die mit kitschigen Lichterketten geschmückt waren. Die Bar aus hellem Holz war nicht besetzt. Ich war allein.

Mein Blick wanderte gen Himmel. Ich war nie religiös, aber manchmal hoffte ich, dass meine Eltern da oben bei den Sternen saßen und mich beobachteten. Immer bei mir waren. Ich ging ans Ende der Dachterrasse und lehnte mich über das Geländer. Die Innenstadt von Fremont lag mir zu Füßen. Und das nicht nur hier oben.

So gefiel ich mir schon besser. Weniger Selbstmitleid und mehr ...

Ich rümpfte die Nase. Rauchte hier jemand? Ich drehte mich um und meine Augen schwangen erneut über die kleine Dachterrasse. Als würde mich ein Schlag treffen, zuckte ich zusammen.

Parker saß hinter einer der Palmen und zog an einer Zigarette. Ich hatte ihn noch nie rauchen sehen.

Ohne darüber nachzudenken, sprach ich ihn an. »Seit wann rauchst du?« Schritt für Schritt ging ich auf ihn zu. Als würde ich mich verbrennen, sobald ich ihm zu nahe kam.

Parker zog erneut an der Kippe. Es knisterte, dicker grauer Rauch entwich seinen Lippen. »Ab und an.« Er streckte seinen Arm aus und bot mir einen Zug an. »Keine Angst, ich bin mir selbst der schlechteste Kunde.«

Ich nahm die Zigarette aus seiner Hand, darauf bedacht, ihn nicht zu berühren, schmiss ich sie auf den Boden und trat sie knirschend aus. »Ich rauche nicht mehr. Solltest du auch nicht, ist ungesund.«

Seine Mundwinkel zuckten. »Keine Sorge, ist ja nur ab und zu.« Er blickte zu mir auf. Die Sanftheit darin ließ mich erschaudern. Das Blau in seinen Augen zog mich förmlich an, fesselte mich. Das warme Gefühl in meinem Bauch breitete sich aus, strahlte wie eine Sonne in alle Zellen.

Ich musste hier weg. Und zwar schnell. »Ich geh wieder rein. Ich wusste nicht, dass du hier bist.«

Parker sprang auf und hielt mich fest. »Geh nicht.« Seine Augenbrauen zogen sich zusammen, formten eine tiefe Falte.

So hatte ich ihn noch nie gesehen. Unter seinen Augen lagen dunkle Schatten. Es schien, als würde er wirklich leiden. Doch das tat ich auch. »Warum?« Noch immer hielt er meinen Arm fest. »Warum sollte ich bleiben?«

»Ich habe mich wie ein Idiot benommen.« Sein Blick zuckte hin und her.

Kälte kroch meine Beine herauf, wanderte über die Arme. Ich wollte nur eine kurze Abkühlung und hatte keine Jacke mitgenommen. Und dieses Gespräch wollte ich erst recht nicht. Ich schlang meine Arme um mich, unterdrückte ein Zittern. »Ist das alles?«, fragte ich und versuchte, nicht mit den Zähnen zu klappern.

Seine Hand fuhr durch die Haare, eine einzelne widerspenstige Strähne fiel dennoch nach vorn. »Nein.« Er strich sie wieder zurück. »Linda, du fehlst mir.«

Genervt schüttelte ich den Kopf. Das hatte er vorhin schon erwähnt. »Lass es gut sein, Parker. Du hast als King entschieden. Und da gibt es einfach keinen Platz für mich.« Allen Bemühungen zum Trotz fingen meine Zähne nun an aufeinanderzuschlagen. Eine Gänsehaut überfiel meinen ganzen Körper. »Du hattest Recht. Wir wussten es beide, irgendwann musste es so kommen.« Ich riss mich von Parker los, drinnen war es wärmer. Mein Mund öffnete sich, um ihm eine Verabschiedung ins Gesicht zu knallen, doch er lächelte mir entgegen. Habe ich irgendeinen Witz verpasst? Ich stockte.

Doch sein Lächeln wurde nur breiter. »Nimm meine Jacke.« Er zog seine schwarze Lederjacke aus und hing sie über meine Schultern.

Ich hatte keine Lust, weiter hier draußen zu stehen und ihm zuzuhören. Und doch fühlte sich seine Jacke so gut an. So vertraut. Schnell schlüpfte ich in die Ärmel. Viel zu groß hing sie an mir, verteilte seine Körperwärme auf mir. Fast hätte ich zufrieden aufgeseufzt.

Ich schaute an mir herab. Sie fühlte sich vielleicht wundervoll an, aber verkörperte doch unser ganzes Problem. Mit zitternden Fingern fuhr ich über den Brustaufnäher, strich über die vier großen Buchstaben.

Parker griff nach meiner Hand. Erst wollte ich sie abschütteln, doch als ich in seine Augen blickte, die so liebevoll in meine schauten, konnte ich mich keinen Zentimeter rühren.

Tief atmete er durch. »Ich habe mich wie ein Idiot benommen.«

»Du wiederholst dich.«

»Ja.« Sein Griff verfestigte sich. »Das zwischen uns ist so intensiv, dass es ... dass es mir Angst macht. Wir kennen uns nicht lange und trotzdem hast du mich total um den Finger gewickelt. Du stellst meine ganze Welt auf den Kopf. Das ist ... Fuck.« Er stockte. Sein Blick glitt zu den Sternen und wieder zu mir zurück. »Das ist verrückt.«

Völlig automatisch legte ich eine Hand auf seine Wange. Sein Bart kitzelte meine Finger.

Ich wollte ihn nicht berühren. Ich wollte wütend sein. Standhaft bleiben. Doch ihn so nah vor mir zu haben. Seine Hand um meine. Seine warme Jacke. Ich konnte nicht anders. Wir litten beide so sehr.

Sanft lehnte er sich dagegen und schloss für eine Sekunde die Augen. »Ich will mich nicht zwischen dir und den Vikings entscheiden müssen.«

Ich entzog ihm meine Hand. Genau das war das Problem. Es würde immer zwischen uns stehen. Ihn zu berühren, es war nichts weiter als ein kurzer schwacher Moment.

»Aber wenn der Table Club klappen soll, dann muss ich das. Außer ...«, wieder stockte er. Seine Atmung beschleunigte sich.

»Außer?« Wind wehte zwischen uns hindurch, erfasste den Geruch seiner Jacke und ließ ihn über mich tanzen. So unwiderstehlich gut, nach Leder, nach Benzin, nach

Parker. Tief atmete ich ein und zog sie noch enger um mich.

Wieder musste er lächeln.

Fragend schaute ich ihn an. Keine Ahnung, was so lustig war.

»Pass auf. Ich weiß nicht, wie ich es erklären soll.«

»Jetzt spuck es einfach aus.«

Nervös kratzte er sich am Kinn. »Gut. Als du mich damals vor den anderen Vikings geküsst hattest, da hast du dich zu mir und dem Club bekannt und ich mich zu dir. Es wurde von einer lockeren Affäre zu einer Beziehung.«

Wie bitte? Ich hielt das Ganze damals für einen Scherz, als er sagte, dass man nicht einfach den King küssen könnte.

Seine Hand fuhr erneut durch die Haare. Die wilde Strähne sprang hervor und ich strich sie glatt.

Fuck. *Kurzer schwacher Moment der zweite!*

Er hörte einfach nicht auf zu grinsen. »Ich glaube, da wusste ich es bereits.«

»Wusstest du was?«, flüsterte ich.

Er schluckte schwer. »Linda, ich ... fuck ... ich liebe dich.«

Wie bitte? Im Tunnelblick starrte ich in seine wundervollen blauen Augen. Hatte er gerade gesagt, dass er mich liebt? Schmetterlinge rasten durch meinen Bauch, nahmen die Wärme in mir mit und trugen sie selbst in den letzten Winkel. Die Gedanken flogen kreuz und quer durch meinen Kopf, schrien und riefen. Doch all das wurde übertönt von meinem Herzen. Es schlug so laut und kräftig, dass ich befürchtete, es würde mir aus der Brust springen. Oder fliegen. Vor Freude.

»Parker.« Meine Stimme presste sich durch die trockene Kehle. »Das ... es ändert nichts.« Es tat mir selbst weh. Jedes Wort war ein weiteres Messer in meiner Brust. Aber seine Gefühle konnten die Realität nicht verbiegen.

Unsere Beziehung würde immer wieder an diesem Punkt enden.

»Doch. Es ändert alles.« Er kam einen Schritt auf mich zu. »Dich mit meiner Jacke zu sehen, fühlt sich so verdammt richtig an.«

Was hatte denn das jetzt alles mit seiner Lederjacke zu tun?

»Naja, das ...« Wieder atmete er tief durch. Sein Blick glitt kurz gen Himmel, bevor er erneut auf mir ruhte. »Ein King überreicht niemanden seine Jacke. Außer ... außer seiner Queen.«

»Queen«, wiederholte ich kratzig sein letztes Wort.

Er nickte, grinste schief. »Meine Frau.«

Ich brauchte einen Moment, um zu begreifen, was er da gerade gesagt hatte. Seine Frau. Schweigend sah ich in seine blauen Augen, es gab eh kein Wort mehr in mir.

Ein Teil von mir schrie vor Glück. Hitze tanzte durch mich hindurch, wirbelte gemeinsam mit unzähligen Schmetterlingen umher.

Und doch dachte ein anderer Teil von mir an die Company. Müsste ich mich nicht genauso entscheiden? Zwischen ihm und der Company? Mit dieser Frage stellte er mich genau vor die gleiche Wahl! Er oder die Company. Nur, dass es für mich kein Schlupfloch gab. *Kann ich weiter CEO sein, wenn ich offiziell eine Viking werde?* Wollte ich überhaupt zu den Vikings gehören? Ich mochte Motorräder nicht mal!

Aber ich mochte Parker. Sehr sogar. Das Gedankenkarussell drehte eine Extrarunde nach der anderen.

»Sag etwas«, flehte er und strich eine meiner Haarsträhnen hinter das Ohr.

Was sollte ich sagen? »Das ... also ...«

»Ich weiß auch nicht, was ich mir dabei gedacht habe.« Seine Hände fielen herab. »Du musst nichts sagen.«

Ich wüsste ohnehin nicht was. Nie habe ich nach der

großen Liebe gesucht. Oder überhaupt nach so etwas Ähnlichem. Meine Gedanken flogen zu meinem Vater. Was er wohl zu all dem sagen würde? *Manchmal überrollt dich die Liebe.* Seine Worte hallten in mir nach. *Dein Glück steht über der Company.* Mein Glück. Parker.

Man muss nicht suchen, um zu finden.

Ohne weiter darüber nachzudenken, übernahm mein Herz die Kontrolle. »Ich liebe dich auch.«

»Was?« Parkers Mund blieb offenstehen. »Heißt das …«

»Ja.«

Kaum hatte dieses kleine Wort meinen Mund verlassen, zog er mich an sich. Seine Arme schlangen sich um mich, seine weichen Lippen schmiegten sich an meine. Ich umfasste sein Gesicht, fuhr mit den Fingern durch seinen Bart. Eng umschlungen standen wir inmitten der sternenklaren Nacht und küssten uns. In mir explodierte alles. Ein Feuerwerk, so heiß und grell, dass die ganze Welt es sehen könnte.

Was habe ich da gerade getan? Meine Gefühle fuhren Achterbahn. Die höchste und schnellste, die es gab. Ich würde die Queen der Vikings werden. Und Parkers Frau. Seine Ehefrau! Es kam mir alles wie ein verrückter Traum vor, aus dem ich gleich schweißgebadet aufwachen würde. Doch Parker stand direkt und leibhaftig vor mir und küsste mich so leidenschaftlich wie noch nie.

Seine Hände wanderten unter die Lederjacke, umfassten meinen Rücken. Ich drückte mich noch enger an ihn. Wie konnte ich es nur zwei Tage ohne seine Nähe aushalten?

Seine Finger strichen an meiner Taille entlang und ich kicherte gegen seine Lippen.

»Du kannst dir nicht vorstellen, wie sehr ich das vermisst habe«, flüsterte er.

Ich lächelte noch breiter. »Ich dich auch. Und wie.«

Wieder küssten wir uns. Ich zog seine Unterlippe ein, biss darauf. »Jetzt bin ich der Boss.«

Er hob mich hoch und ich schlang die Beine um ihn. »Das werden wir noch sehen.«

Mein Rücken stieß gegen die Theke und er setzte mich darauf ab. Küsse bedeckten meinen Hals, wanderten zum Dekolleté. Seine Hände fuhren meine Innenschenkel entlang, streiften immer wieder meine Mitte. Unwillkürlich stöhnte ich leise auf. »Parker, wenn jemand hier rauskommt.«

Ich spürte sein Grinsen auf der Haut. Und seine Härte zwischen meinen Beinen. »Wer sollte jetzt …?«

»Linda?«, Jacksons Stimme hallte über die Terrasse.

Wir hoben den Blick.

Er stand im Türrahmen und schaute sich um.

Ich sprang von der Theke und zupfte mein Kleid an die richtige Stelle.

Parker zog mich an sich. »Ich leg ihn um und wir machen genau da weiter, wo er uns gestört hat. Glaub mir, ich hab tausend gute Gründe, ihn unter die Erde zu bringen.«

»Nicht dein schlechtester Plan.« Ich grinste. »Aber Mias Rache ist dir gewiss.«

Er lachte. »Hmm, wir wären ewig auf der Flucht vor blonden Locken.«

»Wir? Ihre Probleme sind meine Probleme.« So böse wie möglich schaute ich zu ihm empor.

Sein Lachen erlosch, doch seine Augen funkelten noch immer. »Dann bin ich ein toter Mann. Planänderung.« Er zog mich mit sich von der Bar weg. »Wir sind hier.«

Jacksons Blick schnellte zu uns. »Linda? Mia sucht di… oh fuck, du hast … Parker das ist … deine Jacke«, stammelte er.

Parker drückte mich noch fester an sich. »Ja, das ist meine Jacke.« Er küsste meine Schläfe. »Und meine Frau.«

Bei seinen Worten kribbelte alles in mir. Scheinbar waren die Schmetterlinge endgültig ausgebrochen. Ich krallte mich an seinem T-Shirt fest, lehnte mich an seine Brust. Ich war nicht bereit, ihn wieder loszulassen. Vielleicht war ich das nie.

»Fuck. Das freut mich so für dich, Kumpel.« Jackson schlug ihm freundschaftlich auf die Schulter. »Und für die Vikings. Du wirst eine tolle Queen.«

Ich kaute auf der Innenseite meiner Wange und rang mir ein Lächeln ab.

»Die Beste«, flüsterte Parker und küsste mich erneut.

Eine tolle Queen? Ehrlich gesagt machte mir diese Tatsache etwas Angst. Ich hatte keine Ahnung, was eine Queen der Vikings so für Aufgaben hatte. Ich wusste ja noch nicht mal, dass es was bedeutete, wenn Parker mir seine Jacke gab.

Doch darüber könnte ich später nachdenken! Ich würde seine Frau werden. Und das Drumherum, das würde ich schon irgendwie hinbekommen. Jetzt wollte ich nur unser Glück genießen.

»Kommt, wir gehen rein. Mia wird ausflippen!« Jackson rieb seine Hände aneinander.

Oh ja, das glaubte ich auch.

Er öffnete die schwere Tür und sofort drang laute Musik an unsere Ohren. Die Wärme der Karaokebar schlug mir entgegen.

»Linda! Da bist du ja! Warum trägst du so eine komische Jacke von den Jungs?« Mia kam aufgeregt zu uns.

Hinter ihr lief Tim. Mit großen Augen blickte er zwischen mir und Parker hin und her. »Also hat er dich wieder um den Finger gewickelt, ja?«

Parkers Hand verkrampfte in meiner.

Wie sollte ich es erklären? »Tim, es ist …«

Jackson unterbrach mich. »Also, für alle Nicht-Vikings«, begann er und starrte Tim abschätzig an. »Die gute Linda hat unseren King so sehr den Kopf verdreht, dass sie nun bald unsere Queen wird.«

»*Meine* Queen«, flüsterte Parker mir zu und feuerte die Hitze in mir nur noch mehr an.

Tims Augen weiteten sich schlagartig, seine Nasenflügel blähten sich auf, bebten beinahe. »Das ist nicht dein Ernst?«

Doch die Schmetterlinge in meinen Bauch ließen mich vor Glück einfach nur strahlen. Sie kitzelten jeden Zentimeter in mir, ließen keine negativen Gefühle in mich.

Mia fiel mir um den Hals. »Ich weiß zwar nicht so richtig, was das bedeutet, aber wenn Jackson sich freut, dann freue ich mich auch.«

Stöhnend legte Jackson einen Arm um ihre Schultern. »Statt 'nem Ring gab's seine Jacke.«

Jedes Wort ließ ihre Augen größer und größer werden. Einen Moment starrte sie mich einfach nur an, als müsste sie die Information erst einmal verarbeiten. »Oh mein Gott!« Halb lachend, halb weinend schmiss sie sich an mich. »Oh mein Gott! Oh mein Gott!«, flüsterte sie immer wieder und nahm mein Gesicht in ihre Hände. »Linda O'Neil.«

Ich blinzelte. Diese zwei Worte laut zu hören, fegten meinen Kopf leer. Obwohl ich nicht mehr weinen wollte, füllten sich meine Augen nun doch wieder mit Tränen. Ganz ungewohnt vor Glück.

Parker zog mich an sich. »Ich finde, der Name steht dir ausgezeichnet.«

»Jackson!« Mia drehte sich zu ihm. »Und das alles an meinen Geburtstag! Ohne uns hätten sie sich nie kennengelernt! OH MEIN GOTT!« Sie rastete völlig aus und drängelte sich durch die Gäste Richtung Bar. »Das schreit nach Champagneeeer!«

»Und nach Wodka«, flüsterte ich gegen Parkers Lippen.

Seine Zunge fuhr über seinen Mund, streifte dabei meinen und ließ alles in mir beben. »Du machst mich zum glücklichsten Mann der Welt.«

Oh, wenn er nur wüsste, wie glücklich er mich machte. »Und du ...«

Tims Schuhspitzen stießen gegen meine Füße, seine Augen funkelten böse in meine. »Ist das alles dein Ernst? Ich fasse es nicht. Hat er dich nicht vor ein paar Tagen noch als Bettgeschichte bezeichnet? Und jetzt willst du ihn heiraten? Was ist mit der Company? Ist dir das alles egal?«

Ich löste mich von Parker und drehte mich zu ihm. Natürlich verstand ich seine Zweifel, die hatte ich ja auch. Aber mein Vater hatte Recht. Die Company steht nicht über meinem Glück. Da sollte *gar nichts* drüberstehen. Und irgendwie würde ich das alles schon unter einem Hut bekommen. »Wir haben miteinander gesprochen. Parker wollte nur das Beste für die Vikings. Ich hätte wahrscheinlich genauso für die Company gehandelt. Und ich lie...«

»Ach hör doch auf!« Tim schüttelte ungläubig den Kopf. »Weißt du was, Linda? Mir reicht es! Was hat Parker bitte an sich, dass du so auf ihn reinfällst? Als Mädchen und als Frau. Das wirst du alles bereuen. Ihr beide!« Er winkte ab, drehte sich um und ging.

Ich starrte ihm hinterher, sah seinen Hinterkopf, wie er zwischen den tanzenden und feiernden Menschen einfach verschwand. Warum konnte er sich nicht wenigstens etwas für mich freuen? Sicher, Parker hatte mich sehr verletzt, aber wir haben miteinander gesprochen. Und am Ende ging es Tim absolut nichts an, mit wem ich zusammen war.

Als würde Parker meinen Stimmungsumschwung spüren, zog er mich wieder in seine Arme. Seine Mundwinkel zuckten. »Als Mädchen? Ich war einfach schon immer ein Hingucker.« Seine Hände strichen meine Wirbelsäule auf und ab, hinterließen eine elektrisierende Spur.

Ich ließ den Kopf an seine Brust fallen und lachte leise auf. »Gott, wie groß ist dein Ego eigentlich?«

Als würde er wirklich darüber nachdenken, schaute er in die Ferne, schürzte die Lippen, doch dann begann auch er zu lachen. So ehrlich und klar, dass mein Herz für einen Moment aussetzte.

»Achtung, lasst mich mal kurz vorbei!« Bereits von weitem hörten wir Mia und Jackson. Sie kamen auf uns zu. In den Händen eine Flasche Sekt und langstielige Gläser.

Jackson ließ den Korken knallen und Schaum sprudelte aus der Flasche. Sofort hielt Mia die Gläser darunter, verteilte die nassen und tropfenden Gläser. Ihr eigenes streckte sie in die Höhe. »Auf Linda und Parker!« Klirrend stießen sie alle aneinander. »Auf die zukünftige Miss O'Neil.«

EINUNDZWANZIG

Linda O'Neil.

Immer wieder hallte der Name in meinem Kopf nach. Ich konnte nicht glauben, was heute Abend passiert war.

Nachdem wir noch ausgiebig Mias Geburtstag gefeiert hatten, bestand Parker darauf, ins Lakeview Hotel zu gehen. In *unsere* Suite. Auf *unsere* Couch. Seine Worte brachten mich unwillkürlich zum Lächeln.

Als wir uns hier das erste Mal vor etlichen Wochen wirklich kennenlernten, hätte niemand geahnt, was aus uns beiden mal werden würde. Aus Unbekannten wurden Liebende.

Und wieder lagen wir nackt auf dieser riesigen Couch, umgeben von den vielen weichen Kissen und genossen die Berührungen des anderen. Und wieder kämpfte sich die Sonne über den Horizont und erleuchtete Fremont. Aber anders als damals fühlte ich mich unendlich glücklich und hatte keine Angst, dass diese Blase bald platzen würde.

Ich schmiegte mich noch enger an Parker und zog mit meinem Finger die vielen, dunklen Konturen seiner Tattoos nach. Sie beeindruckten mich jedes Mal. Der komplette

Brustkorb war überzogen mit kunstvollen Linien, in der Mitte prangte das Vikingssymbol. Ein keltisch verziertes V in einem Wappen, die geschwungenen Flügel links und rechts daneben, darunter sein Familienname. O'Neil – bald unser Name. Mein Lächeln wurde noch breiter.

Allerdings machte die Queen-Sache mir etwas Sorgen. Ehrlich gesagt hatte ich keine Ahnung von den Regeln und Traditionen der Vikings. Wir beide waren in unterschiedlichen Welten aufgewachsen. Wie sollte ich das alles jemals verstehen? Konnte ich überhaupt eine gute Frau für Parker sein, wenn ich keine Ahnung von seinem Leben hatte?

Seit wann zweifelte ich an mir selbst? Innerlich straffte ich die Schultern und reckte mein Kinn. *Natürlich bin ich eine gute Frau für Parker. Die Beste. Er kann sich glücklich schätzen, mich zu haben.*

So gefiel ich mir schon besser.

Als meine Fingerspitze den letzten Buchstaben seines Namens berührte, gefror mein Lächeln. Moment mal. Ruckartig setzte ich mich auf und schaute in seine Augen.

Amüsiert zuckten seine Mundwinkel. Scheinbar schien er schon zu ahnen, was mir gerade so offensichtlich aufgefallen war.

Ich schluckte. »Sag nicht, dass ich auch so ein riesiges Tattoo kriegen muss?«

Parker setzte sich auf und verschränkte die Arme hinter den Kopf. »Naja, eigentlich muss die Queen genau das gleiche bekommen wie der King.«

Das konnte er vergessen. Auf gar keinen Fall!

»Und nicht nur das gleiche Motiv in der gleichen Größe. Nein, auch die gleiche Körperstelle«, redete er einfach weiter.

Meine Augen brannten, vor Schreck vergaß ich zu blinzeln.

»Ja! Außerdem musst du dir noch alle anderen Tattoos deines Kings stechen lassen. Nicht nur das Vikingssymbol. Alle! Um ...«, sein Blick glitt zur Decke und wieder zu mir zurück, »um meine Besitzansprüche widerzuspiegeln.«

Ich rollte mit den Augen und atmete hörbar aus. »Du verarschst mich.«

Er presste seine Lippen aufeinander und versuchte, nicht zu lachen. »Vielleicht ein bisschen.«

Mit der geballten Faust schlug ich ihm in die Seite.

Scharf zog er die Luft ein. Doch keine Sekunde später grinste er schon wieder. »Du hättest dein Gesicht sehen sollen.« Lachend hielt er sich den Bauch.

So kräftig, ich konnte, stieß ich ihn erneut in die Seite. »Im Ernst. Brauche ich eins?«

Er schüttelte den Kopf, grinste aber noch immer viel zu breit. »Niemand braucht das Tattoo. Wir mögen es eben alle.«

Das hatte ich nicht erwartet. Ehrlich gesagt dachte ich, dass es ein Erkennungssymbol für die Vikings wäre. Ach, es war nur ein weiterer Beweis dafür, dass ich absolut keine Ahnung von Parkers Welt hatte.

»Aber natürlich fände ich es schön, wenn du eins hättest«, murmelte er und zog mich wieder an sich.

Ich nickte stumm und legte meinen Kopf auf seinen Schoß. »Ich hab das Gefühl, dass ich keine Ahnung von deinem Leben habe. Ich meine, du hast mich gestern gefragt, ob ich dich heiraten will. Und ich habe es nicht mal verstanden.« Ich drehte mich auf den Rücken, um ihn ansehen zu können. »Manchmal denke ich, dass wir uns gar nicht richtig kennen.«

Zärtlich strich er durch meine Haare, fächerte sie um mich herum auf. »Ich hab das Gefühl, dass du der einzige Mensch bist, der mich wirklich kennt.«

Wie bitte? »Ich weiß nicht mal, was deine Lieblingsfarbe ist!« Ich kannte ihn kaum.

Und doch verstand ich, was er meinte. Es fühlte sich tief in mir so an, als wären wir schon immer zusammen. Als wären wir schon immer beieinander.

Parker rollte mit den Augen. »Ist eine Farbe denn so wichtig, um sich zu lieben? Außerdem ist das ziemlich offensichtlich.« Wieder zuckten seine Mundwinkel.

Schwarz. Das konnte ich mir wirklich denken.

»Meine ist ...«

Sofort legte mir Parker einen Finger auf den Mund. »So ein komisches helles Rosa. Ich war in deinem Penthouse.«

Ich öffnete den Mund und biss auf seine Fingerkuppe.

Er hatte recht. Pastellrosa war meine absolute Lieblingsfarbe. Ich weiß, die totale Mädchenfarbe, aber ich mochte sie eben. Vielleicht kannten wir uns besser, als ich dachte.

Er zuckte nicht mal annähernd mit seinem Finger zurück, stattdessen schob er ihn langsam tiefer, fühlte meine Zunge entlang. »Ganz schön bissig heute.«

Und schon drehte sich wieder alles. Ich saugte an seinem Finger, fuhr mit den Zähnen darüber.

Parkers freie Hand wanderte an meinen Brüsten entlang, strich über meinen Bauch, bis an meine Taille, was mich unwillkürlich kichern ließ.

Er zog seinen Finger aus meinem Mund. »Wie viele Leute wissen, dass Linda Miller dort kitzlig ist?« Seine feuchte Fingerkuppe fuhr den Bogen meiner Oberlippe nach. »Ich würde sagen, wir kennen uns. Sehr gut sogar.«

Wie schaffte er es, so schnell jeglichen klaren Gedanken in mir zu vertreiben? »Hmm.«

»Erzähl mir was von dir.« Seine Hände fuhren meinen Hals entlang. Die feinen Härchen im Nacken stellten sich auf.

Was soll ich ihm denn erzählen?

»Du sagst, wir kennen uns kaum. Dann erzähl mir was«, forderte er erneut.

Puh. So ganz spontan, keine Ahnung.

»Erzähl mir von deiner Mutter. Du hattest bei Castello erwähnt, dass sie Messer mochte«, schlug er vor.

Ich richtete mich auf, schlang die Decke um mich. Nicht unbedingt mein Lieblingsthema.

Wie so oft las er meine Gedanken, sah mir an, dass dieses Kapitel meines Lebens kein gutes war. »Wir können auch über Pietro reden? Immerhin bist du die Einzige im Rogue, die einen Milkshake bekommt.« Er rang sich ein Lächeln ab.

Leicht schüttelte ich den Kopf. Ich schätzte es sehr, dass er meine Privatsphäre achten wollte. Aber anders als damals in der Jagdhütte wollte ich mit ihm darüber reden. Er sollte diese Seite an mir kennenlernen. Sie gehörte zu mir, wohl oder übel. »Alles gut. Ich möchte es dir erzählen.« Tief atmete ich durch. »Auch, wenn es dein Bild von mir etwas ändern wird.«

Er rutschte zu mir, griff nach meiner Hand. »Nichts kann *das* zwischen uns ändern.«

Die Schmetterlinge in mir hoben ab, flatterten durch meinen Körper, ließen mich schweben. Doch bei den Gedanken an meine Mutter stürzten sie alle ab. In die Tiefe. In den Tod.

Meine Zunge klebte trocken am Gaumen, ich schluckte. »Als Mum noch lebte, führte ich nicht unbedingt den gesündesten Lebensstil. Trotzdem mogelte ich mich irgendwie durch mein Jurastudium. Mehr schlecht als recht.« Ich pausierte, meine Kehle zog sich zusammen, versuchte, mir die Worte zu rauben. »Mum hatte Krebs. Und irgendwie war dann alles anders. Ich … ich stürzte komplett ab. Alkohol, Drogen.« Nervös knetete ich die Finger. »Wahrscheinlich war ich deine beste Kundin.« Ich versuchte zu lächeln, doch es gelang mir nicht. Es war kein Scherz. Es war bittere Realität. »Entweder war ich feiern oder schlafen. Auf dem Campus war ich fast gar nicht mehr. Ich bin nur nicht rausgeflogen, weil ich Miller hieß. Und dann …« Ich stockte. Eine zentnerschwere Last drückte auf meine Brust, schien mich unter sich zu zermalmen. Denn dann kam der Tag der Tage. Der dunkelste, schlimmste und traurigste Tag meines verdammten Lebens. *14.10.2014.* Tränen brannten wie Säure in meinen Augen. »Mum ging es immer schlechter und schlechter. Aber statt bei ihr zu sein, ging es mit mir nur weiter bergab.« Ich schaute zur Decke und versuchte die Tränen wegzublinzeln. »Die Partydrogen reichten mir nicht mehr. Ich brauchte ständig irgendwas, um den Tag zu überleben.« Ich schämte mich für diese Schwäche. »An einem Morgen wachte ich bei irgendeinem Typen auf. Er hieß Nick, ist auch egal. Mein Kleid war voller Kotze. Überall lagen Pillen und Spritzen. Sonst rief ich dann einfach Tim an und er holte mich ab, aber diesmal hatte ich unzählige verpasste Anrufe meines Vaters. Und einen meiner Mutter.« Ich gab es auf, die Trauer zurückzuhalten, heiße Tränen liefen unkontrolliert meine Wangen herab. »Ich hab sie alle nicht mitbekommen, weil ich völlig dicht bei diesem Kerl war.« Laut schluchzte ich auf. Die Erinnerung, sie fraß sich wie Feuer durch meinen Kopf, hinterließ nichts als Asche.

Parker legte einen Arm um mich, rutschte noch näher zu mir. Er gab mir Halt, stützte mich. *Atmen, Miller. Tief ein und tief aus.*

»Meine Mama ist gestorben in dieser Nacht.« Ich presste eine Hand vor den Mund, als ich erneut lautstark aufschluchzte. »Sie hatte auf die Mailbox gesprochen, dass sie … dass sie weiß, dass ich sie liebe. Und dass sie mich liebt.« Mein Körper begann zu beben. Die Erinnerung an ihre Stimme, an ihre Worte, es schien mich zu erdrücken. »Seitdem fasse ich keine Drogen mehr an.« Ich löste mich von Parker und wühlte in meiner Handtasche neben der Couch nach einem Taschentuch.

Auch wenn es sechs Jahre her war, tat es immer noch so weh. Schmerz kannte keine Zeit.

»Das wusste ich nicht.« Parkers Stimme klang erstickt.

Ich schniefte in das Taschentuch und wischte mir über das Gesicht. »Schon gut. Das stand ausnahmsweise in keiner Zeitschrift.«

»Komm her.« Er streckte seine Hand nach mir aus und ich ergriff sie. Rittlings saß ich auf ihm, seine Arme legten sich um mich, als könnten sie mich vor all dem beschützen. Als würden sie nichts durchlassen, bis auf uns. Sein Herz klopfte gegen meins.

»Ich glaub aber, dass sie heute schon stolz auf mich wäre. Jedenfalls hat das mein Vater immer gesagt.« Ein letztes Mal strich ich die Tränen aus den Augenwinkeln. »Danach drehte ich mein Leben komplett um. Ich beendete mein Studium als Jahrgangsbeste. Übernahm die Miller Company und den Rest kennst du ja.«

Sein Kinn ruhte auf meinem Kopf. »Manchmal vergesse ich, womit ich mein Geld verdiene.«

Ich schaute auf, umfasste sein Gesicht. »Das ist Blödsinn. Niemand hat mich gezwungen, Drogen zu nehmen.«

Doch die Falte auf seiner Stirn wurde nicht kleiner. »Es tut mir leid, das mit deiner Mutter.«

Stumm nickte ich, legte den Kopf auf seine Schulter.

Seine großen, starken Arme drückten mich noch fester an sich. »Ein paar Jahre, bevor ich King wurde, war ich sehr rebellisch. Ich wusste, dass ich irgendwann die Vikings anführen würde und hatte verdammt große Angst davor.«

Überrascht schaute ich auf. Parker hatte vor etwas Angst?

»Ja, ich war nicht immer so ein perfekter King.«

Dieses Ego. »Erzähl weiter.« Ich legte den Kopf wieder an seine Brust, lauschte seinem Herzschlag.

»Ich führte mich damals wie der letzte Idiot auf, nur um die Sache irgendwie zu umgehen. Einmal war ich sogar mit meinem Vater bei euch im Landhaus, weil ich tief in der Scheiße saß. Richtig tief. Ich hatte eine Kneipenschlägerei angezettelt und jemanden totgeprügelt. Gott sei Dank war ich erst 18. Dein Vater hatte mich da rausgeboxt.«

Ich erinnerte mich. Blasse Bilder tauchten vor mir auf, wurden immer deutlicher. Dort hatte ich Parker das erste Mal gesehen, seine Augen hatten mich schon damals verzaubert.

Gedankenverloren strichen seine Hände durch meine Haare, kitzelten meinen Rücken. »Mein einziges Ziel war, dass Jasper der King werden würde. Obwohl er mein kleiner Bruder ist, war er schon immer so viel weiser und verantwortungsbewusster als ich.« Ein Lächeln umspielte seine Lippen, als er von seinem Bruder sprach. Doch dann gefror es augenblicklich. »Naja, bis er eine Frau fand. Olivia. Alles ging ganz schnell. Sie wurde schwanger, sie heirateten. Allerdings wollte sie nie was mit den Vikings zu tun haben.« Sein Kiefer mahlte. »Ich sah, wie glücklich er war und wusste, dass Olivia niemals seine Queen werden wollte. Ich kenne Jasper, er hätte sich trotzdem für die Vikings entschieden und seine Frau samt Kindern verlassen.« Parker stockte.

Auch er hatte sich für die Vikings und gegen mich entschieden. Die Loyalität der Familie gegenüber dem Motorradclub beeindruckte mich. Und stimmte mich gleichzeitig traurig. Was, wenn wieder eine solche Entscheidung kam?

Er umfasste mein Kinn und drückte mein Gesicht empor. »Hey«, seine Stimme klang leise. »Ich gehöre zu dir wie zu den Vikings. Da gibt es keine Kompromisse mehr.

Keine Entscheidungen. Dir gehört mein Herz, meine Jacke. Einfach alles.«

Seine Worte zupften an meinen Mundwinkeln. »Auch dein Motorrad?«

Sein rechtes Auge zuckte. »Vielleicht fast alles.«

Ich lachte und lehnte mich wieder an ihn. »Wie ging es weiter?«

Parker strich meinen Rücken auf und ab und hinterließ eine Gänsehaut. »Ich habe begonnen, mitzuspielen. Mich benommen, mich in die Geschäfte eingebracht. Jasper ist mit seiner Frau weggezogen. Sie haben ein weiteres Kind bekommen. Zwei Mädchen, sie sind toll. Und sehen Gott sei Dank so aus wie ihre Mutter.«

Ungläubig schüttelte ich den Kopf. Das musste Geschwisterliebe sein.

»Und als ich 25 wurde, hat mir mein Vater traditionell den Club und ...«, er schluckte, »das Drogengeschäft übergeben.«

Nie hätte ich gedacht, dass Parker das alles nicht wollte. Ich hatte ihn schon ein paar Mal als King erlebt und fand, dass er wie dafür gemacht war.

»Acht Jahre später kann ich aber sagen, dass ich gerne King bin. Es sollte so kommen.« Seine Schultern zuckten.

Er hatte recht. Alles sollte so kommen. Genau so.

Ich umfasste sein Gesicht und küsste ihn. Seine weichen Lippen schmiegten sich an meine. Ich griff in seine Haare, fuhr durch die dunkelblonden Strähnen.

»Es ist mir egal, wie viel du über die Vikings weißt oder ob du meine Lieblingsfarbe kennst. Dieses Gefühl, wenn ich bei dir bin, das reicht mir«, flüsterte er an meine Lippen.

Er hatte recht. Wir liebten uns und das war am Ende die Hauptsache.

ZWEIUNDZWANZIG

»Also …«, begann ich und küsste seinen linken Mundwinkel. Wir sollten über schönere Dinge sprechen. Zum Beispiel über unsere Verlobung. Allein bei dem Gedanken daran strahlte ich von einem Ohr zum anderen.

»Also«, wiederholte Parker, »sollten wir unsere Zweisamkeit genießen.« Seine Hände fuhren meinen nackten Rücken herab, strichen über meinen Po. Langsam wanderten seine Finger nach vorn in meinen Schoß.

»Parker!«, ich packte seine Hände und drückte sie gegen seinen Brustkorb. Ich hatte viel zu viele Fragen, um mich jetzt mit ihm in die Kissen sinken zu lassen.

Tief atmete er ein und ließ seinen Kopf in den Nacken fallen. »Ich habe oft gehört, dass, wenn man erstmal verheiratet ist, der Sex abflaut, aber jetzt schon?«

Empört öffnete ich meinen Mund. »Hier flaut gar nichts ab! Wir müssen nur ab und zu miteinander reden. Zum Beispiel über unsere Hochzeit.« Allein diese Wörter zu hören, brachte all meine Zellen zum Schwingen.

Nie hätte ich gedacht, dass ich jemals so werden würde. Aber der Gedanke, Parkers Frau zu werden, fühlte sich so richtig an, dass ich es am liebsten laut in die Welt geschrien hätte. »Wann sagen wir es deiner Familie? Und den anderen? Schreibst du eine Rundmail?« Ich lachte bei dem Gedanken. Irgendwie passte sowas nicht zu den Vikings. Und dieses Aufgedrehte passte doch eigentlich auch gar nicht zu mir?

Parker schmunzelte, was mein Innerstes zum Durchdrehen brachte. »Erstmal muss die ganze Familie zusammenkommen. Ich werde Jasper Bescheid geben, dass er herkommt. Und dann sagen wir es ihnen einfach. Die Vikings in Fremont werden es spätestens beim Frühstück erfahren. Leslie ist nicht unbedingt schweigsam. Die anderen lesen es dann in der Einladung zur Zusammenkunft.«

Wie meinte er das denn? Stand es da auf der Rückseite? Ich erinnerte mich, dass er mir erzählte, dass immer im August ein großes Vikingstreffen stattfand. Aber was hatte das mit uns zu tun?

Schief grinste er mich an, allerdings wirkte es diesmal eher entschuldigend. »An dem Tag würden wir dann heiraten.«

Was? Meine Augen weiteten sich schlagartig. Im August? Das waren nur noch 2,5 Monate! »Das geht schnell«, murmelte ich.

Parker umfasste mein Kinn und zwang mich, ihn anzusehen. Sein Daumen strich an meinem Kiefer entlang. »Es wird sicher auch ein wenig anders, als du es dir immer vorgestellt hast.«

Ehrlich gesagt, hatte ich mir nie Gedanken um eine Hochzeit gemacht. Ich war nie der Typ Frau, die ihre Traumhochzeit fertig geplant im Kopf hatte. »Du wirst mein Mann. Es wird schöner, als ich es mir je hätte vorstellen können.«

Er schloss den Abstand zwischen uns und küsste mich. Eine tiefe Wärme zog sich über meine Beine, erklomm den Oberkörper und weckte selbst den letzten

Schmetterling in mir. Meine Hände vergruben sich in seinen Haaren. Vielleicht hatten wir ja doch ganz kurz Zeit für andere Dinge.

Seine Härte pulsierte unter mir, drückte sich gegen meine Mitte. Ich rieb mich an ihm, entlockte Parker ein tiefes Stöhnen. Würde ich jemals genug von ihm bekommen? Jemals ...?

Ich zuckte zusammen, mein Blick schoss auf den halbhohen Couchtisch. Mein Handy vibrierte, tanzte dabei leuchtend über die Glasplatte und erlosch wieder.

»Egal«, flüsterte ich und begann, meine Hände an Parkers Körper herabwandern zu lassen. Jetzt, wo die größte Frage beantwortet war, wollte ich keine Sekunde länger ohne seine Haut auf meiner bleiben. Mein Mund berührte seinen, sog seine Unterlippe ein. Ich hob das Becken an, spürte, wie seine Härte gegen mich stieß.

Wieder durchbrach das Handy die Stille.

Und noch mal.

Ich öffnete die Augen, lehnte meine Stirn an seine. Wer war das? Wer wollte uns gerade so hartnäckig stören?

»Jetzt schau schon drauf.« Sein Atem kitzelte meine Lippen.

Ich nickte und stieg von ihm ab. »Ich schalte es aus.« Auf dem Bauch liegend angelte ich nach meinem Handy. Drei neue SMS – Absender unbekannt?

Die Jacke steht dir nicht.

Ihr solltet euch trennen, bevor ich es tue.

Liebste Grüße, Demonio

Meine Fingerspitzen gefroren, immer wieder las ich die wenigen Worte. Das war nicht möglich. Carlos García, er war tot!

»Was ist los?«

Ich konnte Parker nicht antworten. Mein Blick haftete an diesen drei Textnachrichten.

Er krabbelte über die Couch und zog mir das Telefon aus der Hand. »Das kann nicht sein«, murmelte er und begann nach seinem eigenen Handy zu suchen. »Wo ist meine Hose?« Er durchwühlte die Kissen, schmiss sie hinter sich.

Doch ich starte weiter in meine leeren Hände. Dort, wo gerade eben noch diese schrecklichen Nachrichten standen. Das durfte nicht wahr sein.

Sein Gürtel klapperte, scheinbar hatte er seine Hose gefunden und damit auch sein Handy. »Ross? Ich bin's, Parker. Ich gebe dir mal eine Nummer durch, kannst du sie nachverfolgen? Ja … es ist die …«

Ich stand auf und eilte ins Badezimmer, krallte mich an dem weißen Marmorwaschbecken fest. Mir wurde übel. Schwere Steine sammelten sich in meinem Magen. Schlugen gegeneinander, wühlten alles auf. Ich drehte den Wasserhahn auf, spritzte mir das eiskalte Wasser gegen die Wangen.

Carlos García war nicht Demonio. Es gab einen anderen Maulwurf. Einen, dem wir die ganze Zeit keine Beachtung geschenkt hatten. Wer war es? Und woher wusste er, dass Parker mir seine Jacke gegeben hatte? Er musste auf Mias Party gewesen sein. Oder arbeitete er im Paradise?

Parker betrat das Badezimmer. Durch den großen Spiegel mir gegenüber sah er in meine Augen. »Ross sagt, dass es ein Wegwerfhandy war. Den Ort kann er nicht bestimmen. Das Telefon wurde zu schnell vernichtet. Er weiß nur, dass es in Fremont gekauft wurde.«

Ich versuchte, Ruhe zu bewahren. Eigentlich war ich ein sehr durchdachter Mensch, aber dieser Demonio hatte meinen Vater auf dem Gewissen. Und scheinbar wollte er noch immer die Familie Miller zerstören.

Ich drehte mich zu Parker um. »Carlos García ist tot. Die Nachricht. Er war nicht Demonio.«

Er nickte. »Die ganze Zeit über war er noch da.«

»Dieses Arschloch muss auf der Party gewesen sein. Woher sonst sollte er von unserer Verlobung wissen?« Ich massierte mir die Schläfen.

»Mia hat sicher eine Gästeliste.« Wieder nahm Parker sein Handy heraus. »Ich schreib Jackson.«

»Aber wenn er einer der Kellner war, dann nützt das auch nichts.« Wild fuhr ich mir mit meinen Händen durch die Haare. »Das kann einfach nicht wahr sein! Wer ist dieses Schwein?«

Meine Nerven lagen blank, alles begann sich zu drehen. Er war da. Wartete auf mich. Auf irgendetwas. Was, wenn er doch gefährlicher war, als wir alle annahmen? Was, wenn mein Glück zerplatzte? So wie alles um mich herum. So wie immer in meinem Leben. Alle starben, wieder und wieder. Ich konnte nicht auch noch Parker verlieren.

Er ließ sein Handy sinken und blickte zu mir. »Alles wird gut.« Starke Arme schlangen sich um meinen Körper, drückten mich gegen seine Brust. »Er hat nichts in der Hand, um uns auseinanderzubringen.«

Ich nickte, atmete tief seinen Geruch ein. Leder, Benzin, Parker.

Das konnte doch alles nicht wahr sein. *Ihr solltet euch trennen, bevor ich es tue.* Wie sollte er das anstellen? »Einen Streit zwischen uns anzuzetteln, wird ihm nicht so einfach gelingen. Durch den Table Club kann er keine weiteren Lügen verbreiten.«

Nachdenklich kratzte sich Parker am Kinn. »Vielleicht sollten wir ihn ignorieren? Ihm zeigen, dass er uns egal ist.« Seine Schultern zuckten. »Wenn wir seinen Forderungen nicht nachgeben, dann muss er sich etwas Anderes einfallen lassen. So locken wir ihn aus seiner Deckung hervor.«

Bisher trat Demonio nur per Mail oder SMS auf. Nie wurde er tatsächlich tätig. Und dass er mich direkt kontaktierte und nicht erneut einen Hinterhalt plante, zeigte, dass er nichts weiter haben konnte außer leeren Drohungen. Parker konnte Recht haben. »Soll er doch kommen, wenn er sich traut.« Ich entzog ihm mein Handy und löschte die Nachrichten. »Wir beide – mehr zählt nicht«, flüsterte ich und zog ihn wieder an mich.

»Ganz genau.« Seine Worte umspielten meinen Hals, hinterließen eine prickelnde Spur. Seine Lippen wanderten meine nackte Schulter entlang.

Das war der beste Weg, Demonio zu vergessen. Uns würde nichts mehr trennen. Absolut nichts.

Ich drehte mich herum, krallte mich erneut am Rand des Waschbeckens fest, streckte Parker meinen Po entgegen. Er umfasste ihn, streichelte die Rundungen nach.

Ich brauchte ihn jetzt. Ganz nah bei mir.

Er packte meine Hüfte, fixierte mich direkt vor seiner Härte. Die Spitze drückte sich zwischen meine Beine. Ich spreizte sie auseinander, stellte mich auf die Zehenspitzen. Mit einem schnellen Stoß versank er in mir. Meine Muskeln zogen sich um ihn zusammen, als würde ich ihn nie wieder gehen lassen wollen.

Und das wollte ich auch nicht. Nie wieder.

Sein Griff wurde fester, Fingerspitzen bohrten sich in meine nackte Haut. Seine Stöße wurden kräftiger, schneller. Meine Brüste stießen gegen das kühle Marmor, unser Stöhnen füllte die Stille um uns herum.

Viel zu schnell begannen meine Knie weich zu werden. Ein Kribbeln kämpfte sich über die Innenschenkel bis zu meinem Bauch empor. Erklomm die Brüste, erreichte selbst meine Lippen. Alles in mir gab sich ihm hin, wollte ihm gehören.

Er drängte seine Lust noch einmal fest in mich, presste meinen Unterleib an sich. Gemeinsam kamen wir zum Höhepunkt, stöhnten unsere Namen, atmeten viel zu schwer.

Ruhe hüllte uns ein. Ließ uns für den Bruchteil einer Sekunde alles vergessen. Hier gab es nur uns beide.

Seine Finger lockerten sich, hauchzart strich er meinen Rücken auf und ab. Ich richtete mich auf und spürte seine Lippen an der Schulter. »Niemand wird uns jemals trennen.«

DREIUNDZWANZIG

Nur zwei Tage später rollte ein dunkler SUV auf das Gelände des Quartiers der Vikings. Ein junger Mann stieg aus, legte seine Hand an die Stirn und blickte über das Grundstück. Ein Lächeln umspielte seine Lippen.

Auch wenn ich ihn nur von weitem sah, wusste ich sofort, wer er war. Dunkelblonde Haare, hellblaue Augen, wundervoll geschwungene Lippen. Jasper. Scheinbar sahen sich die drei Geschwister alle sehr ähnlich. Und doch war er optisch das komplette Gegenteil seines Bruders. Sein Gesicht war glattrasiert und seine langen Haare trug er als lockeren Dutt im Nacken.

Lächelnd schaute ich aus dem Fenster. »Parker, ich glaube, dein Bruder ist da.«

Mit wenigen Schritten eilte er zu mir und schielte nach draußen.

Jasper ging um sein Auto herum und öffnete den Kindern die Autotüren. Die zwei Mädchen sprangen heraus und rannten sofort auf Parkers Haus zu. »ONKEL PARKER! WIR SIND DAAAA!«

Ein breites Grinsen breitete sich auf seinem Gesicht aus. »Ja, das ist Jasper, samt Rasselbande.«

Ich zuckte zusammen, als die kleinere von beiden wie wild gegen die Haustür hämmerte. Noch ein bisschen mehr und sie würde krachend nachgeben.

Lachend öffnete Parker und wurde förmlich umgerannt. Das Mädchen sprang an ihm hoch, schlang die Arme um seinen Hals und stieß ihn rückwärts um. Ihre Nasenspitzen trafen sich und sie rieben sie aneinander.

Ich schmelze offiziell dahin.

»Kathy, immer mit der Ruhe«, hörte ich Jasper im Hintergrund. Er und das größere Mädchen trugen beide einen Koffer.

Parker richtete sich wieder auf und umarmte seinen Bruder. »Ich bin froh, dich zu sehen.« Freundschaftlich klopften sie sich auf den Rücken.

Jasper löste sich als Erstes. »Ich hoffe, dass unser Kommen wirklich so wichtig ist, wie du es angedeutet hast. Die Autofahrt mit den zwei Mädels treibt mich in den Wahnsinn. Und das letzte Mal wolltest du uns nur dein neues Auto zeigen.«

Kathy kicherte und umarmte Parkers Bein. »Ein schönes Auto!«

Er zwinkerte ihr zu und nahm sie hoch auf seinen Arm.

Dieser Anblick ließ mein Herz überquellen. Die Art und Weise, wie er Kathy entgegengrinste, wie seine Augen in ihre leuchteten. *Kann man einen Menschen jeden Tag mehr lieben?*

Schwerfällig hievte Jasper das Gepäck ins Haus.

»Oh, warte, ich helfe dir« Ich drängelte mich an ihnen vorbei und schnappte mir den letzten Koffer vor der Tür.

Jasper schaute mir nach. »Na so weit kommt es noch, dass hübsche Frauen meine Taschen tragen müssen.«

Er war auf alle Fälle Parkers Bruder. »Alles gut, ich pack das schon.«

Eine Falte bildete sich auf seiner Stirn. »Wir kennen uns noch gar nicht, bist du neu bei den Vikings?«

Parker und ich grinsten uns an. »So ähnlich.«

»Und warum stehst du bei meinem Bruder im Haus?« Die Falte entwickelte sich zu einem tiefen Krater.

Noch bevor jemand von uns antworten konnte, drückte sich auch das ältere Mädchen durch die Tür. Mit großen Kopfhörern auf den Ohren schob sie sich gelangweilt durch Parker und Jasper durch.

»Meli, sag bitte wenigstens Hallo.«

Doch sie verdrehte nur ihre Augen und marschierte direkt ins Wohnzimmer.

Jasper atmete hörbar aus. »Teenager.«

Krachend flog Melis Tasche in die Ecke. »Parker? Du hattest doch Netflix? Ich find deine Fernbedienung nicht.«

»Ja, warte, ich ...« Weiter kam er nicht, denn da ertönte schon der laute Fernseher. Kathy sprang von seinem Arm und rannte ins Wohnzimmer. Scheinbar hatte Meli die Fernbedienung gefunden.

Wieder verdrehte Jasper die Augen. »Gott, ich könnte auf der Stelle einschlafen. Die beiden sind einfach ...«

Parker legte einen Arm um seinen Bruder und führte ihn in die Küche. »Zuckersüß?«

Freudlos lachte Jasper auf. »Nicht unbedingt das Wort, das ich gesucht hatte.« Er ließ sich auf einen der Hocker vor der Küchentheke fallen. »Olivia wollte nicht mitkommen. Sie ... ach, du kennst es.« Mit den Händen fuhr er sich über das Gesicht. »Wie auch immer. Wir sind hier. Und ich bin saumüde.«

Parker hatte erwähnt, dass Jaspers Frau keine Verbindung zu den Vikings wollte, dennoch ließ sie ihre Kinder herkommen. Vielleicht würde sie ja zur Hochzeit mitkommen.

Wie selbstverständlich ging ich an den Küchenschrank und stellte Jasper eine Tasse mit Kaffee vor die Nase.

Er legte seine Hände darum und nippte an der dunklen Flüssigkeit. »Danke.«

Ich lehnte mich gegen die Küchenzeile und beobachtete die beiden Brüder, sie wirkten so verschieden.

»Also, Bruderherz«, begann Jasper, »ich nehme an, dass ich nicht wegen einem neuen Auto hier bin, wenn ich so sehe, wie sich die Süße in deiner Küche zurechtfindet.«

Und so gleich.

Parker stellte sich neben mich und legte seinen Arm um meine Hüfte. Er fand diesen Kosenamen nur halb so lustig.

»Manchmal denke ich, er weiß selbst nicht, wo seine Tassen stehen.« Jasper zwinkerte mir zu und nahm einen großen Schluck Kaffee.

Parker verstärkte den Druck seiner Umarmung. »Kleiner Bruder, das ist Linda«, liebevoll blickten seine Augen in meine, »Meine Freundin.« Er grinste. »Sagt man das noch so?«

Hitze schoss in meine Wangen. Wir wollten heiraten, klar. Aber noch nie haben wir deutlich ausgesprochen, was wir waren. Füreinander.

Jasper verschluckte sich an seinem Kaffee und begann heftig zu husten, feine Kaffeetröpfchen flogen über die Theke, seine Faust schlug gegen seinen Brustkorb.

Parker zog eine Augenbraue nach oben. »Du musst nicht gleich draufgehen.«

Jasper beruhigte sich. »In deinem Alter nennt man das schon Lebensgefährtin.«

Wie gesagt, absolut gleich.

Doch Parker schwieg. Auch Jasper sagte nichts weiter, schaute seinen Bruder lediglich tief in die Augen. Eine Sekunde. Zwei Sekunden.

Ich blickte zwischen den beiden hin und her. Doch sie starrten sich nur weiterhin gegenseitig mit ihren so hellen blauen Augen an.

Parkers Mundwinkel zuckten.

Jasper schluckte deutlich. »Dass ich das erleben darf.« Keine Sekunde später stand er auf und umarmte seinen Bruder. Fest. Lang. Liebend.

Jasper löste sich und wischte über seine Augen. »Ach, na da hat sich das Ganze doch schon gelohnt. Obwohl ich mir nicht sicher bin, ob ich Linda auch gratulieren sollte.« Sein Blick wanderte zu mir, »Mein Bruder ist manchmal ein echter Arsch.«

Laut lachte ich auf. »Ja, das ist er. Aber manchmal ist er ganz ok.«

Jaspers Kopf schwankte hin und her. »Manchmal«, stimmte er mir zu und wieder lachte ich.

»Das Essen ist mega lecker!« Leslie leckte sich schmatzend die Finger ab und lehnte sich in ihrem Stuhl zurück.

Gemeinsam saßen wir alle in Parkers Wohnzimmer und genossen das Essen aus dem Rogue. Pietro hatte es geliefert, nachdem ich ihn angerufen hatte. Natürlich konnte auch er eins und eins zusammenzählen und freute sich sehr darauf, uns das Essen bringen zu dürfen.

Die Schmetterlinge in mir flogen noch immer kreuz und quer, wenn ich nur an die Hochzeit dachte. Noch nie hatte ich mich so angekommen gefühlt. Und dass, obwohl wir uns nicht lange kannten. *Wenn es passt, dann passt es einfach. Liebe kennt keine Zeit.* Glücklich schaute ich in die Runde.

Parkers Eltern unterhielten sich angeregt mit Jasper, scheinbar hatten sie sich schon eine Weile nicht mehr gesehen.

Leslie beschäftigte sich mit Kathy und Meli. Die drei kamen wohl gut miteinander aus.

Weiter hinten saß Parkers Großmutter. Ich hatte sie vorher noch nie getroffen. Sie war bereits sehr alt. Trotzdem kam sie in einer schwarzen Lederjacke mit großem Vikingssymbol. Parker begrüßte sie unheimlich herzlich, sie musste ihm viel bedeuten.

Allgemein war seine Familie sehr liebevoll zueinander. Ganz anders, als man sich das bei harten Motorradclubs vorstellte. Eine wundervolle Wärme breitete sich in meinem Körper aus, füllte jede Zelle in mir. *Bald würde ich dazugehören.*

Mia lachte laut auf und mein Blick glitt zu ihr. Jackson flüsterte ihr etwas ins Ohr und sofort röteten sich ihre Wangen.

Auch Tim saß neben ihr. Allerdings wirkte er mehr als nur ein wenig angespannt. Er hatte mich kaum begrüßt und setzte sich stumm auf den hintersten Stuhl. Ich hoffte, dass wir uns bald endlich aussprechen könnten. Es belastete mich, dass mein bester Freund nicht mit mir redete und ich mein Glück nicht mit ihm teilen konnte. Aber ich war froh, dass er überhaupt gekommen war. Er war die letzte Familie, die ich noch hatte.

Parkers Hand legte sich auf meine. »Bereit?«

Lächelnd nickte ich ihm zu. Alles in mir prickelte vor Vorfreude. Es war so weit.

Parker stand auf, schaute in die Runde und sagte – nichts.

Mein Blick glitt an ihm herauf. Er war tatsächlich nervös. Parker O'Neil war nervös! Sein Blick ging unruhig hin und her, seine Hände waren fest zu Fäusten geballt. Noch nie hatte ich ihn so erlebt.

Für einen Moment war ich sprachlos. Doch dann stand ich auf, nahm seine Hand und lächelte ihm entgegen.

Schief grinste er mich an, bis sein Blick wieder über seine Familie wanderte. »Ich freue mich, euch alle hier zu sehen. Die letzten Tage und Wochen waren turbulent und teilweise sehr grausam.« Für einen Moment schaute er zu mir.

Turbulent und grausam. Ja, so konnte man es bezeichnen.

»Und doch ist dazwischen etwas Schönes entstanden. Als ich Linda das erste Mal getroffen hatte, wusste ich nicht, wer sie war. Und es hat echt an meiner Ehre gekratzt, dass sie mich auch nicht erkannte.«

Ich lachte. Auch wenn ich es nie zugeben würde: Bereits im Rogue hätte ich mich in seinen blauen Augen verlieren können. *Und habe es vielleicht auch direkt ein bisschen.*

»Doch genau das machte den Anfang zwischen uns so unkompliziert. Ich werde nie ihren Blick vergessen, als sie mich erkannt hatte.«

Wieder musste ich lachen.

»Und ich glaube, in dieser Nacht wusste ich schon, dass ich sie nicht so schnell wieder loswerden würde.« Sein Blick glitt zu mir. »Sie gehört zu mir und ich gehör zu ihr.« Voller Liebe blickten seine wundervollen Augen mich an, ließen selbst den hintersten Schmetterling erwachen und tanzen. Ein letztes Mal atmete er tief durch, dann schaute er entschlossen zu seinen Eltern. »Ich habe Linda meine Vikingsjacke gegeben.«

Mia und Jackson strahlten, sie wussten es ja schon und freuten sich so sehr für uns.

Lucia und Derek schauten uns mit großen Augen an. Für einen Moment herrschte Stille. Doch dann standen sie eilig auf und umarmten Parker. »Wir freuen uns sehr für euch!«

Derek kam zu mir und zog mich an sich. »Gott, Rasmus würde durchdrehen vor Glück. Deine Eltern wären stolz auf dich.«

»Danke.«, ich vergrub die Finger in Dereks Rücken. »Für alles.« In seiner Nähe fühlte ich mich meinem Vater so viel näher.

»Immer.« Sanft strich er über meine Wange.

»Jetzt lass mich auch mal!« Lucia drängelte sich an ihrem Mann vorbei und umarmte mich. »Parker liebt dich so sehr«, flüsterte sie in meine Haare.

»Ich ihn auch.« Und wie ich diesen verdammten Kerl liebte.

Sie nickte und löste sich von mir. »Ich weiß. Man kann es euch ansehen.« Eilig wischte sie sich die Tränen aus den Augen. »Es freut mich, dass du meine Nachfolgerin wirst. Du wirst das toll machen.«

Zähne gruben sich in meine Unterlippe. »Ich hoffe es.«

Sie grinste. »Wenn es keine Miller schafft, wer dann?«

Ich blinzelte ein paar Mal über ihre Worte. Sie schenkten mir unverhofft Mut. Schließlich hatte sie recht, ich bin eine Miller. Es gab nichts, was ich nicht schaffen konnte, wenn ich nur genug Willenskraft hatte. Und das hier wollte ich mehr als alles andere.

Überschwänglich umarmte Leslie ihren Bruder und murmelte ihm etwas Unverständliches zu. Innerlich bereitete ich mich bereits auf das nächste Wortgefecht vor, denn es war kein Geheimnis, dass sie nicht mein größter Fan war. Ihre Glückwünsche würden sicher nüchtern ausfallen. Parker lächelte seine Schwester an und nickte.

Dann stand sie vor mir, ihre Augen bohrten sich in meine. »Sollte mein Bruder dir je auf den Sack gehen, ich kenne echt einige peinliche Stories. Komm einfach rüber.«

Darauf war ich nicht vorbereitet.

Stürmisch umarmte sie mich. »Ich habe mich in dir geirrt. Du tust ihm sehr gut. Sonst lacht er nur zweimal im Jahr.« Sie rollte mit den Augen. »Zu seinem Geburtstag und zur Zusammenkunft. Ansonsten ist hier eher laue Stimmung.«

Ich lachte und schaute zu Parker. »Laue Stimmung, hmm?«

Er zwinkerte mir zu und grinste mich verführerisch an.

»Gott! Das nervt mich jetzt schon!« Leslie boxte mit ihrer Faust gegen meine Schulter. »Jedenfalls, du passt schon ganz gut hier rein, denk ich.«

Lucia packte ihre Handgelenke. »Komm, Oma will auch noch gratulieren.«

Parkers Oma richtete sich auf, sofort kam er ihr entgegen. »Warte, wir kommen zu dir.«

»So weit kommt's noch! Wenn ich 1,80 Meter unter der Erde liege, dann kannst du zu mir kommen. Bis dahin laufe ich, wohin ich will!«

Ich biss mir auf die Zunge, um nicht zu lachen.

Parker verdrehte die Augen und legte den Kopf schief. »Gut, dann warten wir hier vorne einfach die nächsten drei Jahre.«

Gerade als Parkers Oma etwas erwidern wollte, hämmerte es an der Eingangstür. Alle Blicke richteten sich zum Hausflur. Keine Sekunde später stürmte eine Viking in das Wohnzimmer herein.

Parker starrte sie an. Wenn das nicht wirklich wichtig war, würde er sie auf der Stelle umbringen. »Nadine, was ist los?«

Atemlos lehnte sie sich gegen den Türrahmen. »Vor der Tür ... steht ein ganzes ... Einsatzkommando der Bullen! Sie wollen ... zu dir.«

Als hätte sie ein Blitz getroffen, sprang Mia auf und eilte zu mir. Noch bevor Parker reagieren konnte, ergriff sie das Wort. »Wie heißt der zuständige Einsatzleiter?«

Verdutzt starrte Nadine sie an. »Keine Ahnung ... irgendwas mit Smith?« Nachdenklich kratzte sie sich hinter dem Ohr.

»John«, murmelte ich und Mia nickte. Seit wann arbeitete er wieder in Fremont? Davon hatte ich nichts mitbekommen.

»Ein ganzes Einsatzkommando?«, fragte ich nochmal genauer nach und Nadine nickte eifrig. Sie mussten etwas gegen Parker in der Hand haben, aber mit John konnte ich gut umgehen. Wir hatten früher in einem Fall miteinander zu tun gehabt. Damals konnte ich ihn ziemlich leicht aus der Fassung bringen.

Ich drehte mich zu Parker. »Versprich mir, nicht an die Decke zu gehen. Mia und ich regeln das. Aber du«, sanft drückte ich ihn auf seinen Stuhl zurück, »bleibst schön hier sitzen und rastest nicht aus.«

Mit großen Augen schaute er mich an. Ich konnte sehen, dass ihm das alles hier nicht passte. Tief atmete er durch. »Jasper, geh mit Kathy und Meli nach oben.«

Sein Bruder stand auf, packte seine Mädels und schob sie die Treppe hinauf. Parkers Blick glitt wieder zu Nadine. »Lass sie rein.«

Sofort rannte sie los.

Dann schaute er wieder zu mir. »Ob ich dazwischen gehe, entscheide ich spontan.«

Natürlich, jetzt musste er den King raushängen lassen. Ich legte meine Hände auf seine Armlehnen und lehnte mich nach vorn, beinahe berührten sich unsere Nasenspitzen. »Vertraust du mir nicht?«

Genervt schloss er die Augen, doch er kam nicht mehr dazu, mir zu antworten.

Mit einem lauten Knall wurde die Tür aufgeschmissen und etliche Polizisten betraten den Raum. Ein letztes Mal bat ich Parker stumm darum, einfach sitzen zu bleiben. Ich stieß mich von seinem Stuhl ab, drehte mich herum und schaute direkt in das Gesicht des Detectives.

VIERUNDZWANZIG

»John Smith – Fremont Police Department. Ich habe hier einen Haftbefehl für Parker O'Neil.«

Haftbefehl? John ist heute aber optimistisch. Na dann wollen wir mal. »John! Schön, dich zu sehen. Gut siehst du aus«, begrüßte ich ihn und legte meine Hand auf seinen Arm.

»Linda, was machst du denn hier?« Er sah ehrlich überrascht aus.

Scheinbar war die Info, dass ich mit Parker zusammen war, nicht bis zur Polizei durchgedrungen. Oder er war dafür noch nicht lang genug wieder zurück in Fremont.

Mia ging an John vorbei und kümmerte sich um die Kollegen. Sie entriss dem Polizisten den Haftbefehl und las ihn durch. Empört öffnete er den Mund, um etwas zu erwidern, doch Mia hob ihren Zeigefinger vor sein Gesicht und brachte ihn zum Schweigen. Sicher würde sie einen Formfehler finden, das verschaffte uns wenigstens Zeit.

Mein Blick richtete sich wieder auf John. »Die O'Neils haben mich zum Essen eingeladen, da ich sie das letzte Mal so erfolgreich vertreten habe. Aber viel spannender ist, was du hier machst? Wurdest du nicht in eine andere

Stadt versetzt?« Mit dem schönsten falschen Lächeln, das ich bieten konnte, schaute ich ihn an.

Für einen Moment starrte er leer in meine Augen, doch dann wanderte sein Blick an mir herab, stoppte an meinen Händen.

Sucht er etwas?

Erleichtert atmete er auf. »Puh, du trägst keinen Ring. Ich dachte schon, dass die Gerüchte wahr sind und du einen O'Neil heiratest. Aber ohne Diamant am Finger.«

Parkers Schnaufen hallte überlaut durch den Raum. Noch ein Wort und er würde ihn direkt vor all seinen Kollegen erschießen.

Themawechsel. »John, jetzt sag schon, was machst du hier?«

Seine Hände klopften über sein Jackett. »Wo ist denn der Haftbefehl jetzt?« Seine Wangen röteten sich.

Gut, ich machte ihn noch immer nervös.

»Ah, deine Kollegin hat ihn. Naja, also ganz unter uns, Robert Castello wurde tot aufgefunden.«

Ich schluckte. Mathew hatte die Leiche beseitigt. Es war unmöglich, dass sie ihn gefunden hatten.

Dramatisch spielte ich die Unwissende. »Oh mein Gott! Wo denn? Und was haben die O'Neils damit zu tun?«

John kam mir näher und legte eine Hand auf meinen Arm. Ich betete dafür, dass Parker einfach sitzen bleiben würde. »Unten am Stone Lake. Genau neben dem Lakeview Hotel. Die Patronen aus der Leiche konnten identifiziert werden. Sie stammen aus der Waffe von Parker O'Neil.« Wieder kramte er in seiner Tasche. »Und hier ist noch der Durchsuchungsbeschluss für sein Haus.«

Kaum hielt er ihn mir entgegen, riss Mia ihm die Papiere aus der Hand.

Wieder schluckte ich. Schuldgefühle drückten schwer auf meiner Brust, nahmen mir die Luft zum Atmen.

Warum nur hatte ich Parkers Waffe genommen? Ich würde es nicht zulassen, dass er wegen mir ins Gefängnis gehen müsste. Egal, was ich dafür tun musste.

Ich trat einen Schritt näher an John heran. »Johnny, das ist mir echt peinlich gerade. Die O'Neils hatten mich beauftragt, einen Einbruch anzuzeigen, schon vor einigen Wochen, ich habe es leider total vergessen. Ich glaube, da wurden auch Waffen entwendet.«

Seine Augenbrauen zogen sich zusammen. »Oh, Linda. Ich sag dir immer wieder: Lass dich nicht mit solchen Leuten ein.«

Das hatte ich nicht erwartet! Er nahm meine Hand, schob seine Finger zwischen meine. Kaum berührte mich seine Haut, hörte ich bereits Parkers Stuhl über den Boden kratzten. Ich schloss meine Augen und hoffte, dass er einfach nur aufstand und keine Waffe zog.

Keine Sekunde später stand er mit bebenden Brustkorb neben mir. »Finger weg«, presste er hervor.

John ging einen Schritt zurück. Seine Augen verengten sich und musterten Parker von Kopf bis Fuß. »Jetzt passen Sie mal auf, Mister O'Neil, so sollten sie nicht mit einem Detective sprechen. Und ich denke, Miss Miller kann für sich selbst reden.«

Parker legte seine Hände an meine Taille. »So spreche ich aber nun mal mit Männern, die meine Frau anfassen.«

Genervt verdrehte ich die Augen. Warum konnte er nicht einfach sitzen bleiben? Warum ließ er mich nicht einfach meine Arbeit machen? Kurz schielte ich zu Mia. Unsere Blicke kreuzten sich und sie nickte. Gott sei Dank, sie hatte etwas gefunden.

»Ihre Frau?!« Johns Stimme klang viel zu hoch. Mit geweiteten Augen schaute er mich an.

Ich entzog mich Parkers Berührung und stellte mich zwischen die beiden Männer. »Noch bin ich seine Verlobte. Sollte er sich aber des Öfteren in meine Arbeit einmischen, dann …«

Weiter kam ich nicht. Völlig entsetzt starrte John zwischen Parker und mir hin und her. »Verlobte?! Aber du trägst doch gar keinen Ring!«

Genervt atmete Parker tief durch. »Jetzt halt mal die Klappe, Detective.« Sein Blick glitt zu mir und funkelte mich böse an. »Und ich habe mich nicht in deine Arbeit eingemischt. Ich bin hier der King, vergiss das nicht.«

Ah, dieses Spiel spielen wir also. Freudlos lachte ich auf. »Und ich bin hier die Anwältin, das hast du scheinbar vergessen. Und vor dir stehen Polizisten mit einem Haftbefehl. Also, wer hat hier wohl gerade die besseren Kompetenzen?«

»Ja, die sollte er definitiv heiraten«, hörte ich seine Oma lachen.

Seine Kiefer mahlten. Er drehte sich um und entfernte sich ein paar Schritte.

Schwer atmete ich aus. So viel zum Thema Vertrauen.

Mia kam zu mir und hob die Papiere direkt vor meine Augen. »Falls ihr zwei euch dann einig wärt, auf beiden Beschlüssen fehlt die Unterschrift des Richters.«

Wie bitte? Das war mehr als nur ein Formfehler. Es war absolut rechtswidrig, dass er überhaupt in diesem Haus stand. »John, was denkst du dir dabei? Du hast nichts gegen Parker in der Hand.«

Ungläubig schüttelte er den Kopf. »Ich wusste nicht, dass du hier wärst. Oder irgendeine andere Anwältin. Die Unterschrift hätte ich mir morgen früh irgendwo noch schnell besorgt. Ich wollte nur endlich diesen Kerl einbuchten.«

Ich schnalzte mit der Zunge. »*Dieser Kerl* hat aber nichts getan. Und wenn du nicht sofort unser Haus verlässt, dann zeige ich dich wegen Hausfriedensbruch an. Raus hier.«

John schnaufte. Eine Weile hielt er meinem Blick stand, doch dann zuckten seine Augen und er schielte über meine Schulter.

Parker stand also wieder hinter mir. »Wir können das auch gerne auf meine Weise regeln. Ich liebe es, Einbrecher zu überraschen.«

John hob seine Hand und gab seinen Leuten das Zeichen zu verschwinden. »Wir sehen uns wieder, O'Neil.« Sein Finger deutete direkt auf Parker.

Erleichtert atmete ich aus. Ohne die fehlenden Unterschriften hätte es erstmal schlecht ausgesehen.

Parkers Atem strich über meinen Hals. »Unser Haus? Klingt gut«, flüsterte er und küsste meinen Nacken. Scheinbar war seine Wut schon verflogen.

Kaum hörte ich die Tür ins Schloss fallen, drehte ich mich zu ihm um. »Wenn du mir noch einmal erklärst, dass du hier der *King* bist, dann kannst du zusehen, wo du bleibst. Ich bin nicht eines dieser Weiber, die Angst vor dir haben. Vergiss du mal besser nicht, wer ich bin.«

Ich stemmte meine Fäuste in die Hüfte, bereit, seine Antwort zu empfangen und zu vernichten. Doch anders als erwartet, zuckten Parkers Mundwinkel. »Du hast recht. Es ... es tut mir leid.«

Ruckartig sprang Leslie auf. Mit großen Augen starrte sie ihren Bruder an. »Markiert mal bitte jemand diesen Tag im Kalender! Der unfehlbare Parker hat zugegeben, dass er im Unrecht war!«

Ungläubig schüttelte ich den Kopf. Und selbst Parker musste ein bisschen grinsen.

Mia und Jackson verabschiedeten sich als Erstes. Nervös knabberte sie an ihren Fingernägeln, als sie Parkers Haus verließen. »Meinte John Robert Castello, den Mafiaboss?!«

Zu oft vergas ich, dass Mia an all dem nie beteiligt war. Sicher, sie wusste, dass die Vikings in die Drogengeschäfte verwickelt waren und dass ich nicht nur legale Wege kannte, um Fälle zu gewinnen. Aber niemals würde sie auf die Idee kommen, dass ich Castello umgebracht hatte. Mit Parkers Waffe. Unruhig wanderte mein Blick über den Innenhof des Quartiers. »Ja.«

Tief atmete Mia ein und aus, doch Jackson drückte sie an sich. »Keine Angst, ich pass auf dich auf.«

Nervös begann sie zu kichern.

Was sollte ich ihr sagen? Die Wahrheit? Wie sollte ich das anstellen? Zu viele Fragen gingen durch meinen Kopf. Doch das Wichtigste war erst mal, diesen Haftbefehl wieder loszuwerden.

Tim trat heraus und schloss sich Mia und Jackson an. Er hatte den ganzen Abend nichts gesagt. Noch immer herrschte eisige Kälte zwischen uns.

»Tim, können wir uns vielleicht morgen treffen? Lass uns bitte reden.« Meine Augen flehten ihn förmlich an.

Schulterzuckend stand er vor mir. »Morgen kann ich nicht. Freitagabend bei dir im Strandhaus?«

Meine Miene hellte sich auf und ich nickte ihm entgegen. Dann ging er durch die Garage und verließ das Quartier der Vikings. Auch wenn es nur ein kurzes und kühles Gespräch war, war ich froh, dass er wenigstens einem Treffen zugestimmt hatte. Es war ein Anfang.

Mia und Jackson folgten ihm. Arm in Arm. Manchmal fand sogar ich sie ganz niedlich.

Auch Parkers Oma verabschiedete sich. »Lies ihm ruhig öfters mal die Leviten. Der braucht das.«

Ich lachte und Parker schob sie eilig ins Taxi. »Sicher, dass ich dich nicht fahren soll?«

Kopfschüttelnd kniff sie in seine Wangen. »Tu nicht immer so, als wäre ich alt und gebrechlich.«

Liebevoll lächelte er sie an. »Quatsch, alt ist man erst ab 80. Oh warte …«

»Pass nur auf, du kleiner Hosenscheißer.«

Ich presste die Lippen aufeinander, um nicht laut aufzulachen. Parker kam hundertprozentig nach seiner Oma. Mein Handy klingelte und ich wandte den Blick ab. Immer noch lächelnd zog ich es aus der Tasche und sah wieder auf eine SMS mit unbekanntem Absender. Mein Lächeln gefror. Hatten wir ihn diesmal aus seiner Deckung gelockt?

Ich wusste nicht, dass John so dumm ist und mit falschen Papieren zu den Vikings fährt. Naja, diese Trennung klappte wohl nicht. Warten wir ab. Spätestens morgen hat er eine Unterschrift und dann sehen wir weiter, oder, Liebes?
Weiß Parker eigentlich, wie du zu John stehst? Nein? Kostprobe gefällig?
Viel Spaß beim Filmabend!
In Liebe, Demonio

Mit zitternden Händen drückte ich auf das kleine Playzeichen auf dem Display. Keine Sekunde später sperrte ich den Bildschirm.

Parker winkte dem Taxi hinterher und kam wieder zu mir.

Wie versteinert schaute ich ihn an. »Demonio steckt dahinter.«

FÜNFUNDZWANZIG

Stöhnend sitze ich auf Johns nacktem Körper. Meine Brüste wippen auf und ab. Immer wieder greife ich mir in die Haare. Irgendwann beginnt John, mich auf den Rücken zu drehen und man sieht, wie sein Becken rhythmisch nach vorn schnellt. Es dauert nicht lange, dann fällt er auf mich hinab. Erschöpft. Schwer atmend. John erhebt sich wieder und wandert meinen Körper abwärts. Ich strecke mich ihm stöhnend entgegen.

Der Bildschirm wurde schwarz. Parker hatte ihn gesperrt. Wortlos legte er mein Handy auf den Tisch des Besprechungsraums. Seine Hände zu Fäusten geballt, die Fingerknöchel stachen weiß hervor.

Nachdem ich ihm sagte, dass Demonio hinter all dem steckte, rief er sofort eine Versammlung ein. So hatte sich keiner diesen Abend vorgestellt. Am wenigsten Parker und ich.

Unruhig knetete ich meine Hände. »Bitte sag was.« Er hatte die ganze Zeit kein Wort mit mir gesprochen und ich konnte nicht wirklich einschätzen, ob er wütend oder verletzt war. Wahrscheinlich ein bisschen von beidem. »Das mit John war lange vor dir. Wir kannten uns noch gar nicht. Und es war nur ein einziges Mal.« Kläglich versuchte ich das Ganze zu erklären. Und doch musste ich das nicht. Ich hatte eine Vergangenheit, so wie er auch. Nur hatte er es nicht auf Video.

Seine Faust knallte auf den Tisch. Vor Schreck zuckte ich zusammen. Seine blauen Augen fixierten mich kühl. »Es ist mir egal, wann es aufgenommen wurde.« Ich hielt seinem Blick stand. »Es ist mir egal, ob wir uns kannten oder nicht. Dieses Video ... es ist ... Hast du ihn für einen Fall von dir gevögelt? Für ein paar exklusive Infos?«

Erschrocken schaute ich ihn an. Was dachte er bitte von mir? Mein Mund öffnete sich, doch mir fehlten die Worte.

»Hast du ihn gefickt, um an Infos zu kommen?«, wiederholte er seine Frage.

Ohne darüber nachzudenken, klatschte meine flache Hand auf seine Wange. »Was bildest du dir ein? Ich bin keine Hure. Ich ...«

Fest packte er mein Handgelenk. Sein Brustkorb hob und senkte sich schneller als normal. In seinen Augen konnte ich keine Emotionen erkennen. Er schloss mich aus. »Fickst den Polizisten für Infos und den King für ein paar Drogen?« Seine Stimme war so leise und doch hallte sie durch den Raum und hinterließ ein schmerzliches Echo.

»Was?« Etwas in mir brach, seine Worte schnitten sich durch mich hindurch. »Hörst du dir eigentlich selbst zu? Wie groß ist dein verficktes Ego, dass du wirklich glaubst, dass ich nur über dich an Drogen rankommen könnte?« Ich schüttelte ungläubig den Kopf und entriss ihm meine Hand. »Wir hatten einen One-Night-Stand. Gemeinsam haben wir an dem gleichen Fall gearbeitet. Und *danach* sind wir uns nähergekommen. Ein einziges Mal. Ich wusste, dass er versetzt werden würde, sonst hätte ich mich nicht mal mit ihm getroffen.«

500 Kilometer. In eine ganz andere Stadt. In ein ganz anderes Police Departement. Er hatte dort eine tolle Karrierechance erhalten. Ich dachte, ich würde ihn nie wiedersehen. Sonst hätte ich mich niemals auf ihn eingelassen.

Parker wandte den Blick ab.

»Ich verstehe, dass es schwer ist, dieses Video zu sehen. Aber es war vor dir. Und du hast sicher bemerkt, dass ich keine Jungfrau mehr bin.« Ich griff nach seiner Hand, doch er ließ es nicht zu. »Niemals spielten Drogen zwischen uns eine Rolle! Mir zu unterstellen, dass ich mich hochschlafe oder meinen Körper wegen ein paar Infos oder sonst was hergebe, das ist ...«, meine Hände gestikulierten wild in der Luft herum, »weißt du eigentlich, was das für mich bedeutet, wenn dieses Video öffentlich gemacht wird? Wenn bereits mein zukünftiger Mann solche Dinge dabei denkt?« Ein dicker Kloß bildete sich in meinem Hals, drohte, mich zu ersticken.

Die einen würden so denken wie Parker. Und die anderen? Sie hätten vermutlich Angst, dass ich mit der Polizei zusammenarbeitete. So oder so wäre der Ruf der Company beschädigt. Und das nicht nur ein bisschen.

Noch immer blickte Parker nicht in meine Richtung, sagte kein weiteres Wort.

Die Tür des Besprechungsraums öffnete sich und die anderen Vikings betraten den Raum. Nachdem Derek und Lucia kamen, schloss Parker die Tür hinter ihnen. »Es tut mir leid, dass ich den Abend beenden musste und wir jetzt hier sitzen anstatt drüben bei mir.«

Natürlich merkte ich, dass er nur von sich sprach. Er schloss mich komplett aus. Tief atmete ich durch. *Wenn ich diesen Demonio erwische, mache ich ihn kalt.*

»Linda hat eine Nachricht bekommen. Der Absender

nennt sich Demonio. Also ein altbekannter Freund. Bereits vor ein paar Tagen kam die erste SMS. Ross konnte beide nicht nachverfolgen. Dieser *Demonio*«, er malte Gänsefüßchen in die Luft, »kauft Wegwerfhandys und zerstört sie unmittelbar nach der Nutzung. Wir wissen nur, dass er in Fremont ist und immer sehr genau über alles Bescheid weiß.« Parker war nun ganz der Vikingsking, jeder einzelne hier im Raum hörte ihm aufmerksam zu.

Ich konnte seine Wut verstehen, dennoch litt auch ich unter diesen Nachrichten. Und noch mehr unter diesem Video.

Er fuhr sich durch seinen Bart. »Demonio wusste bereits kurz nach unserer ...«, er stockte, sein Blick zuckte zu mir, »... nach unserer Verlobung Bescheid und forderte Linda auf, sich von mir zu trennen.«

Musste er gerade innehalten, als er über unsere Verlobung sprach? Was passierte hier?

»Da er Linda direkt kontaktierte und sie der Forderung nicht nachgeben wollte, haben wir ihn ignoriert. In der Hoffnung, dass er sich vor Wut offenbart.«

Ich schnappte nach Luft. »*Ich* wollte nicht nachgeben? Oder eher wir?«

Parker atmete tief ein und aus. »Scheinbar hatten *wir* damit teilweise Erfolg. Demonio muss der Polizei die Leiche von Castello präsentiert haben. Linda und der zuständige Polizist, John Smith, haben eine ... wie soll ich es nennen?«, er hob eine Augenbraue und schaute zu mir, »gemeinsame Vergangenheit? Ich denke, dass er sich absichtlich bei ihm gemeldet hat.«

Leslie runzelte die Stirn. »Gemeinsame Vergangenheit?«

Ich schluckte. Parkers Blick ruhte auf mir und für einen Moment hielt er inne. Gerade wusste ich nicht, wem ich lieber den Hals umdrehen würde. Ihm oder Demonio. Er benahm sich wie ein kleines Kind.

Parker wandte den Blick ab und schaute zu Leslie. »In seiner letzten Nachricht schickte er ein Video mit.«

Mein Stuhl kratzte über den Boden, als ich eilig aufstand. Ich wollte nicht, dass er es sagte. Es war meine Vergangenheit. »Es ist ein Sextape. Von mir und … und dem Polizisten von vorhin. John. Es war lange, bevor ich Parker überhaupt kennenlernte.«

Leslies Hände klatschten auf den Tisch. »Wie bitte? Wisst ihr, an wen er es gesendet hat? Linda, das tut mir so leid.«

Überrascht schaute ich sie an. Sicher, wir verstanden uns in letzter Zeit immer besser, dennoch hätte ich nicht gedacht, dass Leslie die erste ist, die sich darüber aufregen würde. Ich war froh, endlich keine Vorwürfe zu hören.

Dankend nickte ich ihr zu. »Scheinbar nur mir.«

Lucia tippte sich gegen ihr Kinn. »Aber wenn er es nur dir geschickt hat, dann will er vielleicht gar nicht dir schaden, sondern nur deiner Beziehung. In der Unterwelt weiß jeder, dass du Robert Castello getötet hast. Aber er lässt Parker beinahe verhaften. Scheinbar will er unbedingt eure Trennung.«

Dereks Stirn legte sich in Falten. »Wenn er immer alles wusste, dann muss er überall dabei gewesen sein. Verdächtigt ihr wen?«

Sofort schüttelte ich den Kopf, mein Blick glitt zu Parker, während ich mich wieder auf den Stuhl neben ihn sinken ließ.

»Ich habe jemanden in Verdacht, aber keine Beweise.«

Was? »Und wann wolltest du mir das sagen?«

»Wenn ich es für richtig gehalten hätte.«

Für einen Moment schloss ich meine Augen. Das war alles zu viel für mich. Dieser Abend, der Polizeieinsatz, die Nachrichten von Demonio, das Video, Parker. Ich war keine naive Frau, die sich ihm unterwerfen würde. Ich war keines dieser Weiber, die ihn als King anhimmelten. Und er hatte bereits zweimal heute Abend bewiesen, dass er das wohl brauchte.

Ich öffnete die Augen. Er blickte wieder nach vorn zu den anderen. »Weißt du was, Parker?«, ich packte sein Kinn und zwang ihn, mich anzusehen, »Schau mich an, wenn ich mit dir rede! Ich bin keines von deinen Weibern, die dich vergöttern. Entweder du möchtest mich an deiner Seite und beendest diese Machtspielchen oder wir lassen es. Ich habe keine Ahnung davon, was eine Queen bei den Vikings macht. Aber wenn es heißt, dass sie sich dir unterwerfen muss, dann suchst du eher eine Magd und keine Königin!« Mein Puls schlug mir durch den ganzen Körper, das Blut rauschte lautstark in meinen Ohren.

Mit großen Augen starrten alle zu uns.

Parker fixierte mich. »Ja, vielleicht sollte ich noch mal drüber nachdenken, wen ich an meiner Seite haben möchte.«

Das saß. Und das traf. Ich wandte den Blick ab und versuchte, den Schmerz zu schlucken. Tränen brannten in meinen Augen, aber ich würde jetzt nicht vor all den anderen weinen. Seine Worte schlugen auf mich ein, gewaltsam und mit voller Kraft.

Der ganze Besprechungsraum war still. Sie warteten auf eine Reaktion von Parker. Oder mir. Aber ich konnte keinen klaren Gedanken fassen.

Doch. Ich konnte. »Wenn das so ist.« Ich stand auf, rückte meinen Stuhl an den Tisch und ging Richtung Tür. »Dann lass ich dich nachdenken. Such dir eine, die deine Machtspielchen mitmacht.«

»Wow, Bruderherz. Ich hätte nicht gedacht, dass du es so schnell verbockst.« Leslie lehnte sich zurück.

Zielstrebig durchquerte ich den Raum und öffnete die Tür.

»Halt die Klappe, Leslie!« Parkers Stuhl kratzte über

den Holzboden. »Fuck.« Mit großen Schritten folgte er mir.

Doch es war mir egal. Ich hatte für heute Abend genug vom King. Genug für eine sehr lange Zeit! Ich verließ das Memberhouse und wollte gerade die Stufen herunterlaufen, als Parker hinter mir auftauchte.

»Jetzt warte doch mal.«

Ruckartig blieb ich stehen und drehte mich um. »Worauf? Auf deine Pubertät? Dass du erwachsen wirst?«

Sein Blick ließ mich verstummen. In seinen Augen sah ich, dass es ihm leidtat. Doch das änderte nichts an seinem Verhalten. Erst belehrte er mich darüber, wer hier der King war, dann beschuldigte er mich, wie eine Hure an Informationen zu kommen oder gar, ihn deswegen zu ficken, und nun musste ich mir anhören, dass er sich mit mir gar nicht mehr sicher war.

Zaghaft nahm er meine Hand und drückte sie. »Du weißt, dass ich das nicht so gemeint habe.« Seine Stimme war leise. Zärtlich. Sanft. »Ich bin ein Arsch. Bitte verzeih mir.«

Ich entfernte mich ein paar Schritte, entriss ihm meine Hand. »Vergiss es, Parker. Du kannst mich nicht erst anschreien und bloßstellen und dann vor mir stehen und mit zarter Stimme um Vergebung bitten!«

»Zarte Stimme?«, schief grinste er mich an.

»Ich meine es ernst.« Ich ertrug diese Machtspiele keine Sekunde länger. »Ich ordne mich dir nicht unter. Nicht heute, nicht morgen, niemals! Entweder du begegnest mir auf Augenhöhe, oder du lässt es.« Ich drehte mich um und ging die Stufen herunter. »Aber hey, du bist dir ja eh nicht so sicher.«

Er folgte mir, der Kies knirschte unter seinen Schritten. »Linda, das stimmt nicht. Das weißt du.« Wieder packte er meinen Unterarm, zog mich zu sich. »Keine Worte dieser Welt können ausdrücken, wie leid mir dieser

Satz tut. Keine Ahnung, was mich geritten hat, so was zu sagen.«

Er war zu nah. Viel zu nah. Ich befreite mich aus seinem Griff. »*Dieser* Satz? Und die anderen davor? Es ging den ganzen Abend so! Sobald ich nicht nach deiner Pfeife tanze, schmeißt du mit solchen Sprüchen um dich.«

»Ich weiß.« Wieder kam er auf mich zu. »Ich bin ein Arsch. Aber bitte ... bitte geh jetzt nicht.« Er streckte seine Hand nach mir aus. »Ich wollte dir nicht wehtun. Niemals würde ich das wollen.«

Seine Worte ließen meine Fingerspitzen kribbeln und doch zögerte ich. Auch wenn er es bereute, er hatte es gesagt. So vieles, was tief in mir weh tat! Und trotzdem stand ich jetzt vor ihm. Sah seine traurigen Augen, seinen verzweifelten Gesichtsausdruck.

Und griff nach seiner verdammten Hand. *Liebe muss absolut blind machen.*

Sofort zog er mich an sich, legte einen Arm um meine Taille, lehnte seine Stirn an meine. »Es gibt niemanden, den ich mehr will als dich. Niemals solltest du daran zweifeln. Es tut mir so leid.« Er küsste meine Wange. »Ich bin ein Idiot.«

Freudlos lachte ich auf. »Ja, bist du.« Und doch war ich sicher der größere, schließlich lag ich wieder in seinen Armen. »Ich will nicht deine Drogen.«

Seine Nase fuhr durch meine Haare. »Ich weiß. Das war ... dumm.«

Und wie dumm das war. Ich hatte ihm meine Vergangenheit anvertraut. Ihn darauf herumtrampeln zu sehen, schmerzte einfach so sehr. »Noch einmal solche Spielchen und ich bin weg.«

Er nickte, drückte mich fest an sich. »Das könnte ich mir niemals verzeihen.«

»Hmm«, ich schaute auf, »dann leg den King an die Kette.«

»Er liegt handzahm vor deinen Füßen, meine Schöne.« Seine Lippen berührten meine Stirn.

Ich legte den Kopf an seine Brust, lauschte seinem viel zu schnellen Herzen. »Lass uns wieder reingehen.«

Seine Arme wanderten nach oben, umfassten meine Schultern. »Okay.«

Die Finger fest ineinander verschlungen, betraten wir gemeinsam den Besprechungsraum.

»Manchmal frag ich mich, was du an dir hast, dass du Linda so um den Finger gewickelt hast.« Leslie rollte mit den Augen.

»Tatsächlich würde ich sagen, dass es eher umgedreht ist.« Parker lächelte mich an. Doch ich blickte weiterhin stur geradeaus. Auch wenn er es bereute, schmerzten seine Worte dennoch tief in mir.

Er löste sich von mir, packte einen der leeren Stühle, rückte seinen zur Seite und stellte den anderen daneben ab.

Was tat er da? Auch die Vikings schauten mit großen Augen nach vorn zu ihm.

»Auf Augenhöhe.« Schief grinste er mich an.

Zum zweiten Mal an diesen Abend machte er mich sprachlos. Ich wusste, dass das eine große Sache für ihn war, auch, ohne selbst eine Viking zu sein.

Ich ging zu ihm und er rückte den Stuhl zurück, sodass ich mich setzen konnte. Gemeinsam saßen wir an der Stirnseite des Tisches. King und Queen.

Derek ergriff als Erstes das Wort. »Also, wir hatten über die Verdachtigen gesprochen. Jemand eine Idee?« Augenblicklich setzte ein leises Murmeln ein, alle begannen wild zu spekulieren.

Parkers Hand glitt unter der Tischplatte herüber auf meinen Oberschenkel, langsam wanderten seine Finger an den Innenseiten entlang. Er lehnte sich zu mir, sein

Atem streifte meinen Hals. »Das hat so viele Vorteile«, flüsterte er.

Eine Gänsehaut breitete sich auf meinen Beinen aus, kribbelte bis in die Zehenspitzen. Aber das konnte er jetzt vergessen. Ich packte seine Hand und brachte sie zum Stillstand. Diesen Versöhnungssex musste er sich hart verdienen. »Bleib bei der Sache, O'Neil.«

Seine Mundwinkel zuckten. Er entzog mir seine Hand, strich furchtbar nebensächlich über meine Taille.

Ich biss mir auf die Zunge, um nicht laut loszulachen. Dieser Mistkerl. Gerade, als ich ihn zurechtweisen wollte, atmete er tief durch und blickte in die Runde. »Die Verdächtigen werde ich vorerst nur mit Linda besprechen. Alles geht so normal wie möglich weiter. Dieser Demonio soll denken, dass er uns völlig kalt lässt.«

Derek räusperte sich. »Deshalb sollten wir uns auch eher um deinen Haftbefehl kümmern. Was wollen wir dagegen tun?«

Immer wieder fuhr sich Parker durch die Haare. Eine widerspenstige Strähne fiel auf seine Stirn zurück. »Was schlägst du vor?«

Ich brauchte einen Moment, bis ich begriff, dass er mich meinte. Erwartungsvoll schaute er in meine Augen. Egal wie sehr wir uns stritten, niemals würde ich zulassen, dass er ins Gefängnis musste.

Ich griff nach seiner Hand. Er hob sie an seine Lippen und das wundervoll warme Gefühl überkam mich. *Niemals.* »Wir sollten mit dem Table Club reden und dir ein Alibi besorgen.«

»Was ist der Table Club?« Lucias Stirn lag in Falten.

Parker lachte auf. »Das ist die nächste Geschichte.«

Nachdem wir den anderen kurz erklärt hatten, um was es sich bei dem Table Club handelte, beendete Parker die Besprechung. Es war bereits sehr spät und alle waren müde.

Wir verließen als letztes das Memberhaus. Nebeneinander schlenderten wir über den Innenhof, bis wir vor seinem Haus zum Stehen kamen. Auch wenn wir uns wieder angenähert hatten, stand der Streit dennoch stumm zwischen uns. Eine unsichtbare Mauer.

Ich entfernte mich ein paar Schritte von ihm. »Vielleicht wäre es besser, wenn ich zu mir fahre.«

Parker vergrub seine Hände tief in den Hosentaschen. »Was soll daran besser sein?«

Ich zuckte mit den Schultern. »Keine Ahnung. Ein bisschen Abstand könnte uns guttun.«

»Nein.« Er schnaubte. »Das klingt eher nach dem Anfang vom Ende.«

»Das habe ich nicht gesagt.« Mein Blick wanderte gen Himmel. Der Mond schien fahl über uns, tauchte alles in ein kühles silbernes Licht.

»Bleib hier.« Er kam auf mich zu, seine Fingerspitzen streiften meine. »Es tut mir wirklich leid. Ich bin ein riesiger Trottel.«

Ich versuchte zu lächeln, doch ich konnte nicht. Ehrlich gesagt, war mir zum Heulen zumute. »Genau das habe ich mir schon mal angehört.« Tief atmete ich durch. Auf der Dachterrasse war es ganz genauso. Und nur wenige Tage später befanden wir uns wieder am gleichen Punkt. »Ich ruf mir ein Taxi. Wir sehen uns morgen beim Table Club.«

Seine Finger strichen meinen Arm empor. So zart diese Berührung auch war, so sehr fesselte sie mich an Ort und Stelle. »Geh nicht.« Er räusperte sich, doch seine Stimme klang nach wie vor kratzig. »Bitte.«

»Parker, du hast mir heute mehrmals klargemacht, wer

hier der Chef ist. Du hast dieses Video gesehen und mich sofort als Hure abgestempelt und zur Krönung darf ich noch hören, dass du dir nicht sicher mit mir bist? Und das mit den Drogen. So läuft das nicht.« Der Kloß in meinem Hals wuchs erneut. »Auch, wenn du dich danach entschuldigst. Es … es ändert nichts. Ich brauche Abstand.«

Eigentlich wollten wir heute unserer Familie mitteilen, dass wir uns verlobt hatten. Dass wir uns liebten. Und jetzt standen wir in der Dunkelheit der Nacht vor Parkers Haus und ich wusste nicht, ob ich mit all dem leben könnte. Ich war eine unabhängige, selbstbewusste Frau. Ich brauchte keinen Mann in meinem Leben. Auch ihn nicht. So weh es mir auch tat, ich würde drüber hinwegkommen, irgendwann.

Parker strich über sein Gesicht. »Ich bin einfach durchgedreht, als ich das Video gesehen habe. Scheiße, ich konnte nicht sehen, wie du die Berührungen von jemand anderem genießt.«

Ungläubig schüttelte ich den Kopf. »Und du hattest vor mir keine anderen Frauen? Gott, Parker, das ist Jahre her.«

Mit den Händen fuhr er sich durch die Haare. »Denkst du nicht, dass ich mir das dauernd gesagt habe? Dass ich nicht versucht habe, ruhig zu bleiben. Aber ich konnte nicht. Dieser Typ stand nur wenige Minuten vorher in meinem Haus und hat dich berührt. Und dann das Video.«

»Das gibt dir trotzdem nicht das Recht, so über mich zu reden. Vor allem nicht vor anderen.«

Seine Finger verschränkten sich mit meinen. »Ich war mir noch nie sicherer als mit dir.«

Schweigend stand ich vor ihm. Blickte in seine blauen Augen, die mir sonst immer den Atem raubten. Nur jetzt gerade nicht mehr. »Vielleicht war das alles eine dumme Idee.«

Parker ging einen Schritt zurück. »Ein Fehler? So wie damals?«

»Das habe ich nicht gesagt.« Er drehte mir die Worte im Mund herum. »Aber es ging alles sehr schnell.«

»Und das ist falsch?« Seine Lippen waren ein einziger Strich.

Keine Ahnung. Gott, was passierte hier? Wir wollten unseren Tag feiern! Wir wollten uns feiern. Stattdessen stritten wir. Wegen nichts! Wegen eines verdammten Videos. Wegen eines Typens, dessen Namen wir nicht mal kannten. Am Ende hatte Demonio genau das erreicht, was er wollte.

Scheinbar war er cleverer, als wir dachten. Schickte John hierher und danach das Video. Er musste Parker kennen, er wusste, dass ihn das rasend vor Wut machen würde.

Auch wenn mir noch immer Parkers Worte schwer im Magen lagen, schloss ich den Abstand zwischen uns und umarmte ihn. Tief vergrub ich mein Gesicht an seiner Brust, atmete seinen unwiderstehlichen Geruch ein. Ich wollte nicht, dass Demonio gewann. Dieser ganze Streit wurde künstlich herbeigeführt, nichts davon war echt. Außer wir.

»Nein«, flüsterte ich. »Zwischen uns kann niemals etwas falsch sein.«

Er küsste meinen Scheitel, drückte mich fest an sich. »Gut. Du gehörst nämlich zu mir.«

Ich schaute auf. »Und du zu mir.«

Sein Daumen strich über meine Unterlippe. »Lass uns reingehen. In *unser* Haus.«

SECHSUNDZWANZIG

Wieder klingelte das Telefon, doch ich ignorierte es. Den ganzen Tag über war es nicht einmal still und selbst meine Mittagspause mit Mia musste ausfallen. In wenigen Minuten musste ich los, sonst würde ich zu spät zum Table Club kommen. Und vor mir stapelten sich noch immer eine Menge Akten.

Ich griff nach der grünen neben mir und überflog noch einmal die Aufzeichnungen für den Gerichtstermin am Montag. Der Fall war nicht unbedingt schwierig. Tim hatte dem einzigen Zeugen eine große Summe Geld geboten und seitdem war er verschwunden. Vielleicht hatte er ihn auch umgebracht, keine Ahnung, interessierte mich auch nicht sonderlich.

Auch eine mögliche Lösung für unser John-Problem. Wir bringen ihn einfach um, vergraben ihn und seinen Haftbefehl tief unter der Erde. *Wenn es nur so einfach wäre.* Ich hatte den ganzen Tag nichts von ihm gehört und war mir nicht sicher, ob es mich beruhigen oder beängstigen sollte.

»Sie hat zu tun!« Miss Thompsons aufgeregte Stimme

ließ mich aufschauen. Aber es war jemand ganz anderes, der meine Aufmerksamkeit erweckte.

»Schon gut, ich geh einfach rein.«

Meine Sekretärin rief ihm etwas zu, doch da öffnete sich bereits die Tür. Strahlend blaue Augen schauten direkt zu mir.

Ich legte den Kopf schief. »Was machst du hier?«

Seine Schultern zuckten. »Meine Frau abholen. Table Club?« Er kam auf mich zu, umrundete den Schreibtisch und küsste meinen Scheitel. Genau in diesem Moment klingelte wieder das Telefon. Die gleiche Nummer wie eben, es schien wichtig zu sein.

»Geh nicht ran. Dann haben wir noch zehn Minuten, die anderweitig verplant werden könnten.« Seine Finger wanderten an meinem Dekolleté entlang.

Ich schüttelte den Kopf und rempelte mit dem Bürostuhl gegen ihn. »Parker, ich muss arbeiten. Noch dieses eine Telefonat und dann können wir los. Und bis dahin ...« Ich legte meinen Finger auf seine Lippen. »... kein Wort mehr.«

Parkers Mundwinkel zuckten. »Wer hat gesagt, dass ich reden will?«

Ich griff nach dem Hörer, klemmte ihn mir zwischen Schulter und Ohr. »Miller.«

»Miss Miller! Schön, dass ich Sie erreiche. Hier ist Bloom.« Mein Kopf qualmte sicher jeden Moment. Bloom? Ich antwortete nicht, überlegte fieberhaft, wer er war. Doch der ließ sich von der Stille nicht beirren und sprach pausenlos weiter.

Ein letztes Mal bedachte ich Parker mit einem strengen Blick und flehte stumm, er würde sich einfach hinsetzen und warten.

Zu meiner Überraschung ließ sich Parker auf einen der Sessel fallen. Sein Blick starr auf mich gerichtet. Ich würde lügen, wenn ich sagte, dass ich nicht lieber zehn

Minuten mit ihm auf dem Schreibtisch verbringen würde. *Einfach den Rock nach oben ziehen, ihn hier und jetzt zwischen meinen Schenkeln spüren.*

Seine Mundwinkel zuckten, als wüsste er genau, an was ich eben dachte.

»Miss Miller, hören Sie mir zu?« Blooms laute Stimme holte mich zurück zu ihm ans Telefon.

»Mister Bloom, wie kann ich Ihnen helfen?« *Konzentration, Miller.*

»Ich habe gehört, Sie und Mister O'Neil heiraten.« Jetzt hatte das Telefonat meine volle Aufmerksamkeit. Solche Gespräche kamen bereits den ganzen Tag rein und es reichte mir langsam! Und wer war eigentlich dieser Bloom?

Der Mauszeiger flog über den Bildschirm, suchte den richtigen Ordner. »Ich wüsste nicht, was Sie meine private Lebenssituation interessiert.«

Nervöses Husten am anderen Ende der Leitung. »Nun ja, ich habe gedacht, also ... sie haben mich bereits letztes Jahr so gut vertreten und ...« Er brach ab.

Letztes Jahr? Dieser Fall muss mir wirklich absolut egal gewesen sein. Die Dateien scrollten an mir vorbei. Da. Bloom. Eilig überflog ich die einzelnen Zeilen in seiner Akte. Diebstahl, in einem Schmuckatelier. Freispruch. Was wollte er jetzt von mir?

»Ich habe Schulden. Bei den Vikings.«

Meine Schultern fielen herab. Also so einer. Es machte mich verrückt. Ich liebte Parker und ich wollte ihn heiraten. Aber das machte mich nicht zu einer *Frau-von*. »Hören Sie, wenn Sie Schulden bei meinem zukünftigen Ehemann haben, zahlen sie diese besser.«

Parker lehnte sich nach vorn, seine Unterarme auf den Oberschenkeln abgestützt.

»Und wenn Sie mal mit ihm reden?« Tiefes Schnaufen rauschte durch die Leitung.

Ja, klar. Dann erließ er die Schulden. Was dachten sich die Leute eigentlich? Entweder riefen sie an, um jemanden umbringen zu lassen, oder wegen Geldproblemen. Als würde ich nicht heiraten, sondern die Firma expandieren!

»Nein. Und wenn Sie es genau wissen wollen, werde ich Queen der Vikings. Also haben Sie auch Schulden bei mir. Zahlen Sie die besser.« Ich legte auf, meine Finger rieben an den Schläfen auf und ab.

»Was war das?« Parker stand auf und kam wieder zu mir.

»Die Auswirkungen unserer Verlobung?« Ich stieß mich vom Tisch ab und rollte ein paar Zentimeter zurück. »Ich dachte eigentlich, dass uns Klienten abspringen ohne Ende. Dabei sind die meisten eher froh über unser *Bündnis.*« Beim letzten Wort malte ich Gänsefüßchen in die Luft. »Es ist zum verrückt werden heute.« Meine Ängste direkt nach unserer ersten Nacht waren also mehr als nur unbegründet. Die Leute waren einfach wahnsinnig.

Er lachte auf und lehnte sich vor mich gegen den Schreibtisch. »Immerhin suchen sie sich keinen neuen Anwalt.«

»Ich denke, in ein paar Wochen ist es vorbei. Dann hat es auch der Letzte verstanden und lässt mich in Ruhe.« Ich stand auf und umfasste seine Taille, mein Kopf ruhte an seiner Brust.

»Und wenn nicht, dann bringe ich jeden einzeln um, der dich ärgert.« Sein Lächeln an meinem Hals vertrieb jeglichen miesen Gedanken.

»Dabei helfe ich dir nur zu gern.« Ich griff nach seinem Handgelenk und schielte auf seine Armbanduhr. »Verdammt. Wir müssen los.«

Er nickte. »Dann muss ich dich wohl heute Abend von

den zehn Minuten Arbeitspause überzeugen. Nochmal lass ich mich nicht abschütteln.«

Ich grinste und löste mich von ihm, doch er hielt meinen Oberarm fest. Seine Hände wanderten an mir empor, packten meine Schultern und drückten mich zurück auf den Stuhl. »Ich hab es in deinem Blick gesehen, meine Schöne.« Er umgriff die Armlehnen, stützte sich darauf ab. »Was hast du dir vorgestellt? Wie ich deinen Rock nach oben schiebe?« Seine Finger krochen unter den Saum, entblößten meine Oberschenkel. »Wie ich deine Bitte ignoriere?« Sein Atem tanzte auf meinem Hals. »Wie ich dich hier auf deinem Schreibtisch nehme?« Er spreizte meine Beine auseinander, ging vor mir auf die Knie. Hauchzarte Küsse bedeckten meine nackten Innenschenkel.

Mein Kopf fiel zurück, ich rutschte nach vorn an die Stuhlkante, wölbte mich ihm entgegen. *Eine winzige Sekunde würden wir hierfür schon opfern können.*

Seine Zunge wanderte weiter, ein Finger spielte bereits mit meinem Slip. »Wie ich dich an diese Fensterfront presse, du mich tief von hinten spürst?«

Gott, meine Lust lief gleich die Schenkel hinab.

»Nächstes Mal eben.« Blitzschnell stand er auf, zog den Rock wieder gerade und ging Richtung Tür. »Kommst du?«

Völlig außer Atem, mit heißen Wangen und nassem Höschen, schaute ich ihm nach. Konnte man gleichzeitig lieben und hassen?

»Schließ. Die. Tür.«, presste ich hervor. So einfach kam er mir nicht davon.

Er drehte sich um, drückte die Tür wieder ins Schloss. Seine Augen fixierten mich.

Ich stand auf, umfasste den ersten Knopf meiner Bluse und öffnete ihn. »Sicher, dass du schon gehen willst?« Der nächste Knopf war dran, immer mehr offenbarte ich die weiße Spitze meines BHs.

Seine Zunge befeuchtete die Lippen. Zu gern hätte ich das für ihn getan. Furchtbar langsam kam er wieder auf mich zu. »Vielleicht genieße ich noch etwas die Aussicht.« Er lehnte sich wie eben gegen den Schreibtisch, strich meine Bluse von den Schultern.

Ich schloss den Abstand zwischen uns, griff in seinen Nacken und küsste ihn. Seine weichen Lippen schmiegten sich wie immer so perfekt an meine. Schmetterlinge sammelten sich in meinem Bauch, wirbelten hin und her. Ich wanderte unter sein T-Shirt, zog es über seinen Kopf.

Seine nackte Haut auf meiner zu spüren, ließ alles in mir vibrieren. Der Table Club konnte auf uns warten.

Ich fiel auf die Knie, öffnete seine Hose. Seine Härte streckte sich mir augenblicklich entgegen. Die feinen Venen pulsierten direkt vor mir, trieben auch meinen Herzschlag in die Höhe.

Er packte meine Haare, drängte mich gegen sich. Tief nahm ich ihn zwischen meine Lippen auf, kostete den süßen Tropfen.

»Fuck, Linda«, seine Worte gingen in einem Stöhnen unter. Diese Tonlage, sie schoss direkt in meine Mitte.

Ich saugte an seiner Spitze, leckte über seine Länge. Er schmeckte wahnsinnig gut. Das alles hier war wahnsinnig gut.

Sein Griff wurde fester. Er bestimmte das Tempo, drückte mich immer schneller und näher an ihn. Ich konnte kaum Luft holen.

Papiere und Ordner fielen krachend zu Boden. Ich schaute auf. Er stützte seine freie Hand hinter sich ab, griff mitten in einen Aktenstapel. *Das* waren alles wichtige Unterlagen! Ich öffnete den Mund, um etwas zu sagen, doch da spürte ich bereits seine Härte wieder in mir.

»Wenn du jetzt von deiner Arbeit anfängst, leg ich dich

quer über diesen Schreibtisch und versohl dir den Arsch.« Seine Augen fixierten mich.

Ich schaute auf, er tief in meinem Mund. Jedes Wort wurde von seinen Stößen erstickt. Doch mein Blick sprach Bände!

Sein Griff lockerte sich. Ich hauchte einen Kuss auf seine Eichel. »Vielleicht doch lieber die Fensterfront?«

Er packte meine Schultern, zog mich nach oben. Seine Hand umfasste meinen Hals, drückte leicht zu. »Weil du nicht willst, dass ich deine Arbeit durcheinanderbringe?«, hauchte er gegen mein Ohr. »Oder sollen alle sehen, dass du mir gehörst?«

Jedes einzelne Wort entzündete ein Flammenmeer in mir.

Er drehte mich um, öffnete den BH. Sein Körper in meinem Rücken, drängte er mich gegen die Fensterfront. Es konnte uns niemand von hier oben aus sehen. Wir befanden uns im höchsten Gebäude ganz Fremonts, die Stadt lag zu unseren Füßen. Und doch machte mich die Vorstellung rasend.

Er packte den Saum meines Rockes, schob ihn nach oben. Ich streckte ihm den Po entgegen, presste die Hände Halt suchend gegen die Fensterscheibe. Meine Unterwäsche war ein Hauch von nichts, er schob sie einfach beiseite.

Mit einer einzigen schnellen Bewegung stieß er in mich, füllte mich komplett aus. Ich stöhnte auf, meine Stirn drückte an das kühle Glas.

Seine Hüfte hämmerte gegen mich, zwängte seine Härte immer und immer wieder tief in mich. Fingernägel gruben sich in meinen Po. Seine Atmung tanzte auf meinem nackten Rücken.

Das alles raubte mir jeglichen klaren Gedanken.

Weit unter mir kreuzten Leute die Straße, ahnungslos, was nur einige Stockwerke über ihnen passierte.

Hinter mir Parker, der mich so schonungslos nahm, dass ich nicht wusste, ob ich stöhnen oder atmen sollte.

Ich richtete mich etwas auf, meine Brüste drückten gegen das kalte Fenster. Fuck. Der Schauer, der in diesem Moment über meine Brustwarzen den Bauch hinunter wanderte, gab mir vollends den Rest.

Meine Waden begannen zu kribbeln, ließen die Knie schwach werden. Das Prickeln breitete sich aus, zog eine heiße Spur meine Beine empor, bis es auf den Schauer prallte und mit ihm explodierte.

Alles in mir zog sich zusammen. Immer wieder stöhnte ich seinen Namen, presste mein Becken gegen seines, bis auch er zum Höhepunkt kam.

Schweratmend ließ er sich rückwärts auf meinen Schreibtischstuhl fallen. Er streckte mir seine Hand entgegen und ich ergriff sie.

Ich setzte mich auf seinen Schoß, legte den Kopf an seine Brust, lauschte seinem kräftig schlagenden Herzen. »Du solltest mich öfter von der Arbeit abholen.«

»Hmm«, brummte er zustimmend. »Viel öfter.«

SIEBENUNDZWANZIG

Donnerstag – Punkt 18.00 Uhr. Wie wir das geschafft hatten, wusste ich auch nicht. Das Adrenalin in uns musste dafür gesorgt haben, dass wir schneller denn je durch die Innenstadt kamen.

Wieder klopfte ich an die Zimmertür 115 im Lakeview Hotel, wieder öffnete ein Butler die Tür, wieder führte er mich ins Innere der kleinen Suite.

Doch diesmal hielt Parker meine Hand. Diesmal betraten wir das Hotelzimmer gemeinsam und würden es auch gemeinsam verlassen.

Verdutzt blieb ich stehen. Die Suite wurde komplett leergeräumt, lediglich ein großer dunkler Holztisch stand in der Mitte, drum herum sechs Stühle.

Steven war bereits da. »Parker! Wie ich sehe, hast du nochmal die Kurve bekommen.«

Sie klopften einander auf die Schultern und umarmten sich. »Kann man so sagen.«

Ich lächelte und reichte Steven die Hand.

Sofort hauchte er einen Kuss darauf. »Schade eigentlich, ich hätte gern mein Glück versucht.« Zwinkernd setzte er sich wieder auf einen der Stühle.

Parker ließ sich neben ihm nieder. »Zu spät, würde ich sagen.«

Auch ich setzte mich. »Naja, noch ist mein Name Miller.« Ich lehnte mich nach vorn und zwinkerte Steven ebenfalls zu.

Er grinste breit und legte eine Hand auf Parkers Schulter. »Ich mag sie. Ich wette, du hast deinen Spaß im …«

Parkers rechte Augenbraue hob sich und brachte ihn zum Schweigen. »Ich glaube, du wolltest gerade einfach die Klappe halten.«

Sofia kam herein und nahm ohne ein weiteres Wort Platz, direkt hinter ihr lief Luke. »Fehlt ja nur noch die Hauptperson.« Er rollte mit den Augen, drehte sich einen Stuhl herum und setzte sich, sein Kinn ruhte auf der Rückenlehne des Stuhls.

Fehlte nur noch, dass er auf einem Zahnstocher kaut. Ich schaute auf dem Handy nach der Uhrzeit. 18.12 Uhr.

Da hätten wir uns ja Zeit lassen können. Mir fielen noch einige mögliche Positionen in meinem Büro ein. Keine Sekunde, nachdem meine Gedanken Bilder in meinen Kopf gezaubert haben, flog die Tür der Suite auf. Der Butler zuckte zusammen und sprang zur Seite. Schweratmend fing er Francis Mantel auf und sah mit offenem Mund hinter ihm her.

Francis griff nach seinem Stuhl und ließ sich fallen. »Entschuldigen Sie, ich bin zu spät!« Er schlug die Hände über den Kopf zusammen. »Der Stadtverkehr – die pure Hölle!«

Parker zuckte mit den Schultern. »Mit einem Motorrad klappt es ganz gut.«

»Ah, vergessen Sie es! Da bekommt mich keiner drauf.« Da war ich mit Francis mal wieder ganz einer Meinung.

»Bisher konnte ich allen die Angst nehmen.« Parker zwinkerte mir zu.

Ein einfaches Zwinkern und doch schickte es augenblicklich alle Schmetterlinge in mir in die Lüfte. Sie kitzelten an meinen Mundwinkeln, nur mit großer Mühe widerstand ich der Versuchung, mich an ihn zu lehnen.

Francis räusperte sich und packte einen Stapel Papiere aus. »Wie dem auch sei, legen wir gleich los. Moment, wo ist meine Brille?«, er klopfte seine Brusttaschen ab und holte ein schmales Etui heraus. »So, besser. Das hier sind Verschwiegenheitsverträge. Alles, was hier besprochen wird, bleibt auch hier. Das nächste sind ein paar Friedensverträge. Niemand wird sich mehr bekriegen, außer es gibt wirklich einen triftigen Grund. Welche das sind, wird im Einzelfall entschieden«, er schielte über seinen Brillenrand in die Runde, »Das bedeutet: Sollte es irgendwann mal eine Situation geben, in der ihr gern den anderen töten möchtet, dann besprechen wir das vorher, hier am Table.« Sein Blick richtete sich wieder auf die Verträge vor ihm.

Diese ganze Absprache, es war beinahe schon amüsant. Wie ein großer Stuhlkreis, nur mit Killern, Drogendealern und Dieben.

»Alles ganz einfach!« Francis kicherte und überreichte dem Butler die Papiere. Er umrundete den Tisch und legte jedem einen Vertrag vor.

Ich überflog die erste Seite, blätterte durch den Rest. Sah aus wie jede andere Verschwiegenheitserklärung. Nur dieses Friedensabkommen, da war mir etwas zu viel Kleingedrucktes, das würde ich mir noch in Ruhe anschauen. Ich stauchte alles ineinander auf und wollte es gerade in meine Tasche stecken, als mein Blick durch die Runde glitt. Stumm, ohne auch nur einmal darin geblättert zu haben, starrte jeder Einzelne zu mir.

Steven ergriff als Erstes das Wort. »Linda, für einen alten Freund schaust du sicher mal drüber?«

»Alten Freund? Hab ich was verpasst?« Parker lachte. »Du willst die Beratung wohl gratis abstauben?«

Steven zuckte mit den Schultern. »Man spart, wo man kann.«

»Was ist nun, schaust du drüber? Deinen liest du doch sowieso.« Sofia lehnte sich zurück und verschränkte ihre Arme hinter dem Kopf. »Ich meine, kennst du einen, kennst du alle, richtig?«

»Naja, diese These würde ich nicht unterschreiben, aber ich verstehe, was sie meint.« Steven schaute zwischen mir und Sofia hin und her.

Naja, wenn sie sonst Verträge bekommen, würden alle erst einmal bei mir anrufen. Allerdings nicht kostenlos. Aber da sie auch für mich nützlich werden könnten, sollte ich ihnen diesen kleinen Gefallen gewähren. »Seht es als gratis Leistung für den Table Club. Ich sende euch dann alles zu.« Ein Vertrag nach dem anderen flog über den Tisch zu mir und verschwand in meiner Tasche.

Francis klatschte aufgeregt in die Hände. »Super! Ehrlich gesagt, hatte ich mir das genauso vorgestellt. Linda, Sie sind halt einfach der Profi.« Verspielt zwinkerte er mir zu. »Gut, kommen wir gleich zum ersten Tagespunkt. Ob ihr es glaubt oder nicht: Die Leiche meines Vaters ist aufgetaucht und die Polizei war bereits bei mir.« Sein Blick glitt zu Parker und mir. »Wie konnte das passieren? Ich nahm an, dass Sie Mathew beauftragt hatten, Linda?«

Ich nickte. Wir alle fragten uns, wie das passieren konnte. Und so wie es aussah, musste der Table endlich von Demonio erfahren. »Wir denken, dass eine gewisse Person die Leiche Ihres Vaters der Polizei *präsentiert* hat. Und aus diesem Grund brauchen wir ein Alibi für Parker«, ich lehnte mich nach vorn, meine Hände wanderten in Francis Richtung, »Ich hatte gehofft, dass Sie, Francis, ihm eins geben könnten. Wenn Robert Castellos Sohn sagen würde, dass er mit dem Verdächtigen zusammen war, dann würde niemand Verdacht schöpfen oder das Alibi anzweifeln.«

Er legte den Kopf schräg. »Ich dachte, dass Sie meinen Vater getötet haben. Wie kommt die Polizei auf Mister O'Neil?«

Tief atmete ich durch und erzählte, was an diesem Tag passierte. »Bereits damals hatte ihr Vater von einer internen Quelle gesprochen, aber wir haben es nicht ernst genommen. Allerdings haben wir erneut Nachrichten bekommen. Er selbst nennt sich Demonio und sein einziges Ziel ist es, mir zu schaden.«

Die Sache mit dem Sextape ließ ich aus. Es reichte, wenn die Vikings Bescheid wussten und für Parkers Alibi war es ohnehin nicht relevant.

Francis deutete mit seinem Zeigefinger direkt auf mich, kniff leicht ein Auge zu. »Genau aus diesem Grund gibt es den Table. Ein tolles Beispiel! Ich werde aussagen, dass sowohl Parker O'Neil, als auch Sie, Miss Miller, bei mir waren. Den ganzen Tag und die ganze Nacht.« Er legte seine Hand auf die Brust, verkündete beinahe feierlich sein Alibi.

Der erste Stein rollte von meiner Brust, ließ langsam wieder Luft in meine Lungen. »Danke, wirklich.« Nun mussten wir uns um die Waffe kümmern. »Da ist noch etwas«, mein Blick wanderte zu Luke, »Könntest du Parkers SIG Sauer verschwinden lassen. Am besten wäre es, wenn es so aussieht, als hättest du sie schon früher bekommen. Ich habe der Polizei gesagt, dass ich vergessen hätte, die Waffe als gestohlen zu melden.«

Luke nickte in meine Richtung. »Was springt für mich dabei raus?«

Also doch kein großer und ach so harmonischer Stuhlkreis.

Parker breitete seine Hände aus, als würde er ihm ein unschlagbares Angebot unterbreiten wollen. »Wir könnten eine Lieferung für dich übernehmen.«

Lukes Augen verengten sich. »Nächste Woche bekomme ich Diamanten. Sie werden aus einem Flugzeug geworfen. Ich bräuchte jemanden, der sie diskret zum Hafen bringt.«

Parker zuckte mit den Schultern und lehnte sich zurück. »Wenn es weiter nichts ist. Schick mir Ort und Uhrzeit und es wird erledigt.«

Diamanten? Das war eine ganz andere Hausnummer als Drogen. Wer weiß, wo die herkamen. Doch was sollten wir sonst tun?

Luke grinste, entblößte seine Zähne. »Super. Ich werde die Waffe über ein paar Hände verkaufen, bis sie wieder bei mir auftaucht. Sollte kein Problem darstellen.«

Noch ein Stein rollte von meinem Brustkorb. Das lief besser, als ich dachte. Die Diamantensache bereitete mir zwar Bauchschmerzen, aber irgendwie regelten wir das schon. Vielleicht war dieser Table Club wirklich eine richtige Chance für die Unterwelt von Fremont.

Francis klatschte glücklich in die Hände. »So schön, was wir gemeinsam erreichen können, oder nicht?«

Selbst Steven nickte zustimmend.

Doch in mir sah es ganz anders aus. Sicher, wir hatten alles arrangiert, aber noch wurde er nicht öffentlich entlastet und bis dahin würde ich auch nicht erleichtert durchatmen können.

Als könnte Parker meine Gedanken lesen, nahm er meine Hand und führte sie an seine Lippen. »Mach dir keine Sorgen. Johnny wird mich nicht einbuchten.«

Ich rang mir ein Lächeln ab. Die Anklage musste einfach fallen gelassen werden.

Steven lehnte sich über Parkers Oberschenkel zu mir. »Wer ist Johnny?«

»Halt die Klappe, Steven.«, zischte ich und gab Parker einen flüchtigen Kuss auf den Mund. Nur für den Bruchteil einer Sekunde berührten sich unsere Lippen, nur für den Bruchteil einer Sekunde vermischte sich sein Atem mit meinem. Und doch tanzten die Schmetterlinge in mir, als wären es Stunden gewesen.

»Moment mal! Wollt ihr mich verarschen?« Sofias Hände klatschten auf den Tisch. »Letzte Woche hatte ich dem Table Club zugestimmt, weil jeder gleichberechtigt an diesem Tisch saß. Hattet ihr es nicht beendet? Wie war das? In diesem Moment! Aber das«, ihr Finger wankte zwischen mir und Parker hin und her, »sieht gerade ganz anders aus.«

Parker legte einen Arm um mich. »Da hat sich einiges geändert. Kurz und knapp: Ich habe Linda gefragt, ob sie meine Frau werden will.«

Sofias Gesicht färbte sich rot. »Ernsthaft? Du kannst mir gleich die Papiere wiedergeben.« Sie stand auf und hämmerte mit ihrer Faust gegen ihren Stuhl. »Jeder sollte unabhängig an diesem Tisch sitzen und nicht mit den anderen unter einer Decke stecken.«

»Wortwörtlich gesehen«, murmelte Steven und erntete sofort böse Blicke.

Ich stand auf und versuchte, sie zu beruhigen. Die ganze Sache hier war wichtig für Parker und die Vikings und somit auch für mich. Er ging ein Risiko ein, als er mir seine Jacke gab. Jetzt war ich an der Reihe, ein Risiko einzugehen. »Genau aus diesem Grund verzichte ich auf den Stuhl im Table Club als CEO der Miller Company.«

Mit großen Augen starrte Parker mich an. »Spinnst du?«

Ich strich durch seine dunkelblonden Haare, sie kitzelten an meinen Fingern. »Nein. Also ja. Vielleicht ein bisschen.«

Francis lehnte sich in seinem Stuhl zurück. »Hmm. Das ist aber eine aufreibende erste Sitzung. Aber wenn Sie es so möchten, Linda, dann sei es so. Ich hoffe, dass

Sie uns dennoch bei rechtlichen Angelegenheiten zur Seite stehen werden.«

Ich nickte. Was sollte ich sonst tun? Es war schließlich mein Job, auch ohne am Table Club zu sitzen. Meine Ansichten würde Parker genauso gut vertreten wie ich selbst, dafür brauchte ich keinen Stuhl. Er würde es nicht zulassen, dass jemand etwas gegen die Miller Company planen würde. Genauso wie ich niemals etwas gegen die Vikings zulassen würde.

Sofia setzte sich wieder, die roten Flecken auf ihrem Gesicht verblassten. Vielleicht sollte sie mal an ihrem Vertrauensproblem arbeiten. »Schade um dich, Linda. Aber Frauen neigen ja gerne dazu, sich eher hinter ihre Männer zu stellen.«

Ich stemmte die Fäuste auf die Tischplatte und lehnte mich nach vorn zu ihr. Ohne zu blinzeln, durchbohrte mein Blick ihre Augen. »Pass mal auf, Kleine. Wir können draußen gerne klären, wer hinter wem steht. Wäre doch schade, wenn du deinen süßen Hintern nicht mehr auf diesen Stuhl setzen könntest, hmm?«

Sofias Wangen färbten sich rosa. Jeder hier wusste, dass sie zwar eine Meisterdiebin, aber auch ein Angsthase beim Kämpfen war.

Parker atmete schwer aus und legte seine Hand auf meinen Rücken. Ich ließ mich wieder auf den Stuhl fallen, ohne Sofia auch nur einen Moment aus den Augen zu lassen. *Noch ein Wort und ich zerre sie an ihren Haaren hier raus.*

Parker räusperte sich. »Linda ist ein wichtiger Teil des Untergrunds. Das wissen wir alle. Und sie ist ein noch viel wichtigerer Teil von mir und den Vikings. Wir werden sie zusammen leiten, als King und Queen. Gleichberechtigt. Aus diesen Grund möchte ich, dass sie gemeinsam mit mir an diesem Tisch sitzt.«

Mein Kopf schnellte zu ihm. Was hatte er vor?

Doch er schaute weiterhin zu Francis. »Vorschlag: Wir

haben nur ein Stimmrecht, damit niemand benachteiligt wird. Entweder so oder die Vikings sind raus.« Seine Schulter zuckte, als wäre ihm das alles absolut gleichgültig. »Wir haben die Fehde mit der Mafia jahrelang überlebt, wir überleben sie auch weiterhin.«

Völlig entsetzt starrte ich ihn an.

Er lehnte sich zu mir. »Du wolltest wissen, wie sicher ich mir bin?« Seine Nase berührte meine. »Du bist eine Queen, keine Magd«, flüsterte er und küsste mich hinter mein Ohr. »Entweder zusammen oder gar nicht.«

Ich schluckte. Mein Herz quoll über, verteilte meine Liebe für ihn wie flüssige Lava im ganzen Körper, weckte die Schmetterlinge auf, ließ alles in mir beben und vibrieren. »Zusammen oder gar nicht«, wiederholte ich seine Worte. Offensichtlich hatte er es endlich verstanden, hatten *wir* es verstanden.

Francis schaute zwischen mir und Parker hin und her. »Ach, das ist nervenaufreibender als jede Daily Soap. Stimmen wir ab. Wer möchte die Vikings weiterhin am Tisch sehen, dafür zu zweit, mit nur einem Stimmrecht.«

Steven hob sofort seine Hand. »Und nur damit ihr Bescheid wisst, ohne Bonnie und Clyde bedeutet ohne mich.« Anders als sonst zuckten nicht mal seine Mundwinkel. Sein Blick war wie in Stein gemeißelt, kein unpassender Scherz, kein Sarkasmus. Ihm schien wirklich etwas an Parker zu liegen.

Auch Luke und Francis hoben ihre Hände.

Alle Augen richteten sich auf Sofia. »Und wenn ihr euch mal trennen solltet? Was dann? Hüpft Linda einfach wieder dazu?« Sie schnaubte.

Parker schüttelte den Kopf. »Einmal Viking, immer Viking. Dann bekommt sie meinen Stuhl und ich gehe.«

Mein Mund klappte einfach auf, tonlos. Es lag nicht mal ein Wort auf meiner Zunge. Nur purer Unglaube. Sicher, niemand von uns dachte an eine Trennung. Aber mit dieser Aussage ... er ordnete sich mir unter. Er gab mir seinen Stuhl in diesem Kreis. *Das ist ... ich weiß nicht, was das ist ... Wahnsinn!* »Spinnst du jetzt?«

Seine Mundwinkel zuckten. »Vielleicht ein bisschen?«

Er meinte es ernst. Damit war ich absolut nicht einverstanden! Obwohl, mit einer Trennung wäre ich es auch nicht. Über all das sollte ich mir erst den Kopf zerbrechen, wenn es so weit war. Und das war es hoffentlich nie.

Steven begann zu lachen. »Es heißt doch eh, bis dass der Tod euch scheidet. Also, warum über eine Trennung reden?«

Ich strich durch Parkers Bart. Seine derben Haare stachen in meine Fingerspitzen. Es war so einfach, das zwischen uns. So unkompliziert, wenn wir nur uns sahen, die Welt ausblendeten. »Uns trennt nur der Tod.«

»So ist es, meine Schöne.« Parker umfasste meinen Hals, zog mich an sich. Meine Zunge strich über seine Lippen, spaltete sie und traf auf seine.

»Ich kotz gleich.« Luke begann zu würgen und steckte sich zwei Finger in den Mund.

Doch wir ignorierten ihn. Die Welt um uns herum schien für eine Sekunde still zu stehen. *Alles, was ich brauche, sitzt direkt vor mir. Wir beide, mehr nicht.*

Puh, langsam werden wir wie Mia und Jackson.

Ich löste mich von Parker, sein Daumen fuhr über meinen Mund.

Sofia klatschte gegen ihre Stirn. »Liebe muss einen echt blind machen. Aber bitte, wenn ihr beide euch da so sicher seid.« Dann hob auch sie ihre Hand.

»Super, es ist beschlossen. Linda wird als Queen neben Parker Platz nehmen. Und wehe wir sind nicht zur großen Hochzeit eingeladen!« Kichernd deutete Francis mit dem Finger auf uns.

»Als Trauzeuge kann ich schon mal sagen: Der Junggesellenabschied wird legendär!« Steven lachte und schlug Parker auf die Schulter.

Verwirrt schaute er ihn an. »Wann hab ich dich denn gefragt, ob du mein Trauzeuge wirst?«

»Das musst du nicht. Stand schon immer fest.« Steven grinste breit und löste sich von ihm.

Mittlerweile wurde ich echt neugierig, woher sie sich kannten. Die Freundschaft schien tiefer zu gehen, als ich dachte.

»Übrigens ist uns allen aufgefallen, dass da kein Ring an ihrer Hand funkelt. Ein millionenteures Auto in der Garage, aber kein Diamant am Finger der Frau.« Steven schnalzte mit der Zunge und erntete einen vernichtenden Blick von Parker.

»Genau das Gleiche habe ich auch gedacht«, mischte Luke sich ein und deutete mit seinem Finger direkt auf Steven. »Ich kann dir gerne einen besorgen.«

Parker hob die Hände in die Luft und zupfte am Kragen seiner Lederjacke. »Leute, was habt ihr alle mit dem Ring. Sie hat meine *Jacke*! Meine verdammt heißgeliebte Vikingsjacke!«

Francis lachte und stand auf. »Wenn es sonst weiter nichts zu besprechen gibt, dann sollte das für eine Sitzung auch erstmal reichen. Parker, halte mich auf dem Laufenden, ob mit der Polizei alles in Ordnung geht. Ansonsten: bis nächste Woche. Gleiche Zeit, gleicher Ort.«

Nach und nach verließ jeder die Suite. Luke und Sofia waren als Erstes weg. Steven und Parker saßen noch am Tisch und unterhielten sich angeregt über irgendein neues Auto. Gedankenverloren schaute ich aus dem Fenster auf den Stone Lake. Die Anklage musste einfach fallen gelassen werden. Niemals würde ich zulassen, dass Parker ins Gefängnis ging. Wegen mir. Warum hatte ich seine Waffe genommen? Ich könnte mich selbst dafür ohrfeigen!

Ich zuckte zusammen, als jemand meine Taille berührte. Parker legte sein Kinn auf meine Schulter und folgte meinem Blick nach draußen. »Wollen wir los?«

Ich lächelte. »Hmm, wenn die Herren so weit sind.«

Er drehte mich zu sich um. »Ich habe noch eine Überraschung für dich.«

»Eine Überraschung?«

»Ja, wir fahren heute zu dir ins Strandhaus.«

ACHTUNDZWANZIG

Mit seinem Motorrad fuhren wir die Küstenstraße entlang. Ich genoss die Strecke immer wieder, die vorbeiziehenden Dünen, die Meeresluft. Wir sollten irgendwann mal anhalten, uns in den weichen Sand legen und alles um uns herum vergessen. Wenigstens für diesen einen Moment.

Nur kurze Zeit später bog Parker bereits auf die Zufahrt meines Hauses. Wir stiegen ab und ich kramte in der Tasche nach dem Hausschlüssel, konnte ihn aber einfach nicht finden. »Ich kann den …«

Parker hob seine Hand, an seinem Finger baumelte mein Schlüsselbund.

Warum hat er ihn?

»Schließ die Augen.«

Was? Obwohl ich wirklich platt vom Tag und vor allem vom Table Club war, packte mich die Neugier. Aber Überraschungen waren immer noch nicht mein Ding.

»Jetzt mach sie schon zu.«

Na gut. Ich schloss meine Augen und tastete nach seiner Hand, sofort griff er danach. Das Schloss der Tür knackte, sie öffnete sich.

»Vorsi…« Gerade als er mich vor einer Stufe warnen wollte, stolperte ich darüber.

Ich krallte mich an seinen Armen fest, zog ihn beinahe mit mir zu Boden, doch er fing uns auf und begann zu lachen.

Auch ich kicherte. »Was wird das, Parker?«

Stumm zog er mich weiter. Wärme ließ meine Wangen erröten. Ich konnte nichts mehr sehen, aber die restlichen Sinne hatte ich noch. Tief atmete ich durch die Nase ein. Es roch nach … erzenwachs. Wir mussten mittlerweile im Wohnzimmer angekommen sein. Ohne Vorwarnung zog er mich an sich.

Stolpernd fiel ich gegen seinen Brustkorb. »Hey!«

»Sorry.« Seine Stimme zitterte.

Was ist das hier? Ich legte den Kopf an seine Brust, sein Herz hämmerte wie verrückt gegen mein Ohr. Zusammen mit seiner Tonlage konnte man fast denken, er wäre nervös. Meine Hände wanderten seinen Rücken hinab und rutschten in die hinteren Taschen der Jeans. Parker küsste meinen Scheitel und eine Gänsehaut breitete sich wie eine Lawine über meinen ganzen Körper aus. Hier, so nah bei ihm, es gab keinen schöneren Ort.

»Mach die Augen auf.« Seine Stimme kratzte.

Zaghaft öffnete ich sie und blinzelte einige Male, bis ich meine Umgebung scharf sah. Tausende kleine und große Kerzen brannten rings um uns herum, die Flammen malten Schatten an die Wände, erfüllten den Raum mit einer einzigartigen Wärme und verströmten ihren unverkennbaren Duft. Es sah traumhaft aus.

Parker schloss die Arme fester um mich. »Linda, ich weiß …«

Ich hob den Kopf und blickte in seine Augen. »Das ist so schön und …«

Schief lächelte er mich an. »Also, Linda …«

»Wer hat die alle angemacht?« Vor allem, wer war hier im Haus?

Er legte den Kopf in den Nacken. »Lässt du mich bitte ausreden?«

Oh. Stumm nickte ich.

Seine Mundwinkel zuckten. »Also, ich weiß, dass diese ganze Vikings-Geschichte dir manchmal Sorgen macht. Und ich weiß, dass sicher einiges anders war und werden wird, als du es dir immer erträumt hast. Aber du ... du hast nur das Beste verdient.« Ein paar Mal blinzelte er. Musste er etwa weinen? »Wie kann man einen Menschen nach nur so kurzer Zeit so sehr lieben?« Tatsächlich kullerte ihm eine Träne über das Gesicht.

Ich fing sie auf, küsste die Stelle, an der sie eben noch hing, sein Bart kitzelte meine Lippen. »Sag du es mir.« Mir ging es ganz genauso.

Lächelnd löste er sich von mir. »Nachdem mich so viele auf das Offensichtliche aufmerksam gemacht haben, dachte ich, ich sollte es wohl endlich mal durchziehen.« Parker atmete tief durch.

Und dann ging er auf die Knie, holte eine kleine samtige Schachtel aus seiner Hosentasche.

Oh. Mein. Gott.

Mit einem leisen Klicken öffnete sie sich. Der Inhalt strahlte mir förmlich entgegen. Ein schmaler, weißgoldener Ring, auf dem ein großer einzelner Diamant saß. Er war ganz schlicht und einfach wunderschön.

»Linda Miller, möchtest du meine Frau werden?«

Noch bevor er es ausgesprochen hatte, verselbstandigten sich meine Mundwinkel. Die Schmetterlinge in mir rasten quer durcheinander, stießen gegen mein Herz und nahmen es ebenfalls mit auf ihren Höhenflug. Jede einzelne Zelle in mir schrie vor Glück, vor Liebe, vor Parker.

»Ja«, hauchte ich fassungslos und reichte ihm meine Hand.

Mit einer schnellen Bewegung steckte er mir den Ring an den Finger. Ich streckte den Arm aus und bewunderte ihn. Er war einfach wunderschön. »Ich fasse es nicht. Es ist … du hättest das nicht machen müssen.«

Parker griff nach meiner Hand und zog mich an sich. »Doch. Du hattest damals recht damit, wir kommen aus zwei verschiedenen Welten. Dann sollten auch beide Welten in unserer Beziehung Platz haben.«

Mein Herz drohte zu explodieren. Oder war es das schon längst? »Ich liebe dich«, flüsterte ich.

Er umfasste mein Gesicht, strich eine einzelne Strähne hinter mein Ohr. »Ich liebe dich auch.« Unsere Lippen trafen aufeinander, so zärtlich, dass es all meine Sinne beflügelte. Und genau mit diesen wollte ich ihn jetzt erleben. Meine Hände begannen an seinem Oberkörper hinaufzuwandern, umgriffen den Kragen seiner Lederjacke und zogen sie ihm aus.

Er grinste gegen meine Lippen. »Unersättlich, Miss Miller.«

»Das liegt an Ihnen, Mister O'Neil.«

Ruckartig nahm er mich hoch und trug mich die Stufen hinauf ins Schlafzimmer.

»Macht man das nicht erst nach der Hochzeit?« Jedes einzelne Wort wurde von einem Kuss unterbrochen.

»Ich übe schon mal«, er zwinkerte mir zu, »Und als Erstes beginnen wir mit der Hochzeitsnacht.«

Die Stufen knarzten unter unserem Gewicht. Ich lachte, umfasste seinen Nacken fester. »Die sollten wir ganz dringend üben.«

Er lief mit mir über die Türschwelle des Schlafzimmers, stellte mich vor sich ab, ohne auch nur einmal seine Augen von mir zu nehmen. Sie blickten so tief in meine, hielten mich so sehr gefangen, als könnte er mir mit nur einem Blick all seine Gefühle offenbaren. Er vertraute mir. Und ich ihm. *Bis in den Tod.*

Seine Hände fuhren durch meine Haare, erreichten meinen Hinterkopf und zogen ihn an sich. Unsere Lippen prallten aufeinander. Alles in mir schrie danach, ihm nahe zu sein. Meine Zunge eroberte seinen Mund, tanzte mit der seinen.

Ich liebte es, wenn wir uns so nah waren.

Ich liebte es, wenn wir nicht voneinander ablassen konnten. Wenn unsere Finger nicht stillhielten.

Ich liebte ihn. Mit jeder Faser meines Körpers liebte ich ihn.

Er drängte mich rückwärts zum Bett, ich fummelte am Bund meiner Hose. Doch der Knopf rutschte mir immer wieder aus den Händen. Seine Nähe berauschte mich viel zu sehr. Endlich zog ich den Reißverschluss nach unten. Parker packte meine Jeans und zog sie aus. Beinahe gleichzeitig streifte ich mein T-Shirt ab.

Ich wollte ihn spüren. Überall an mir. Meine Haut sollte gegen seine drücken. Unsere Herzen sollten miteinander schlagen.

Er zog sich ebenfalls aus, warf seine Sachen neben sich auf den Boden. Dieser Körper, die unzähligen schwarzen Linien auf ihm, die feinen Muskeln, sein hartes Glied.

Ich schloss den Abstand zwischen uns, drängte mich an ihn. Mein BH flog von mir, meine steifen Brustwarzen drückten sich gegen seine nackte Haut. Unsere Küsse fesselten uns aneinander, niemand konnte den anderen loslassen. Nicht mal für den Bruchteil einer Sekunde.

»Mein King«, flüsterte ich an seine Lippen, spürte seine Zunge bereits wieder in mir.

Ein Knurren entfuhr ihm. Finger krallten sich in meine Hüfte, drehten mich herum. Seine Härte drängte sich gegen meinen unteren Rücken. Er drückte zwischen meine Schulterblätter, senkte meinen Oberkörper auf das Bett herab.

Mein Po, direkt vor seiner Lust.

Ich krallte mich in das Bettlaken. Betete, er würde sich endlich in mir versenken.

Seine Hände umfassten die Rundungen meines Pos, zeichneten meine Silhouette nach. Quälend langsam schob er den Slip herunter. Kälte umspielte meine Scham.

Alles um uns herum schien die Luft anzuhalten. Ich hielt die Luft an! Meine Erregung verschmolz mit meiner Liebe zu ihm, mit den Ereignissen der letzten Minuten. Überdeutlich nahm ich ihn hinter mir wahr. Und doch berührte er mich kaum. Nur seine Fingerspitzen strichen noch immer meine Innenschenkel entlang.

Bis ich seinen Atem spürte. Instinktiv spreizte ich die Beine, krallte mich in die Bettdecke unter mir. »Bitte.«

Ich hörte das Lächeln in seiner Stimme. »Sag es, meine Schöne.«

Dieses eine Mal gönnte ich ihm die Macht über mich. »Berühr mich.«

»Wo?« Seine flache Hand klatschte auf meinen Po, entlockte mir einen viel zu hohen Laut.

»In meiner Mitte.« Wenn er es nicht gleich tat, würde ich es selbst tun.

Wieder stieß sein Atem gegen mich. »Leck mich, bitte, mein King.« Das letzte Wort ging in einem Keuchen unter. Seine Zunge fuhr zwischen meine Beine, zwischen meine Schamlippen, direkt in mich. Meine Knie wurden weich, doch Parkers Hände hielten meine Hüfte weiterhin an Ort und Stelle. Unnachgiebig stieß seine Zunge in mich, bis er sich löste, nur um seine Zähne in meine Pobacke zu drücken.

Fuck, das brachte mich nicht auf Wolke sieben. Das hier brachte mich direkt in die heiße Hölle.

Ich drückte mich ihm entgegen, wollte ihn noch tiefer

spüren. Ein Kribbeln kämpfte sich meine Beine entlang, ließ mich immer lauter stöhnen.

Bis er mich von sich schob. Seine Zunge verschwand so augenblicklich, dass ich wimmernd den Kopf herumriss, ihm direkt in die Augen sah.

Sie schienen zu brennen vor Verlangen. Und doch stand er viel zu weit von mir entfernt. Ich wollte ihn endlich spüren, tief in mir. Wieder streckte ich ihm meinen Po entgegen, schaute noch immer über die Schulter zu ihm, befeuchtete meine Lippen.

Der Boden knarzte. Er kam näher. Einen Schritt. Und es reichte. Seine Spitze schob sich zwischen meine Beine. Ich spreizte sie weiter, drängte mich an ihn.

Seine Hände umfassten meinen Po, kneteten die zarte Haut, während er gemächlich in mir versank.

Stöhnend drückte ich mein Gesicht gegen die Matratze. Er quälte mich mit seinen so unsagbar langsamen Bewegungen. Allein mein Stolz verbat mir ›Fick mich!‹ zu schreien. Obwohl die Idee immer mehr Form annahm.

Tief atmete er aus, die Luft kitzelte meinen Rücken. Er war ganz in mir versunken, füllte mich aus, wie niemand sonst es konnte. Jeder meiner Muskeln zog sich um ihn herum zusammen, als wollte ich ihn festhalten. Für immer.

Und genau das wollte ich. *Wir beide, für immer.*

Rhythmisch begann er seine Hüfte zu bewegen, stieß abermals in mich. Wir fanden einen gemeinsamen Takt, spürten einander ganz tief. Seine Härte schob sich schneller und schneller zwischen meine Beine, ließ meine Nervenenden schreien.

Ein Kribbeln schlich sich über meine Waden herauf, erreichte die Innenschenkel. Alles sammelte sich in meiner Körpermitte, lud sich auf, nur um jeden Moment zu explodieren, um kleine Raketen in mir zu zünden, während Parker mich weiterhin von hinten nahm.

Doch er entzog sich mir, streifte mit seiner Spitze meinen Po auf und ab.

Wollte er etwa?

»Sag mir, dass ich der Erste wäre.«

Mein Magen zog sich zusammen, die Schmetterlinge litten an Luftnot und durchbrachen gleich ihr Versteck. Seine Worte schossen direkt in meine Mitte.

»Antworte.« Seine Eichel drang zwischen meine Pobacken, tastete sich immer weiter vor.

»Du wärst der …« Ich keuchte auf. Vergrub das Gesicht zwischen den Laken, krallte mich an dem Bettlaken fest. Ihn dort zu spüren, jagte Schmerz und Erregung durch mich hindurch. Ich wusste nicht, was ich empfinden sollte. Wusste nicht, was ich denken sollte. Ich konnte nur noch fühlen.

Ganz langsam begann er sich in mir zu bewegen, spreizte den Po weitauseinander, zwängte sich in mich hinein. »Fuck, Linda.«

Meine Kehle war staubtrocken, sprechen konnte ich nicht. Über meine Lippen kam nur ein Stöhnen nach dem anderen. Er versenkte einen Finger in meiner Mitte, stimulierte mich an allen Seiten.

Es verschwamm. Alles. Unsere Umgebung. Unsere Atmung. Unsere Körper. Ich brannte. Von innen heraus. Vor Erregung, vor Liebe, vor Empfindungen. Und gleich würde ich lichterloh in Flammen stehen.

Urplötzlich hielt er inne. Entfernte sich von mir.

Mein Körper schrie nach ihm, wollte gerade jetzt absolut nicht aufhören! »Parker, nicht.« *Okay, ich würde ihn tatsächlich gleich anbetteln.* Doch als ich die tiefe Falte zwischen seinen Augen sah, richtete ich mich auf. Meine Oberschenkel fest aneinandergepresst, drehte ich mich zu ihm. »Was ist los?«, sanft strich ich über seinen Bart.

»Hast du das gehört?« Er packte meine Schultern und drückte mich zurück auf das Bett. »Da war was. Oder jemand.« Als hätten die letzten Minuten nicht stattgefunden, griff er nach seiner Hose am Boden und zog sie an.

Ich verstand absolut gar nichts. »Ich habe gar nichts …«

Ein lautes Rumpeln unterbrach mich. Das kam von unten. Jetzt klirrte etwas. Ich rollte mich auf den Bauch und griff in die Schublade meines Nachtschränkchens. »Hier, die anderen Waffen sind unten.«

Parker nahm die Pistole und entriegelte sie. Das klackende Geräusch brachte die feinen Härchen auf meinem Arm zum Stehen.

»Wir haben die Alarmanlage nicht angemacht«, erinnerte ich mich und rutschte vom Bett herunter.

Parker presste seine Lippen aufeinander und starrte mich an.

»Vergiss es, ich werde nicht hier oben warten.« Ich schnappte mir sein T-Shirt und zog es über. »Derjenige, der sich traut, mein Haus zu überfallen, soll auch in meine Augen sehen, wenn er stirbt.« Wo war mein Slip? Ah, da.

Er fuhr sich über das Gesicht. »Linda, es gibt nur einen, der sich so etwas trauen würde.«

Er hatte recht. Daran hatte ich noch gar nicht gedacht. »Demonio.«

Leise öffnete Parker die Tür und ging die schmale Holztreppe nach unten. Mein Puls beschleunigte sich, als ich ihm folgte. Vielleicht würden wir nun endlich herausfinden, wer hinter all dem steckte.

Parker setzte einen Fuß auf die nächste Stufe und das Holz unter ihm knarrte. Verdammt.

Schnelle Schritte. Jemand rannte durch den Flur. Mit einem lauten Knall wurde die Eingangstür zugeworfen.

Ohne zu zögern, hetzte Parker die restliche Treppe herab und schaute sich in meinem kleinen Wohnzimmer um.

Die meisten Kerzen brannten noch. Wie leichtsinnig, er hätte das ganze Haus abfackeln können. Die Sofakissen lagen kreuz und quer im Raum verteilt, Vorhänge wurden von den Stangen gerissen.

»Scheinbar haben wir ihn überrascht.« Parkers Blick schweifte durch den Raum.

Oh mein Gott. »Nein, ich glaub, er war einfach fertig«, stammelte ich und zeigte in den offenen Küchenbereich.

Zertrümmerte Teller lagen auf dem Boden, der Besteckkasten wurde ausgeschüttet. Doch etwas ganz Anderes erweckte unsere Aufmerksamkeit. Parkers schwarze Lederjacke lag ausgebreitet auf dem Küchentresen. Ein paar Messer fixierten sie auf der Arbeitsfläche. Das Vikingssymbol war wild ausgeschnitten, lag völlig zerfetzt daneben auf dem Boden.

Seine Finger zitterten, als er die Stoffreste anhob.

»Parker«, flüsterte ich und legte eine Hand auf seine Schulter, doch er reagierte nicht. Es war mehr als seine Jacke, es war unsere.

Mein Handy klingelte. Was, wenn es ...? Wo hatte ich es zuletzt? Ich eilte ins Wohnzimmer und durchsuchte den Raum nach meiner Handtasche. Ein Kissen nach dem anderen warf ich zurück auf die Couch, stopfte eine zerknüllte Decke mitten rein. Da war sie. Ich griff hinein und kramte nach dem Handy. Meine Fingerspitzen fühlten sich eiskalt an, als ich den Bildschirm entsperrte. Eine SMS, Absender unbekannt.

Hallo, Linda! Wie ich sehe, funkelt es jetzt auch an deinem Finger. Ist das eure Definition von Trennung? Wenn Parker sich nicht von dir trennen kann, dann wenigstens von seiner Jacke. Schönen Abend euch beiden!
Demonio

Ungläubig schüttelte ich den Kopf. Wie konnte er wissen, dass Parker mir einen Ring gab? Geschweige denn, dass wir hier waren?

Ein eiskalter Schauer lief meinen Rücken hinab. Er war hier. Hier in meinem Haus. Und er musste uns auch vorher beobachtet haben. Bei dem Gedanken daran wurde mir schlecht. Bittere Galle stieg meine Speiseröhre empor, sammelte sich in meinem Mund auf. Waren hier Kameras? Überwachte er mich?

Parker musste Ross anrufen, vielleicht gelang es uns diesmal. Ich eilte zurück in die Küche, als mein Handy erneut vibrierte.

Motorräder konntest du noch nie leiden, wieso jetzt damit anfangen?

Wie meinte er das? Oh nein. Parkers Motorrad. Es parkte direkt vor der Tür.

»Parker!«, schrie ich so laut, ich konnte. »Er ist bei deinem Motorrad!«

»Dieser Wichser.« Er drehte sich um, rannte den kleinen Flur entlang und riss die Eingangstür auf.

Ich lief ihm nach, als sich mein Handy erneut meldete. Das konnte alles nicht wahr sein.

Geh zurück ins Haus.

Was? Woher ...? *Er sieht uns.* Hektisch blickte ich von einem Baum zum anderen, versuchte, in den Schatten der Büsche etwas zu erkennen. Doch es waren und blieben einfach nur schwarze Schatten! Was wollte er mir sagen? Was sollte dieses Spiel? Wieder durchzuckte die Vibration jeden Muskel meiner Finger.

Sofort.

Jetzt!

Weg vom Motorrad!

Warum wollte er …? Scheiße. Mein Herz schlug mir bis zur Brust. Und darüber hinaus. Hastig schaute ich mich nach Parker um. Er stand bereits an seinem Bike und suchte ebenfalls die nähere Umgebung ab.

Nein. Er musste da verschwinden. »Parker, komm da weg!«

Er drehte sich zu mir um.

Wieder schrie ich nach ihm. »Es ist eine Falle!«

Seine Augen weiteten sich. Dann lief er los.

Ich ignorierte das Vibrieren in meiner Hand und rannte auf ihn zu. Nur wenige Schritte. Ganz wenige. Wir mussten wieder rein. Weg von hier. Weg von … ich spürte seine Fingerspitzen an meinen, als ein ohrenbetäubender Knall die Stille der Nacht durchschnitt. Die Druckwelle der Explosion schleuderte uns nach hinten. Mit einem dumpfen Geräusch landeten wir direkt vor der Tür meines Hauses, schlitterten über die gepflasterte Einfahrt. Überall flogen kleine und große Wrackteile seines Motorrades, schlugen rechts und links von uns ein.

»Linda? Alles gut?« Parker kroch auf den Unterarmen gestützt zu mir. Schwer atmend schaute er in mein Gesicht. Seine Stimme klang weit weg und ich musste mich konzentrieren, um über seine Frage nachzudenken.

Ich wusste es nicht. War alles gut? Meine Ohren klingelten und mir wurde unheimlich heiß. So, so heiß.

Er beugte sich über mich. Seine Augen zuckten hin und her, fanden keinen festen Punkt in meinem Gesicht. »Linda.« Er klang besorgt. Aber warum denn?

Krampfhaft versuchte ich, meinen Körper unter Kontrolle zu bekommen. Ich musste mich aufrichten. Ein heftiger Krampf durchzuckte jede Faser meiner Muskeln, ließ schwarze Punkte vor meinen Augen tanzen. Ich fiel zurück auf den Boden.

Fuck. Mir tat alles weh. Ich konnte nicht erkennen, woher die Schmerzen kamen. Es fühlte sich an, als flossen sie durch mich hindurch. Ohne einen Anfang, ohne ein Ende. Immer wieder wurde mir schwarz vor Augen.

Nur am Rande bekam ich mit, wie Parker telefonierte. *Sicher holt er Hilfe. Und dann würde alles gut werden. Oder?*

NEUNUNDZWANZIG

Tausende Blitze durchzuckten mein Hirn, brannten tiefe Löcher hinein. Mein Kopf – er tat so unsagbar weh. Alles tat so verdammt weh. Als wäre ein LKW über mich gerast, ohne zu bremsen. Mein Kopf rollte zur Seite und feuerte unzählige Nadeln in die Schläfen. Ich wollte mich bewegen, doch nicht ein Muskel schien mir zu gehorchen.

Wo war ich? Ich musste meine Augen öffnen, doch die schweren Lider bewegten sich nicht einen Millimeter. *Komm schon, Augen auf.* Meine volle Konzentration fixierte sich auf diese eine Aktion. Öffnen. Jetzt.

Ich blinzelte, einige Male. Das grelle Licht blendete mich und ich drückte die Augen sofort wieder zu. *Ja, definitiv ein LKW-Unfall.* Mein Kopf dröhnte und meine Glieder schmerzten bis in die letzte Zelle. Gott, warum tat mir alles weh?

Zaghaft versuchte ich erneut die Augen zu öffnen. Meine Lider begannen zu flattern, ließen nach und nach das Licht herein. Noch immer war es viel zu hell, doch so langsam konnte ich meine Umgebung erkennen. Mit schmalen Augen schaute ich mich um. Wo war ich?

Die weißen Vorhänge vor den Fenstern waren zugezogen. Was dahinter lag, konnte ich nicht erkennen. Mein Blick glitt an mir hinab. Was war das alles? Waren das Schläuche in meiner rechten Hand? Ich folgte ihnen empor, bis sie in einem kleinen Beutel über meinem Kopf endeten. Kaum hörbar tropfte die durchsichtige Flüssigkeit in mich. *Wo verdammt nochmal bin ich?*

Mein Blick wanderte auf die linke Seite. *Oh Gott sei Dank.* Er war hier. Könnte ich seufzen, hätte ich es in dem Moment getan. Völlig in sich zusammengesunken, saß er auf einem Stuhl neben dem Bett, den Kopf auf meiner Matratze abgelegt, seine Hand fest um meine geschlossen. Parker.

Wieder hämmerte etwas gegen meine Schläfen, weckte Erinnerungen und Bilder, die schmerzhafter waren als all meine Empfindungen. Wie ein Hagelsturm prasselten sie auf mich herab.

Sein Motorrad. Die Explosion. Die Hitze. Demonio. Meine Atmung wurde immer schneller, ich konnte es nicht kontrollieren.

Er war bei mir im Haus, er beobachtete mich.

Parker drehte den Kopf, sein Nacken knackte. Unter seinen Augen lagen dunkle Schatten. »Linda«, flüsterte er erstickt. »Du bist wach.« Er fuhr sich über das Gesicht, als könnte er all die Sorgen und Ängste wegwischen.

Ich versuchte etwas zu sagen, doch meine Zunge klebte trocken am Gaumen fest. Er richtete sich ruckartig auf, griff so schnell nach der Wasserflasche auf dem Nachtschränkchen neben mir, dass sie beinahe umfiel.

Ein paar Mal nippte ich daran, die kühle Flüssigkeit fühlte sich wie pures Gold an. Ich setzte die Flasche ab und legte sie neben mich ins Bett. »Was ist …«, ich räusperte mich, »was ist passiert? Wo bin ich?«

»Im Fremont Hospital. Du hast ein Trümmerteil abbekommen. Direkt an den Kopf.« Er schluckte und seine Augen begannen zu glänzen. »Ich dachte … ich dachte, ich hätte dich ... ach, keine Ahnung.« Verzweifelt fiel er wieder auf die Matratze zurück, seine Stirn ruhte auf meiner Hand. »Da war so viel Blut.«

Nur langsam sickerten seine Worte in mein Bewusstsein, füllten die Lücken des Erinnerungspuzzles aus. »So schnell wirst du mich nicht los.« Ich versuchte zu lächeln, doch selbst das tat einfach nur weh. »Wurdest du verletzt?«

Er schüttelte den Kopf. »Nur ein paar Kratzer.« Langsam stand er auf und streckte sich. Sein Rücken knackte noch lauter als sein Nacken.

»Wie lange sitzt du schon da?«

»Seit gestern.« Er strich seine Haare zurück. »Du warst fast vierundzwanzig Stunden bewusstlos. Sie mussten die Wunde an deinem Kopf nähen, du warst im OP.«

Eine Operation? Seit gestern bewusstlos? Selbst wenn er nur ein paar Kratzer abbekam, er hatte die Explosion trotzdem miterlebt. Da musste er nicht so lange auf diesem Stuhl sitzen, der schon unbequem aussah.

»Oh nein, guck mich nicht so an.« Seine Augenbrauen schossen in die Höhe. »Wer von uns beiden liegt in einem Krankenhausbett, du oder ich? Mir geht's gut. Ich geh einen Arzt holen.« Er drehte sich um und griff nach der silbernen Türklinke. Für einen Moment verharrte seine Hand darauf und er schaute über seine Schulter zu mir zurück. Seine Augen musterten mich von oben bis unten.

Auch wenn jeder Muskel schmerzte, ihn vor mir zu sehen, unverletzt, ließ mich wahrhaftig lächeln. »Ich liebe dich auch.«

Wir haben es überlebt. Wir beide.

Sicher, der Tod war nichts, was mir selten begegnete. Beinahe jeden Tag wurde ich mit ihm konfrontiert, sowohl im positiven als auch im negativen Sinne. Aber ihm so nah zu sein, das war etwas ganz Anderes. Vor allem, da

Parker ihm ebenfalls so nah war. Keine Ahnung, wie ich es schaffen sollte, wenn ich auch noch ihn verlor.

Darüber brauche ich nicht nachdenken, uns geht es beiden gut.

Nur wenige Sekunden später kam Parker in Begleitung eines Arztes wieder. »Hallo, ich bin Dr. Cooper. Schön, dass Sie wieder bei uns sind.« Ein warmes Lächeln umspielte seinen Mund, während er auf einem Monitor neben mir herumtippte und einige Male zufrieden nickte. »Das sieht alles gut aus.«

»Bis auf die Schmerzen geht es mir auch gut.«

Parker verschränkte die Arme, seine Finger kratzten an den Oberarmen entlang.

Dr. Cooper griff in seinen Kittel. Eine kleine Taschenlampe kam zum Vorschein und er leuchtete mir in die Augen. »Auch hier, alles sehr gut.« Als er seine Untersuchung beendet hatte, zog er sich einen Stuhl neben das Bett. »Miss Miller, Ihre Werte sind alle wieder im grünen Bereich. Allerdings gibt es da etwas, das ich mit Ihnen besprechen muss.« Sein Blick glitt zu Parker. »Vielleicht lieber allein.«

Warum das denn? »Nein, es gibt nichts, was Sie nicht auch Mister O'Neil sagen können.«

Dr. Cooper presste die Lippen zusammen, schlussendlich nickte er aber. »Wie Sie wünschen. Als Sie eingeliefert wurden … wir haben eine Schwangerschaft festgestellt.«

Was hat er da gerade gesagt? Ich öffnete den Mund, doch mir fehlten die Worte.

Die Tür meines Krankenzimmers flog auf, völlig außer Atem blieb Tim auf der Schwelle stehen und musterte mich. »Linda, du bist …«, begann er, doch Parker stand augenblicklich auf und schob ihn aus dem Raum heraus.

»Jetzt nicht, das geht nur Linda und mich etwas an.« Kaum war Tim draußen, drückte er die Tür wieder zu. »Warum«, er drehte sich um, ging einen Schritt auf uns zu,

»Warum haben Sie mir das die ganze Zeit verheimlicht?« Seine Stimme war bedrohlich leise und allein sein Blick ließ darauf deuten, dass er jeden Moment Dr. Cooper anspringen würde.

Doch ich ignorierte seine Wut. Mein Herz schlug mir bis zum Hals. Mein Kopf dröhnte so sehr, dass ich keinen klaren Gedanken fassen konnte. Da waren nur Schmerz. Und ein Wort, das alles veränderte. Schwangerschaft. Baby. Mutter.

Wollte ich Kinder? Sicher, irgendwann. Aber jetzt? Ängste breiteten sich wie heißer Teer in mir aus, aber da war mehr. Da war etwas, was mich laut und deutlich anschrie. Etwas, das sich wie Glück anfühlte. *Du fühlst dich nach Glück an, kleiner Krümel.*

»Mister O'Neil, Sie sind nicht verheiratet. Ich darf Ihnen keine Auskunft geben. Außerdem ...« Er stockte.

Ich blickte zu ihm. *Was außerdem?*

Seine Lippen waren mittlerweile nur noch ein schmaler Strich, auf seiner Stirn bildete sich eine tiefe Falte. »Miss Miller, aufgrund der Verletzungen durch die Explosion, konnten wir keinen Herzschlag des Babys feststellen.«

Was? Meine Hände glitten an mir hinab, mit zitternden Fingern strich ich über meinen Bauch. *Strich ich über dich.*

Kein Herzschlag.

Parker fiel auf seinen Stuhl zurück.

Doch ich konnte den Blick nicht von meinem Bauch abwenden. *Von dir.*

Kein Herzschlag.

»Es tut mir sehr leid. Bei der OP an ihrem Kopf haben wir es bereits entfernt. Ich werde sie ein wenig allein lassen und später wiederkommen.« Dr. Cooper verließ den Raum. Glaubte ich. Keine Ahnung.

Ich bin schwanger. War schwanger. Ein Baby. Mein Baby.

Du. Doch da war kein kleines, polterndes Herz. *Bereits entfernt.* Meine Gedanken wirbelten wild durcheinander. Natürlich hatten wir gerade keine Kinder geplant. Wir hatten nicht einmal über so etwas gesprochen. Und dennoch zog sich mein eigenes Herz zusammen, explodierte in der Brust und zerfiel in tausend kleine Stücke. In Staub. Nichts weiter als Staub, der mit dem nächsten Atemzug verwehte.

Wie konnte man um jemanden so schmerzlich trauern, den man nie kennenlernen konnte? Unser Kind. *Dich.* Ich presste eine Faust gegen meinen Mund.

Er hat dich uns genommen. Demonio. Er hat meinen Vater getötet, er hat unser Kind ermordet. Tränen brannten mir in den Augen, raubten mir die Sicht. Ein heftiger Schluchzer überrollte meinen Körper, ließ mich zittern, alles in mir erbeben.

Parker stand auf, legte sich zu mir ins Bett. »Komm her.« Seine starken Arme umfassten mich, als würde er versuchen, mich zusammenzuhalten, obwohl ich gerade jämmerlich zerbrach.

Ich krallte mich an seinen Rücken, suchte irgendwie nach Halt. Doch da war nichts. Keine Umarmung, keine Berührung der Welt konnte mein Herz wieder zusammensetzen. Konnten *mich* wieder zusammensetzen.

»Ich werde ihn umbringen«, flüsterte er an meine Haare.

Mit tränenverschleierten Blick schaute ich zu ihm auf. »Wir werden ihn umbringen.«

Er nickte und zog mich so fest er konnte an sich. Seine Hände vergruben sich in meinen Haaren, sein Kinn lag auf meinen Kopf. Und dann begann auch sein Brustkorb zu beben.

Zwei Herzen, ein einziger Scherbenhaufen.

»Wenn Sie unbedingt nach Hause wollen, dürfen Sie das natürlich, Miss Miller.« Dr. Cooper zog die Augenbrauen zusammen. »Sicher wäre es besser, wenn Sie noch eine Weile hierbleiben würden, aber es ist Ihre Entscheidung. Sie sollten trotzdem Stress vermeiden und oft liegen.«

Ich nickte. Mein einziges Verlangen war, nach Hause zu gehen, in mein Bett. »Ich werde mich noch ein wenig ausruhen.«

Er atmete tief durch und schaute zu Parker. »Sie dürfen Sie mit nach Hause nehmen. Kommen Sie mit, ich gebe Ihnen die nötigen Papiere.« Gemeinsam verließen sie den Raum.

Ich sank auf den Bettrand nieder. Noch immer hallten die Worte von Dr. Cooper in mir nach. *Kein Herzschlag.* Der Kloß in meinem Hals wuchs erneut, drückte gegen meine Kehle, nahm mir die Kraft zu Atmen. Kläglich versuchte ich, ihn herunterzuschlucken.

Ruhe war das Einzige, was ich jetzt wollte. Parker schnappen und uns gemeinsam im Bett verkriechen, bis ... keine Ahnung, wie lange. Gerade konnte ich mir nicht mal vorstellen, dass dieser Schmerz je wieder verging.

Mit wackeligen Schritten ging ich zum Schrank und packte die Tasche. Parker hatte meine Kleidung kaum ausgeräumt. *War das gerade die Zimmertür?*

»Das ging schnell. Fehlt etwas?«, fragte ich und schloss den Schrank. Anders als erwartet, stand nicht Parker vor mir. Tims wütende Augen funkelten zu mir herüber. Doch was mich viel mehr beunruhigte, war die geladene Glock, die direkt auf mich zielte. Meine Kopfhaut begann zu prickeln. »Tim, was ...«, stammelte ich und tastete rückwärts nach meinem Bett. Ich musste mich setzen, sonst kippte ich um.

»Nimm deine Tasche, wir gehen.«

Das war keine Bitte, das war ein Befehl. Seine strenge

Stimme befreite mich aus der Schockstarre. »Tim, was soll das hier? Nimm die Waffe runter, wenn Parker …«

»Dann knall ich ihn ab.«, spuckte er mir entgegen und selbst aus der Entfernung flogen Speicheltröpfchen gegen mein Gesicht.

Ich schluckte. *Was hat er da gerade gesagt? Was macht er da?* Der stechende Schmerz in meinem Kopf meldete sich zurück. Ich presste die Lider fest aufeinander. Das musste ein Traum sein, das alles! Gleich würde ich aufwachen und alles wäre wieder wie vorher.

»Los jetzt.« Tim deutete mit der Waffe auf meine Tasche.

Noch nie hatte ich ihn so kalt und bösartig reden hören. Sicher, er erledigte Aufträge für mich – zu töten stellte kein Problem für ihn dar. Aber niemals würde er Parker etwas antun.

»Du solltest dich beeilen, Prinzessin. Wenn dein lieber King den Raum betritt, dann ist er tot.« Wie ein gefährliches Raubtier kam er einen Schritt näher. »Beeilung.«

Er klang eiskalt. Sein Blick – so selbstsicher wie noch nie.

Oh mein Gott. Jeder Muskel in mir spannte sich an, selbst die letzten feinen Härchen stellten sich auf, als ich die bittere Wahrheit erkannte. *Er würde Parker töten.*

Beschwichtigend hob ich die Hände vor die Brust. »Okay, okay. Tim, bitte.« Ich dachte nach. Was sollte ich tun? »Wenn wir den Raum verlassen, dann wird Parker uns sehen.«

Er schüttelte den Kopf. »Öffne das Fenster. Wir klettern über die Feuertreppe nach draußen. Ich nehme deine Tasche. Los!«

Rückwärts taumelte ich zum Fenster und umfasste den Rahmen. Schon wieder eine Feuertreppe. Ich könnte Zeit schinden und hoffen, dass Parker ihn überwältigen würde. Aber ich war mir nicht sicher, ob er eine

Waffe dabei hatte. Das Risiko, ihn zu verletzten oder gar zu verlieren, konnte ich nicht eingehen, dafür hatte ich bereits zu viel verloren. Meine einzige Chance war es, mich Tim zu fügen. Was auch immer er damit bezwecken wollte.

Das Fenster öffnete sich knarzend und ich kletterte hinaus. Meine Oberschenkel verkrampften immer wieder, als ich eine Stufe nach der anderen hinabeilte.

Tim folgte mir, scheuchte mich noch schneller die schmale Feuertreppe herunter, den Lauf der Pistole stets in meinem Rücken.

Würde er mich töten? War das mein Ende? Getötet durch meinen besten Freund? Doch warum?

»Rein da.« Tim deutete auf einen alten, dunkelblauen Volvo, den ich vorher noch nie gesehen hatte. Widerwillig stieg ich auf den Beifahrersitz, er war abgesessen und hart. *Was wird hier gespielt?*

Der Motor startete, brachte das Auto zum Vibrieren. Die Reifen quietschten über den Asphalt, als wir vom Parkplatz des Krankenhauses fuhren. Die Geschwindigkeit drückte meinen Körper in den Sitz.

Ich fixierte Tim, aber sein Blick war starr auf die Straße gerichtet. Die Emotionen in mir schlugen Saltos. Schmerz, Trauer und jetzt diese absolut durchgedrehte Aktion. »Ich verstehe das nicht. Was tust du hier?«

Freudlos lachte er auf. »Du hast mich noch nie verstanden. Mich nie gesehen. Es gab immer Andere. Immer Bessere!«

Meine Stirn legte sich in Falten. *Was meinte er?*

Er blickte zwischen mir und der Straße hektisch hin und her. »Siehst du, du bist blind! Blind und naiv!«

Ich schluckte schwer. Vielleicht lag es an meiner Verletzung, an all den schlechten Nachrichten heute, aber ich konnte ihm nicht folgen. Was hatte ich ihm angetan? Ich lehnte den Kopf gegen die kühle Fensterscheibe, die

Häuser von Fremont zogen an uns vorbei, bis es immer weniger wurden. Wir fuhren aus der Stadt heraus.

»Und jetzt sei still, du solltest dich ausruhen. Ich habe den Arzt gehört. Schlaf, wir fahren ein bisschen.« Tim legte seine Hand auf meinen Oberschenkel und drückte kurz zu.

War das gerade sein Ernst? Ruhe? Tim musste absolut den Verstand verloren haben. So lange er mit einer Waffe im Schoß neben mir saß, würde ich nicht ein Auge zutun. Vor allem, da ich keinen Plan hatte, wo er mit mir hinfuhr.

Ein Traum. Das alles. Die Theorie verhärtete sich immer mehr. Es musste ein absolut grauenhafter Albtraum sein, anders konnte ich es mir einfach nicht erklären.

DREISSIG

Die Uhr im Auto war kaputt und ich trug keine. Schätzungsweise waren wir 45 Minuten unterwegs, also weit abseits von Fremont.

»Aussteigen«, befahl Tim und ich gehorchte, hauptsächlich, weil seine Waffe mal wieder auf mich zielte. Er stieß mich einen kleinen Pfad entlang, bis wir zu einer Holzhütte kamen. Sie sah runtergekommen und schäbig aus. Würde mich nicht wundern, wenn das Dach undicht wäre.

Tim stemmte sich mit der Schulter gegen die Tür und öffnete sie. Das Haus war komplett leer. Einzig ein Doppelbett und ein Tisch mit zwei Stühlen standen darin. *Wie gemütlich.*

Tim packte meine Oberarme und drückte mich auf einen der Stühle. »Das dient nur deiner Sicherheit.« Etwas Kühles umschloss meine Handgelenke, Handschellen klickten hinter der Rückenlehne. »Das musst du mir glauben.«

Fällt mir gerade etwas schwer.

Er kniete sich vor mich, fesselte mit einem dunklen Strick meine Füße.

Mein Blick huschte zwischen ihm und dem dicken Knoten hin und her. »Tim, was tust du da?«

Noch immer kniete er vor mir. Seine Mundwinkel zuckten, als er mich betrachtete. »Ich tu das, was ich die ganze Zeit hätte tun sollen.« Langsam richtete er sich auf und kam mir immer näher, fast hätten sich unsere Nasenspitzen berührt, sein warmer Atem strich über meine Wangen. »Du gehörst mir. Hast du schon immer. Wirst du immer.«

Was redete er da bitte?

Er packte mein Kinn und presste seinen Mund gegen meinen.

Von allem, was passieren konnte, hatte ich das am wenigsten erwartet. Seine Zungenspitze streifte meine Lippen, doch ich war unfähig zu reagieren. Das alles, es war verrückt! Er drang in mich ein, stieß gegen meine Zunge.

Sein Griff lockerte sich. *Arschloch.* Ich schwang meinen Kopf mit aller Kraft nach vorn und verpasste ihm eine Kopfnuss.

Kurz ließ er von mir ab und wischte sich über den Mund, aus seiner Nase rann Blut. *Gut.*

»Du Miststück.« Er holte aus und verpasste mir eine Ohrfeige.

Ich stöhnte. Mein Kopf begann erneut zu dröhnen. Doch jetzt war nicht der richtige Zeitpunkt, um bewusstlos zu werden. »Du bist verrückt geworden!«, zischte ich und spuckte ein wenig Blut auf den Boden.

Tim lachte hysterisch auf. »Du hast mich verrückt gemacht!«, sein Finger deutete auf mich. »Du und deine ganze Familie!«

Noch immer begriff ich nicht, was hier gerade passierte. Er schien völlig den Verstand verloren zu haben. Vielleicht hatte er Drogen genommen? »Tim, ich kann dir helfen. Wenn du etwas genommen hast ...«

Seine Hände stützten sich auf meiner Armlehne ab.

»Sehe ich aus, als würde ich diesem O'Neil noch Geld in den Arsch blasen?«

Okay. Er hat keine Drogen genommen, mich entführt, mich geküsst und wirft mit wirren Vorwürfen um sich. Gut, das klingt nach der Definition von verrückt!

Tim schnappte sich seinen Rucksack und packte einen dicken Laptop aus. »Wollen wir doch mal sehen, was dein Liebster gerade so treibt«, murmelte er verschwörerisch.

Wie meinte er das? Er drehte den Bildschirm ein wenig nach rechts, sodass auch ich das Bild erkennen konnte. Meine Augen weiteten sich. Das konnte nicht wahr sein.

Parker tobte durch mein Strandhaus. Rief nach mir. Öffnete jede Tür. Schlug gegen die Wand. Die Kerzen, sie standen noch immer erloschen im Raum.

»Du … du hast mich überwacht.« Meine Stimme war nicht mehr als ein Flüstern. Fassungslos schaute ich Tim zu, wie er Parker beobachtete. Der Mauszeiger flog über den Desktop. Ein paar Klicks später sahen wir mein Schlafzimmer. Selbst da hatte er eine Kamera.

»Du bist krank!«, schrie ich ihm entgegen und rüttelte so fest ich konnte an den Fesseln. Das Metall der Handschellen schnitt in meine Haut. »Ich habe dir vertraut! Dich wie einen Bruder behandelt! Mein Vater hat sich um dich gekümmert!« Jedes Wort spuckte ich ihm entgegen. »Und das ist dein Dank?«

Tim sprang auf und stieß meinen Stuhl rückwärts um. Mein Kopf knallte gegen den kalten Betonboden, das Klingeln in meinen Ohren wurde lauter. Dr. Cooper hatte *Ruhe* sicher anders gemeint.

Tim baute sich vor mir auf, stemmte seine Fäuste in die Hüfte. »Jetzt pass mal auf, kleine Prinzessin. Du hast mich nicht nur *wie* einen Bruder behandelt, ich bin dein Bruder. Wir sind tatsächlich Geschwister!« Er breitete die Arme aus. »Überraschung.«

Fest kniff ich die Augen zusammen, der Schmerz schien mich zu benebeln. Tims Worte, sie ergaben gar keinen Sinn. Tatsächlich Geschwister? »Wie meinst du das?«, murmelte ich und flehte stumm, er würde mich wieder aufheben. Meine Hände kribbelten und fühlten sich taub an. Der Stuhl drückte zu stark gegen sie, jede Faser in mir tat weh.

»Dann hör gut zu. Dein Vater hat meine Mutter gefickt. Und tada! Da war ich. Der eiskalte Anwalt hat sein eigenes spanisches Hausmädchen geschwängert.« Er spuckte mir die Wörter ins Gesicht. »Die ganze Zeit war ich sein großes, dunkles Geheimnis.«

Aber ... das ist ... unmöglich. Mein Vater hatte eine Affäre. Er hatte meine Mutter betrogen. Wie konnte er ihr das antun? Konnte ich Tim überhaupt glauben? Immerhin verhielt er sich wie ein Irrer. Vielleicht hatte er sich das alles nur zusammengereimt oder irgendetwas falsch verstanden. »Und das hat dir deine Mutter erzählt? Wer weiß, ob sie sich nicht einfach gewünscht hat, es wäre so gewesen.«

Schlagartig entwich die Luft aus meinen Lungen. Tims Fuß schmetterte gegen meine Rippen, immer und immer wieder. Ich versuchte, mich zu krümmen, doch die Fesseln hielten stand. »Was bildest du dir ein?«

Endlich ließ er von mir ab. Wimmernd lag ich am Boden. Mein Kopf dröhnte, meine Rippen schmerzten. Und über mir hing Tim. Mein bester Freund, mein Bruder.

»Deine Mutter hat es mir an ihrem Sterbebett verraten. Sie wusste es. Und denk ja nicht, dass sie es mir aus Nächstenliebe gesagt hat.« Angeekelt rümpfte er seine Nase. »Sie hatte Angst, dass wir uns verlieben und ihre kleinen Enkel das Ergebnis des schmutzigen Geheimnisses ihres Mannes wären.«

Meine Mutter wusste alles? Die ganze Zeit wusste sie, wer Tim wirklich war. Scheinbar kannte jeder dieses Geheimnis, nur ich nicht.

Die Gefühle in mir fuhren Achterbahn. Wut, Trauer, Verzweiflung. Ich wusste nicht mehr, was ich fühlen sollte. Der Schmerz übertönte all meine Sinne. »Und was ist so schlimm daran, dass wir wirklich Geschwister sind? Angst ums Erbe?«

Wieder begann Tim zu lachen. »Weil ich dich liebe, Linda! Ich liebe dich, ich begehre dich, ich will dich.« Die Wut in seinen Augen verschwand und für einen kurzen Moment wurde sein Gesicht ganz weich, fast schon liebevoll. »Linda, du gehörst mir. Und ich? Ich gehöre dir.« Ein Lächeln umspielte seine Mundwinkel.

Das war irre. Ich lag noch immer auf dem Boden und rang nach Luft, meine Rippen schmerzten bei jedem einzelnen Atemzug.

»Aber dann kam er. Parker. Die ganze Zeit konnte ich mit deinen One-Night-Stands umgehen. Sie sind gekommen und sie sind gegangen. Aber am Ende warst du immer bei mir.«, seine Hand presste sich gegen seinen Brustkorb. »Außer bei Parker.« Die Wut in ihm gewann erneut die Oberhand und er schlug hart mit der Faust auf den Tisch.

Der Stuhl drückte immer stärker gegen meine Hände. Meine eigene Haut spannte um meinen Brustkorb. »Tim, bitte heb mich hoch. Ich kann kaum atmen, bitte.« Immer wieder rang ich zwischen den Worten nach Luft. Ich verachtete es, aber ich flehte ihn an.

Seine Augen weiteten sich. Eilig packte er die Lehne des Stuhls und richtete ihn auf.

Ich ließ den Kopf nach vorn hängen, jeder Atemzug ließ meine Lunge brennen. Hoffentlich hatte er mir nicht alle Rippen gebrochen.

Tim strich meine Haare zur Seite und suchte meinen Blick. »Geht es dir gut?«

Fangfrage?! Hatte er die letzten Minuten nicht mitbekommen? Immerhin schien er mich nicht umbringen zu wollen. Oder jedenfalls noch nicht.

Ich spuckte das restliche Blut aus dem Mund neben mich. *Okay Linda, Ruhe bewahren, ordne die Tatsachen.* Rasmus war unser Vater. Tim war mein Bruder, mein richtiger. Und er liebte mich. Nicht unbedingt so, wie es ein Bruder tun würde. Oder sollte. Dürfte? Was weiß ich! Deshalb hasste er Parker. Ich schaute zu ihm.

Er hockte neben mir, strich immer wieder über meinen Arm, doch seine Berührungen ließen mich erschaudern. Da war keine Vertrautheit mehr, er schien vollkommen verrückt zu sein und ich hatte es die ganze Zeit nie bemerkt. Parker war schon immer skeptisch.

Parker.

Mein Blick glitt erneut zum Laptop. Er saß auf dem Bett und telefonierte so leise, dass man es nicht hören konnte. Vielleicht war das auch besser. Dann stand er eilig auf und verließ das Haus.

Tim umfasste den Bildschirm des Laptops und klappte ihn lautstark zu. Seine Augen fixierten mich, jegliche Sorge war verschwunden. »Selbst jetzt denkst du an ihn! Was muss ich noch alles tun, um euch zu trennen?«

Ich schaute ihn an. *Noch?* »Was soll das heißen, was hast du denn bisher getan?« Bereits als ich die Worte aussprach, überkam mich die Erkenntnis. Das kann nicht sein. »Tim, was hast du getan?« Tränen brannten in meinen Augen, liefen heiß über meine Wangen. »Was hast du getan?«, schrie ich ihm entgegen.

Doch die Antwort lag auf der Hand. Demonio. Spanisch, so wie seine Mutter Maria. Nein. Nein. Nein! »Sag mir, dass du nicht Demonio bist. Tim! Sag, dass du es nicht bist!«

Doch er lächelte, kam auf mich zu und wischte die Tränen von meinen Wangen. »Ich bin Demonio, meine kleine Prinzessin.«

Ein Beben erfasste mich, brachte alles in mir durcheinander. Die Wahrheit schlug mir ins Gesicht, brannte lichterloh in meinem Herz. Das durfte nicht wahr sein.

Seine Hände umfassten mein Gesicht. »Du musst mir glauben, ich habe all das nur für uns getan.« Fingerspitzen streiften meine Wangen, fingen die Tränen auf. »Für dich.«

Wie bitte? Sein Daumen strich über meine Lippen, fuhr die Konturen nach. Ich öffnete den Mund und biss so fest ich konnte in seinen Finger rein.

»Ah! Du verdammte Hure!«

»Für uns?!« Hysterisch begann ich zu lachen. »Fick dich, Tim!«

Ich ignorierte seine Beleidigungen. In mir tobte ein Inferno. Und es würde ihn als Erstes vernichten. »Du hast meinen Vater getötet! Du hast Parker das FBI ins Haus gejagt! Du hast uns mit einem Sextape erpresst! Du hast Parkers Jacke zerstört und sein Motorrad als Bombe benutzt! Du hast mich ins Krankenhaus befördert! Du hast uns überwacht! Du hast ... du hast unser Kind getötet!« Jedes meiner Worte spuckte ich ihm mit so viel Zorn entgegen, wie ich nur konnte.

Doch er legte unbeirrt seinen Kopf zur Seite und betrachtete mich. »Also habe ich richtig gehört. Dr. Cooper hat eine Schwangerschaft erwähnt. Aber schön, dass sie schon beendet ist. Sonst hätte ich mich auch noch darum kümmern müssen.«

Schlagartig entwich sämtliche Luft aus meinen Lungen. Seine Worte prügelten auf mich ein. All die schrecklichen Dinge, all das hatte er verursacht. Mein Tim. Doch das hier vor mir war nicht Tim. Nicht der Tim, mit dem ich groß geworden bin. Hier vor mir stand ein Monster.

Er strich meine Haare glatt, kämmte sie mit seinen Fingern. »Linda, Liebes. Du siehst das alles ganz falsch.« Er zog sich einen Stuhl heran und griff nach meinen Händen. »Die Bombe am Motorrad? Ich habe dir gesagt, dass du wieder ins Haus gehen solltest. Niemals wollte ich dich verletzen. Und dann passierte es doch.« Seine Hand glitt über meine Wange. Jede seiner Berührungen erfüllte mich mit purem Ekel. »Deshalb habe ich dich jetzt hierhergebracht. Hier bist du sicher und wir sind endlich ungestört.«

Mein Puls hämmerte durch den Körper. »Lass mich gehen, Tim. Das alles hier ist Wahnsinn.«

»Du wirst es bald verstehen, Liebes. Und dann werden wir gemeinsam glücklich. Ohne Parker.« Er umfasste mein Kinn und drehte mich zu sich, hart presste er seine Lippen auf meine.

Es widerte mich an. Alles an ihm widerte mich an. Er löste sich von mir und stand auf.

»Wir werden dich umbringen«, flüsterte ich und ignorierte sein selbstgefälliges Lachen. »Parker wird mich finden. Und dann,« meine Augen wurden schmal, »dann weiden wir dich aus und stopfen dir deine eigenen Därme in deine verlogene Fresse, du dreckiger Bastard.«

EINUNDDREISSIG

Linda

Tim überwachte jeden Schritt von Parker auf dem Bildschirm. Er hatte nicht nur Kameras im Strandhaus, sondern auch eine Wanze im Besprechungs- und Frühstücksraum der Vikings. Manchmal glaubte ich noch immer, dass das alles nur ein böser Traum war. Doch dann erinnerten mich die stechenden Schmerzen in meinem Kopf daran, dass ich wach sein musste.

Ping, ping, ping!

Tims Laptop klingelte. Er stand auf und bestätigte das Passwort. Das Bild blieb schwarz, doch dann ertönte eine vertraute Stimme. Parker.

»Wir müssen sie finden.« Er klang müde. Müde und verzweifelt. In mir zog sich alles zusammen, mein Herz drohte unter der Last zerquetscht zu werden.

»Wir wissen nicht einmal, ob sie wirklich entführt worden ist. Was, wenn sie freiwillig gegangen ist?« Derek.

»Nein. Da stimmt was nicht, nie wäre sie einfach gegangen.« Seine Worte, sein Schmerz. Der Kloß in meiner Kehle raubte mir die Luft zum Atmen.

»Da stimme ich Parker zu. Dafür liebt sie ihn viel zu sehr. Und selbst wenn. Linda ist keine Frau, die sich scheut, mit einem Mann Schluss zu machen.«

Tims Faust ballte sich bei Leslies Worten, seine Fingerknöchel stachen weiß hervor. »Na dann wollen wir den Motorradidioten mal auf die Sprünge helfen.« Er nahm ein Klapphandy aus seiner Tasche und tippte eine Nachricht. »Lieber Parker, deine Prinzessin ist in guten Händen.« Seine Mundwinkel kräuselten sich, während er murmelnd weiterschrieb. »Ihre Lippen sind so weich. Einfach wunderbar, wie sie sich zart an meine schmiegen. Viele Grüße, Demonio. Senden. Und los.«

Keine Sekunde später klingelte Parkers Telefon. Stille. Ein Knall. Scheinbar hatte er es gegen eine Wand geschmissen.

Tim lachte, brach das Handy in zwei Teile, legte es auf den Tisch und schlug darauf. Diese Taktik waren wir ja bereits gewohnt.

»Demonio. Er hat sie.« Wieder schepperte es. »Dieses Arschloch. Er hat mir alles ... einfach alles genommen.« Seine Stimme brach.

Oh, Parker. Wie gern würde ich ihn jetzt umarmen. Ihm sagen, dass alles gut werden würde. Dabei war ich mir da selbst nicht mal sicher.

»Parker, wir werden ihn finden. Sie beide. Ich rufe Ross an.« Eine Tür fiel ins Schloss, scheinbar hatte Derek den Raum verlassen.

»Wie meinst du das? Einfach alles?« Leslies besorgte Stimme versetzte mir einen Stich. Natürlich konnte sie ihrem Bruder ansehen, dass da mehr war.

»Linda. Sie war ... fuck.« Es zerriss mich. Das, was in mir noch übrig war, zerfiel restlos. »Sie war schwanger. Und bei der Explosion, da hat sie ...«

»Oh Gott, warum hast du nie etwas gesagt?«

Jeder einzelne Muskel in mir verkrampfte. Er litt, so

weit entfernt von mir. Und doch war er mir so nah. Wir konnten uns nicht halten, konnten uns nicht den Trost geben, den wir gerade brauchten. Aber unsere Herzen schlugen gemeinsam, im selben Takt, egal wie weit wir voneinander getrennt waren.

Tim klappte den Laptop zu, triumphierend rieb er seine Hände. »Das hat doch super geklappt.«

Ja, richtig super.

Parker

Meine Fingerknöchel brannten. Es war mir egal. In mir wütete ein Feuer, nichts konnte es löschen. Nichts konnte die Flammen zähmen.

Wieder knallte meine Faust gegen die Wand im Besprechungsraum. Ich fühlte mich leer. Leer und hilflos. Wo sollte ich anfangen? Wie sollte ich sie finden?

Francis. Fuck, mein Handy war nicht mehr als ein Trümmerhaufen.

Ohne weiter darüber nachzudenken, schnappte ich mir meine Lederjacke und rannte in die Garage. Dann eben auf die altmodische Art und Weise.

Sein Haus und damit auch die Basis der Mafia war nicht weit entfernt, zwanzig Minuten mit dem Bike. So wie mein Puls mich antrieb, würde ich in zehn da sein.

Der Kies knirschte unter den Rädern des Motorrades, ich schob es heraus, schwang mich auf das Leder.

Das Vibrieren der Maschine, das Geräusch des Motors, alles versank in einem schwarzen Loch. Ich konnte nur noch an sie denken. An sie, an das Kind, an meinen Schmerz. Er zerfraß mich.

Ich hatte sogar den Helm vergessen, scheiß drauf. Die kalte Luft wehte durch meine Haare, konnte jedoch nichts in mir abkühlen. Meine Augen brannten. Ob durch den Fahrtwind oder durch etwas Anderes, keine Ahnung.

Die Fahrt zog an mir vorbei wie ein schlechter Film. Ich sah kaum hin, schaltete auf Autopilot. Erst, als ich vor dem geschwungenen Messingtor hielt, die breite Einfahrt hinaufsah, kam ich wieder zurück ins Hier und Jetzt. Die akkurat zurechtgeschnittenen Hecken verhöhnten mich, lachten über das Chaos in mir.

Ich fixierte die Überwachungskamera. Sicher haben sie mich bereits gesehen. Sicher wurde Francis schon längst informiert.

Kein Wort verließ meine Lippen, ich konnte nichts sagen. Dabei schrie alles in mir.

Das Tor schwang auf und ich stieg ab. Bewegung. Ich brauchte dringend Bewegung. Meine Waden brannten, meine Lunge quälte sich durch jeden Atemzug, während ich der großen Villa immer näher kam.

Francis kam die wenigen Stufen seines Hauses herab, lief direkt auf mich zu. »Parker? Was machen Sie hier?«

»Er hat sie.« Die Worte verätzten meinen Rachen. »Demonio. Er hat Linda.«

Sein Gesicht verlor augenblicklich an Farbe. Er griff an die Innentasche seines Jacketts, drehte sich von mir weg und telefonierte.

Ich hörte nicht, was er sagte.

Ich hörte nicht, mit wem er sprach.

Ich hörte nur immer wieder meine eigenen Worte. *Demonio hat Linda.*

Meine Sicht verschwamm. Dieser Mistkerl hatte so viel mehr. Sie bedeutete mir alles. Und ich war nicht fähig, sie zu schützen. Nicht Linda, nicht unser Kind. Jetzt auch noch sie zu verlieren ... selbst meine Gedanken streikten. Ich konnte nichts weiter tun. Mein Kopf war leer. Vollständig leer. Da waren nur viel zu heiße Tränen auf eiskalten Wangen.

Linda

»Ich hab was zu essen mitgebracht, Liebes!« Mit einer Tüte voller Fast Food kam Tim durch die Tür spaziert, als wäre es das Normalste der Welt.

Mittlerweile waren fünf Tage vergangen. Und seitdem hatte sich nichts geändert. Immer wieder verschwand Tim und kam mit Essen zurück. Dazwischen saß er stundenlang am Laptop und verfolgte Parker. Wenigstens küsste er mich nicht mehr.

»Ich weiß, dass du Cheeseburger magst. Ich weiß immer, was du brauchst.« Lächelnd packte Tim die Burger aus.

Ich hatte keinen Hunger, mir war der Appetit vergangen. Und so langsam überfiel mich die Verzweiflung. Meine Hoffnung, dass Parker mich bald finden würde, schwand täglich. Vor allem, seitdem er wie vom Erdboden verschluckt war.

Schmatzend setzte sich Tim an seinen Laptop, Brotkrümel und Salatreste fielen immer wieder aus seinem Mund. Ich wandte den Blick ab, sonst würde ich ihm jeden Moment vor die Füße kotzen. Früher fand ich ihn nie so abstoßend, aber jetzt hier vor mir. Er war nicht mehr mein Tim. Er war ein Ungeheuer.

»Kleiner King, wo bist du nur?«, murmelte er, durchsuchte jeden Winkel seiner Kamerabilder.

Genau das fragte ich mich auch. Wo war Parker? Eine eiskalte Gänsehaut kroch meinen Rücken empor, setzte sich im Nacken fest. Die Mordanklage. Das FBI. Was, wenn die Anklage nicht fallen gelassen wurde und er jetzt im Gefängnis saß? Wegen mir. Wegen Demonio. Wegen Tim.

Zu gern hätte ich ihn gefragt, ob er wüsste, wie die Anklage verlief. Jedoch befürchtete ich, ich würde ihn am Ende noch auf dumme Gedanken bringen.

Tief atmete ich durch. *Denk an die Fakten, Miller.* Wenn Parker verhaftet worden wäre, dann würde Tim nicht nach ihm suchen. Sicher hätte er davon gehört. Vielleicht war er ja doch auf dem Weg zu mir.

Mein Kopf sank auf die Brust. Wir waren hier mitten im nirgendwo. Wie sollte er mich finden?

Parker

Die Tage zogen nur so an mir vorbei. Ich verlor absolut das Zeitgefühl. Jeden Tag verbrachte ich bei Francis. Zum einen, weil Mia noch immer mit der Staatsanwaltschaft diskutierte und ich lieber in Deckung blieb. Und zum anderen, weil ich verdammt nochmal nicht in unserem Haus sein konnte. Ich ertrug es nicht, dort zu sein. Ohne sie.

Steven, Luke und Sofia kamen so oft sie konnten hierher, versuchten Linda zu finden. Doch wir hatten nicht mal den Hauch einer Spur. Wir hatten nichts!

Und wieder saßen wir um diesen verdammten hochpolierten Holztisch. Die bunten Blumen in dieser Kristallvase lachten mich aus.

»Jeder Container war offen.« Luke massierte sich die Schläfen. »Ausnahmslos. Sie kann nicht am Hafen sein.«

Oder nicht mehr. Was, wenn sie gar nicht mehr auf diesen Kontinent war? Diesem Demonio würde ich alles zutrauen.

Was, wenn sie gar nicht mehr am Leben ist.

Der Gedanke zerfraß mein Hirn, bohrte tiefe Löcher in meine Brust. Nein, daran durfte ich nicht denken.

»Francis, hast du noch irgendwelche Immobilien gefunden?« Sofias Finger trommelten auf dem Tisch.

Doch er schüttelte den Kopf. »Nichts. In Fremont gibt es nicht ein leeres Gebäude mehr, in das du nicht eingebrochen bist.«

»Hast du denn gar keinen Verdacht, Parker?« Sie klang genauso hilflos, wie ich mich fühlte.

Doch. Den hatte ich. Den hatte ich bereits seit dem Tag unserer Verlobung. Aber wir hatten noch nicht darüber gesprochen, keine Ahnung, wieso nicht. Es war nie der richtige Zeitpunkt gewesen. Oder ich war einfach zu feige, sie hätte mir den Kopf abgerissen. Und jetzt war es zu spät.

»Du hast eine Vermutung.« Steven lehnte sich nach vorn, seine Unterarme auf den Oberschenkel abgestützt. »Red mit uns.«

Linda würde mich für meine nächsten Worte wahrscheinlich umbringen. Aber es war der einzige Strohhalm, an den ich mich klammern konnte. »Es ist nur eine Vermutung, reine Spekulation.« Tief atmete ich ein und aus. »Tim.«

Stille. Niemand sagte etwas, jeder starrte zu mir. Oder eher durch mich hindurch.

»Moment«, begann Luke. »Der Tim? Ihr Bester-Freund-und-rechte-Hand-Tim?«

Ich nickte.

Steven fixierte mich. Seine Augen wühlten in mir, suchten nach einer Lösung. Mir war klar, was er da tat. Er machte das immer, wenn wir beide richtig tief in der Scheiße saßen. Er analysierte mich, versuchte, in den Mikroausdrücken meines Gesichts etwas zu erkennen. Oft wusste ich nicht mal selbst, was er da suchte.

»Wo ist Tim?« Seine Stimme war beinahe bedrohlich ruhig. Er verdächtigte ihn ebenfalls.

»Ich weiß es nicht. Er meinte, er geht sie auf eigene Faust suchen.« Ich hatte diesen Typen seit Tagen nicht gesehen. War mir auch recht, von mir aus konnte er dortbleiben, wo immer er war.

Und doch. Sollte er Demonio sein … *Ich schwöre bei allem, was mir heilig ist, ich finde ihn, bringe ihn auf die brutalste Art und Weise ums Leben, die er sich vorstellen kann.*

Noch immer schaute Steven zu mir. »Wenn man logisch drüber nachdenkt.« Er breitete die Hände aus. »Er war immer dabei, er war da, wo sie war. Wo ihr beide wart. Es ist nicht unwahrscheinlich. Allerdings ist die Frage eher, wieso er das tun sollte.«

Ich zuckte mit den Schultern. »Ganz ehrlich, der Typ hat meiner Meinung nach nicht mehr alle Tassen im Schrank, um es nett auszudrücken.«

Sofia lachte leise auf. »Wow, er ist immerhin der beste Freund deiner Frau.«

»Und hat sie eventuell entführt«, fügte Luke hinzu.

Nicht nur das. Aber es gab keine Beweise, dass er es war.

»Spencer?« Francis winkte einen seiner Männer an den Tisch. »Geh und finde diesen Tim.«

Nickend verschwand der Mann, er stellte nicht eine weitere Frage.

»Was ist mit ihrem Büro?«, warf Steven in den Raum und blickte zu mir.

Ich zuckte mit den Schultern. »Ich war da. Aber da war nichts.« Außer zu viele Erinnerungen. Zu viele Gerüche. Zu viel Linda.

»Vielleicht sollte nochmal jemand Unbefangenes dorthin?« Steven klang leise und vorsichtig. Er wusste, dass ich in letzter Zeit zu allem fähig war. Ja, selbst meinen besten Freund zu töten, war eine Option.

Doch bevor ich antworten konnte, mischte sich Francis dazwischen. »Ich werde noch einmal hingehen.« Er schielte auf seine Armbanduhr. »Jetzt gleich.« Und dann war er weg.

Ich schaute ihm nicht mal nach. Es war mir egal. Mir war klar, dass es eine Sackgasse sein würde. Aber bitte, sollte er doch nochmal den Arbeitsplatz meiner Frau durchsuchen, wenn er dachte, dass er dort irgendetwas entdecken würde!

»Sofia und ich gehen noch einmal die Papiere vom Hafen durch. Vielleicht haben wir etwas übersehen.« Luke stand auf, sein Blick lag auf mir. »Wir finden sie.«

Dann waren auch sie verschwunden.

Nur noch Steven und ich. In diesem gottverdammten Herrenhaus der Mafia.

Er klopfte auf meine Schulter. »Wir sollten etwas trinken. Wodka?«

Allein die Frage brachte alles in mir zum Einstürzen. Gab es überhaupt noch etwas in mir, was in sich zusammenbrechen konnte?

In wenigen Stunden würde es wieder dämmern. In wenigen Stunden wäre ein weiterer Tag vergangen. Ein Tag ohne sie.

Linda

Jeder Tag lief absolut identisch ab. Gerade war Tim unterwegs, um etwas Essen zu besorgen. Ansonsten versuchte er fieberhaft, Parker zu finden. Doch es war zwecklos. Auf keiner Kamera tauchte er auf, nicht eine Wanze sprang an. Vielleicht war er tatsächlich verhaftet worden? Oder er war doch auf dem Weg hierher.

Beinahe musste ich auflachen. Wie sollte er mich bitte gefunden haben? Da gab es nicht eine einzige Möglichkeit.

Ich war allein. Verloren. Bei meinem besten Freund und größten Feind zugleich.

Die Tür flog auf und Tim kam herein. Zwischen seiner Schulter und dem Ohr klemmte mal wieder ein Klapphandy. »Keine Ahnung, ich weiß es auch nicht. Du musst ihn finden! So war der Plan!«

Was sagte er da? Wen musste er finden?

»Wir hatten darüber gesprochen! Keine Planänderung! Finde ihn und kümmere dich darum, verdammt nochmal!«

Wie meinte er das? Mit wem sprach er da?

»Ich habe meinen Teil erfüllt. Du bist dran.« Dann legte er auf.

Seine schmalen Augen fixierten mich. »Wer ist Francis?«

Was? »Keine Ahnung.« Die Unschuldsnummer. Nach diesem Telefonat musste ich vorsichtiger denn je sein. Es klang so, als würde Tim hier gar nicht allein dahinterstecken. Wen sollte der andere finden? Parker?

»Und warum war er dann in deinem Büro?«

Noch nie hatte ich mich so erleichtert gefühlt. Tim und Francis waren sich begegnet. In der Company!

Aber was wollte Francis dort? Das konnte ich ihm auch nicht sagen. Außer ... mich. Beweise, wo ich sein könnte. Sie alle, sie suchten mich! Ich biss mir auf die Innenseite meiner Wangen, um Tim die Freude nicht zu zeigen. »Vielleicht ist er neu?« *Ganz unschuldig, Miller, ganz, ganz unschuldig.*

Seine Augenbrauen schossen in die Höhe. »So wie der aussah? Niemals arbeitet der bei uns.«

Uns. Seine Worte waren wie Säure in meinen Ohren. Es gab kein uns. »Dann weiß ich es nicht. Falls du dich erinnerst, ich sitze hier seit ...« Moment. Wie viele Nächte waren vergangen? Ich wusste es nicht. Mein Kopf dröhnte nur noch halb so oft, meine Muskeln entspannten sich langsam. »... seit einigen Tagen fest.«

Er nickte. »Heute gibt es nichts zu essen. Los, wir machen dich bettfertig.«

Bettfertig. Wie ein verdammtes Kleinkind.

Tim öffnete die Handschellen, damit ich aufstehen konnte. Jedes Mal überlegte ich, dachte über meinen Ausbruch nach. Ich könnte ihn umstoßen, die Überraschung ausnutzen. Seine Waffe lag wie immer auf dem Tisch. Doch er lockerte nie die Fußfesseln. Wenn ich nur einmal stolpern sollte, mir nur einen Fehltritt leistete, dann wäre mir seine Wut gewiss. Und meine Rippen schmerzten noch immer. Vielleicht verweichlichte mich auch diese ganze Hoffnungslosigkeit, die Angst um Parker, die Tatsache, dass er doch *mein* Tim war. Aber ich traute mich nicht.

Die Handschellen klickten wieder, es war eh zu spät.

Das Badezimmer war winzig. Eine Toilette, eine enge Dusche, ein Waschbecken. Alles direkt aneinander.

»Du solltest duschen.« Seine Stimme klang belegt.

Ja, da waren wir uns einig. Aber niemals vor ihm. Geschweige denn mit ihm.

Er griff an den Bund meiner Hose, öffnete den Knopf.

»Dann müsstest du aber alle Fesseln lösen.« Ausdruckslos schaute ich ihn an. »Sicher, dass du dich das traust?«

Seine Mundwinkel zuckten, ein Finger glitt an meiner Seite empor, umspielte den Ansatz meiner Brüste. »Gehört das schon zum Vorspiel?«

Zum Vorspiel deines Untergangs? Ganz sicher. Ich schwieg.

»Vielleicht morgen, *meine* Schöne.«

Seine Worte brannten in den Ohren. Schlimmer als jeder Tinnitus fraßen sie sich durch mein Hirn. Er tat das alles absichtlich, das war mir klar. *Parkers Kosename.* Und doch schützte es mich kein bisschen vor meinen Gefühlen.

»Mach den Mund auf.« Noch immer klang er kratzig. Erregte ihn das hier alles? Er war gestörter, als ich dachte.

Ich gehorchte. Sofort spürte ich die Zahnbürste in meinem Mund. Er schob sie mir tiefer rein als notwendig. Das alles, es war ein Spiel für ihn. Er geilte sich daran auf.

»Deine Zunge, sie ist so wunderschön rosa.«

Mein Würgereiz wurde nicht nur gekitzelt, sondern verprügelt. Ich entzog mich ihm, spuckte die Zahnpastareste neben mich ins Waschbecken.

Er biss sich auf die Unterlippe. »Ich fessel dich ans Bett.« Seine Hände an meinem unteren Rücken drückte er mich in Richtung der versifften Matratze.

Ich ließ mich darauf fallen, sah ihm geduldig dabei zu, wie er die Handschellen löste, um den Bettpfosten schlang und wieder schloss.

Seine Finger strichen über meine Wange, während seine Hüfte direkt vor meinem Gesicht hing. Die Beule in seiner Hose war nicht zu übersehen, vor allem, nachdem er seine freie Hand darüberfahren ließ. »Morgen werden wir duschen gehen, heute habe ich leider keine Zeit.« Er beugte sich über mich, sein ekelhafter Atem strich über meinen Hals. »Und dann werde ich es dir besorgen, viel besser als ein O'Neil es jemals könnte. Du wirst meinen Schwanz lutschen, meinen Namen stöhnen.« *Eher würde ich mir selbst in den Kopf schießen.* »Zu Schade, dass ich nochmal losmuss. Warte heute Abend nicht auf mich.« Ein einzelner Finger strich über mein Dekolleté, umrundete meine Brustwarze. »Vielleicht wecke ich dich auch nochmal.«

Du verdammtes Arschloch.

Er ließ endlich von mir ab und verschwand. Traf er sich mit einem Komplizen? Das Telefonat geisterte wieder durch meinen Kopf.

Und Francis. Sie suchen mich. Es war nur eine Frage der

Zeit, bis sie mich finden. Dann wird er kommen. Und Tim wird untergehen.

Parker

Noch während mein Handy vibrierte, zog ich es aus meiner Hosentasche. Jedes Mal hoffte ich aufs Neue, dass sie es war. Und jedes Mal wurde ich aufs Neue enttäuscht.

Francis. Sicher wie immer die gleichen Worte. Keine Hinweise. Keine Spuren. Keinen Verdacht.

Ich tippte auf das Briefsymbol, überflog die Nachricht.

Was?

Du hattest recht.

Ich hielt das Telefon näher an meine Augen, musste mich vergewissern, dass dort wirklich das stand, was ich las. Keine Sekunde später rief er an. Sofort hob ich ab, begrüßte ihn nicht einmal. »Was meinst du damit?«

»Ich habe Tim in Lindas Büro getroffen. Seine Schuhe waren voller Schlamm.« Francis klang, als würde er rennen. »Ich komme zu dir.«

Das war nichts! Absolut nichts! »Er sucht sie selbst, vielleicht eben auch im Wald!« So, wie wir es bereits getan hatten, erfolglos.

»Ja! Aber kennst du noch einen Alfons Timothy Rainiera, der sich eine Hütte am anderen Ende des Waldes gekauft hat?«

Ich verstand nur Bahnhof. Was geht mich ein *Alfons-was-weiß-ich* an? »Was hat das mit Tim zu tun? Mensch, jetzt bleib doch mal stehen!« Seine abgehetzten Atemzüge gingen mir auf den Sack.

»Würde es hier nicht um Linda gehen, würde ich dir

erstmal ein bisschen Geschichtsunterricht geben. Alfons war ein spanischer König, sein Vater starb noch vor seiner Geburt und seine Mutter …«

»Komm zum Punkt!«, brüllte ich dazwischen. Auf seine Lehrstunde über spanische Königshäuser konnte ich verzichten.

Doch Francis sprach einfach weiter. »Seine Mutter Maria Christina …«

»Maria? So hieß Tims Mutter.« Linda hatte den Namen damals erwähnt. »Aber so heißen viele Frauen.«

»Ha! Noch ein weiterer Beweis.« Wieder schnaufte er durch den Hörer.

»Francis! So heißen Millionen von Frauen!« *Entweder er sagt mir jetzt endlich, was er will oder ich zerre ihn durchs Telefon.*

»Jetzt denk doch mal nach! Linda war jahrelang die kleine Prinzessin, natürlich benutzt Demonio einen König als Decknamen. Der Name seiner Mutter und nicht zuletzt Timothy, das muss ich dir sicher nicht erklären, oder?«

»Aber dann …« Meine Stimme versagte. Sollte wirklich er dahinterstecken? Tim war die ganze Zeit bei uns, er war die ganze Zeit so nah. *Ich hätte ihn direkt umbringen sollen.*

»Ich bin gleich bei dir!« Francis legte auf.

Die Leitung hupte. Ein Dauerton, der sich in meinen Ohren festsetzte.

Eine Hütte am anderen Ende des Waldes, dort musste sie sein. *Linda, ich komme. Ich hole dich. Bald wirst du endlich wieder bei mir sein.*

Und Tim wird blutend am Boden liegen.

ZWEIUNDDREISSIG

Linda

Wieder gab es Burger. Wieder fütterte er mich.

Das alles hier war absolut erniedrigend. Doch verhungern war auch keine Option. Nicht, nachdem Tim und Francis aufeinandergetroffen waren. Es gab Hoffnung. Nur einen Funken, aber er musste mir genügen. Er musste reichen, um das Feuer in mir weiterhin am Leben zu erhalten.

Tims Daumen fuhr über meine Unterlippe. »Du hast so einen weichen Mund.«

Ich kotze gleich.

Sein Stuhl kratzte über den dunklen Holzboden, unsere Knie schlugen aneinander. »Linda, was ich gesagt habe, wegen der Schwangerschaft, wegen dem Baby.«

Ich kratze ihm die Augen aus, reiße sie aus seinem hässlichen Schädel, stopfe sie in seinen verdammten Mund!

Seine Finger glitten an meinem Oberschenkel herauf. »Wenn du willst, machen wir sofort ein neues.«

Er war krank. Absolut krank.

Ich spuckte ihm die letzten Essensreste mitten ins Gesicht. »Fick dich.«

Mit dem Handrücken wischte er es weg. »Du wirst schon noch danach betteln.« Seine Finger schossen zwischen meine Beine, kniffen in den Schritt meiner Hose. »Du bist wie alle anderen. Am Ende brauchst du es. Und ich kann es dir geben.«

Es war ekelerregend. Wenn er so weitermachte, konnte ich mein Würgen nicht mehr unter Kontrolle halten. Vielleicht würde er aber auch auf andere Gedanken kommen, wenn ich ihn direkt ankotzte. »Ich würde dich niemals anbetteln, Tim.« Meine Stimme klang fester, als ich dachte.

Doch er grinste mich nur an, Salat klebte an seinen Zähnen. »Mein Name aus deinem Mund, es ist wie Musik.« Lippen streiften meinen Hals. »Wie es wohl klingt, wenn du ihn stöhnst?«

Ein dumpfes Klopfen an der Tür ließ uns beide aufschrecken. Mein Herz setzte einmal aus. Parker? *Oh bitte, lass es ihn sein!*

Tim legte einen Finger an seinen Mund und entfernte sich von mir. »Sei still. Sonst knall ich unseren Gast direkt ab.« Er umgriff die Rückenlehne meines Stuhls und schob mich in die hinterste Ecke des Hauses. Und somit weit außer Sichtweite der Tür.

Wieder klopfte es. Auch wenn ich es nicht sehen konnte, hinter dieser Tür wartete vielleicht meine Rettung. Eine der wenigen Chancen, vielleicht sogar die letzte. *Jetzt öffne endlich diese verdammte Tür.*

Tim schmiss unser Essen in den Mülleimer und wischte mit seiner Hand über den Tisch, einzelne Krümel rieselten hinab. Kurz blickte er über die Schulter zu mir zurück, drohte mir stumm mit seinen Augen.

Jämmerliches Arschloch.

Er wandte sich ab, ging zur Tür, schielte durch den alten Türspion. Noch während er durch das kleine Loch nach draußen schaute, hellte sich seine Miene auf und er öffnete lächelnd die Tür.

Meine Schultern sackten herab. So wie meine Hoffnung. Also nicht Parker. Die Verzweiflung zog mich mit sich in ein tiefes, dunkles Loch, schlug ihre Krallen in mich.

»Hallo, wie kann ich Ihnen helfen?« Tim reichte jemandem die Hand.

»Hallo! Ich jage hier im Gebiet Rehe und wollte Bescheid geben, dass es teilweise etwas lauter werden kann.«

Oh mein Gott. Diese tiefe, weiche Stimme erkannte ich bereits nach der ersten Silbe. *Steven.* Ich biss mir auf die Zunge, um nicht vor Erleichterung aufzuseufzen. Ich musste dringend Ruhe bewahren, alles andere würde Tim sofort misstrauisch werden lassen.

»Alles gut, es wird uns nicht stören.« Tim zuckte zusammen, er bemerkte seinen Fehler sofort.

Du beginnst, Fehler zu machen. Steven macht dich nervös. Gut.

»Uns? Ich nahm an, das Haus wäre zu klein für mehrere Personen?« Stevens Stimme klang, als würde er scherzen.

Doch Tim versteifte sich. »Meine Frau, sie schläft gerade.« Langsam wanderte seine Hand an den hinteren Hosenbund und umgriff den schwarzen Griff seiner Waffe. Steven war ein Profi. Ich wettete, dass ihm das nicht entgangen war.

»Na dann will ich nicht länger stören. Heute Abend werde ich jagen.« Seine Stimme hallte durch das Haus. »Und ich werde treffen.«

Heute Abend. Sie kommen mich holen.

Tim nickte. »Dann viel Spaß dabei.« Ohne weitere Worte von Steven abzuwarten, schloss er die Tür. Er presste seine Stirn gegen das sicher schon morsche Holz, seine Hände ballten sich immer wieder zu Fäusten.

Was tat er da?

»Hier gibt es keine Rehe«, murmelte er, drehte sich ruckartig um und stopfte all unsere Sachen in eine große Tasche.

Verdammt. Er hatte Steven zwar nicht erkannt, jedoch die Falle sofort gewittert. Mit einem kleinen Schlüssel in der Hand kam er auf mich zu und öffnete die Handschellen. »Kanntest du den?«

Ich schüttelte den Kopf, zu mehr war ich nicht in der Lage. Das konnte nicht wahr sein! Parker, er war so nah. Und jetzt flohen wir weiter.

»Hände nach vorn.«

Ich tat, was er sagte. Meine Hoffnung, gerettet zu werden, zerplatzte. Handschellen klackten, schlossen sich erneut um meine Handgelenke. Es war egal, ich war verloren.

Tim schnappte den Rucksack und stieß mich Richtung Tür. »Wir fahren mit dem Auto weiter. Eigentlich wollte ich erst später mit dir dahin. Ich habe uns ein Haus gekauft.«

Ich schluckte. Wollte er etwa mit mir auf heile Familie tun? Sollten wir dort als glückliches Paar einziehen und unser Leben genießen?

Er öffnete knarzend die Beifahrertür und ich ließ mich in das Auto fallen.

»Warte, ich helfe dir mit dem Gurt.« Sein Atem strich meine Wange entlang, als er sich über mich lehnte, um mich anzuschnallen. Das Schloss schnappte ein und Tim hielt kurz inne. Sanft umschloss seine Hand meine Wange. »Du warst eben sehr artig. Vielleicht sollte ich dich heute Abend belohnen.« Er zwinkerte mir zu und ich zwang mich, nicht direkt ins Auto zu kotzen. Gott sei Dank ließ er von mir ab, presste mir nicht schon wieder seinen verdammten Mund auf meinen, sondern ging einfach um das Auto herum und nahm neben mir auf dem Fahrersitz Platz.

Meine Rettung war so nah. So verdammt nah. Und jetzt? Keine Ahnung, wie Parker diese Holzhütte gefunden hatte. Ich bezweifelte, dass ich nochmal so viel Glück hatte und er mich erneut finden würde.

Der Motor startete und wir fuhren los. Tims Blick glitt immer wieder zu mir. »Du musst verstehen, dass ich das nur für dich tue. Für uns.«

Ich wandte den Kopf ab und schaute aus dem Fenster. Er sollte seine verdammte Klappe halten. All diesen Scheiß wollte ich jetzt nicht hören. Nicht jetzt. Nicht, nachdem meine Rettung zum Greifen nahe war. *Parker zum Greifen nahe war.*

Großzügig lenkte er das Auto um ein Schlagloch herum. »Das Haus wird dir gefallen. Es ist nicht sehr groß, aber wir haben einen Swimmingpool.«

Gut. Vielleicht kann ich ihn darin ertränken.

»Und wenn wir uns erstmal eingelebt haben. Dann mach ich dir endlich ein neues Baby. Damit du nicht mehr so traurig bist.«

Dieses verfickte Arschloch. Mein Blick schoss in seine Richtung. »Du bist widerlich. Ich scheiß auf dich.«

Tims Bein hob sich an, schoss auf das Bremspedal herunter. Abrupt blieben wir mit quietschenden Reifen stehen. Ich schleuderte nach vorn, fiel kopfüber auf das Armaturenbrett. Fuck!

Er packte mein Gesicht und fixierte mich direkt vor seinen Augen. »Du wirst schon noch lernen, mich zu lieben.«

Ein Blitz nach dem anderen durchzuckte mein Sichtfeld, blinzelnd blickte ich in seine kühlen Augen. »Ich werde dich nie lieben.«

Tims Kiefer mahlten und er atmete hörbar ein und aus.

Scheinbar hatte ich einen wunden Punkt getroffen. Gut. *Ich will mich darin suhlen, mit jedem Messer auf dieser Welt darin bohren.* »Ich werde Parker immer vorziehen. Ich werde ihn immer mehr lieben.« Ich wusste, dass ich ihn provozierte, aber es war mir egal. Was hatte ich noch zu verlieren? »Ich werde seinen Namen stöhnen, mein Herz wird für ihn schlagen. Bis. Zum. Letzten. Tag.« Ich genoss es förmlich. Er sollte vor Wut explodieren, platzen und von mir aus auch implodieren. Ich wollte seinen Körper in tausend Fetzen sehen, nur nicht eine Sekunde länger vor mir.

»Du weißt nicht, was du sagst, meine Schöne«, presste er aus zusammengebissenen Zähnen hervor.

Ohne darüber nachzudenken, spuckte ich in sein Gesicht. »Jetzt weißt du, was ich von dir halte. Und das wird sich niemals ändern. Ich bin nicht *deine* Schöne. Ich bin Parkers Queen. Für immer.« Mein Speichel tropfte an seinem Gesicht hinab, zog eine nasse Spur über seine Wange. »Ich liebe ihn und nicht dich.«

Rote Flecken bildeten sich auf seinen Wangen. Er ließ mein Gesicht los und ich wankte ein Stück zurück. Mit einer schnellen Bewegung zog er ein Messer hervor. Die silberne Klinge funkelte mir bedrohlich entgegen. Wieder packte er meinen Kopf, presste ihn nach hinten, drückte die Klinge an meine Kehle, ritzte in meine Haut.

»Du kleine, arrogante Prinzessin.«

Der Druck des Messers nahm zu. Schwer schluckte ich dagegen. Ich fixierte Tim. Mein Herz schlug mir bis zum Hals. Das war's also.

»Wenn ich dich nicht haben kann ...« Tims Augen zuckten. Er senkte das Messer und schaute sich hektisch um. »Was ist das?«

Das Blut rauschte durch meine Ohren, ein feiner Rinnsal Blut lief meine Kehle hinab, sammelte sich zwischen meinen Brüsten. Warum hatte er gestoppt?

Und dann hörte ich sie. Motorräder. Diesmal konnte ich es nicht unterdrücken, der Seufzer verließ meinen Mund, noch bevor ich es wirklich bemerkte.

»Scheiße.« Tims Fuß drückte auf das Gaspedal. Die Räder drehten durch und wirbelten den Staub der Straße hinter uns auf.

Parker. Er war da. Ich starrte in die Seitenspiegel des Autos, betete stumm, etwas erkennen zu können. Zwei Motorräder, sie fuhren dicht hinter uns.

Tim riss das Lenkrad hin und her, um auf der holprigen Strecke nicht von der Straße abzukommen. »Ich wusste, da ist was faul!«

Die Motorräder drehten hörbar auf und erreichten das Auto. Nervös fummelte ich an den Handschellen. Wenn ich sie lösen könnte, könnte ich die Tür aufreißen und springen.

Schlagartig wurde mein Körper gegen Tim geschmissen. Er drehte das Lenkrad wie verrückt und wir schlitterten um eine Kurve. Meine Atmung beschleunigte sich. Wir rutschten in eine Krümmung nach der anderen. Immer wieder schleuderte ich gegen Tim oder die Tür. Meine Schultern schmerzten, mein Kopf dröhnte. Da gab es nur noch einen Gedanken: überleben.

Die Straße beruhigte sich endlich und ich konnte mich aufrichten. Die Umgebung zog verschwommen an uns vorbei. Eilig suchte ich in den Spiegeln nach den Motorrädern. Da, sie waren noch hinter uns.

»Ich knall deinen King ab, das verspreche ich.« Mit fest zusammengezogenen Augenbrauen starrte Tim auf die Straße und versuchte, die beiden abzuhängen.

Mein Blick brannte sich in Tims Gesicht. »Nicht, wenn er dich zuerst abknallt.« Die Chancen standen gut. Jedenfalls besser als die Tage zuvor. Ich musste etwas tun, irgendetwas … die Handbremse!

Ohne weiter darüber nachzudenken, lehnte ich mich

nach vorn und packte sie. Mit aller Kraft riss ich den Hebel empor. Die Hinterreifen blockierten. Der Volvo begann zu schleudern, drehte und wendete sich.

Mit weit aufgerissenen Augen versuchte Tim das Auto unter Kontrolle zu bekommen. »Du Miststück!«

Ich knallte von rechts nach links. Suchte mit meinen gefesselten Händen nach Halt, bekam jedoch nichts zu greifen. Noch immer schlitterte das Auto unkontrolliert über die unebene Straße.

Scheiße. Ein Baum.

Ich spürte meinen Puls im ganzen Körper schlagen. Ein lauter Knall. Eine Wucht, die das Auto zum Stehen brachte. Mein Kopf wurde zur Seite gerissen, schlug hart gegen das kalte Seitenfenster. Meine Ohren klingelten. Meine Orientierung war komplett verloren. Jede Zelle in mir schrie vor Schmerz. Ich öffnete die Augen, fasste an meine Stirn. Blut tropfte auf meine Beine, lief meine Wange hinab. Ich stöhnte auf, versuchte den Kopf zu drehen.

Tim hing mit dem Oberkörper über dem Lenkrad, scheinbar bewusstlos.

»Linda?« Parkers aufgeregte Stimme hallte durch das Auto.

Mit flackernden Lidern hob ich den Blick. »Parker, du ... bist ... da.« Meine Atmung ging abgehackt, meine Lunge blockierte.

Er stand vor dem zerschlagenen Fenster und sah auf mich herab. »Ich hol dich da raus.« Er bückte sich und kam mit einem Messer empor. Es ratschte, bis endlich der Gurt nachgab. »Gib mir deine Hände.«

»Nein!« Tims schrille Stimme durchzuckte meinen ganzen Körper. Er packte meinen linken Fuß, zog daran. »Sie gehört mir!«

Mit aller Kraft trat ich nach ihm. »Lass mich los!«

»Timi, so behandelt man Frauen nicht.« Stevens

dunkle Stimme tauchte wie aus dem Nichts auf. Scheinbar saß er auf dem zweiten Motorrad.

Tims Kopf schnellte herum. »Du! Von wegen Rehe jagen!«

Steven begann zu lachen. »Ich jage viel lieber Menschen.«

Ich trat erneut mit meinem freien Fuß nach Tim. Er schrie auf und knallte mit seinem Kopf gegen das Lenkrad. Doch er ließ nicht locker. Mein Blick schnellte zu ihm herüber. »Tim, das muss so nicht enden. Lass mich einfach … nein!«

Er fasste in seinen Fußraum. Silbern glänzend lag eine Pistole direkt vor seinen Füßen. Der Unfall musste sie dort hingeschleudert haben.

Steven reagierte sofort und presste Tims Oberkörper nach unten, griff nach seiner eigenen Waffe. Zu spät. Tim zog die Glock nach rechts und drückte ab. Ein lauter Schuss durchkreuzte das Auto.

Parkers Augen weiteten sich. Seine Hände entglitten mir und fielen kraftlos an ihm herab.

Ein weiterer Schuss. Mein Kopf begann zu dröhnen. Meine Ohren schmerzten.

Ich drehte mich nicht um. Ich konnte die Augen nicht von Parker abwenden. Er taumelte zurück und fiel. Sein dunkles T-Shirt klebte nass an der Schusswunde.

Ich umklammerte die Autotür, zog mich aus dem zerschlagenen Seitenfenster heraus. So schnell ich konnte, krabbelte ich zu ihm und drückte die Hände auf seinen Bauch. »Wir müssen die Blutung stoppen.« Warmes, dickes Blut sickerte durch meine Finger und färbte meine helle Haut rot. »Steven!«

»Scheiße.« Steven fiel auf die Knie. Er schob meine Hände zur Seite und hob Parkers T-Shirt an. »Das sieht nicht gut aus, Kumpel.«

Ich konnte kaum hinsehen. Die zerfetzte Haut um das

Einschussloch herum, das herausquellende Blut. Ein tiefes Schluchzen entglitt meiner Kehle. »Wir brauchen Hilfe. Schnell.« Ich zog mein T-Shirt über den Kopf und presste es so fest ich konnte auf die Wunde.

Steven stand auf und griff nach seinem Handy.

»Linda.« Parkers Stimme war nicht mehr als ein Flüstern.

Ich wusste, was jetzt kam. Und ich wollte es absolut nicht hören. »Halt die Klappe. Einmal, Parker, sag einmal einfach gar nichts.«

Sein Brustkorb vibrierte und ein Schwall Blut schwappte aus seiner Wunde. Mein T-Shirt konnte es nicht stoppen. In dicken Bahnen lief es seinen Bauch hinab, tropfte auf den dunklen Waldboden voller Tannennadeln. »Ich ... ich hab dir viel zu selten gesagt, wie sehr ...«, sein Oberkörper krümmte sich, als er hustete. Blut rann aus seinem Mundwinkel. »... wie sehr ich dich liebe.«

»Parker«, heiße Tränen liefen meine Wangen hinab, »bitte.« Ich flehte ihn förmlich an, nicht weiterzureden. »Du wirst es mir noch oft genug sagen können.«

Das konnte nicht das Ende sein. Das durfte nicht das Ende sein.

Schief lächelte er mich an, doch seine blauen Augen verloren immer mehr an Glanz. »Du warst das beste Blind Date meines Lebens.«

»Du auch.« Ich schüttelte den Kopf, wollte nichts weiter hören. Meine Zähne gruben sich in die Unterlippe, die heißen Tränen schmeckten salzig auf der Zunge. »Aber ich werde mich nicht von dir verabschieden. Das hier wird kein Abschied.« Ich verstärkte den Druck auf seine Wunde. Kein Abschied. Kein Abschied.

Zitternd hob er seine blutige Hand und drückte sie gegen meine Wange. »Meine Queen.«

Schlaff fiel sie nach unten auf meinen Oberschenkel.

»Parker?«

Seine Lider flatterten.

»Parker!«

Seine Augen verdrehten sich, bis ich nur noch das Weiß in ihnen sah.

»Nein! Hilfe! Bitte, wir brauchen Hilfe!«, schrie ich so laut ich konnte durch den Wald. Tränen verschleierten meinen Blick. Doch um mich herum blieb es still.

DREIUNDDREISSIG

Ein letztes Mal spuckte ich in das Waschbecken der Damentoilette des Gemeindehauses. Ich hatte mich heute bereits dreimal übergeben. Und mir wurde sofort wieder speiübel, wenn ich an das dachte, was noch vor mir lag.

Mein Blick glitt nach oben in den Spiegel. Unter meinen Augen lagen tiefe Schatten. Ich sah schrecklich aus. Aber was soll's, so fühlte ich mich auch. Fühlen sich nicht alle so auf Beerdigungen von geliebten Menschen? Dabei hatte diese noch nicht einmal begonnen.

Leise quietschend öffnete sich die Tür der Toilette. Blonde Locken kamen zum Vorschein. »Bist du bereit?« Selbst Mia konnte heute nicht lächeln. Sie versprühte nicht einen Funken positive Energie. Ihre Augen waren rot. Vom Weinen. Wie meine.

Bin ich bereit? Konnte man jemals für all das bereit sein? Ich glaube nicht.

Ich wollte nicht nach draußen gehen.

Ich wollte mir keine Beileidsbekundungen mehr geben lassen.

Ich wollte nicht die mitleidigen Blicke auf mir spüren.

Ich wollte und konnte nicht mehr.

Aber ich musste. *Für ihn.*

Ich strich die Tränen unter meinen Augen weg und straffte die Schultern. »So bereit, wie man dafür wohl sein kann.«

Kaum verließen die Worte meine Lippen, wurde mir wieder übel. Würgend beugte ich mich über das Waschbecken, doch mein Magen war leer. Ich spuckte nur noch bittere Galle.

Mias Schuhe klackten über den Fliesenboden. Ihre Hände umfassten meine Haare zu einem Zopf. »Wir schaffen das, zusammen.«

»Zusammen oder gar nicht.« Wieder brannten die heißen Tränen in meinen Augen, verpönten die Ironie dahinter. Ich legte eine Hand an den Mund, atmete tief durch.

Mias Hand strich über meinen Rücken. »Ich bleib bei dir.«

Wenigstens war ich nicht ganz allein.

Sie verschränkte ihre Finger mit meinen. Wie eine leere Hülle meines Selbst ließ ich mich von ihr mitziehen.

Jackson wartete vor der Tür und nickte mir zu. Er hatte mir schon hunderte Male gesagt, wie leid es ihm tat. Ich war dankbar, es nicht noch einmal hören zu müssen.

»Hier, du solltest sie tragen.« Erst jetzt bemerkte ich, dass er eine schwarze Lederjacke in der Hand hielt. *Seine* Jacke.

Ich erschauderte. Mit zitternden Händen nahm ich sie entgegen, schlüpfte in die Ärmel, zog sie fest an mich. Meine Augen starrten auf das Brustemblem. KING. Sein herber Geruch von Leder und Benzin umspielte meine Nase. Tief atmete ich ein. »Danke.«

»Wir sollten los. Die anderen warten draußen.« Jackson deutete auf die große helle Flügeltür.

Der Weg in die Realität. Auf den Friedhof.

Ich nickte. Zu mehr war ich einfach nicht im Stande.

Gemeinsam verließen wir das Gebäude und traten nach draußen. Mein Blick schweifte über das Gelände. Weite grüne Wiesen mit viel zu vielen Grabsteinen. Blumen, Kerzen, weinende Leute. Und mittendrin unzählige Vikings.

Kaum hatte ich einen Fuß nach draußen gesetzt, blickten sie mich an. In all ihren Augen tobten die Emotionen. Sorge, Trauer, Wut, vielleicht sogar Angst. Sämtliche Gefühle, die ich in der letzten Woche durchlebt hatte, konnte ich in ihnen erkennen.

Ich schaute zu Boden und drängte mich an allen vorbei, selbst Mia und Jackson ließ ich zurück. Auch ihre Blicke konnte ich nicht ertragen. Nicht heute. Nicht jetzt.

Meine schwarzen Pumps sanken im grünen Gras ein, als ich mich dem Sarg näherte. Dem Sarg. Meine Beine wurden schwer wie Blei und trugen mich keinen Zentimeter weiter. Alles um mich herum verblasste.

Er war aus dunklem Buchenholz. In den Seiten waren Blumenranken geschnitzt. Ein Gesteck aus weißen Lilien lag auf dem Sarg. Wer hatte es ausgesucht? Ich nicht. Ich konnte gar nichts aussuchen. Konnte nicht an diesen Tag denken. Wollte nicht an diesen Tag denken. Ein tiefer Schluchzer kämpfte sich aus meiner Kehle und ich presste die Faust auf den Mund.

Er fehlte mir. So sehr, dass ich innerlich in tausend kleine Teile zerfiel.

Eine Hand legte sich auf meine rechte Schulter. Ich zuckte am ganzen Körper zusammen. Ich hatte nicht bemerkt, dass mir jemand folgte. »Danke für Ihr Beileid«, murmelte ich, ohne mich umzudrehen, und ging ein paar Schritte weiter. Mein Blick haftete noch immer an dem Sarg. Ich wollte in kein weiteres mitleidiges Gesicht blicken. Dieser Tag sollte einfach nur an mir vorbeiziehen, so schnell wie möglich vergehen. Eine Träne rollte meine

Wange hinab. Ich ließ sie laufen, ließ sie von meinem Kinn auf seine Lederjacke tropfen.

Normalerweise hätte ich mit ihm heute über diesen Tag gesprochen. Wäre zu ihm gefahren, er zu mir, was auch immer. Normalerweise wäre er einer der ersten gewesen, den ich panisch angerufen hätte. Dem ich all meine Ängste gebeichtet hätte. Der zu mir eilen würde, um mir zu helfen, diesen Tag zu überstehen. Er hätte meine Hand gehalten. Er hätte meine Tränen getrocknet.

Aber ich konnte ihn nie wieder besuchen oder anrufen. Konnte nie wieder seine warme Haut berühren. Und er konnte auch nie wieder bei mir sein. *Er ist tot.* Erschossen.

Wieder kämpfte sich ein Schluchzer aus meiner Kehle, wieder unterdrückte ich ihn nicht.

»Ich bin nicht hier, um dir mein Beileid zu bekunden.«

Diese tiefe, warme Stimme legte sich um mich. Umarmte mein Herz, ließ ein warmes Gefühl durch mich hindurchtanzen. Ließ mich selbst mit Tränen auf den Wangen beinahe lächeln.

Ich drehte mich zu ihm. »Was machst du hier? Du solltest doch im Krankenhaus bleiben.« Besorgt strich ich über seine Wange, sein Bart kitzelte.

»Denkst du echt, dass ich ihm«, sein Kopf nickte Richtung Sarg, »die Genugtuung gebe, dass du hier alleine stehst?« Schief lächelte er mich an. »Da muss schon mehr kommen als nur eine alberne Schusswunde.«

Ich schniefte und rang mir ebenfalls ein kleines Lächeln ab. Albern war seine Wunde ganz und gar nicht.

»Außerdem sind selbst 100 Vikings kein Ersatz für ihren King. Und erst recht keiner für deinen Mann.« Parker umgriff meine Taille und zog mich an sich. »Nichts kann mich davon abhalten, dir heute beizustehen.« Seine Lippen legten sich auf meinen Scheitel. »Und ich sehe dich einfach zu gern in meiner Jacke.« Er vergrub die

Hände unter seiner Lederjacke und strichen liebevoll über meinen Rücken. »Ich wusste nicht, ob ich es schaffe, heute dabei zu sein. Und ich dachte, so hast du mich wenigstens ein bisschen bei dir.«

Ich atmete tief ein und vergrub mein Gesicht an seiner Brust. »Danke. Ich bin froh, dass du da bist.« Meine Stimme klang rau vom Weinen.

Zischend zog Parker den Atem ein.

»Entschuldige, deine Wunde.« Ich löste mich von ihm und legte meine Hand auf seinen Bauch.

»Schon gut. Wenn das der einzige Preis ist, den ich zahlen musste, um dich wiederzubekommen, dann nehme ich den gerne in Kauf.« Er umfasste mein Gesicht. »Du bist bei mir, das ist, was zählt.«

Und er war bei mir. Lebendig. Noch immer verfolgten mich die Albträume. Parker blutend am Boden, mit verdrehten Augen und flatternden Lidern. Wenn Francis mit dem Hubschrauber auch nur eine Sekunde später gekommen wäre ... nein, daran durfte ich nicht denken. Ich war einfach nur dankbar über den Table Club. Ohne ihn wäre Parker jetzt tot. Oder ich immer noch in Tims Gefangenschaft.

Allein der Gedanke daran schien mich aufzufressen, schmerzte tief in meiner Brust. Und doch weinte ich um ihn.

Um den Tim, der immer für mich da war.

Um den Tim, der mit mir im großen Garten des Landhauses um die Hortensien herum Fangen gespielt hatte.

Für viele war es sicher schwer zu verstehen, aber er war mein bester Freund. Der, der mit mir groß wurde. Mir Halt gab, als meine Mutter starb. Mir bei jeder miesen Schlagzeile Mut zusprach. Mir nach jeder Drogenparty beim Ausnüchtern half.

Er war ein Monster. Aber er war nicht immer so.

Und genau um diesen Menschen weinte ich jetzt.

Genau diesen Menschen vermisste ich so schmerzlich. Genau diesen Menschen musste ich heute gehen lassen.

Tim.

Die Glocken der Kirche begannen zu läuten. Ich schreckte zusammen und eine Gänsehaut breitete sich auf meinem Körper aus. Die Beerdigung ging los.

»Bist du bereit?«

Ich hob den Blick und schaute in Parkers wundervolle, stechend blauen Augen. »Mit dir immer.«

VIERUNDDREISSIG

Mein Blick haftete an dem Spiegel vor mir. Der fließende weiße Stoff schmiegte sich perfekt an meinen Körper, immer wieder strich ich über den Rock, fühlte den weichen Organza.

Dieses Kleid hatte mir damals sofort gefallen. Die schmalen Träger, die direkt in die Blütenspitze übergingen, die meine Brüste bedeckte. Der tiefe Ausschnitt, der einen schmalen Spalt bis zum Bauch offenließ. Der feine Organzastoff, aus dem der Rock gefertigt worden war, bedeckt mit feiner Spitze. Nicht zu vergessen der atemberaubende Rückenausschnitt mit den perlenbesetzten Ketten. Es sah einfach traumhaft aus.

»Hier ist der Haarschmuck! Ich wusste, ich hab den irgendwo!« Aufgeregt riss Mia die Tür des kleinen Memberzimmers auf und stockte. »Du bist wunderschön!« Ihre Wangen röteten sich. »Du siehst aus wie eine zarte Elfe, direkt aus irgendeinem Märchenbuch entsprungen.«

Märchen beschreibt die Sache heute ganz gut. Es kam mir alles viel zu perfekt vor. Und doch genau richtig.

Mia straffte sich. »Und jetzt hinsetzen! Wir müssen noch die Haare machen!«

Ein letztes Mal blickte ich meinem Spiegelbild entgegen und nickte. Mit den Händen strich ich das Kleid unter mir glatt, bevor ich mich auf den Holzstuhl vor Mia setzte.

Sie umfasste meine langen dunklen Haare, drehte sie nach oben und begann, alles festzustecken. »Nervös?«

Ich zuckte mit den Schultern.

Mia stoppte ihre Bewegung, ging einen Schritt um mich herum und blickte tief in meine Augen. »Du heiratest gleich! Du solltest nervös sein!«

»Warum? Er wird nicht nein sagen.« Ich lachte auf und deutete mit den Augen empor zu meinen Haaren.

Sofort machte Mia sich wieder ans Werk. »Klar! Aber alles andere! Wird ihm das Kleid gefallen? Der erste Kuss in der Ehe – mit oder ohne Zunge? Was wird er hierzu sagen?« Mit einem schmalen Kamm tippte sie gegen meinen Nacken. »Ich an seiner Stelle würde durchdrehen!«

»Du drehst gerade durch.« Und doch sprach sie einen wichtigen Punkt an. Einen, der mir seit Wochen schwer im Magen lag. »Die Sache mit dem Kleid macht mich vielleicht doch nervös.« Ich seufzte auf. »Denkst du, es wird Parker gefallen? Ich habe mir das Hochzeitsalbum seiner Eltern angesehen. Sonst heiraten die Frauen hier nicht in Weiß.«

Sie verdrehte die Augen. »Dann fängst du halt jetzt damit an! Und wenn es ihm nicht gefällt, dann ...«, nachdenklich berührte sie ihre Nase, »ja, dann ... hau ich ihm eine runter!«

Schief grinste ich ihr entgegen. »Gut, vielleicht komm ich darauf zurück.«

Ein sachtes Klopfen unterbrach uns. Die Tür ging auf und Derek betrat den Raum. »Bist du fertig?«

»Ja, wir sind so weit!« Mias Grinsen wurde noch breiter. »Du wirst ihn umhauen.«

Ich stand auf und drehte mich einmal um meine eigene Achse. Etwas in meiner Magengrube begann zu kribbeln, kämpfte sich über meine ganze Haut. Vielleicht war ich ja doch ein bisschen nervös?

»Wow!« Leise pfiff Derek durch seine Zähne. »Du bist wunderschön.« Er kam näher, griff nach meiner Hand. »Rasmus wäre so unendlich stolz.«

Papa. *Ach, was würde ich dafür geben, dich hier bei mir zu haben.* Ich nickte. »Er fehlt mir gerade sehr.«

Derek zog mich in eine feste Umarmung. Seine Wärme übertrug sich auf mich, beruhigte die Trauer tief in mir. »Mir auch.«

»Oh Leute, nicht weinen! Das Make-up!« Mia fächerte mir Luft zu. »Hier, das brauchst du noch.« Beinahe feierlich überreichte sie mir den kleinen rosafarbenen Blumenstrauß voller Ranunkeln. »Jetzt wird geheiratet.«

Schwungvoll öffneten sich die dunklen Türen des Memberhouses. Ich schaute nach vorn. Zu ihm.

Natürlich trug er seine neue schwarze Lederjacke mit dem großen Vikingssymbol. Darunter ein weißes Hemd mit einer schwarzen Fliege. Mein Blick wanderte an ihm herab. Seine schlanken Beine steckten in einer schwarzen Stoffhose, an seinen Füßen trug er Sneakers. Meine Mundwinkel zuckten, was sollte er auch sonst tragen?

Lächelnd ruhte sein Blick auf mir. Steven stand neben ihm und legt ihm eine Hand auf die Schulter. Ich wette, er sagte gerade irgendetwas Anzügliches zu ihm.

»Wollen wir?« Derek nahm meinen Arm und führte mich die wenigen Stufen hinab.

Kleine Schmetterlinge begannen durch meinen Bauch zu fliegen, trieben meinen Puls an, ließen meine Haut bis in die Fingerspitzen kribbeln. *Ja, ich bin nervös.*

Mein Blick glitt über den Innenhof des Quartiers. Erst jetzt bemerkte ich, wie viele Vikings da waren. Tatsächlich schienen alle gekommen zu sein. Sie saßen links und rechts neben dem mit weißen Teppich ausgelegten Weg zum Traualtar auf schmalen Bänken. An den Seiten standen hohe Vasen mit Blumengestecken. Weiße und rosa Pfingstrosen zu wundervollen Ranunkeln.

Ich glaube, ich träume. Mein Herz schlug immer kräftiger. Beinahe fürchtete ich, dass Derek es hören könnte.

»Es wird ihm gefallen«, flüsterte er und deutete mit dem Kinn auf meinen Nacken.

Einen kurzen Moment brauchte ich, um ihn zu verstehen. Doch dann lächelte ich. »Das hoffe ich.«

Schritt für Schritt kamen wir ihm näher, ließen einen Viking nach dem anderen hinter uns zurück. Ich umgriff den Strauß in meiner Hand noch fester.

Parker begann zu grinsen. Dieses unwiderstehliche, absolut verführerische Grinsen. Das warme Gefühl packte mich, floss durch meinen Körper, füllte jede Zelle in mir aus. Nie hätte ich gedacht, so lieben zu können. So vertrauen zu können. Nach nur so wenigen Monaten. Parker war mein Glück, mein ›für immer‹.

»Woho!« Isi schrie quer über den Innenhof und begann zu klatschen. Es dauerte nicht lange, bis auch die anderen mit einstimmten.

»Also ihnen gefällt es schon mal«, scherzte Derek und schaute sich in der Masse der Vikings um.

Irritiert verengten sich Parkers Augen.

Doch ich zuckte nur mit meinen Schultern. Ein bisschen musste er noch warten.

Er schüttelte den Kopf, senkte den Blick und eilte die letzten wenigen Schritte zu uns.

Derek begann zu lachen. »Geduld war noch nie seine Stärke.«

Keine Sekunde später stand Parker vor uns. Er öffnete den Mund, als ob er etwas sagen wollte, schloss ihn aber sofort wieder. Seine Augen wanderten an mir entlang.

»Du siehst ... ich weiß nicht, was ich sagen soll«, stotterte er.

Ein sprachloser Parker, wer hätte das gedacht. »Danke. Du siehst auch gut aus.«

»Wie erwartet.« Er zwinkerte mir zu. »Obwohl es schwer ist, mit dir mitzuhalten.« Sein Atem strich meine Wange. »Du weißt gar nicht, wie gern ich dich jetzt küssen würde.«

Seine Worte zupften an meinen Mundwinkeln. »Geduld, mein King.«

Derek räusperte sich. »Ich stehe noch bei euch.«

Parker grinste, streckte mir seine Hand entgegen. »Darf ich?«

Ich löste mich von seinem Vater und nahm sie in meine. »Gern.«

Doch er blieb weiterhin an Ort und Stelle stehen. »Aber warum flippen denn alle aus? Immerhin habe ich noch gar nicht ›ja‹ gesagt, vielleicht denke ich ...«

»Halt die Klappe.« Sanft legte ich eine Hand an seine Wange und unterbrach ihn. »Es gibt etwas, was ich dir zeigen muss.« Ich wandte ihm dem Rücken zu.

Seine Fingerspitzen streiften meine Haut im Nacken, als er sanft eine einzelne Haarsträhne zur Seite schob. Eine feine Gänsehaut breitete sich auf mir aus. Andächtig berührte er das kleine V in meinem Nacken. Fuhr über die Flügel links und rechts, über seinen Namen. Unsere Namen. Miller und O'Neil. Ich spürte, wie seine Finger zu zittern begannen.

Lächelnd drehte ich mich wieder um. »Gefällt es dir?«

Parkers Blick weitete sich schlagartig. »Machst du Witze? Es ist ... du bist ... du raubst mir heute ganz schön oft die Worte.«

Seine wundervollen blauen Augen fixierten mich, hielten mich gefangen. Und für einen Moment verblasste die Welt um uns herum. Die Schreie, das Jubeln.

Alles wurde ganz still. Da gab es nur noch ihn und mich.

»Ich hatte gehofft, dass es dir gefällt.« Meine Stimme kratzte.

Schief lächelte er mich an, kam einen Schritt auf mich zu.

Oh nein, er hat etwas vor.

Mit einer schnellen Bewegung griff er unter mich und hob mich hoch. Meine Beine baumelten in der Luft und ich krallte mich in seinen Nacken fest.

Erschrocken schrie ich auf. »Trägt man die Braut nicht erst nach der Trauung?«

Lachend lief er auf den Altar zu. »Fragt man nicht auch nach dem Namen beim ersten Date?«

Mia legte den schlichten goldenen Ring in meine Hand. Ich griff nach Parkers Finger, schob ihn darüber. Er passte perfekt. »Jetzt sagen die meisten etwas sehr Romantisches.« Ich schaute kurz zu ihm auf, nur um dann wieder auf den Ring zu starren. Das Gold glänzte mir entgegen. »Du warst für mich da, als meine Welt unterging. Ohne zu fragen, ohne dass ich darum bitten musste. Mit dir besiege ich meine größten Ängste.« Leise lachte ich auf, hob den Blick. »Schließlich kralle ich mich nur noch halb so sehr an dir fest.« Seine Mundwinkel zuckten. »Auch als mir alles genommen wurde, warst du immer da. Meine Konstante, egal was kam. Du lässt mich atmen, selbst wenn alles um mich herum mich zu ersticken droht. Du bist mein Mann, mein King. Für immer.«

Er schluckte. Seine Augen begannen zu glänzen und er wandte sich Steven zu. Zwischen Daumen und Zeigefinger hielt er den schmalen Ring.

Ich streckte ihm meine Hand entgegen.

Er schob ihn auf meinen Finger, feuerte alle Schmetterlinge in mir an. »Als ich dich das erste Mal gesehen habe, hätte ich nie gedacht, mal so vor dir zu stehen. Tatsächlich habe ich nicht viel gedacht. Aber es hat auch keine 24 Stunden gebraucht, um nur noch an dich zu denken. Du hast mich wahnsinnig gemacht.« Er lachte auf. »Meistens auf eine gute Art und Weise.«

Ich legte den Kopf schief.

»Wir waren zwei Unbekannte für eine Nacht. Weißt du, das hat mir schon am nächsten Morgen nicht mehr gereicht. Ich will eher zwei Liebende für ein ganzes Leben. Du bist meine Queen, meine Frau. Für immer.«

Jedes seiner Worte wärmte mich von ihnen heraus, ließ die Schmetterlinge in mir so schnell rasen, dass sie Funken mit sich zogen. Uns verband so viel mehr. Von mir aus vielleicht so was wie Bonnie und Clyde. Ich würde die Welt für ihn niederbrennen. So zu fühlen, hätte ich niemals für möglich gehalten. Aber hier stand er direkt vor mir. Mein Schicksal. Mein Seelenverwandter. Wie auch immer man es nennen wollte. Er war meine Zukunft.

»Dann darfst du deine Braut jetzt küssen!«, verkündete der Trauredner und sofort begannen alle zu jubeln.

»Endlich.« Parker umfasste meine Taille und zog mich an sich. Unsere Lippen fanden zueinander. Ich faltete die Hände in seinen Nacken, schmiegte mich an seinen Körper. Seine Zunge fuhr über meinen Mund, ich öffnete ihn. Womit auch Mias Frage geklärt wäre. Sein Griff wurde fester. Meine Finger glitten durch seinen kurzen Bart. Alles in mir schrie vor Glück.

»Versammelte Vikings – unser King Parker O'Neil und unsere Queen Linda O'Neil.«

Atemlos löste ich mich von ihm. Eine Gänsehaut breitete sich auf meinen Armen aus, wanderte über den ganzen Körper.

Parker lehnte seine Stirn an meine, breit grinste er mir entgegen. »Du bist meine Frau.«

»Ja«, hauchte ich gegen seine Lippen.

Wir hatten es tatsächlich getan. Ich hatte es getan. Ich gehörte zu den Vikings. Nicht nur das, ich war ihre Queen.

Die Schreie wurden immer lauter.

Beschwichtigend hob Parker eine Hand empor und es wurde ruhiger. »Eins fehlt noch.« Er drehte sich zu Jackson um und griff nach einem schwarzen Bündel.

Was ist das?

Er faltete es auseinander, so langsam, als befürchtete er, es jeden Moment kaputt machen zu können. Nach und nach enthüllte er es, eine Vikingsjacke. *Meine* Vikingsjacke. Mit glänzenden Augen schaute Parker zwischen mir und der Jacke hin und her. »Damit du dir nicht immer meine schnappst, sobald du frierst.« Er half mir, sie anzuziehen.

Sie passte perfekt. Das alles hier war perfekt. Lächelnd strich ich über das schwarze Leder. Wie bei den anderen war auf dem Rücken das große Vikingssymbol zu erkennen. Doch es gab einen gewaltigen Unterschied. Auf meiner Brust befand sich ein weiteres Emblem. Queen.

»Sie ist wunderschön«, flüsterte ich und fuhr mit den Fingern über die fünf Buchstaben.

Parker griff nach meiner Hand, führte sie an seine Lippen. »Jetzt ist nach der Trauung, oder?«

»Ähm, ja?«

»Gut.« Seine Mundwinkel zuckten. Mit einem Arm griff er unter mich, mit dem anderen stützte er meinen Rücken.

Ich schlang die Hände um seinen Hals und lehnte mich an seine Brust. Die Schmetterlinge in mir würden heute sicher nicht mehr zur Ruhe kommen.

Mit langen Schritten trug er mich durch das Spalier

der Vikings. Alle jubelten und klatschten uns zu. Doch Parkers Blick war starr auf die Garage gerichtet.

»Wo willst du hin?« Ich konnte nicht aufhören, ihn anzulächeln.

Doch er sagte kein Wort. Mit den Rücken lehnte er sich gegen die Metalltür der Garage und drückte sie auf. Er ging leicht in die Hocke und stellte mich wieder auf die Füße. »Ich hatte ihn extra hier liegen lassen.« Er öffnete sämtliche Schubfächer, kramte darin, bis er triumphierend seinen Motorradschlüssel emporstreckte.

»Wo willst du hin? Jetzt sag es mir endlich!« Noch immer grinste ich von einem Ohr zum anderen.

Er kam zu mir, strich über meine Wange, wanderte den Hals hinab, fuhr den Ausschnitt zwischen meinen Brüsten entlang. Meine Haut brannte unter seinen Berührungen.

»Wir fahren dorthin, wo alles angefangen hat. Die Flasche Belvedere steht schon bereit.« Er zwinkerte mir zu und mein Herz drohte zu platzen.

In unsere Suite. Auf unsere Couch. Es gab keinen besseren Ort. Dort überrollte uns die Liebe. Unvorhersehbar und rücksichtslos.

Aber er hatte scheinbar eine Tatsache vergessen! Ich trug ein Hochzeitskleid. »Wie soll ich bitte auf das Motorrad kommen?«

Seine Mundwinkel zuckten. »Dann muss ich dir das wohl ausziehen.«

Ich hatte es keine zwei Stunden an und es war viel zu schön, um es schon wieder auszuziehen. Und doch ließen seine Worte alles in mir beben.

»Ich will dich vor mir sehen. Mit nichts außer deiner Vikingsjacke.«

Hier? Mein Blick musste Bände gesprochen haben. Oder er konnte Gedanken lesen.

»Hier.«

Ich leckte mir über die Lippen.

Parkers Atem streifte meine Wangen. »Hier, neben meiner Maschine. Zwischen Werkzeug, Benzin und Leder.«

Meine Selbstbeherrschung zerfiel zu Staub. Ich ließ die Lederjacke an mir herunterrutschen. Er packte meine Schultern, drängte mich zurück, bis ich rückwärts gegen eine Werkbank stieß. Es klapperte, irgendwas fiel herunter. Egal.

Seine Lippen knallten auf meine, verschlangen alles. Ich fummelte am Bund seiner Hose, öffnete sie.

»Warte.« Er packte meine Hände, drehte mich um. »Habe ich dir gesagt, wie schön du in diesem Kleid bist?« Küsse bedeckten meinen Nacken. »Und wie heiß dieser tiefe Ausschnitt am Rücken ist.« Ein Finger wanderte meine Wirbelsäule hinab, die Perlenketten klimperten gegeneinander. »Oder der zwischen deinen Brüsten. Fuck, dieses Kleid wirst du öfters tragen müssen.« Er stoppte direkt auf meinem Steiß. »Vielleicht lässt du es doch noch ein bisschen an.« Seine Hände griffen um mich herum, umfassten meine Brüste, kneteten sie durch. Die steifen Brustwarzen pressten sich gegen seine Berührungen.

Ich wölbte den Po an seine Mitte. Seine Erektion ließ mich unwillkürlich aufstöhnen.

Das Kleid brannte auf mir. Ich wollte ihn endlich spüren, überall. »Zieh es mir aus«, flehte ich.

Sein Brustkorb vibrierte. Furchtbar langsam schob er die schmalen Träger von meinen Schultern, zog den Stoff immer weiter herunter. Bis ich nur noch in meinem weißen Spitzenhöschen vor ihm stand.

»Allein der Gedanke, dass du die ganze Zeit keinen BH getragen hast. Es hat mich wahnsinnig gemacht.« Er packte meine Knospen zwischen zwei Fingern, drehte sie dazwischen hin und her.

Wenn er nur wüsste, wie wahnsinnig er mich machte!

Ich drehte mich herum, entzog mich seinen Berührungen. Mein weißes Kleid lag am Boden, es war mir egal. Sollte es dreckig werden, sollte es ruhig zeigen, wie wir wirklich waren. An uns war nichts schneeweiß. Und mit nur ganz viel gutem Willen waren wir grau. Aber eigentlich spiegelte die schwarze Lederjacke uns am besten wider. Genau so sah es in uns aus.

Er hob mich auf die Werkbank. Ich schlang die Beine um ihn, drückte meinen nackten Oberkörper gegen sein so feines Hemd. Unsere Lippen verschmolzen.

Seine Hände glitten an mir herab, wanderten unter die Spitze meiner Unterwäsche. Zogen daran, bis sie riss.

Er grinste und zog meinen Slip unter mir hervor. »Ich kauf dir einen Neuen.«

Selbst das war mir egal. Ich saß völlig nackt in dieser Garage auf diesem holzigen Untergrund voller Werkzeug. Jedes seiner Worte trieb meine Lust höher und höher, ich wollte ihn nur noch spüren.

»Zieh dich endlich aus.« Ich zerrte an seiner schwarzen Fliege, schmiss sie hinter ihn.

»Oh, das kann warten.« Er spielte. *Ausgerechnet hier und jetzt?*

»Ich will aber nicht warten.« Ich packte sein Kinn, zog ihn wieder an mich. Meine Zunge fuhr über seine Lippen, eroberte seinen Mund. Nach und nach knöpfte ich sein weißes Hemd auf, schob seine Lederjacke über die Schultern.

Doch er packte meine Handgelenke und stoppte mich. »Musst du aber.«

Ich stöhnte auf, schob mich an die Tischkante vor. Doch er befreite sich aus meinen Beinen, ging einen Schritt zurück. *Warum?*

Er musterte mich.

Oh, dieses Spiel kann ich auch. Ich rutschte wieder zurück, lehnte mich gegen die Wand hinter mir, kühles Metall drückte gegen meinen Rücken. Ich stellte die Füße vor mir auf, spreizte die Beine. »Sicher, dass du warten willst?«

Sein Blick brannte in meiner Mitte. Doch er bewegte sich nicht einen Zentimeter. Stattdessen zog er sich seelenruhig, ohne auch nur einmal die Augen von mir abzuwenden, seine Lederjacke aus. Er kam wieder zu mir.

Ich sog scharf die Luft ein. Bemühte mich schmerzhaft, stillzuhalten und nicht wie eine wildgewordene Hündin vor ihm zu betteln.

Er streifte nicht meine Haut. Seine Finger berührten nicht mal ansatzweise meinen Körper. »So ist es besser.« Er legte seine Jacke um meine Schultern.

Das glatte Leder auf der nackten Haut, sein Geruch, der meinen Körper vollständig einhüllte. Wenn er mich nicht bald berührte, würde ich es mir gleich selbst besorgen.

»Das ist ein verdammt heißer Anblick.«

Wem sagst du das.

Endlich knöpfte er sein restliches Hemd auf, öffnete seine Hose, zog sich aus.

Und ich konnte einfach nicht mehr an mich halten. Meine Hand umgriff meine Brust, umspielte die harte Brustwarze. Die andere glitt an meinen Bauch hinab, bis in meine Mitte.

Parkers Blick folgte meinen Händen, völlig automatisch umschloss er seine Härte. Gott, dieser Anblick machte mich rasend. Immer wieder fuhr er an sich auf und ab, seine Augen starr zwischen meine Beine gerichtet.

»Komm zu mir«, hauchte ich und zu meiner Überraschung tat er es.

Ich löste seine Hand ab, umgriff ihn. So fest und prall. Die Beine um seine Hüfte geschlungen, drängte ich ihn an mich, führte ihn direkt in mich.

Alles in mir zog sich erwartungsvoll zusammen. Ihn

endlich so nah bei mir zu haben, ließ heiße Funken durch mich hindurchtanzen.

Mein Kopf fiel in den Nacken, meine Fingernägel gruben sich in seine Seiten. Tief drang er in mich ein, zwängte sich immer weiter vor, bis er komplett in mir versank. Er wiederholte es, wieder und wieder.

Der Tisch begann zu wackeln, schlug rhythmisch gegen die Wand der Garage. Werkzeug klapperte, ein Schraubenschlüssel fiel herab. Doch Parker kam nicht mal auf die Idee, sein Tempo zu verlangsamen.

Er vergrub seine Hände in meinen Haaren, zog mich an sich. Unsere Zungen berührten einander, umspielten sich gegenseitig.

All meine Empfindungen verschwammen. Hatten wir uns nicht gerade erst das Ja-Wort gegeben? Standen nicht vor dieser Garagentür mindestens 100 Vikings?

Doch es war mir alles egal. Ich konnte nur noch Parker spüren. Tief in mir, seine Hände an mir, seine Haut gegen mich gepresst. Immer wieder rieben meine festen Knospen an seinem Oberkörper.

Ein Feuer entzündete sich in meinen Zehenspitzen, erklomm die Beine, sammelte sich in meiner Mitte. Jeder Stoß seiner Härte feuerte es lodernd an, bis ich lichterloh in Flammen aufging. »Parker.« Ich stöhnte seinen Namen, krallte mich an ihm fest.

Er packte meine Hüfte, presste mich noch enger an ihn, bis er seinen heißen Samen in mich pumpte.

Völlig außer Atem ließ er seine Stirn gegen meine fallen. Das Blau seiner Augen hielt mich gefangen, die dunkleren Sprenkel zogen mich magisch an. *Genau so sollte jede Ehe beginnen.*

»Wir können auch das Auto nehmen. Ins Hotel, meine ich.« Seine Mundwinkel zuckten, seine Atmung ging noch immer abgehackt.

Ich küsste seine Wange. »Den Lamborghini?«

»Hmm.« Er schloss die Augen, während ich sein Gesicht mit Küssen bedeckte.

»Nur, wenn ich fahre.«

Seine rechte Augenbraue schoss in die Höhe. »Ähm.«

»Ich liebe dich auch.«

EPILOG

Ein paar Tage später auf dem Friedhof von Fremont …

Seine Fingerspitzen fuhren über den kühlen Grabstein. Warum? Warum jetzt? Er war noch nicht bereit. Der Plan war noch nicht so weit.

Er ging in die Hocke, betrachtete die eingemeißelten Buchstaben. Weiß auf grauem Hintergrund.

Tim Davis.

Das Geburtsdatum ließ ihn schlucken. Er war zu jung, um bereits unter der Erde zu liegen. Und viel zu clever.

Sein Plan, er hätte funktionieren müssen! Doch wieder kam ein O'Neil dazwischen. Wieder mischte die Unterwelt von Fremont mit. Und wieder gewannen sie. Zu welchem Preis? Tim war tot. Er seufzte. *Mein Komplize, mein einziger Freund in diesem grausamen Krieg ist tot.*

Dafür würden sie alle bezahlen!

Dieser Table Club. Ohne ihn wären sie nie aufgeflogen! Ohne Francis! Ihn würde er sich auch vornehmen, den großen Mafiaboss. Seine Hände ballten sich zu Fäusten. Dieser Haufen hatte das eh mal nötig. *Wie sie wohl den Mörder ihres Anführers bestrafen würden?*

Ein Lächeln stahl sich auf sein Gesicht. Ihm fiel direkt ein geeigneter Kandidat für diese Hetzjagd ein. Einer, der auch Schuld an all dem war. Einer, der den Abzug drückte. Tims Leben auslöschte.

Luke und Sofia würden Kollateralschäden werden, mehr nicht. Sie gingen eh von ganz allein in diesem Krieg unter. Und wenn alle Mitspieler vernichtet wären, könnte er endlich seine volle Konzentration auf Linda und Parker richten. Bonnie und Clyde.

Genießt eure Flitterwochen, bald ist es vorbei.

Dann müsste der Plan eben geändert werden. *Ich schaff es auch allein.* Anders, als Tim es plante. Anders, als sie beide es wollten.

Niemand sollte zu Schaden kommen. Niemand! Aber jetzt war er nicht mehr auf diese Regel angewiesen. Nicht, nachdem sie ihm Tim genommen hatten. Jetzt konnte er alles dafür tun, um Linda und Parker auseinanderzureißen.

Sie kleben aneinander wie Schmeißfliegen auf der Scheiße. Dieses Bild gefiel ihm, es passte hervorragend. Und wenn sie sich nicht trennen wollten, dann mussten sie sich eben ihr Schicksal teilen. Am liebsten würde er sie zerquetschen, mit seiner Schuhsohle auf ihre Köpfe eintreten, bis nichts mehr übrig wäre.

So wie er es getan hatte! So wie Parker seinen Bruder tot prügelte! So wie er ... die Gedanken schmerzten. Säure zerfraß sein Herz, allein bei der Erinnerung an seinen Bruder. Deformiert, ein Trümmerhaufen aus Fleisch. Und doch wurde er nie bestraft! Nie gefasst! Weil er ein O'Neil war. Weil die Miller Company ihm immer geholfen hatte.

Tief atmete er durch. Er musste die Fassung bewahren. Die Gefühle durften ihn nicht übermannen, seinen Plan überschatten. Erstmal trennte er diese verdammten

Turteltäubchen. Dafür hatte der King ihm höchstpersönlich ein Ass zugespielt. *Rachel.* Am Ende war Parker wie all die anderen Männer auch. Dumm und triebgesteuert.

Seine Mundwinkel zuckten. *Es wird die kleine Prinzessin zerbrechen.* Es wird ihre Liebe endgültig und für immer zermalmen.

Und dann würde er sie endlich töten.

Sie beide.

DANKSAGUNG

Es passiert tatsächlich. Ich schreibe eine Danksagung. Wo fängt man da an?

Bei dir, Sascha. Ohne dich würden diese Zeilen hier nicht stehen. Ohne dich würde so einiges um mich herum nicht so stehen, wie es eben nun mal steht. Du bist mein *für immer*.

Und bei den ganzen anderen tollen Menschen, die ich auf dem Weg dieser Reise kennenlernen durfte.

Dani, die mir beibrachte, dass Adverbien gar nicht so cool sind. Angela, die nicht nur Premium-User, sondern auch mein Glückskeks ist. *Limitiere dich nicht!* Annabell, die sich immer alle Zweifel der Welt anhört Ela, die Panda feiert. Sophie, meine Partnerin in Crime. Alessia und Sophia, zu Vino sag ich nie no.

Meine Schreibtrolle. Emilia, Jenna, Blank und Füchsin. Es ist einfach Schreibliebe.

Und dann gibt es noch all meine Testleser. Frauen, die jeden Dativfehler gefunden haben. Die jede noch so kleine logische Lücke geschlossen haben. Die mit mir gelacht, mit Linda geweint und nach Parker geschmachtet haben. Ich danke euch allen so sehr!

Lisa, Jenny, Kristina, Elli, Luna, Simge. Wie viele *Dank* müsste hier für euch stehen? Hundert Zeilen? Tausend Zeilen!

Anne, Alicia, Bianca, Daniela, Doris, Laura, Mareen, Sarah, Saskia und Sina. Ich werde jede einzelne Sprachnachricht vermissen.

Ich danke dem gesamten Team des Federherz Verlags! Jane, Daniela, Christina, Corinna, Nicole, Sophia und all die ganzen anderen Herzen im Hintergrund. Ihr habt diesen Traum zur Realität werden lassen.

Danke auch Johannes, der selbst den letzten Kommafehler gefunden hat. Und ich bekomme noch 10 Euro, du hast die Wette verloren.

Und zu guter Letzt möchte ich jemand ganz besonderem danken.

Mir.

In den letzten Monaten ist mir vor allem eins klar geworden: Jeder von uns hat eine innere Linda. Bei den einen liegt sie in Ketten, bei den anderen kauert sie in einer Ecke und wieder woanders sitzt sie mitten im Herzen. Unabhängigkeit ist kein Egoismus. Selbstliebe ist keine Arroganz.

Ich danke mir, dass ich den Ehrgeiz hatte, das Durchhaltevermögen, die Geduld und Ungeduld. Dass ich Tränen vergossen und wieder getrocknet habe. Dass ich gewachsen bin.

Danke Linda und Parker. Ich liebe euch, verdammt nochmal. Wir sehen uns in Band 2. Sorry!